Ulrich Thielmann

Wolken kennen keine Grenzen

Ein Fliegerroman aus dem Westerwald

Meinen „Starthelfern“ gewidmet!

Machtwortverlag

Bibliografische Information Der Deutschen Bibliothek
Die Deutsche Bibliothek verzeichnet diese Publikation in der Deutschen Nationalbibliografie; detaillierte bibliografische Daten sind im Internet über http://dnb.ddb.de abrufbar

Machtwortverlag * Orangeriestr. 31 * 06847 Dessau
Tel.: 0340-511558

Satz und Layout: Grafikstudio Lückemeyer, Dessau
Coverbild: Udo Keller (udo.keller@gmx.li)
Fotos auf Umschlagseite 2: mit freundlicher Genehmigung des Segelfliegerclubs Hirzenhain e.V.
Foto auf Umschlagseite 3: Hans Rückes, Jahrgang 1923 und ehemaliger Wehrmachtspilot in einer Piper PA 18 auf dem Segelfluggelände „Eisernhardt" bei Siegen, 60er Jahre.
(Mit freundlicher Genehmigung von Hans Rückes, Siegen)

3. Auflage 2009

ISBN 978-3-938271-74-2

Der Himmel da oben ist so einsam;
sie haben dir die Flügel gestutzt und halten dich am Boden;
sie sperren dich ein und nehmen dir deinen Himmel.
Flieg weg, flieg zu mir, und wenn du mich brauchst,
dann fliege ich neben dir an deinem einsamen Himmel.

Frei nach Chris De Burgh

Kapitel 1

30. April 1992

Die Kaltfront war rasch vorübergezogen. Ihre nun folgende Rückseite würde morgen unter Hochdruck-Einfluss gelangen und den Luftsportvereinen am Wochenende gutes Flugwetter bescheren. Die eingeflossene Kaltluftmasse bedeutete gute Flugsichten. Sonneneinstrahlung und die damit verbundene Erwärmung des Erdbodens würde die kalte Luft schnell aufheizen und dadurch zum Aufsteigen zwingen. Der Wetterbericht versprach nüchtern vier Achtel Kumulusbewölkung mit Basis in eintausendachthundert Metern Höhe und gute Thermik. Die besten Aussichten für Segelflieger. Obwohl die aufsteigende Warmluft für Motorflieger eher unruhigere Flüge bedeuten würde, störten sich daran nur ungeübte Piloten oder Flugschüler. Die meisten Piloten freuten sich auf ein schönes Fliegerwochenende mit „Hammerwetter".
Hans Brettschneider, der Flugleiter des kleinen Flugplatzes Thalfeld im Westerwald, schaute durch die großen Fenster des Kontrollturms auf das Gelände mit seiner achthundert Meter langen Asphaltpiste. Einige Wolkenfetzen zogen in mittlerer Höhe über den Platz. Die Sicht war sehr gut. Der Gewitterregen hatte auf dem Vorfeld duzende von Pfützen hinterlassen, in denen sich die untergehende Sonne spiegelte. Der Geruch von frisch gemähtem, feuchtem Gras drang durch ein geöffnetes Fenster der Flugleitung und mischte sich mit dem Aroma eines frischen Kaffees, den Hans Brettschneider gerade aufgesetzt hatte.

„Thalfeld Info, hier Delta-Echo-Kilo-Alpha-Tango, guten Abend, Hans, ich bin in etwa zehn Minuten zu Hause. Wie ist das Wetter am Platz?"
Der Funkspruch unterbrach für einen Moment Hans Brettschneiders trübe Stimmung. Ohne aufzuschauen griff er zum Mikrofon und antwortete: „Hallo, Alpha-Tango, schön, dass du es doch noch geschafft hast, Michael. Die Front ist durch, die Sicht, geschätzt, eins-fünf Kilometer. Wind: acht Knoten aus

Nordwest. Flieg die Südplatzrunde und komm über die Landebahn zwo-fünf rein."
„Verstanden, die zwo-fünf, bis gleich", kam die Antwort aus dem Lautsprecher.

D-EKAT war das Kennzeichen eines der Vereinsmotorflugzeuge, einer alten aber sehr gepflegten Cessna 180. Michael Kirst, ehemaliger Flugschüler und Ex-Schwiegersohn Hans Brettschneiders, liebte diese alte Spornrad-Cessna über alles. Der fünfundvierzigjährige Privatpilot befand sich auf dem Rückflug von einem kleinen Flugplatz an der holländischen Küste, wo er sich einen Kurzurlaub gegönnt hatte. Wegen des schlechten Wetters hatte er seinen Rückflug um einen Tag verschieben müssen. Hans Brettschneiders Blick wanderte zu dem alten Hangar am gegenüberliegenden nordwestlichen Ende des Flugplatzes. Dort, wo sich ein breiter und steiler Hang hinunter in Richtung des Dörfchens Thalfeld erstreckte, hatte einst sein eigentliches Leben begonnen. Hier, am alten Segelfliegerhang, war er aufgewachsen und hier hatte er als fünfzehnjähriger Junge gelernt, Segelflugzeuge zu bauen und zu fliegen. Hier war seine Leidenschaft für die Fliegerei entbrannt, die sein Leben entscheidend bestimmt und ihn bis heute nicht mehr losgelassen hatte. Seine ersten Flüge, besser gesagt, „Hüpfer", kamen ihm in Erinnerung. Der von einer kleinen Gruppe in mühevoller Kleinarbeit gebaute Schulgleiter, ein Zögling, wurde damals per Gummiseilsstart den Hang hinab katapultiert. Bei zu schwachem Hangaufwind konnte man mit dem Schulgleiter nur wenige Minuten in der Luft bleiben, bevor man entweder oben am Hang oder unten im weiten Tal des Flüsschens, auf einer Wiese am Ortsrand von Thalfeld, landen musste. Dann zerrte die Mannschaft den Schulgleiter wieder den Hang hinauf. Eine schweißtreibende Arbeit. Wurde das Flugzeug durch Unachtsamkeit eines Piloten beschädigt, konnte man wochenlang nicht fliegen und musste Werkstattarbeit leisten. Bei gutem Hangaufwind wurden die fortgeschrittenen Piloten auf das neue Übungssegelflugzeug Grunau-Baby II umgeschult. Die Einweisung erfolgte nur theoretisch, da es sich auch hier um einen Einsitzer handelte. Man war von Anfang an auf sich gestellt.

Als Anfänger durfte man nie sehr lange in der Luft bleiben. Nach ein paar Kreisen in geringer Höhe über der Hangkante konnte man fast immer den schrillen Pfiff des Fluglehrers hören, der zur sofortigen Landung aufforderte. Dann wurde das Segelflugzeug auf einer Wiese neben dem Hangar gelandet. Einer der Kameraden wartete dort meist schon ungeduldig auf seinen Start. Die erzielten Flugzeiten standen damals in keinem Verhältnis zu der Arbeit und der Mühe, die man aufbringen musste. Idealismus und persönliches Engagement waren nicht nur beim Fliegen oder bei der Werkstattarbeit gefragt. Der persönliche Einsatz reichte oft weit darüber hinaus. Da die Fliegergruppe nie genug Geld für den Bau weiterer Schulgleiter auftreiben konnte, nutzte manch einer die guten Beziehungen seiner Familie, um teures Baumaterial zu beschaffen. Andere opferten hierfür ihr persönliches Hab und Gut oder gingen betteln. Es war eine Jugendzeit voller Entbehrungen. Und doch, die wenigen „Hüpfer“ und Flüge am Hang reichten aus, um in den meisten eine unstillbare Flugsehnsucht zu wecken. Obwohl sich die finanzielle Lage der Flieger in den dreißiger Jahren stetig besserte, weil die Nationalsozialisten auch die Organisation für alle fliegerischen Aktivitäten übernahmen und eine Menge Geld für den Luftsport zur Verfügung stellten, wurde nach wie vor Wert auf diesen persönlichen Einsatz und noch mehr auf Disziplin gelegt. Wollte man es bis zur C-Prüfung oder weiter bringen, hatte man einen steinigen Weg vor sich. Den Zwang zur Uniformierung und den nunmehr herrschenden militärischen Ton nahm man notgedrungen und trotz Warnung der Eltern in Kauf. Die vorschriftsmäßig am Seitenruder der Flugzeuge aufgemalten Hakenkreuze übersah man einfach. Die Fliegerei war das Ziel, die Zugehörigkeit zum Deutschen-Luftsport-Verband und zur Flieger-Hitlerjugend der einzige Weg, es zu erreichen. Trotz der vormilitärischen Erziehung, trotz der erlittenen Entbehrungen – die ersten Flüge am Hang, die dort verlebte Jugendzeit, zählten für Hans Brettschneider zu der schönsten Zeit seines Lebens. Sie blieb ihm für immer unauslöschlich in Erinnerung.

Heute war der größte Teil des Hanges längst von dichtem Heidegestrüpp bewachsen. Gummiseilstarts mit Segelflugzeugen gab es dort schon lange nicht mehr. Nur manchmal, wenn der reguläre Flugbetrieb des neuen Thalfelder Flugplatzes es zuließ, zogen Drachenflieger mit ihren modernen, ultraleichten Fluggeräten aus Polyesterstoff und Aluminiumrohr am Hang ihre Kreise. Und im Herbst bei starkem, kaltem Nordwestwind sah man öfter auch „Alte Adler", unter ihnen Hans Brettschneider, mit Segelflugzeugen in niedriger Höhe im Aufwind kreisen. Die jungen Piloten lachten oft über diese ewig gestrigen. Niemand von ihnen wäre auf die Idee gekommen, bei diesem Wetter zu starten. Der alte Hangar oberhalb der Hangkante mit seinem alten Mansardendach und dem rot-weißen Windsack am First diente dem Thalfelder Aero-Club heute nur noch als Flugplatzrestaurant und Vereinswerkstatt. Der Boden der Abstellfläche des Hangars stellte eine flache, schiefe Ebene dar, die es den Piloten damals erlaubte, die Flugzeuge auf einem Kuller leicht nach draußen zur Startstelle vor der Halle zu rangieren. Die eigentliche Hallenfläche wurde heute nur noch bei feierlichen Anlässen genutzt. Ansonsten war sie Abstellraum für die Fluggeräte der Modellflieger und der Drachenflieger. Oft kamen Piloten mit dem Motorflugzeug von weit her, um am Thalfelder Segelfliegerhang spazieren zu gehen. Beim anschließenden Kaffee auf der Terrasse am alten Hangar machte man es sich gemütlich, beobachtete den Flugbetrieb und fachsimpelte mit andern Piloten über Flugzeugmotoren, Aerodynamik oder Streckenflüge bei „Dreckwetter".

Das moderne neue Fluggelände, auf der Hochebene hinter der Hangkante gelegen, war erst Ende der dreißiger Jahre entstanden. Damals kaufte die Wehrmacht den Thalfelder Landwirten und der Gemeinde das Land ab und baute die Heidelandschaft hinter dem Hang unter der Tarnbezeichnung „Musterviehweide" zu einem Feldflugplatz, einem so genannten Einsatzhafen, aus, der im Krieg jedoch nur sporadisch durch Jagdflieger belegt war. Nach dem zweiten Weltkrieg wurde das Gelände vorübergehend wirklich als Viehweide und Ackerland benutzt, bevor die Gemeinde es in den fünfziger Jahren dem Neugegründeten Aero-Club Thalfeld verpachtete.

Heute galt Thalfeld als ein mehr oder weniger stark frequentierter Verkehrslandeplatz, der eine Flugschule, eine Flugzeugwerft und den Thalfelder-Aero-Club beheimatete. Der Flugplatz war nicht mehr so groß wie damals. Von den ehemals zwei Kreuzbahnen bestand nur noch die längere Landebahn in der Hauptwindrichtung 07/25, wobei 07 und 25 jeweils die Kompassrichtung der Piste angab. Erst lange nach dem Krieg war anstelle dieser Graspiste eine moderne und für Nachtflüge beleuchtbare Asphaltpiste gebaut worden. Der ehemalige Beton-Rollweg, der einst rund um den Flugplatz führte, war nur noch teilweise vorhanden und diente heute als Verbindung vom neuen Clubhangar zum alten Hangar am Hang. Die ehemalige Querbahn war inzwischen von dichtem Gras bewachsen und wurde im Sommer von Mohnblüten und Heidkraut überzogen. Wer dort spazieren ging, was die Luftaufsicht bei Flugbetrieb natürlich nicht erlaubte, der konnte noch immer einige Bombentrichter aus der Zeit des Krieges erkennen.

Hans Brettschneider hatte für seinen Ruhestand eine neue Aufgabe gesucht und sich angeboten, für ein geringes Entgelt die Leitung der Luftaufsichtsstelle des Flugplatzes zu übernehmen. Auf diese Weise sparte der Verein eine Menge Geld und Hans Brettschneider konnte weiterhin aktiv das Geschehen auf seinem Heimatflugplatz mitgestalten. Einen solchen Lebensabend hatte er sich immer erträumt. Doch jetzt war es anders gekommen, ganz anders. Vor ein paar Tagen hatte ihn der Fliegerarzt „gegroundet", ihm das verantwortliche Führen eines Flugzeuges für immer untersagt. Seine Pilotenlizenzen waren damit ungültig. Obwohl Hans Brettschneider immer geahnt hatte, dass es ihn irgendwann einmal auf diese Weise treffen könnte, war er auf dieses Schicksal nicht vorbereitet. Er konnte sich nicht damit abfinden, nun endgültig zum alten Eisen zu gehören. Trotz seines Alters von zweiundsiebzig Jahren, nach einem langen Fliegerleben, sehnte er sich immer wieder nach dem Gefühl der Bewegung in der dritten Dimension. Niemals wäre er auf die Idee gekommen, schon mit zweiundsiebzig zu alt zum Fliegen zu sein. Er fühlte sich noch immer fit genug und er kannte weitaus ältere Zeitgenossen, die noch immer am Steuerknüppel saßen.

Das Fliegen war für Hans Brettschneider wie eine Sucht, mehr noch, eine unstillbare Sehnsucht. Nur in der Luft, in der Einsamkeit des Himmels, fühlte er sich frei und unbeschwert. Die Menschen unten auf der Erde, die sich gegenseitig das Leben erschwerten, mit sich haderten und stritten, diese nach seiner Meinung oft armseligen Geschöpfe waren aus einer Reiseflughöhe von fünftausend Fuß kaum noch auszumachen. Nur im Flug, die Fahrtwindgeräusche eines Segelflugzeuges oder das sonore Brummen des Lycoming-Motors seiner alten Piper Pa 18 Super-Cub in den Ohren, fühlte Hans Brettschneider sich glücklich. Hier oben fand er seinen Frieden. Fliegen entspannte seine Seele. Wie sollte er weiterleben, wenn seine Flugsehnsucht für immer ungestillt blieb? Würde ihm ein Leben ohne Fliegerei überhaupt möglich sein? Würde er jemals wieder ein Flugzeug im Flug oder am Boden ansehen können, ohne in quälende Depressionen versinken zu müssen? Sicher, er könnte als Copilot am Doppelsteuer mitfliegen, aber das bedeutete ihm nichts. Hans Brettschneider brauchte das Gefühl, alleine auf sich gestellt das Flugzeug zu steuern, alle Bewegungsabläufe selbst zu beeinflussen. Eine Hand am Steuerknüppel, die andere am Gashebel, die Füße in den Seitenruderpedalen. Auf diese Weise verschmolz er mit dem Flugzeug zu einer Einheit. Er flog die Maschine, nicht sie ihn. Zum Mitflieger oder Zuschauer war er nicht geboren.
Nach dem Tod seiner Frau war Hans Brettschneider ein einsamer Mensch geworden. Die Fliegerei hatte ihn, wie so oft in seinem Leben, von seinem Kummer abgelenkt, ihm geholfen, seine plötzliche Einsamkeit besser ertragen zu können. Die Fliegerkameraden stellten für ihn eine Art Ersatzfamilie dar. Er brauchte sie und sie brauchten ihn. Der Flugplatz war sein Zuhause.

Durch die Diagnose des Fliegerarztes fühlte sich Hans Brettschneider wie ein Aussätziger, ein Krüppel. Von nun an würde er nicht mehr die Möglichkeit haben, im Fluge seine Emotionen auszuleben. Nur die Fliegerei bot ihm diese Möglichkeit. Beim Kunstflug baute er seine Aggressionen ab, beim Segelflug entspannte er sich. Sein ganzes Selbstvertrauen schöpfte er aus seinem fliegerischen Können. Jetzt würde er nie wieder unbeschwert einen Flugplatz betreten können. Er gehörte nicht mehr dazu. Ungekannte Angstgefühle stiegen in ihm auf, ließen seinen Puls schneller schlagen und schnürten ihm die Kehle zu. War dies der Anfang vom Ende, der Beginn einer langen Leidenszeit? Gab es für ihn überhaupt ein Leben ohne Fliegerei?

Ein Funkruf unterbrach seine trüben Gedanken. „Thalfeld-Info, die Delta-Alpha-Tango jetzt im Gegenanflug zur Piste zwofünf, wie ist das QNH?“
Hans Brettschneider blickte routiniert nach Süden und erkannte die Cessna mit ihren aufblitzenden Anti-Collission-Lights. Michael musste den Platz südlich umfliegen, um dann gegen den Wind, auf der Landebahn zwo-fünf landen zu können.
„Alpha-Tango, Luftdruck am Boden eins-null-eins-zwo, du kannst um die kurze Ecke reinkommen, hier ist nichts mehr los heute. Wenn du einen ordentlichen Kaffee möchtest, schau nach der Landung mal rein.“
„Danke, genau den brauche ich – bis gleich.“
Nicht ohne Stolz beobachtete Hans Brettschneider die einwandfreie Dreipunktlandung seines ehemaligen Schülers. Um die Bremsen zu schonen, ließ Michael die Cessna auf der Landebahn ausrollen. Dann schob er den Gashebel wieder leicht nach vorne, fuhr die Landeklappen ein und manövrierte das Flugzeug über den Rollweg zur Halle neben dem Kontrollturm. Nach dem Abstellen des Motors blieb Michael für eine Weile im Cockpit sitzen. Er löste die Sicherheitsgurte, öffnete die Kabinentür und genoss die frische Luft und die plötzliche Stille. Nur die auslaufenden Kreiselinstrumente waren noch zu hören. Nachdem er seine Flugzeiten in das Bordbuch der Cessna eingetragen hatte, stieg er aus und schob die Maschine in die Halle. Dann raffte er seine persönlichen Sachen zusammen, brachte sie in den Kofferraum seines Autos und stieg anschließend die steile Treppe zur Flugleitung hinauf. Michael fiel sofort auf, dass es seinem Schwiegervater nicht gut ging. Der alte Pilot war um Jahre gealtert. Seine grauen Haare waren ungewaschen und ungekämmt, seine Stirn lag in Falten. Er sah aus, als sei er seit Tagen nicht mehr zu Hause gewesen.

„Tag Hans. Sag mal, ist bei dir etwas nicht im grünen Bereich?“ Michael war es gewohnt, mit Hans offen zu reden.
„Nein“, brummte der alte Pilot. „Alles okay. Mach dir keine Sorgen um mich. Wie war dein Rückflug?“ Hans versuchte zu lächeln, doch es wurde eine Grimasse daraus.
„Kein Problem, hinter der Kaltfront herzufliegen.“ Michael grinste. „Ich hatte eine schöne Rückenwindkomponente und brauchte daher nur zwei Stunden. Die alte Lady flog sich wie immer hervorragend.“
„Noch mal Ärger mit dem linken Magneten gehabt?“
„Nein“, antwortete Michael, „es scheint, als habe die Werft den Fehler bei der letzten Reparatur endlich behoben. Beide Zündmagnete arbeiten wieder einwandfrei.“
Während er sprach beobachtete Michael wie Hans mit zitternder Hand die Kaffeetasse hielt.
„Komm schon, Hans, irgendetwas beschäftigt dich doch. Mach mir bloß nichts vor.“
„Nein, nein, es ist wirklich alles okay“, erwiderte Hans betont gelassen. „Ich habe nur ein bisschen Kopfschmerzen. Vielleicht macht mir der Wetterwechsel etwas zu schaffen. Ich habe in den letzten Tagen sehr schlecht geschlafen. Komm du erst mal in mein Alter.“
Michael sah ein, dass es keinem Zweck hatte, den alten Piloten auszufragen. Er trank einen kräftigen Schluck Kaffee und fragte: „Wie geht es Barbara und Mike?“
„Den beiden geht es prima“, antwortete Hans. Leise fügte er hinzu: „Barbara beabsichtigt, wieder zu heiraten. Was sagst du dazu?“
„Was für eine Antwort erwartest du jetzt von mir“, fragte Michael überrascht, „ich habe dagegen nichts einzuwenden, schließlich sind wir rechtskräftig geschieden.“
„Du liebst sie noch immer, habe ich Recht?“
„Ja“, erwiderte Michael zögernd. „Ich habe es nicht wahrhaben wollen, habe mir etwas vorgemacht. Im Urlaub habe ich oft darüber nachgedacht. Mir ist klar geworden, dass ich einen großen Fehler gemacht habe. Du hast Recht, ich liebe sie immer noch. Außerdem fehlt mir der Junge sehr. Ich sehe ihn viel zu selten. Wenn Barbara diesen Prediger heiratet, werde ich kaum

noch eine Chance haben, mich so um meinen Sohn zu kümmern, wie ich es für richtig halte."
„Bist du sicher, dass du mit Kümmern nicht *Mitnehmen zum Flugplatz* meinst?", fragte Hans.
„Kann sein, aber Mike ist gerne auf dem Flugplatz. Was ist so schlimm daran? Was für eine Frage aus dem Mund eines Fliegers. Hier ist Mike zu Hause, genau wie du und ich. Der Junge liebt die Flugplatz-Atmosphäre und ich bin sicher, dass er später gerne eine Fliegerlaufbahn einschlagen wird."
„Das ist es ja gerade. Mike ist jetzt acht Jahre alt und leidet seit vier Jahren an Asthma. Wenn diese verdammte Krankheit nicht verschwindet, wird er niemals fliegen dürfen. Der Fliegerarzt wird ihn niemals tauglich schreiben, nicht für den Segelflug und später erst recht nicht für den Berufspilotenschein. Zudem ist Barbara ein gebranntes Kind. Sie ist mehr oder weniger auf dem Flugplatz aufgewachsen. Sie weiß, dass die Fliegerei schnell zu einer Art Sucht werden kann. Barbara ist sogar der Auffassung, dass Mike die Fliegerei vergessen muss. Je eher desto besser. Ich habe oft mit ihr über dieses Thema diskutiert, es ist nichts zu machen. Barbara kann sehr stur sein. Seit ihr geschieden seid, ist der Flugplatz ein rotes Tuch für sie."
Michael blickte traurig aus dem Fenster und sagte: „Es ist alles meine Schuld. All die Jahre habe ich immer nur an meine Karriere gedacht und an den Wochenenden habe ich Flugbetrieb gemacht. Für Barbara blieb wenig Zeit. Ich habe sie viel zu oft alleine gelassen. Klar, dass sie das irgendwann nicht mehr mitmachen würde. Und Mike? Er hat immer ein bisschen gelitten, wenn wir uns stritten. Sein Asthma ist hauptsächlich allergisch bedingt. Aber eine harmonisch geführte Ehe hätte vermutlich eher dazu beigetragen, seine Beschwerden zu mildern."
„Mag sein", meinte Hans. „Trotzdem bin ich der Meinung, dass du für Barbara der Richtige warst und es immer noch bist. Ich glaube, dass Barbara auf Dauer mit diesem Prediger nicht glücklich wird. Dirk nimmt seine Aufgabe sehr ernst. Sein Job als Seelsorger ist für ihn eine Berufung. Aber ganz nach freievangelischer Erziehung gibt es für Dirk nur Gläubige oder Sünder. In der Auslegung der Bibel ist er nicht besonders tolerant. Mike wird er zu einem Gläubigen erziehen wollen. Streit zwischen Barbara und Dirk ist somit vorprogrammiert. Die neue

Ehe wird für Mike also ein Problem werden. Er ist dein Ebenbild."
„Das befürchte ich insgeheim auch. Dabei habe ich überhaupt nichts dagegen, wenn man Mike christlich erzieht. Ich glaube aber, dass Dirk es übertreiben wird. Während unserer Schulzeit hat er mir einmal vorgeworfen, die Fliegerei sei ein Götzendienst. Was für eine blödsinnige Theorie. Wie engstirnig denken diese Prediger eigentlich immer noch? Die Fliegerei, ein Götzendienst! Der absolute Schwachsinn! Können wir Flieger nicht viel eher als ein Bodenständiger ermessen, welch eine schöne Welt der liebe Gott für uns erschaffen hat? Mike soll an Gott glauben, wie wir alle, aber er soll beim Fliegen oder bei irgendeinem anderen Hobby später keine Schuldgefühle haben."
Ärgerlich schaute Michael zu Hans herüber.
„Möglicherweise ist die Fliegerei wirklich auf die eine oder die andere Art ein Götzendienst, Michael", antwortete Hans ruhig. „Wenn Gott gewollt hätte, dass der Mensch fliegt, hätte er ihm dann nicht Flügel verpasst?"
„Für einen Menschen, der von Kindesbeinen an ein leidenschaftlicher Flieger ist und mehr als sechzehntausend Flugstunden auf dem Buckel hat, ist das aber eine sehr seltsame Frage, Hans", erwiderte Michael erstaunt.
„Ich glaube, wir können noch stundenlang darüber diskutieren und doch nie zu einer befriedigenden Antwort kommen."
Michael ereiferte sich: „Vielleicht gibt es überhaupt keinen Gott. Ich habe da manchmal meine Zweifel. Schau dir doch mal an, was so alles in der Welt passiert. Immer sind es Unschuldige, die leiden müssen. Kann ein existierender Gott soviel Ungerechtigkeit zulassen? Ob Götzendienst, ob Sünde oder nicht, für mich ist die Fliegerei ein Teil meines Lebens. Niemals würde es mir möglich sein, das alles aufzugeben und den Flugschein abzugeben. Ich habe im Urlaub lange und oft darüber nachgedacht. Am liebsten würde ich meinen Job an den Nagel hängen, um die Fliegerei beruflich zu betreiben. Ich sehe in meinem jetzigen Job keinen Sinn mehr. Als Marketing-Manager muss ich Produkte verkaufen, die im wirklichen Leben kein Mensch braucht. Wenn man so will, sind es reine Luxusartikel. Barbara und Mike habe ich verloren. Was soll ich noch hier? Vielleicht packe ich einfach meinen Koffer und gehe als Pilot nach Afrika.

Dort könnte ich zwei Fliegen mit einer Klappe schlagen. Ich könnte nach Herzenslust fliegen und humanitäre Dienste als Entwicklungshelfer leisten."
„Du bist ein Träumer, Michael. Ein Pilot im Dienst der Entwicklungshilfe fliegt nicht nach Herzenslust. Du würdest jedes Risiko auf dich nehmen müssen, bei jedem Dreckwetter fliegen müssen. Nur, um völlig unbrauchbare Industrieartikel an Menschen zu liefern, für die eh' jede Hilfe zu spät kommt. Entwicklungshilfe ist doch nur ein Alibiprojekt der Industrienationen. Der Hunger und die Not in Afrika und anderswo werden trotz Entwicklungshilfe immer schlimmer. Die einzige Entwicklungshilfe, die von den Industrienationen mit Erfolg betrieben wird, besteht in Waffenlieferungen für sinnlose Kriege. Glaub mir, du als Idealist würdest nichts daran ändern, eher würdest du daran zugrunde gehen. Ich glaube, es gibt sicher einen Gott, doch seine Bodenmannschaft arbeitet nicht mehr nach seinen Regeln. Das ist eine von vielen Lehren, die ich aus dem zweiten Weltkrieg gezogen habe. Und ich fürchte, sie stimmt."
Nachdenklich blickte Michael über das Vorfeld und stellte beiläufig fest, dass der Wind weiter nachgelassen hatte. Der Windsack zeigte nur noch einen schwachen Wind aus Nordwest.
„Was planst du für morgen, Hans?", fragte Michael.
„Ich werde morgen meine Pa 18 mal wieder auftanken und anschließend irgendwo hinfliegen. Ein bestimmtes Ziel habe ich noch nicht", antwortete Hans. „Der Wetterbericht hat für morgen Hammerwetter versprochen. Wenn du morgen Segelflug machen möchtest, kann ich dich schleppen, bevor ich wegfliege."
„Gut", sagte Michael, „ich hatte mir vorgenommen, morgen mit Mike eine kleine Strecke zu fliegen. Ich muss allerdings vorher noch mit Barbara sprechen. Kann sein, dass sie für Mike morgen andere Pläne hat."
„Hat sie. Barbara hat mich gebeten, Mike morgen Vormittag seine erste Klavierstunde zu geben."
„Ist das nicht ein bisschen zu früh?"
„Stimmt vielleicht, aber Barbara ließ sich nicht beirren. Ich werde Mike morgen gegen 8:00 Uhr abholen. Wenn du möchtest, bringe ich ihn gegen 11:00 Uhr mit zum Flugplatz."

„Das wäre fein. Ich freue mich wirklich auf den Jungen. Wenn ich nachher ins Dorf fahre, schaue ich kurz bei Barbara vorbei und frage sie sicherheitshalber um Erlaubnis."
„Das solltest du tun", sagte Hans trocken.
Michael nahm seinen Pilotenkoffer in die Hand und fragte: „Hans, wie lange hast du heute noch Dienst? Ich habe dein Auto nicht auf dem Parkplatz gesehen. Ich meine, kann ich dich mit nach Hause nehmen?"
„Ich mache den Laden in zehn Minuten dicht. Feierabend ist Sonnenuntergang plus dreißig Minuten, wie immer", sagte Hans. „Danke für dein Angebot, aber ich möchte gerne zu Fuß nach Hause gehen."
„Zu Fuß, den langen Weg am Hang hinunter?" Michael schaute Hans fragend an.
„Ja, zu Fuß, über den langen Weg am Hang. Ich brauche etwas Bewegung, bin heute Morgen ebenfalls zu Fuß hergekommen."
„Na denn, bis morgen." Mit diesen Worten verabschiedete sich Michael von dem alten Flugleiter. Nachdenklich stieg er die Towertreppe hinab und ging zu seinem Auto. Er machte sich Sorgen um Hans Brettschneider. So hatte er ihn selten erlebt. Irgendetwas ging in ihm vor. Diese nachdenklichen Ansichten über die Fliegerei war er von Hans nicht gewohnt. Er beschloss, mit Barbara darüber zu reden.

Hans Brettschneider rechnete die Tageskasse ab und machte ein paar Notizen im Hauptflugbuch. Dann schaltete er Flugfunkgerät und Peiler aus und machte sich auf den Heimweg. Sein Weg führte ihn am alten Hangar vorbei. Aus dem Flugplatzrestaurant drangen Stimmen nach draußen, doch er verspürte keine Lust hineinzugehen. Stattdessen betrat er für einige Minuten die Werkstatt. Hier führten einige junge, begeisterte Flieger unter Anleitung des Werkstattleiters die Grundüberholung eines Oldtimers durch, doch heute ruhte die Arbeit und so war die Werkstatt menschenleer. Es roch nach Sperrholz, nach Spannlack, nach Leim und Nitroverdünnung. Das alte Segelflugzeug, eine Rhönlerche, war eine Doppelsitzerkonstruktion des bekannten Konstrukteurs Hans Kaiser, aus dem Jahre 1955. Obwohl die aus Glas- und Kohlefaserkunststoff gebauten Segelflugzeuge längst ihren Siegeszug angetreten hatten, diente die überwiegend aus Holz, Stoff und Metallrohren hergestellte Rhönlerche noch immer einigen Vereinen als Schulflugzeug. Ihre gutmütigen Flugeigenschaften sprachen für sich. Etwa 400 Exemplare der Rhönlerche waren in einem Werk am Fuße der Wasserkuppe, dem Berg der Segelflieger, gebaut und weltweit verkauft worden. Liebevoll betrachtete Hans die Tragflächen, die noch unbespannt auf einer Helling lagen. Mit Tränen in den Augen verließ er den Raum und ging weiter zur Hangkante. Er blickte hinüber zu den benachbarten Höhenzügen, hinter denen die Sonne gerade abgetaucht war. In seiner Niedergeschlagenheit hatte Hans keine Augen für die Schönheit seiner Heimat. Er würde niemals drüber hinwegkommen, nicht mehr fliegen zu dürfen.

Auf dem Nachhauseweg beobachtete er einen Modellflieger, der in der Dämmerung ein fernbedienbares Segelflugmodell in den sanften abendlichen Hangwind hinein starten ließ. Langsam entfernte sich das Segelflugmodell. In sauberer Fluglage gleitete es den Hang entlang und stieg im Aufwind. Ein Mäusebussard wich ihm elegant aus. Nur an dem etwas eckigen, instabilen Flugverhalten, das durch Windböen verursacht wurde und vom Pilot an der Fernsteuerung viel zu spät ausgeglichen wurde, konnte man erkennen, das es sich um ein Modellflugzeug handelte. Es saß eben kein Pilot im Cockpit. Genau das war der Grund, warum Hans Brettschneider sich niemals mit dem Modellflug hätte zufrieden geben können. Man konnte dem Flugzeug immer nur zusehen. Das freie Gleiten, den Traum vom Fliegen, konnte man nicht selbst erleben, nicht fühlen, höchstens erahnen. Trotzdem bot das Modellfliegen einen guten Einstieg in die Fliegerei. Es förderte nicht nur das Verständnis für die Technik, die Aerodynamik oder das Steuerverhalten. Es weckte auch die Flugsehnsucht. Viele Piloten, die heute in der Verkehrsfliegerei tätig waren und bereits Airliner flogen, hatten einst im Kindesalter ihre Karriere als Modellflieger begonnen.

Hans Brettschneider war tief deprimiert. Er wusste es und konnte doch dagegen nichts tun. Fliegen war sein ganzer Lebensinhalt. Wer ihm das Fliegen nahm, nahm ihm das Leben. Was jetzt noch kam, konnte nur noch ein Dahinvegetieren, ein Warten auf den Tod sein. Der Fußweg ins Tal dauerte eine gute halbe Stunde. Es war bereits dunkel, als Hans in Thalfeld an-

kam. Müde ging er zu seinem Haus, das er seit dem Tod seiner Frau alleine bewohnte. In dem alten Fachwerkhaus aus dem 17. Jahrhundert war er aufgewachsen, hier hatten viele seiner Vorfahren gelebt. Sie waren einfache Leute gewesen. Die üppigen Tonvorkommen des Westerwaldes ausnutzend, hatten sie nahezu alle vom Töpfern, vom Häfnern, wie man hier sagte, gelebt und nebenbei Landwirtschaft betrieben.
Nun stand das Haus leer und verlassen. Hans setzte sich an sein Klavier und spielte ein einfaches Präludium von Bach. In den letzten Jahren tat er das nur noch sehr selten. Beim Klavierspielen hatte er es nicht sehr weit gebracht, weil er der Fliegerei immer den Vorzug gegeben hatte. Dennoch konnte man eine gewisse Musikalität bei ihm feststellen. Im Dorf galt er sogar als sehr musikalisch. Besonders an langen Wintertagen, wenn das Wetter jegliche fliegerische Tätigkeit verhinderte, war das Klavierspielen eine schöne Beschäftigung. Doch heute brachte es ihn nicht auf andere Gedanken. Unkonzentriert spielte er das Stück sehr fehlerhaft. Die allabendliche Einsamkeit forderte heute erneut ihren Tribut. Warum hatte Marianne so früh vor ihm sterben müssen? Alles hier im Haus erinnerte ihn an sie. Er ging in die Küche und aß appetitlos eine Scheibe Brot. Als er eine Stunde später zu Bett ging, hatte er einen Entschluss gefasst. Morgen würde er fliegen, irgendwohin und wenn ihm hundert Fliegerärzte die Tauglichkeit aberkannten. Er würde fliegen und niemand würde ihn daran hindern, niemand.

Etwa zur gleichen Zeit betätigte Michael Kirst die Türklingel von Barbaras Wohnung. Es dauerte eine Weile ehe Barbara ihm öffnete.
„Hallo Michael. Das ist aber ein unerwarteter Besuch zu dieser Uhrzeit. Bitte komm herein."
„Guten Abend, Barbara. Entschuldige die späte Störung. Ich möchte dich nicht lange aufhalten, aber ich muss etwas Wichtiges mit dir besprechen."
Erst jetzt fiel Michael auf, dass Barbara nur mit einem dünnen Bademantel bekleidet war.
„Tut mir Leid, dass du etwas warten musstest. Ich stand gerade unter der Dusche."

„Soll ich später noch einmal vorbeischauen?“, fragte Michael irritiert.
„Nein, ist schon okay. Hey, du brauchst doch keine Hemmungen zu haben. Waren wir nicht einmal ein paar Jahre miteinander verheiratet? Komm also endlich herein und erzähl mir von deinem Urlaub. Möchtest du etwas trinken?“
„Ja sehr gerne“, antwortete Michael erleichtert und fügte hinzu: „Einen Whiskey mit Eis und Cola, wenn du hast.“
Barbara ging in die Küche und kam mit zwei Gläsern Whiskey-Cola zurück. „Trink schon mal, ich verschwinde noch mal kurz ins Bad, um mir etwas anderes anzuziehen.“

Michael nahm einen kräftigen Schluck und sah sich in seiner ehemaligen Wohnung um. Eigentlich hatte Barbara hier nach der Scheidung nicht viel geändert. Sie hatte lediglich ein paar neue Bilder aufgehängt und die Möbel etwas umgestellt. Auf einem Sideboard stand nun das Bild von Dirk, Barbaras zukünftigem Mann. Nicht weit davon entfernt, auf einem Beistelltisch neben der Couch, entdeckte Michael ein Bild aus vergangenen Zeiten. Es zeigte Barbara, Michael und seinen Schwiegervater vor einem Flugzeug, einer Piper. Im Hintergrund war die Dünenlandschaft der Nordseeinsel Borkum zu erkennen. Michael erinnerte sich gut an den Tag, an dem das Bild aufgenommen wurde. Sie waren nach Borkum geflogen, um Barbaras Vater zu besuchen, der sich hier zur Kur aufhielt. Das waren glückliche Tage damals.
Aufgeregt und nervös fragte sich Michael plötzlich, ob es nicht doch einen Neuanfang mit Barbara geben könnte. Er begehrte sie noch immer. Der Gedanke, Barbara und Mike einem Prediger überlassen zu müssen, behagte ihm nicht. Was fand sie an Dirk? Was konnte ihr ein Prediger geben? Als Barbara zurückkam, stockte Michael der Atem. In ihrer Eile hatte sie sich lediglich eine enganliegende Leggings und ein T-Shirt angezogen. Ihre nassen, schwarzen Haare reichten ihr bis zur Schulter. Mit vierzig Jahren war Barbara eine reife, sehr begehrenswerte Frau. Sie hatte große, tiefblaue Augen und einen sehr sinnlichen Mund. Ihre langen Beine waren kräftig und gerade, ihr Hintern wohl proportioniert und sehr fraulich. Michael betrachtete ihre festen, runden Brüste, die sich unter dem T-Shirt abzeichneten

und schon leicht hingen. Am liebsten hätte er Barbara in die Arme genommen und geküsst. Doch er musste sich beherrschen, musste seine Gefühle für sich behalten.
Betont lässig fragte er: „Wie geht es Mike?“
Barbara setzte sich in einen Sessel, trank einen Schluck Whiskey und antwortete: „Mike schläft schon seit zwei Stunden. Es ging ihm heute nicht besonders gut. Sein Asthma hat ihm wieder sehr zu schaffen gemacht. Die Medikamente machen ihn müde.“
„Barbara, morgen möchte ich gerne etwas mit Mike unternehmen. Vorausgesetzt es geht ihm besser und es ist dir recht.“
„Er ist vormittags bei meinem Vater. Es passt mir ganz gut, wenn du ihn gegen Mittag übernimmst. Ich muss morgen einiges erledigen und hätte nicht viel Zeit für ihn. Mike wird sich sicher freuen, mit dir etwas zu unternehmen. Er fragt oft nach dir.“ Nach einer Pause fügte sie hinzu: „Bitte nimm ihn nicht mit zum Fliegen. Unternimm irgendetwas anderes mit Mike. Ich befürchte, dass er ebenso gerne wie sein Großvater und du Flieger werden möchte. Er redet ständig davon. Du selbst weißt, dass er niemals Segelfliegen darf, wenn sein Asthma nicht verschwindet. Ich könnte seine Enttäuschung nicht ertragen, wenn er das eines Tages erfährt. Mit Vater ist er schon oft genug auf dem Platz oder in der Luft. Mir ist langfristig daran gelegen, Mike auf andere Ideen zu bringen. Der Junge ist vielseitig talentiert und entwickelt vielleicht ganz andere Interessen.“
Michael antwortete bedrückt: „Ich wollte Mike morgen eigentlich zum Segelfliegen einladen. Aber irgendwie hast du schon Recht. Im Urlaub hatte ich viel Zeit, mir so einige Gedanken um uns und Mike zu machen. Es stimmt, er muss so früh wie möglich lernen, dass es neben der Fliegerei auch noch andere Dinge gibt, mit denen man sich beschäftigen kann. Ich weiß eben nur nicht, wie gerade ich ihm das klarmachen soll.“
„Du warst alleine im Urlaub? Ich dachte, du hättest diese kleine Blonde mitgenommen.“
Obwohl es Michael gefiel, dass Barbara eifersüchtig zu sein schien, antwortete er: „Nein, das hat sich bereits wieder erledigt. Wir haben uns schon vor dem Urlaub wieder getrennt.“
Barbara fiel auf, dass Michael trotz seines gerade beendeten Urlaubes nicht gerade einen entspannten Eindruck machte.

Besorgt wechselte sie deshalb das Gesprächsthema und fragte: „Sag mal Michael, dich bedrückt doch etwas. Du bist doch sicher nicht um diese Zeit zu deiner Exfrau gekommen, nur um zu fragen, ob Mike morgen frei ist. Willst du mir nicht sagen, was wirklich los ist?"
„Du kennst mich gut, Barbara. Natürlich bedrückt mich etwas. Deshalb bin ich ja hergekommen. Ich mache mir große Sorgen um deinen Vater. Wir haben eben in der Flugleitung eine Tasse Kaffee miteinander getrunken. Er schien mir total deprimiert zu sein, behauptete aber, es ginge ihm gut. Dabei hätte jeder Blinde sehen können, dass er ein großes Problem wälzt. Hans hat mit mir immer über alles geredet. Doch diesmal habe ich nichts aus ihm herausbekommen. Stattdessen machte er sehr seltsame Bemerkungen über die Fliegerei."
Barbara antwortete: „Mir ist aufgefallen, dass er seit einigen Tagen etwas deprimiert wirkt. Ich wollte ihn gestern zum Abendessen einladen, doch er hat die Einladung glatt ausgeschlagen. Das ist ganz und gar nicht seine Art. Er nutzt sonst jede Gelegenheit, um mit Mike und mir zusammenzukommen. Anfangs dachte ich, Vater hat etwas gegen meine Heiratspläne. Aber das scheint nicht der Fall zu sein. Tut mir übrigens Leid, dass ich dir auf diese Art und Weise sagen muss, dass ich beabsichtige, Dirk zu heiraten."
Michael schaute Barbara in die Augen und sagte: „Hans hat es mir bereits erzählt. Warum auch nicht. Du bist eine freie, attraktive Frau."
„Danke", entgegnete sie und lächelte.
„Barbara", fragte Michael mit einem ernsten Gesichtsausdruck, „könnte es sein, dass Hans gesundheitliche Probleme hat, die er uns vorenthalten möchte?"
„Ich gebe zu, dass ich daran auch schon gedacht habe. Er wirkt in letzter Zeit immer etwas müde. Manchmal redet er auch ein bisschen langsamer als früher. Aber deine Vermutung scheint dennoch unbegründet zu sein, glaube ich. Mein Vater war erst vor ein paar Tagen beim Fliegerarzt und hat sich termingerecht sein Tauglichkeitszeugnis abgeholt."
„Fliegerarzt", sagte Michael nachdenklich, „genau das könnte es doch schon sein. Vielleicht hat der Fliegerarzt irgendetwas Negatives diagnostiziert, eine Krankheit, die Hans bisher viel-

leicht vor uns verborgen hat. Hoffentlich hat ihn der Fliegerarzt nicht gegroundet. Wenn Hans fluguntauglich ist, wäre das natürlich ein guter Grund für seinen Zustand."
„Das glaube ich nicht. Vater ist nicht mehr so fit wie ein Dreißigjähriger, keine Frage, aber deshalb ist er nicht fluguntauglich."
„Bist du dir wirklich sicher?"
„Na klar." Wenn er so krank wäre, dass der Fliegerarzt ihm deshalb die Tauglichkeitsbescheinigung verweigern müsste, dann würde mir das auffallen. Seine Müdigkeit ist sicher nur altersbedingt. Er sagt, er schläft schlecht. Aber das alleine macht ihn noch nicht fluguntauglich."
„Dann muss es einen anderen Grund für seine Probleme geben. Würdest du mir helfen, das herauszufinden?"
„Gerne, er ist schließlich mein Vater. Aber was schlägst du vor?"
„Wir sollten ihn morgen einfach konkret darauf ansprechen und ihm klarmachen, dass es nicht gut ist, wenn er seine Probleme alleine mit sich herumschleppt. Und wenn wir ihn etwas ins Kreuzfeuer nehmen, wird er vielleicht erzählen, was ihn bedrückt. Wenn er wirklich gegroundet ist, kann er mit mir fliegen, so oft er möchte."
„Ich bin mir sicher, dass das für Vater nicht das Gleiche wäre", antwortete Barbara. „Aber gut, wenn er Mike morgen abholt, lade ich ihn zum Abendessen ein. Möglicherweise lehnt er wieder ab. Bitte fahre du morgen Abend zum Flugplatz und sorge dafür, dass er auch kommt. Und du bist auch eingeladen. Vielleicht gibt ihm das einen Grund, zum Essen zu kommen. Nach ein paar Gläsern Moselwein wird er schon reden."
„Abgemacht, ich werde versuchen, ihn zu überreden." Michael trank seinen Whiskey aus, stand auf und sagte: „Danke für den Whiskey. Ich möchte dich nicht länger stören. Sicher wird Dirk gleich nach Hause kommen und es ist ihm bestimmt nicht besonders angenehm, wenn er mich hier antrifft."
„Nein, Michael, du störst mich nicht. Und Dirk würde es nichts ausmachen, dich hier anzutreffen. Wir haben einen gemeinsamen Sohn, damit muss er leben und das kann er auch. Aber er ist auf einem Seminar, ich erwarte ihn erst übermorgen zurück. Es ist doch schön, dass wir uns mal wieder unterhalten konnten,

ohne uns gleich wieder zu streiten. Du sagtest vorhin, du hättest während deines Urlaubes über uns nachgedacht. Darf ich fragen, zu welchem Ergebnis du gekommen bist?"
Michael hielt es nicht mehr aus. Er stand auf, zog Barbara vom Sessel, nahm sie in die Arme und küsste sie heftig. Zu seinem Erstaunen erwiderte sie seinen Kuss. Michael sagte: „Das ist das Ergebnis meiner Überlegungen. Ich liebe dich."
Barbara sah ihn ernst an und antwortete: „Ich dachte es mir fast, Michael. Trotzdem bin ich sicher, dass wir einen Neuanfang nicht schaffen würden. Nach kurzer Zeit hätten wir wieder Streit miteinander."
„Bestimmt hast du Recht. Ich bin heute Abend etwas zu weit gegangen, hatte mich nicht im Griff. Besser, ich gehe jetzt. Bitte entschuldige."
„Du brauchst dich nicht zu entschuldigen." Barbara umklammerte ihn, küsste ihn leidenschaftlich und zog ihn sanft auf ihr Bett im Schlafzimmer.
Michael verlor seine Selbstkontrolle nun endgültig. Irritiert erwiderte er Barbaras Zärtlichkeiten. Er zog ihr das T-Shirt vom Körper und streichelte sie immer heftiger. Ihre Brüste erregten ihn wahnsinnig. Er streichelte ihren Rücken, ihre Beine und küsste sie überall. Barbara wusste, dass sie einen großen Fehler beging, aber sie ließ ihn gewähren. Ihre Gefühle waren stärker und ihr Verlangen raubte ihr fast den Verstand. Kurzzeitig ließ sie von ihm ab und legte eine alte CD auf. Die Carpenters sangen ihre größten Hits, wie "Hurting each other", "Close to you" und "Yesterday once more". Mit diesen Songs aus den Siebzigern verbanden beide gemeinsame Erinnerungen. Sie lauschten der Musik und versanken dabei in einem Meer von Zärtlichkeit. Sie schliefen miteinander als hätten sie sich gerade erst kennen gelernt, als sei nie etwas zwischen ihnen gewesen. Erschöpft schmiegten sie sich später aneinander und schliefen ein.

Als Michael erwachte, war es 3 Uhr. Barbara stand nackt am Fenster und weinte.
„Barbara, was ist mit dir?", fragte Michael besorgt und wollte sie in die Arme nehmen. Doch sie wies ihn sanft zurück.

„Wir haben beide einen großen Fehler gemacht“, antwortete sie. „Ich liebe dich auch noch, Michael. Glaube mir, ich habe jede Minute dieser Nacht genossen – und es war nicht nur die Gier nach sexueller Befriedigung. Aber jetzt bereue ich es irgendwie. Wie sagt man im Fliegerjargon? Wir haben uns beide völlig verfranzt, völlig die Orientierung verloren. Ich weiß nicht, ob du das verstehst, Michael. Ich liebe dich, aber wir passen nicht zueinander. Und ich kann doch nicht mehr zurück. Dirk hat meine Zusage, jetzt sitze ich sozusagen zwischen zwei Stühlen. Es war schön, mit dir zu schlafen aber wir dürfen das nicht mehr wiederholen.“

„Liebst du ihn wirklich?“, fragte Michael. „Wie kann man zwei Menschen gleichzeitig lieben?“

„Ja, auf eine gewisse Art liebe ich ihn.“

Michael konnte keinen klaren Gedanken fassen. Leise und völlig verwirrt zog er sich an. Er nahm Barbaras Hände, küsste sie auf die Stirn und sagte: „Es ist besser, ich gehe jetzt. Ich werde mich irgendwie damit abfinden müssen, dass wir beide keine gemeinsame Zukunft mehr haben.“

Als er zur Tür ging lief Barbara ihm nach, küsste ihn und sagte verlegen: „Michael, bitte versteh mich doch. Ich kann nicht anders.“

„Ist schon OK, Barbara. Es fällt mir schwer, aber mit der Zeit wird auch diese Wunde verheilen. Wir sollten uns jetzt auf deinen Vater konzentrieren und herausfinden, was mit ihm los ist und wie wir ihm helfen können.“

Mit diesen Worten schloss Michael die Tür hinter sich, setzte sich in seinen Wagen und fuhr nach Hause. Nach der Trennung von Barbara hatte er sich ein Zweizimmer-Appartement in einem Nachbarort von Thalfeld gemietet. Er warf sich enttäuscht und wütend zugleich auf sein kaltes Bett und dachte nach. Er würde die Sache mit Hans Brettschneider in Ordnung bringen und dann für immer aus Barbaras Leben verschwinden. Er kramte eine Stellenausschreibung der Zeitschrift „aerokurier“ aus seiner Tasche und notierte sich eine Rufnummer. Möglicherweise war der Job noch zu haben. Gleich am Montag würde er sich erkundigen. Erschöpft und müde schlief er ein.

Barbara konnte nicht einschlafen. Alte Wunden waren aufgebrochen. Sie machte sich Vorwürfe. Ausgerechnet sie, Barbara Kirst, die selbstsichere, vierzigjährige Leiterin einer Bankfiliale, hatte total die Beherrschung über sich selbst verloren und konnte es nicht einmal aufrichtig bereuen. Leise ging sie ins Kinderzimmer und setzte sich an Mikes Bett. „Du bist alles was ich habe“, flüsterte sie leise. „Jetzt weiß ich nicht mehr, ob ich die richtige Entscheidung für uns beide getroffen habe.“
Sie streichelte Mike über den Kopf und verließ weinend den Raum. Der CD-Player war noch immer eingeschaltet, die CD der Carpenters drehte sich erneut:
„Warum können wir nicht aufhören,
uns gegenseitig zu verletzen…?“

Auch Hans Brettschneider konnte in dieser Nacht nicht richtig schlafen. Unruhig ging er in seinem Haus hin und her. Dann nahm er seine Fliegerkarten zur Hand und schaute sich seine für morgen geplante Flugroute an. Er brauchte die Strecke in die neue 1992er Karte nicht einzuzeichnen, tat es aber dennoch. Zu oft war er diese Route geflogen. Mit zitternden Händen goss er sich ein Glas Wein ein und nahm eine Schlaftablette. Vielleicht würde ihm die Tablette helfen, etwas zu schlafen. Er wollte ausgeruht sein, wenn er sich morgen in sein Flugzeug setzte. Doch der ersehnte Schlaf blieb aus. Hans Brettschneider stieg die enge Holztreppe in sein Wohnzimmer hinab und schlug sein altes Fotoalbum auf. Er zog ein Bild seiner Eltern heraus, die er sehr geliebt hatte. Erinnerungen wurden wach. Nur in einem Punkt hatte er sich mit seinem Vater ständig gestritten. Als Hans ihm eröffnete, dass er Flieger werden wollte, hatte sein Vater dies kategorisch abgelehnt. Erst nach dem viel zu frühen Tod von August Brettschneider hatte Hans mit dem Segelfliegen beginnen können.

Kapitel 2

August Brettschneider war ein einfacher Mann und stammte aus einer alten Thalfelder Familie. Wie alle seine Vorfahren betrieb er neben der Landwirtschaft eine Häfnerei. In den Höhenzügen rund um Thalfeld gab es große Tonvorkommen. Wo man auch grub, überall stieß man auf Ton. August Brettschneiders Betrieb war eine der wenigen Thalfelfer Häfnereien, die noch über die Jahrhundertwende hinweg existierten. In den 1880er Jahren hatte man noch zwanzig Betriebe zählen können. Die Herstellung von Tonkrügen, Eierkäseseien und sonstigen Produkten war eine Knochenarbeit, die mit dem Abbau des Tons begann. Das Formen des Tones auf der Drehscheibe erforderte viel Geschick. Auch der Verkauf gestaltete sich schwierig. Meist wurde die „Irdenware" an so genannte „Mäckeser" verkauft. So nannte man in Thalfeld die Zigeuner ohne festen Wohnsitz, die mit einem Planwagen durch das Land zogen und Geschäfte machten. Die Mäckeser waren nicht sehr beliebt in Thalfeld. Sie gingen nicht zur Kirche, glaubten nicht an Gott, weshalb man normalerweise jeden Kontakt mit ihnen mied. Allerdings boten sie die einfachste Absatzmöglichkeit für die Häfnerware. Gegen Ende des neunzehnten Jahrhunderts hielt die Industrialisierung auch in Thalfeld niemand mehr auf. Eine reiche Familie aus dem Ruhrgebiet eröffnete eine Fabrik zur Herstellung feuerfester Steine. Viele Häfner schlossen ihren Betrieb und wurden Arbeiter der Fabrik. Als Tongräber mussten sie zwar immer noch harte Arbeit leisten, aber die Fabrik bot Ihnen wenigstens ein gesichertes Einkommen und Landwirtschaft konnten sie nebenbei immer noch betreiben. August Brettschneider wollte sich nicht dem langen Schornstein, wie die Fabrik in Thalfeld genannt wurde, unterwerfen, wollte seine Selbständigkeit nicht aufgeben. Die reichen Fabrikbesitzer erpressten bald die Mitarbeiter, die gleichzeitig auch Mitglieder des Gemeinderates waren und so gelangten die Schürfrechte für die gesamte Thalfelder Gemarkung in die Hände der Geschäftsleitung der Fabrik. Jetzt musste auch August Brettschneider seine Werkstatt schließen, die nun notwendige Schürfgenehmigung von der Fabrik war ihm zu teuer. Er schaffte sich zwei Pferde an, eröffnete ein

Fuhrunternehmen und bestritt von nun an seinen Lebensunterhalt mit Transporten. In der Hauptsache transportierte er Kohlen vom Bahnhof der Kreisstadt zu einzelnen Kunden. Auf dem Rückweg in die Kreisstadt fuhr er oft Holz aus dem Thalfelder Forst. So hatte er ein relativ sicheres Einkommen.

Ein Jahr bevor August seine Häfnerei aufgab, im Jahre 1904, verliebte er sich in die temperamentvolle Tochter eines Mäckesers. Die Sechzehnjährige hatte schulterlanges, schwarzes Haar und war regelmäßig in Augusts Werkstatt zu Gast, wenn ihr Vater frischgebrannte Tonkrüge abholte. Als Eva eines Tages schwer erkrankte, bot sich Augusts Mutter an, das Mädchen zu pflegen. Die überzeugte Christin war bereits Witwe und konnte nicht mit ansehen, wie Eva immer schwächlicher wurde. Ein krankes Kind hatte kaum eine Chance, in einem Planwagen oder unter freiem Himmel zu genesen. Ein festes Zuhause hatten die Mäckeser nur im Winter. Augusts Mutter pflegte das Mädchen wie ihre eigene Tochter. Eva erholte sich schnell. August Brettschneider war fasziniert von Evas feurigen blauen Augen, ihrem wohlgeformten Körper, ihren langen schwarzen Haaren. Eva erwiderte seine Liebe, bald auch seine Zärtlichkeiten. Als August seiner Mutter später eröffnete, dass er Eva heiraten möchte, war das ein handfester Skandal in Thalfeld, dessen Einwohner normalerweise einen weiten Bogen um die Mäckeser, die Heidenleute machten. August interessierte das Geschwätz der Dorfbewohner nicht. Er heiratete Eva gegen den Willen seiner Mutter, die Eva zwar sehr mochte, einer Heirat aus Standesgründen jedoch nicht zustimmen wollte. Doch sehr bald nach der Hochzeit der beiden geriet der Skandal mehr und mehr in Vergessenheit, zumal ihre Ehe sehr lange, bis zur Geburt von Hans Brettschneider im Jahre 1920, kinderlos blieb.
Die Thalfelder beschäftigten sich bereits mit einem anderen Thema, das viele Gemeinden des Westerwaldes in zwei Lager spaltete, die Erweckungsbewegung. Diese war ein spontaner Aufbruch zur Gläubigkeit im Ausgang des neunzehnten Jahrhunderts und verbreitete sich über das Siegerland rasch auch im Westerwald. Den Menschen ging es schlecht, die Landwirtschaft im rauen Westerwaldklima brachte nicht genug ein, um die Familien zu ernähren. Die Menschen erkrankten häufig und

verloren dadurch oft ihre Anstellung und hungerten. Der Erzabbau, der Braunkohlebergbau oder die Herstellung von Häfnerware in der Fabrik waren harte Tätigkeiten. Bergleute oder Tongräber wurden ausgebeutet. Wer außer Gott hätte diesen Menschen noch helfen können? Die Prediger der Erweckungsbewegung waren allesamt aus der Kirche ausgetreten und forderten die Neuauslegung des Neuen Testamentes. Sie wollten die geistigen Strömungen ihrer Zeit überwinden. Ihre Mission brachte im Westerwald und im östlich angrenzenden Dilltal große Früchte. Die Anhänger schlossen sich zusammen und hielten überall so genannte Erbauungsstunden ab. In Thalfeld entwickelte sich eine freie evangelische Gemeinde, die sich später dem Bund der freien Gemeinden Deutschlands anschloss. Die Frommen, auch Vereinshäusler genannt, waren streng gläubig, hielten sich strikt an das Neue Testament. Die Vereinshäusler brauchten, wollten keinen Pfarrer. Predigten von studierten Theologen lehnten sie ab. Zu oft verstanden sie nicht, was der Pfarrer ihnen von der Kanzel herunter sagen wollte und das Gemeindeleben war ihnen nicht tiefgründig genug, es richtete sich aus ihrer Sich allzu häufig nicht nach biblischen Vorgaben. Die Frommen bildeten einen Ältestenrat, dessen Mitglieder der Reihe nach bei Sonntagsgottesdiensten die Predigten hielten. Die Taufe im Kindesalter wurde abgeschafft. Die Gemeindemitglieder sollten sich im Erwachsenenalter aus freien Stücken zu Jesus bekennen und dies durch ihre Taufe bekräftigen. Der Zusammenhalt innerhalb der Gemeinde war enorm. Kaum ein Problem, das nicht gemeinschaftlich gelöst wurde. Keiner blieb in seiner Not alleine. Nach außen grenzten sich die Frommen jedoch sehr ab. Viele weltliche Dinge wurden plötzlich als Sünde verschmäht und waren für die Gemeindeangehörigen absolut tabu. Das Thema Sexualität wurde totgeschwiegen. Damit niemand auf Abwege geriet, wurde das Gemeindeleben völlig neu organisiert. Fast jeden Abend gab es eine andere christliche Veranstaltung. Bibelstunden, Chorproben, Jungschar und dergleichen mehr. Auch die Neuerungen der Industrialisierung, die Thalfeld große Vorteile brachten, wurden von den Frommen sehr argwöhnisch betrachtet. Die Einführung des elektrischen Lichtes löste sogar Grundsatzdiskussionen im Gemeinderat aus.

Kein Wunder also, dass Hans Brettschneiders Vater August im Dorf in Missgunst geriet, als er Eva heiratete. Und nun beabsichtigte ein Prediger der freien Gemeinde die geschiedene Enkelin einer Mäckeserin, die das Temperament und die schwarzen Haare ihrer Großmutter geerbt hatte, zu heiraten.

Hans Brettschneider schmunzelte, als er über die Vergangenheit seiner Eltern nachdachte. Würde Dirk nun nicht auch zum Außenseiter? Konnte sich Thalfeld einen Prediger leisten, der eine kirchlich-evangelisch erzogene und geschiedene Frau ehelichte? Sicher, die Vereinshäusler waren weltlichen Dingen gegenüber wesentlich offener geworden. Die Welt hatte sich eben geändert und auch sie hatten dazugelernt. Obwohl die Frommen mittlerweile viel freier dachten und handelten, blieb Hans Brettschneider skeptisch. Viele seiner Freunde aus der Jugendzeit gehörten zur freien Gemeinde, saßen dort im Ältestenrat. Hans war immer gut mit ihnen ausgekommen, obwohl er ihre Ansichten häufig nicht teilte. Auch er glaubte irgendwie an einen Gott, konnte sich aber mit den selbst auferlegten Einschränkungen der Vereinshäusler nicht vollständig identifizieren. Er wusste, dass Barbaras und Dirks Heirat ihnen, aber auch den Menschen außerhalb der freien Gemeinde Anlass zu Geschwätz und Missgunst geben würde. Mike musste dabei zwangsläufig zwischen die Stühle geraten. Noch immer betrachtete man viele weltliche Dinge als Sünde oder Götzendienst. Zu diesen Dingen gehörte auch die Fliegerei, insbesondere dann, wenn sie als Hobby betrieben wurde. Dirk heiratete nicht nur eine geschiedene Frau, sondern obendrein auch die Tochter eines Fliegers.

Die Industrialisierung brachte August Brettschneider viele Vorteile. Zur Jahrhundertwende vom neunzehnten zum zwanzigsten Jahrhundert war Thalfeld einer der ersten Orte im Kreisgebiet, der einen eigenen Eisenbahnanschluss bekam. Doch bis zur endgültigen Eröffnung der Strecke war es ein schwieriger Weg. Ein 1.400 Meter langer Tunnel musste gebaut werden, um große Steigungen und Umwege zu vermeiden. Der Bau des Tunnels brachte August Brettschneider Großaufträge ein. Er wäre sicher ein reicher Mann geworden, wenn nicht der erste Weltkrieg ausgebrochen wäre. Die Ermordung des österreichischen Thron-

folgerpaares, im Juni 1913, löste eine Lawine diplomatischer Verwicklungen aus. Die Serbisch-Österreichische Krise erreichte ihren Höhepunkt und führte schließlich zum Ausbruch des ersten Weltkrieges. Die Kaiser und Könige Europas waren zu Marionetten ihrer eigenen Diplomaten geworden. Das einfache Volk, Menschen, die keine Schuld traf, wurde gegeneinander aufgehetzt. In den Schulen predigten die Lehrer Hatztiraden. Kinder im Alter von fünfzehn Jahren meldeten sich freiwillig zum Kriegsdienst.
So zogen im Sommer 1914 Hunderttausende mit wehenden Fahnen in den Krieg. Militärkapellen spielten auf, Hausfrauen winkten mit Tüchern, Mädchen steckten den Soldaten Butterbrote in die Taschen. Natürlich spielten sich solche Szenen auch im Ausland ab. Auf der Champs Elysees in Paris, am Ballhausplatz in Wien, am Trafalgar Square in London.

August Brettschneider war skeptisch. Wie viele andere Thalfelder, verspürte er nicht die geringste Begeisterung. Sein Vater war im Krieg 1870/71 gegen die Franzosen schwer verwundet worden und später an seiner Verwundung gestorben. August glaubte nicht daran, dass dieser Feldzug die Probleme des Kaiserreichs lösen würde. Anfang 1915 erhielt auch August Brettschneider seinen Stellungsbefehl. Fassungslos betrachtete er das Schreiben. Ihm blieben gerade noch drei Tage, dann musste er sich bei einem Sanitätsbataillon in der Kreisstadt melden. Eva weinte, als sie das Schreiben las. Ihr blieb keine Wahl. Nun musste sie, eine kleine, zierliche Frau, das kleine Fuhrunternehmen alleine führen. Niemand konnte ihr sagen, ob August jemals wiederkommen würde.
Nach einer dreimonatigen Ausbildung zum Kraftfahrer und Rettungssanitäter hieß es für August endgültig die Koffer packen. Sein Bataillon wurde an die Westfront verlegt, genauer gesagt, nach Flandern, wo sich die befeindeten Armeen bald einen erbitterten Stellungskrieg lieferten. Jeder Fußbreit Boden wurde mit Blut bezahlt. Glücklicherweise gehörte August nicht direkt der kämpfenden Truppe an. Das vergrößerte seine Überlebenschancen. Etwa Zwanzig Kilometer hinter der Front wurde ein Feldlazarett aufgebaut. Tag und Nacht mussten Schwerverwundete in vorderster Linie abgeholt und per LKW zum Laza-

rett befördert werden, wo sich viel zu wenig Ärzte verzweifelt bemühten, die geschundenen Menschen notdürftig wieder zusammenzuflicken. August konnte manchmal die Schreie der Verletzten nicht mehr ertragen. Viele starben bereits auf dem Transport. Ihre Schicksale verfolgten August in Albträumen. Er haderte mit Gott. Warum ließ er solche Gräueltaten zu? Warum mussten so viele Unschuldige sterben?

Im Sommer 1915, während einer Fahrt zur Front, beobachtete August einen erbitterten Luftkampf zwischen zwei englischen Spads und einem deutschen Jagdflugzeug. Die Kriegsfliegerei steckte damals noch in den Kinderschuhen. Luftkämpfe von Flugzeug zu Flugzeug waren in dieser Phase des Krieges noch relativ selten. Den Flugzeugen dachte man zunächst nur die Unterstützung der Bodentruppen zu. Doch findige Piloten hatten die Konstrukteure dazu bewogen, Maschinengewehre in die Flugzeuge einzubauen, so dass man mit der gesamten Flugzeuglängsachse auf den Feind zielen konnte. Die ersten eingebauten MGs schossen unsynchronisiert durch den Propellerkreis. Zum Schutz der Holz-Propeller hatte man Abweisbleche an ihnen angebracht. Erst mit der Zeit wurden MG und Propeller synchronisiert. Die Piloten, die eine Jagdmaschine fliegen konnten, waren hochangesehene Soldaten, die im Krieg ein ganz anderes Leben führten, als die einfachen Soldaten vorne an der Front. Trotzdem mussten auch sie tagtäglich ihr Leben riskieren. Überleben konnte nur der, der den richtigen Jagdinstinkt hatte und viel Mut und Geschicklichkeit besaß. Leichtsinn und Draufgängertum waren oft tödlich.

Aufgeregt verfolgten August und sein Beifahrer den Luftkampf, der sich in sehr geringer Höhe abspielte. Trotz der zahlenmäßigen Überlegenheit der Engländer gelang es dem Deutschen, der eine Fokker E III flog, sich hinter einen der Engländer zu hängen und ein paar gezielte Geschosssalven abzugeben. Man hörte das langsame Rattern der beiden MGs. Brennend stürzte die erste Spad zu Boden. Nach einer wilden Kurbelei fiel der zweite Engländer. Seine Maschine ging trudelnd zu Boden und fing ebenfalls Feuer. Hier war nichts mehr zu retten. Plötzlich stießen zwei weitere Engländer aus der Sonne kommend hinzu. Der Deutsche hatte sie nicht sehen können und besaß keine Ausweichmöglichkeiten mehr. Sein Motor wurde getroffen. Schnell zog die Fokker eine Ölfahne hinter sich her, die hundert PS versagten ihren Dienst. Der Deutsche drückte die Maschine an den Boden und versuchte eine Notlandung. Das Manöver misslang. Offensichtlich hatte auch die Steuerung etwas abbekommen. Es krachte fürchterlich, als die Fokker in einem Gebüsch aufschlug. August rannte zu der Absturzstelle und zog den verletzten aber lebenden Piloten aus den Trümmern. Noch fing die total zertrümmerte Maschine kein Feuer. Der junge Leutnant war ohnmächtig. Notdürftig verband August seine Wunden und transportierte ihn auf dem schnellsten Wege zum Feldlazarett, wo sich sofort ein Arzt um ihn kümmerte. Abends kam der Leutnant wieder zu Bewusstsein. Neben einigen Schürfwunden hatte er eine Gehirnerschütterung und ein paar Knochenbrüche, keine lebensgefährlichen Verletzungen. Sein Name war Karl Wagner. Er gehörte der Jagdstaffel Baumann an und war bereits mit zweiundzwanzig Jahren einer der erfolgreichsten deutschen Flieger. Als August ihn später besuchte, bedankte sich Wagner gerührt dafür, dass ihm August das Leben gerettet hatte. Sie unterhielten sich lange miteinander und freundeten sich schnell an. Nach drei Tagen hielt es der Leutnant nicht mehr aus. Er wollte zurück zu seiner Einheit und meinte, seine Verletzungen könne er auch dort ausheilen. Am nächsten Tag gab sich der Oberstabsarzt geschlagen. August erhielt den Befehl, Leutnant Wagner zu seiner Staffel zu fahren.

„Sagen Sie mal, Brettschneider, hätten Sie nicht Interesse, bei unserer Jagdstaffel Dienst zu tun? Ich möchte mich unbedingt für Ihren Rettungseinsatz revanchieren und würde Ihnen gerne einen Gefallen tun. Ich könnte Sie bei den Knochenflickern loseisen. Mein Chef, Oberleutnant Baumann, wird das sicherlich in die Tat umsetzen können. Er hat großen Einfluss. Kraftfahrer und Leute mit technischem Geschick sind bei uns derzeit Mangelware."
„Hört sich gut an", antwortete August, während er noch überlegte, ob es wirklich gut wäre, den jetzigen Posten aufzugeben. „Ich brauche allerdings keine Belohnung für meine Hilfe. Die war absolut selbstverständlich. Aber der Dienst bei Ihrer Staffel würde mich reizen."

„Dann werden wir das mal in die Wege leiten“, meinte Wagner gönnerhaft.
„Glauben Sie, unser Oberstabsarzt lässt mich so ohne weiteres weg?“, fragte August zweifelnd. „Es gibt bei uns nicht genug Rettungssanitäter. Zu viele sind schon an die Front abgezogen worden. Die meisten dieser Kameraden sind bereits tot.“
„Kein Problem“, sagte Wagner lächelnd. „Sie kennen Baumann nicht. Es ist der erste erfolgreiche Jagdflieger Deutschlands und der größte Draufgänger, den es je gab. Er trägt bereits den Pour le Merit. Das ist der höchste Orden, den uns der Kaiser verleiht. Die Engländer nennen ihn spöttisch ‚the blue max’, den blauen Max. Aber vor dem, der ihn trägt, haben sie gewaltig Bammel. Baumann hat ihn nach seinem zwanzigsten Abschuss gekriegt. Also Brettschneider, was Baumann will, das kriegt er auch. Seien Sie froh, wenn Sie von den Knochenflickern wegkommen. Ihre Überlebenschancen sind nicht groß, wenn man Sie wie Ihre Kameraden in die vordersten Linien schickt.“
August nickte stumm. Wohl war ihm nicht, er kam sich vor wie ein Fahnenflüchtiger. Doch dann dachte er an Eva. Er wollte überleben, irgendwie. Er wollte sie wiedersehen. In diesem Scheißkrieg musste man irgendwann auch mal an sich selbst denken.
Nach zwei Wochen war es soweit. August wurde als Kraftfahrer zur Jagdstaffel Baumann abkommandiert. Er staunte nicht schlecht, als man ihm seine Unterkunft zeigte. Der Feldflugplatz der Staffel lag weit hinter der Front. Als Quartier hatte die deutsche Luftwaffe ein vornehmes, größeres Landhaus besetzt. Die Offiziere und Piloten wohnten in den oberen Stockwerken, während die höheren Dienstgrade des Bodenpersonals und die persönlichen Adjutanten der Offiziere die Kellerräume bewohnten. Kein Vergleich zu Augusts Unterkunft im Feldlazarett. Dort hatte er in einem Zelt hausen müssen. Zelte gab es hier nicht einmal für das Bodenpersonal. Mit dem Leben der einfachen Landser im Feldeinsatz hatten Flieger und Bodenpersonal nichts gemeinsam. Landser und Flieger trennten Welten. Im Quartier der Flieger fehlte es an nichts. Sogar französisches Küchenpersonal hatte man organisiert. Wenn die Staffel siegreich von einem Feindflug zurückkam, floss der Rotwein in Strömen. Manchmal konnte man frühmorgens beobachten, wie

spärlich bekleidete französische Mädchen aus dem Haus schlichen. Auch das Bodenpersonal wurde oft mit einbezogen, wenn es darum ging, Abschüsse zu feiern. Die Atmosphäre war überaus kameradschaftlich. Welch ein Unterschied zum Leben in den Schützengräben.
Wenn auch der Dienst bei der Staffel für viele ein jugendliches Abenteuer darstellte, so konnte dies nicht über den gefährlichen Auftrag der Flieger hinwegtäuschen. Viele kamen bereits nach den ersten Feindflügen nicht mehr zurück. Wen wunderte es, wenn die jungen Soldaten ihr Leben in vollen Zügen genossen. Jeder Tag konnte der letzte sein.
Augusts Aufgabe bestand zunächst darin, Flugzeugersatzteile irgendwo in Deutschland oder an einem Etappenbahnhof abzuholen. Er sah jedes Mal fasziniert zu, wenn die Warte eine total zerschossene Maschine in Rekordzeit wieder einsatzbereit machten. Den Mechanikern blieb Augusts technisches Verständnis nicht verborgen. Bald erhielt er eine Ausbildung zum Flugzeugwart und wurde verantwortlich für Wagners Maschine. Eine anstrengende Aufgabe. Nicht selten kam Wagner mit einem Fragment von Flugzeug zurück. Einmal hatte Wagner einen Sperrballon angegriffen. Nach der Landung erzählte er August davon: „Das Ding war meilenweit zu sehen. Ich flog mit voller Geschwindigkeit darauf los und gab einige Warnschüsse ab. Die Bodenmannschaft versuchte verzweifelt, den Ballon einzuziehen. Der Beobachter im Korb winkte voller Panik. Dann sah ich, wie der Mann mit dem Fallschirm absprang. Leider ging der Schirm nicht auf. Nur eine weiße Fahne war zu sehen. Das hat mir Leid getan. Doch für den Ballon gab es jetzt keine Rettung mehr. Trotz starker Flak flog ich einen Abschwung und griff erneut an. Kurz vor mir ging das graue Ungetüm in Flammen auf. Ich zog hoch, die Flammen griffen nach meinem Leitwerk. Ich dachte, jetzt nur noch hinter die Front und ab nach Hause. Mit Vollgas drehte ich ab. Gott sei dank, das Feuer am Leitwerk ging aus, ich brauchte nicht auszusteigen. Doch dann griff mich ein Engländer mit einer doppelsitzigen Spad A2 an. War leicht auszutricksen die Kiste. Der Pilot war ein Anfänger. Ein anderer hätte gar nicht gewagt anzugreifen. Im Kurven mit dem richtigen Vorhaltewinkel genügte ein kurzer Feuerstoß und der Engländer war erledigt. Er fiel bereits

hinter unsere Linien. Unsere Jungs haben ihn hoffentlich verarztet."
„Und ich werde jetzt Ihre Fokker verarzten. Die hat einiges abbekommen", lachte August.
Damals, im Sommer 1915, war man noch voller Euphorie. „Wir Kinder von Gottes Gnaden, werden den Krieg gewinnen", schrieb ein Kamerad nach Hause. Viele dachten so. August zweifelte.
Monate später kam Wagner zu ihm und fragte beiläufig: „Sind Sie jemals geflogen, Brettschneider?"
„Nein, Herr Leutnant, noch nie", antwortete August. Er wusste, was ihm jetzt bevorstand.
„Dann wird es Zeit. Morgen muss ich nach Berlin fliegen. Ich könnte eine Kuriermaschine nehmen und Sie mitnehmen. Wenn Sie möchten, werde ich im Westerwald zwischenlanden. Auf diese Weise hätten Sie die Möglichkeit, ein paar Tage mit Ihrer Frau zu verbringen."
August schaute den Leutnant ungläubig an. So einfach war das. Monatelang hatte er Eva nur Briefe schreiben können, von denen einige nicht angekommen waren. Er konnte nicht fassen, dass er sie schon morgen in die Arme nehmen würde. In den frühen Morgenstunden des nächsten Tages ging es los. Mit einer dicken Fliegerlederjacke bekleidet, kletterte er in einen Doppeldecker und nahm auf dem Beobachtersitz Platz. Bereit zu seinem ersten Flug. Er war der erste in der langen Generationenfolge der Brettschneiders, der die Erde aus der Vogelperspektive sehen sollte.
Auf dem Feldflugplatz war zu dieser Zeit schon eine Menge los. In großen grauen Feldzelten bereitete das Bodenpersonal die Flugzeuge für den heutigen Einsatz vor. An einem Doppeldecker wurde gerade die Motorverkleidung abgenommen, damit der Mechaniker die Ventileinstellung korrigieren konnte. In einem weiteren Zelt lagen die Trümmer eines Luftkampfes, der sich über dem Platz abgespielt hatte. Mechaniker waren bemüht, aus dem Bruch wieder ein flugfähiges Flugzeug zu machen. Es gab auch Zelte, in denen man abgeschossene englische und französische Jagdflugzeuge lagerte. Spezialisten untersuchten diese Maschinen auf Herz und Nieren. Ein eventueller technischer Vorsprung des Feindes musste sofort erkannt und mög-

lichst schnell eingeholt werden. Am Rande des Flugfeldes hatte man einem französischen Bauern kurzerhand sein Haus beschlagnahmt. Dort wurden die täglichen Einsatzbesprechungen abgehalten und Tagesbefehle ausgegeben. Der Feldflugplatz selbst war eigentlich nur eine große Wiese mit einer festen Grasnabe. Richtige Start- und Landebahnen gab es nicht. Wenn Flugbetrieb war, startete und landete man einfach gegen den Wind.
Während Wagner es sich auf dem Pilotensitz bequem machte, riss ein Wart am Propeller den Motor an. Nach kurzer Warmlaufzeit schob Wagner den Gashebel nach vorn und startete. Die Startstrecke war noch nass vom Tau. Leichter Bodennebel breitete sich über dem gesamten Gelände aus. Im Osten ging die Sonne auf, ein glutroter Feuerball. Es würde ein schöner Tag werden. Die Natur scherte sich nicht darum, ob Krieg oder Frieden herrschte.
Obwohl August ein etwas ungewohntes Gefühl in der Magengegend verspürte, hatte er keine Angst vor dem Flug. Bei Wagner fühlte er sich sicher. Trotzdem konnte er die Begeisterung der Piloten für die Fliegerei nicht recht begreifen. Sicher, es war beeindruckend, sich die Welt einmal von oben ansehen zu können. Es war schön zu erleben, wie sich Straßen, Wälder und Ortschaften plötzlich in eine kleine Bilderbuchlandschaft verwandelten. August beobachtete fasziniert und grübelnd zugleich die sonnenverbrannte Landschaft. Aber war das Fliegen nicht eigentlich nur ein militärischer Zweck, eine neue grausame Waffe in einem immer grausamer werdenden Krieg? August dachte bald nicht weiter darüber nach. Zu froh war er, dass er Eva wieder sehen würde. Er räkelte sich in seinem Sitz, überprüfte sicherheitshalber das Maschinengewehr und genoss den Flug. Das Wetter war gut, der Himmel war nur leicht bewölkt. Wagner flog sehr hoch. Sein weißer Pilotenschal flatterte im Luftstrom. Es war bitterkalt. Der Höhenmesser zeigte dreitausendfünfhundert Meter. Man hätte meinen können, dass tiefster Friede in Europa herrschte. Hier oben merkte man nichts von der Grausamkeit des Krieges.
Nach etwa vierstündigem Flug deutete Wagner nach vorne. August blickte angestrengt in Flugrichtung. Plötzlich erkannte er zuerst den Rhein, dann die Höhenzüge des Westerwaldes.

Durch Schulterzucken gab ihm Wagner zu verstehen, dass er nicht wusste, wo Thalfeld lag. Der kleine Ort war nicht auf seiner Karte eingezeichnet. August deutete mit der Hand in die ungefähre Flugrichtung. Der große Hang vor Thalfeld war nach weiteren 30 Minuten Flugzeit zu erkennen. August Brettschneider klopfte Wagner vom hinteren Sitz aus auf die Schulter und zeigte aufgeregt nach links. Er hatte Thalfeld an dem Schornstein der Fabrik erkannt. Sein Herz schlug schnell, als Wagner den Doppeldecker auf einer Wiese am Ortsrand von Thalfeld landete. Einige Dorfbewohner kamen zur Landestelle. Sie hatten noch nie ein Flugzeug aus nächster Nähe gesehen. Die Thalfelder staunten nicht schlecht, als sie August Brettschneider erkannten, der gerade aus dem Beobachtersitz herauskletterte.
„Mensch, Brettschneider, Sie sehen aber blass aus. Ist Ihnen der Flug etwa nicht bekommen?“, fragte Wagner belustigt.
„Doch Herr Leutnant“, stotterte August. „Es ist nur – ich war so lange nicht zu Hause.“
Doch er bekam seine Gefühle schnell wieder in den Griff. „Herr Leutnant, darf ich Sie zu mir nach Hause einladen? Sie könnten sich dort etwas frisch machen und eine warme Mahlzeit zu sich nehmen bevor Sie den Weiterflug antreten.“
„Danke Brettschneider, das ist nett von Ihnen. Leider bin ich sehr in Eile. Das Wetter im Osten verschlechtert sich und der kleine Umweg über den Westerwald hat etwas mehr Zeit gekostet, als ich angenommen hatte. Nehmen Sie es mir bitte nicht übel. Ich muss weiterfliegen. In drei Tagen hole ich Sie wieder ab. Genießen Sie Ihre Zeit zu Hause.“
August Brettschneider war enttäuscht, sah aber ein, dass Wagner sich beeilen musste. Er schickte einen Schulfreund ins Dorf, der einige Liter Sprit und Proviant für Wagner besorgen sollte. Dann überprüfte er den Motor der Maschine. Wagner begab sich für eine Weile in den Schatten unter die Tragfläche, wo er sich lässig ins Gras legte, um auszuruhen. Es dauerte eine gute Stunde, bis sie den gewünschten Sprit bekamen, denn in Thalfeld gab es zu dieser Zeit kaum Kraftfahrzeuge. Der alte Schulfreund Augusts musste seine ganze Überredungskunst anwenden, um in der Fabrik die gewünschte Menge zu erhalten. August betankte die Maschine fachmännisch. Dann startete Wagner nach Berlin. August sah ihm nach, bis das Flugzeug immer

kleiner wurde. Schließlich rannte er nach Hause. Als er dort eintraf, war Eva gerade dabei, die Pferde zu füttern. August betrat den Stall und rief leise: „Guten Tag, Eva."
Eva fuhr erschrocken herum und sah ihn ungläubig an. Erst nach einer Weile wurde ihr bewusst, dass es kein Traum war. Ohne etwas zu erwidern fiel sie August in die Arme und küsste ihn lange und leidenschaftlich. Dann brach sie in Tränen aus.
„Ich bin so froh, dich wieder zu sehen, ich hatte solche Angst", sagte sie. „Du bist doch nicht etwa verwundet?"
„Nein. Ich bin zu einer Jagdfliegerstaffel versetzt worden. Ich habe es dir doch geschrieben. Leutnant Wagner, den ich vor Monaten verletzt aus seinen Flugzeugtrümmern befreit habe, war so freundlich, mich auf einem Kurierflug mitzunehmen. Hast du meinen letzten Brief nicht erhalten?"
„Nein, aber das ist jetzt nicht mehr wichtig. Hauptsache, du bist bei mir. Wie lange darfst du bleiben?"
„Leider nur drei Tage. Dann holt mich Wagner wieder ab. Aber bis dahin ist viel Zeit. Bitte sag mir, wie geht es dir, was gibt es Neues in Thalfeld?"
„Das Geschäft läuft schlecht. Wir schlagen uns so durch. Ohne die Landwirtschaft würden wir verhungern."
Eva und August gingen Hand in Hand in das Haus.
„Dein bester Freund Peter ist vor einem Monat gefallen. Ein Giftgasangriff hat die gesamte Kompanie getötet. Sie müssen einen qualvollen Tod erlitten haben. Die Todesanzeige war letzte Woche in der Zeitung. Am gleichen Tag hat der Bürgermeister im Gemeindesaal eine Rede gehalten, das Übliche. Er sprach von Heldentaten und Opfer für das Vaterland. So kann nur einer reden, der nicht im Kriegseinsatz ist. Der Bürgermeister ist zu alt für die Front. Am liebsten hätte ich ihm das Maul gestopft. Peter ist nun schon der achte Thalfelder, der im Krieg gefallen ist."
„Verdammter Krieg. Peter war erst fünfundzwanzig Jahre alt. Was wird nun aus seinen beiden Kindern und wie geht es seiner Frau?"
„Anna-Maria ist am Boden zerstört. Sie weiß nicht, wie es weitergehen soll. Ach, August, was führt ihr für einen unsinnigen Krieg. Warum müssen die Menschen so grausam sein?", fragte Eva immer noch weinend.

„Ich weiß es nicht, Eva. Aber bitte beruhige dich. Ich pass schon auf mich auf. Unser Flugplatz liegt weit hinter der Front und ist gut geschützt. Uns geht es ganz gut, es fehlt uns an nichts.“
In dieser Nacht liebten sie sich zärtlich und vergaßen für eine Zeit die Realität des Krieges. Eva war glücklich. Ohne ihren Mann konnte sie nachts nicht recht schlafen. Der männliche Körper neben ihr gab ihr Geborgenheit und Wärme.
Die drei Tage waren schnell vorüber. Gegen Mittag hörten sie das Brummen eines Motors. August wusste sofort, dass es Wagners Maschine war. Nun hieß es Abschied nehmen, vielleicht für immer. Er zog seine Uniform an und lief gemeinsam mit Eva zu Wagners Landeplatz, wo er bereits Benzin für den Rückflug deponiert hatte.
Eva winkte den beiden zum Abschied. Nur Gott wusste, ob August den Krieg unversehrt überstehen, ob sie ihn wieder sehen würde.

Der Rückflug gestaltete sich anfänglich ebenso friedlich wie der Hinflug. Doch als sie ihren Feldflugplatz erreichten, war dieser in feindlicher Hand. Die ersten Geschosse kamen ihnen entgegen. Wagner machte kehrt und landete in der Etappe. Sie erfuhren, dass die Alliierten am Morgen auf breiter Front einen Großangriff begonnen hatten. Ihre Staffel war in die Nähe von Verdun verlegt worden. Man schrieb den 21. April 1916.
August tankte den Doppeldecker und reparierte notdürftig eine kleine Beschädigung am Höhenruder. Dann flogen sie weiter nach Verdun. Unterwegs trafen sie auf eine Rotte französischer Niewport Maschinen. Eine von ihnen griff an. Ohne Panik flog Wagner einen Zickzackkurs, um dem Franzosen auszuweichen, während August MG-Salven schoss. Der Franzose kam bedrohlich nahe heran, Geschosse knallten in die obere Tragfläche und rissen gefährliche Löcher in die Bespannung. Die Niewport war dem deutschen Doppeldecker überlegen, sie war schneller und wendiger. Plötzlich stellte der Franzose das Schießen ein. August schoss weiter, traf jedoch nicht. Wagner deutete ihm an, mit dem Schießen aufzuhören. Der Franzose hatte offensichtlich Ladehemmung. Die Gesetze der Ritterlichkeit unter den Fliegern, die in diesem Weltkrieg noch einen hohen Stellenwert

hatten, verboten es, auf einen wehrlosen Gegner zu schießen. Wagner grüßte freundlich und drehte ab. August atmete erleichtert auf. Er war froh, dass er keinen Menschen töten musste. Wagner hingegen war verärgert. Zu gerne hätte er seine Abschussliste erweitert. Mit dem letzten Tropfen Benzin landeten sie auf ihrem neuen, völlig provisorisch eingerichteten Feldflugplatz. Ein trauriger Empfang wurde ihnen bereitet. Am Vortag war Baumann von den Engländern abgeschossen worden und abgestürzt. Beim Aufschlag hatte die Fokker Feuer gefangen. Baumann war bis zur Unkenntlichkeit verbrannt. Wütend stieg Wagner in eine bereitstehende Jagdmaschine und flog in Richtung Front davon. Als er zurückkehrte, hatte er drei englische Flieger abgeschossen. August musste ihn noch am gleichen Abend zur Absturzstelle eines der Engländer fahren, die sich hinter den eigenen Linien befand. Wagner betrachtete die Trümmer. Der tote Pilot saß noch immer eingeklemmt im Cockpit. Es war ein junger Mann, höchstens achtzehn Jahre alt. In seiner Jackentasche fand man das Foto eines jungen Mädchens. Gegen einen erfahrenen Jäger wie Wagner hatte es für ihn keine Chance gegeben. August war erschüttert. Wagner schnitt die Hoheitszeichen aus dem mit Leinen bespannten Rumpf und nahm sie als Andenken mit. Schließlich traten sie die Heimreise an. Wagner öffnete eine Flasche Schnaps und trank in kräftigen Zügen. Dann weinte er wie ein kleiner Junge. Baumann war sein Freund gewesen, sie waren zusammen aufgewachsen. Nun war Baumann tot. Die drei Abschüsse hatten Wagner nicht befriedigt. Es war ein Scheißkrieg. Ein paar Tage später erhielt Wagner seine Beförderung zum Oberleutnant und wurde zum Nachfolger Baumanns ernannt.

Am 29. August 1916 stellten die Alliierten den Großangriff auf Verdun ein. Auf beiden Seiten hatte es insgesamt 350.000 Tote und unzählige Verwundete gegeben. Die Deutsche Armee verlor bald überall an Boden. 1917 wurde die Front auf die so genannte Siegfriedstellung in das Somme-Gebiet zurückverlegt. Die Jagdstaffeln kämpften gegen einen immer übermächtigeren Gegner. Die Alliierten starteten Großangriffe an der Aisne, in der Campagne und in Flandern. Es kam immer häufiger vor, dass die Feldflugplätze aus der Luft angegriffen wurden. Wertvolles Material ging verloren. Immer mehr Piloten verloren ihr Leben in einem immer sinnloser erscheinenden Kampf. Eines Tages wurde die Jagdstaffel mit neuen Flugzeugen, der Fokker Dr 1, ausgerüstet. Dieser Dreidecker besaß einen hundertsechzig PS starken Umlauf-Motor und erreichte eine Geschwindigkeit von hundertsiebzig Kilometern in der Stunde. Mit diesem äußerst wendigen Jagdeinsitzer wollte man endlich den alliierten Piloten Paroli bieten. Wagner war begeistert von diesem Flugzeug, ahnte aber andererseits, dass auch mit diesem neuen Vogel der Luftkrieg nicht entschieden werden konnte. Es mangelte einfach an Nachwuchs. Viel zu früh wurden neu ausgebildete Piloten auf Feindflüge geschickt, von denen sie nicht zurückkehrten.

Mitte August 1917 startete Wagner mit seiner Staffel zu einem weiteren Feindflug. Fünfunddreißig Gegner standen bereits auf seiner Abschussliste. Der Pour le Merit, der blaue Max, war auch ihm längst verliehen worden. Als Staffelführer hatte er seine Fokker grellgelb lackieren lassen. Rot wäre ihm lieber gewesen, aber diese Farbe war das Erkennungszeichen für Manfred von Richthofen, dem erfolgreichsten deutschen Piloten. Kurz vor der Front begegneten sie einer englischen Staffel mit Sopwith Camel. Wagner, der einen Augenblick nicht aufgepasst hatte, weil er einen Angriff auf einen Anfänger abgewehrt hatte, wurde plötzlich aus geringer Entfernung von hinten beschossen. Durch Steilkreise versuchte er aus der Schusslinie zu kommen. Es gelang ihm nicht. Der Engländer blieb hinter ihm, er schien ein alter Hase zu sein, der sich nicht so ohne weiteres abschütteln ließ.
Wagner drückte den Steuerknüppel nach vorne und gab Vollgas. Der Motor heulte auf, im Sturzflug ging es nach unten. Der Brite folgte ihm, schoss dabei weiter. Die ersten Treffer krachten in das Leitwerk der Fokker. Wagner flog einen sehr engen Looping, um dadurch hinter den Engländer zu gelangen. Dieser Versuch scheiterte. Der Engländer blieb ihm auf den Versen. Im typisch langsamen Takt der damaligen Waffen, hämmerten seine Bord-MGs. Plötzlich hörte Wagner das bekannte ‚Zing, Zing'. Motortreffer! Der Tommy schoss weiter. Seine Geschosse schlugen große Löcher in Wagners Tragflächen.

Ein junger Pilot aus Wagners Staffel beobachtete den Luftkampf und sah, wie Wagners Fokker eine Ölfahne hinter sich herzog und sank. Unbemerkt stürzte sich der junge Pilot auf den Engländer. Er gab ein paar gezielte Feuerstöße ab. Als die englische Maschine vorbeiflog, sah Wagner, dass der Engländer tödlich verletzt war. Sein Kopf lag bewegungslos auf der Cockpitverkleidung. Ein paar Sekunden flog die Maschine noch geradeaus weiter. Dann tauchte sie nach unten weg. Wagner konnte den Aufschlag nicht beobachten, er war zu sehr mit sich selbst beschäftigt. Zunächst musste er feststellen wo er sich befand. Es sah nicht gut aus. Seine Flughöhe betrug etwa fünfhundert Meter, er befand sich direkt über dem Niemandsland. Keine Chance, die eigenen Linien zu erreichen. Der Motor lief rau, bald musste er ihn abstellen. Nun ging es im Segelflug nach unten. Die Landung in dem von der Artillerie zerschossenen und von Schützengräben durchzogenen Gelände gestaltete sich äußerst schwierig. Kurz nach dem Aufsetzten überschlug sich die Dr 1.

Eine Stunde später erfuhr August Brettschneider von dem Unfall. Leutnant von Strecker, der Pilot, der Wagners Verfolger abgeschossen hatte, berichtete ihm von dem Absturz: „Landen war dort unmöglich. Die Franzosen schossen aus allen Artillerierohren, das Gelände ist vollkommen umgepflügt. Hoffentlich hat Wagner es noch bis hinter unsere Linien geschafft."
„Haben Sie gesehen, wo er gelandet ist?"
„Nein, konnte mich nicht um ihn kümmern. Der nächste Tommy musste verarztet werden. Aber Wagner war ungefähr fünfhundert Meter hoch. Weit kann er nicht gekommen sein, sein Motor war erledigt. Kommen Sie, Brettschneider, wir sehen mal auf die Karte, ich zeige Ihnen, wo das war."
Nach kurzem Studium der Karte stieg August Brettschneider in einen LKW und fuhr zu den vordersten Linien. Immer wieder fragte er Truppenangehörige nach dem Absturz einer gelben Fokker. Er musste sich lange durchfragen, bevor er einen Leutnant der Infanterie fand, in dessen Frontabschnitt sich die Unfallstelle befand. Ein Feldwebel seiner Kompanie hatte Wagners Notlandung genau beobachtet.
„Wo ist der Pilot", fragte August.

„Vermutlich noch im Wrack“, sagte der Leutnant lässig.
„Verdammt, warum haben Sie ihn nicht rausgeholt?“, fragte August wütend.
„Ich verbitte mir diesen Ton, Herr Obergefreiter! Wir haben andere Sorgen heute. Keine Chance, zu dem Wrack durchzukommen. Die Franzosen haben heute Morgen eine Offensive gestartet. Hier wird um jeden Zentimeter Boden gerungen. Außerdem, die Fokker überschlug sich bei der Landung. Es hat ziemlich gekracht. Der Pilot hat den Absturz vermutlich nicht überlebt.“
„Das werden wir sehen“, sagte August Brettschneider entschlossen.
„Ich verbiete Ihnen, dieses Gebiet zu betreten!“, sagte der Leutnant in militärischem Befehlston. „Es liegt im Schussfeld der Franzosen, Sie überleben das nicht.“
„Ich werde es trotzdem versuchen. Ich muss es versuchen und wenn es das Letzte ist, was ich in diesem Scheißkrieg tue“, sagte August erregt. „Wissen Sie, um wen es sich handelt? Es ist Oberleutnant Wagner, den es erwischt hat.“
„Oberleutnant Karl Wagner, der kürzlich den Pour le Merit erhielt?“, fragte der Landser. „Das ändert die Situation. Ich sehe ein, dass wir den da rausholen müssen. Ich werde Ihnen zwei meiner besten Soldaten mitgeben. Alleine schaffen Sie das nicht. „Aber der Rettungstrupp wird erst nach Einbruch der Dämmerung losgeschickt. Solange müssen Sie sich hier in Ihrem eigenen Interesse leider noch gedulden.“
Der Leutnant ließ zwei seiner Soldaten zu sich rufen: „Hermann und Kerber, Sie werden den Obergefreiten hier nach Einbruch der Dämmerung zu dem Flugzeugwrack da drüben begleiten und ihm helfen, seinen Chef zu bergen. Wenn er noch leben sollte, bringen Sie ihn vorsichtig zurück, hier in den Graben. Falls er tot ist, müssen Sie die Leiche bergen! Die Infanterie kann es sich nicht erlauben, einen Pour le Merit Träger einfach liegen zu lassen“, befahl er verbissen.
Dann verließ er den Graben und kroch nach hinten in seinen Leitstand. Das hatte ihm gerade noch gefehlt. Es rumorte entsetzlich an der Front und man rechnete jederzeit mit Giftgasangriffen. Jetzt musste er zwei seiner Leute opfern, nur um einen Piloten-Heini zu bergen, der den Absturz keineswegs überlebt

haben würde. Zu dritt krochen die Männer durch die Schützengräben. Es begann in Strömen zu regnen. In einem der vordersten Löcher warteten sie bis zum Einbruch der Dämmerung. Dann robbten sie weiter. Als sie Wagners Maschine fanden, gerieten sie unter Beschuss. Deckung suchend sprangen sie in einen Granattrichter. Ein toter Soldat lag hier in seiner Blutlache. Ein Granatsplitter hatte ihm den Bauch aufgerissen. August deckte die Leiche notdürftig mit seiner Jacke ab, schloss ihm die Augen und faltete seine Hände. Für mehr Pietät war keine Zeit. Verbissen krochen sie weiter. Von Wagner war keine Spur zu finden. Nach bangen Minuten hörten sie Rufe.
„Hallo, seid ihr Deutsche?"
„Es ist Wagner", sagte August. Leise rief er zurück: „Herr Oberleutnant, Gott sei Dank, Sie leben. Sind Sie verletzt?"
„Nicht der Rede wert. Ich konnte dennoch hier nicht weg. Den ganzen Nachmittag habe ich hier in diesem scheiß Loch verbracht. Sobald ich die Nase herausstreckte geriet ich unter Beschuss. Gott sei Dank haben unsere Jungs denen da drüben lange genug Paroli geboten."
„Bleiben Sie wo Sie sind!", rief einer der Landser. „Wir holen Sie raus, sobald es völlig dunkel ist."

Bis zum völligen Einbruch der Dunkelheit verging noch eine halbe Stunde. Granateinschläge in unmittelbarer Nähe ihrer Stellung deuteten an, dass ihnen nur noch wenig Zeit verblieb. Die Franzosen rückten unaufhaltsam vor und nahmen das Niemandsland weiter in ihren Besitz. Völlig durchnässt robbten die Landser nach vorne, um Wagner zu holen, während August im Schutze des Erdwalls verblieb und sein Gewehr Richtung Front richtete. Er hätte damit zwar wenig ausrichten können, doch so fühlte er sich sicherer.
Wagner war tatsächlich nur leicht verletzt. Wieder einmal hatte er Kopfverletzungen und Schürfwunden abbekommen. Seine Schulter war geprellt. Vielleicht hatte er sich auch das Schlüsselbein gebrochen. Sie brauchten Stunden, um zu den eigenen Linien zurückzukriechen. Immer wieder mussten sie in verlassenen Schützengräben Deckung suchen. In der Stellung der Infanterie erhielten sie eine karge Kartoffelsuppe und etwas Tee. Mehr hatte die Einheit heute nicht auftreiben können.

Auf der Rückfahrt zur Staffel herrschte bedrücktes Schweigen. Plötzlich sagte Wagner leise: „Das ist das zweite Mal, dass Sie mir das Leben gerettet haben, Brettschneider. Das werde ich Ihnen nie vergessen. Ohne die aufopfernde Kameradschaft unter den Soldaten wären noch mehr Opfer zu beklagen. Dieser verdammte Krieg."
„Danken Sie nicht mir Herr Oberleutnant. Ohne die Hilfe der Landser hätte ich es nicht geschafft, Sie lebend aus dem Niemandsland herauszuholen."
„Ich werde den Männern eine Kiste Champagner zukommen lassen", sagte Wagner trocken.
Nach einer Weile fuhr er bedrückt fort: „Diesen Krieg können wir nicht mehr gewinnen, Brettschneider. Und wenn wir noch so viele Einsätze fliegen. Und wenn wir noch so viele Flieger abschießen und Landser töten. Es ist ein sinnloses Sterben geworden. Das einzige, was uns dieser Krieg hinterlässt sind hunderttausend und aberhunderttausend Tote, die man auf ausgedehnten Soldatenfriedhöfen beisetzt oder einfach in den Gräben liegen lässt; und umgepflügte und verseuchte Felder, auf denen nie wieder auch nur ein Halm wächst. Darüber wird der Hass zwischen den Nationen nur noch größer. Was haben uns die Franzosen oder die Engländer getan? Gute Flieger sind sie, wie wir. Und doch müssen wir uns gegenseitig abschießen, weil ein paar Diplomaten es so wollen. Ein Scheißspiel ist das. Ein Scheißspiel."
Fast gleichgültig nickte August. Er hatte es von Anfang an gewusst.
Als sie am Flugplatz eintrafen, erfuhren sie, dass drei Piloten nicht vom Einsatz zurückgekehrt waren. Unter ihnen der achtzehnjährige Bruder Wagners, der erst vor ein paar Wochen seine fliegerische Ausbildung abgeschlossen hatte und anschließend zur Staffel seines Bruders abkommandiert worden war.

1918 wurde die Rohstoff- und Ernährungslage der Deutschen immer schlechter. Bereits am 18. Dezember 1916 hatten Hindenburg und Ludendorf die Heranziehung aller zivilen Kräfte zur Steigerung der Rüstungsindustrie und Ernährungswirtschaft

gefordert. Doch dieses so genannte Hindenburgprogramm brachte nur eine vorübergehende Besserung der Lage. Am 18. Juli 1918 setzte eine frontbreite Gegenoffensive der Alliierten ein und drückte das deutsche Westheer in die Antwerpen-Maas-Stellung zurück. Am 5. Oktober 1918 musste der neu eingesetzte Reichskanzler, Prinz Max von Baden, den amerikanischen Präsidenten Wilson um Waffenstillstand bitten, der am 11. November 1918 im Wald von Compiegne besiegelt wurde. Der Krieg war zu Ende, Deutschland war endgültig besiegt.
August Brettschneider geriet kurzzeitig in französische Gefangenschaft. Im Juli 1919 konnte er fliehen. Während eines Transportes in einem Eisenbahnwaggon gelang es ihm und einigen seiner Kameraden, die Tür des Waggons zu öffnen. Nachts sprangen sie ab. Sie befanden sich in der Nähe von Thionville. Mehrere Nächte mussten sie marschieren, bevor sie Trier erreichten. Hier wimmelte es überall von französischen Soldaten. Für ein paar Tage fand August Unterschlupf bei einem beherzten Bauern. Dieser versorgte ihn mit Zivilkleidung und gab ihm etwas Proviant. Der Weg nach Thalfeld war weit und beschwerlich. August heuerte bei einem Moselschiffer an, dessen Kahn von Pferden gezogen wurde, die auf dem so genannten Leyenpfad vorwärts getrieben wurden. Auf diesem Weg gelangte August nach Koblenz. „Nimmer wird das Reich zerstört, wenn ihr einig seid und treu", so stand es auf dem Sockel des Denkmals Kaiser Wilhelms I. am Deutschen Eck, an der Mündung der Mosel in den Rhein, geschrieben. Das Reiterdenkmal war 1897 durch die Rheinprovinz errichtet worden. Nun war das Reich zerstört und in feindlichen Händen. Auch in Koblenz wimmelte es von alliierten Soldaten. Das Passieren des Rheines über die Brücke war unmöglich. August schlug sich bis zu einem Rheindorf nordwestlich von Koblenz durch. Dort fand er ein Ruderboot, mit dem er nachts den Rhein überquerte. Völlig erschöpft und ausgelaugt erreichte er nach mehrtägiger nächtlicher Wanderung Thalfeld. Er hatte Eva lange Zeit nicht gesehen. Fünfzehn seiner Thalfelder Kameraden waren gefallen, sieben weitere wurden vermisst oder waren in Gefangenschaft. Von Wagner hatte er jede Spur verloren. Erst viel später sollte er ihn wieder sehen. Wenn er sich auch oft fragte, was wohl aus Wagner geworden ist, geriet bei August die Fliegerei

mehr und mehr in Vergessenheit. Er musste das Vergessen allerdings erst lernen. Zu viele Wunden hatte der Krieg gerissen. Zu viele Menschen hatte August sterben sehen. Jetzt hieß es nach vorne blicken und die Zukunft gestalten. Eva war wohlauf und hatte sich zu einer äußerst hübschen jungen Frau entwickelt. Augusts Mutter war kurz vor Kriegsende gestorben. Die Rückkehr ihres Sohnes erlebte sie nicht mehr.

Der Vertrag von Versailles trat am 10. Januar 1920 in Kraft und legte Deutschland harte Bedingungen auf.
Deutschland trug die Alleinschuld am 1.Weltkrieg. Neben der Entmilitarisierung des Rheinlandes musste Deutschland große Gebiete abgeben. Das Saarland wurde dem neugegründeten Völkerbund unterstellt. Die Reste der Deutschen Flotte wurden in Scapa Flow interniert. Neben vielen weiteren Sanktionen wurde den Deutschen die Militärfliegerei verboten. Die Lufthoheit über Deutschland übten jetzt die Alliierten aus. Von 17.000 Piloten und Besatzungsmitgliedern im Fronteinsatz waren 4878 getötet worden. 5123 waren verletzt, 1372 vermisst. Die Deutschen Flieger waren davon überzeugt, einen fairen und tapferen Kampf geliefert zu haben. Nun standen sie nicht nur vor den Trümmern des Reiches sondern auch vor den Trümmern ihres eigenen Lebens. Die meisten hatten außer Fliegen nichts gelernt. Was sollte nun aus ihnen werden? Was erwartete sie in der Heimat? Die Demontageverluste waren immens. Fünfzehntausend Flugzeuge, achtundzwanzigtausend Flugzeugmotoren und ungeheure Mengen von Ersatzteilen mussten den Alliierten ausgeliefert oder sofort vernichtet werden. Das Herstellen oder Einführen von Luftfahrtmaterial war verboten. Erst im Mai 1922 erlangte Deutschland die Lufthoheit wieder, allerdings mit erheblichen Auflagen.

Nach dem Krieg hatte August Brettschneider andere Sorgen. In Thalfeld lag alles am Boden. Viele junge Männer waren im Krieg geblieben, andere kamen schwer verwundet nach Hause zurück. Krüppel für den Rest ihres Lebens, die von der Dorfgemeinschaft ernährt werden mussten. Doch hier zeigte sich die gute Seite des strengen christlichen Gemeindelebens. In dieser Gemeinschaft herrschte große Solidarität, auch außerhalb der freien Gemeinde. Niemand musste hungern. Man half sich gegenseitig, so gut es ging.

Kapitel 3

Die Nachkriegszeit war für die Menschen in Deutschland eine Zeit der großen Not. Nur die Landwirtschaft und die Arbeit in der Fabrik ernährten die Thalfelder. Doch August Brettschneider hatte den richtigen Riecher und etwas Glück. Er besorgte sich einen alten Militärlastwagen und organisierte damit weiterhin Holz- und Kohlentransporte. Im Dorf hörte man seitdem mehr und mehr seinen Spitznahmen „Kohlen-August."
Mitten in diese ungewisse Zeit hinein wurde Hans Brettschneider geboren. Seine Geburt gestaltete sich äußerst schwierig. Mit zweiunddreißig war Eva schon relativ alt für eine erste Schwangerschaft. Ihr schmaler Körper war nur bedingt für eine Geburt geeignet. In Thalfeld gab es zu dieser Zeit weder eine Hebamme noch einen Arzt. Die Thalfelder Frauen bekamen ihre Kinder im eigens dafür eingerichteten Geburtshaus in der Kreisstadt, doch Eva wollte ihr Kind in ihrem Haus auf die Welt bringen. In letzter Minute musste August deshalb mit dem LKW in die Kreisstadt fahren, um dort eine Hebamme ausfindig zu machen. Sie schafften es gerade noch rechtzeitig. Die Wehen hatten bereits am Vortag eingesetzt und wurden immer heftiger. Die Hebamme befürchtete das Schlimmste, das Baby musste mit den Füßen zuerst auf die Welt kommen. Nach achtzehn Stunden war es geschafft. Total geschwächt aber überglücklich hielt Eva ihren Sohn Hans in den Armen, der sich in den Folgejahren wohlbehütet zu einem gesunden, kräftigen Kind entwickelte.

Eva kümmerte sich hauptsächlich um die Landwirtschaft. Das raue Westerwaldklima machte es den Menschen schwer, den Boden zu bewirtschaften. Nur die Viehzucht und der Kartoffelanbau war einigermaßen Erfolg versprechend. Schon früh musste Hans seiner Mutter bei dieser schweren Arbeit zur Hand gehen, musste die Tiere füttern und den Stall reinigen. Es machte ihm einen Riesenspaß, wenn er bei der Heuernte hoch oben auf dem beladenen Wagen sitzen durfte. Spielzeug kannte er nicht.

Im Sommer 1928, bei der Arbeit auf dem Feld, sah Hans Brettschneider zum ersten Mal ein Segelflugzeug. Einige ehemalige

Kriegsflieger aus der Kreisstadt hatte die Leidenschaft für die Fliegerei niemals verlassen, ihre Flugsehnsucht war groß. Mit dem Segelflug ließen sich die Bestimmungen des Versailler Vertrages umgehen. Sepp Schäfer war einer dieser Männer. Nach dem Krieg lernte er durch einen Zufall einen Studenten kennen, der ihm von der akademischen Fliegergruppe Darmstadt erzählte, die die Wasserkuppe in der Rhön als ihr Domizil auserkoren hatte, um dort Segelflug zu betreiben. Die Hänge der Wasserkuppe waren unbewaldet und flach. Ein ideales Gelände, um Hangsegelflug zu betreiben. Egal welche Windrichtung vorherrschte, auf der Wasserkuppe bestand immer die Möglichkeit, Gummiseilstarts gegen den Wind durchzuführen. Von thermischen Aufwinden wusste man damals noch nicht viel.

In den zwanziger Jahren bildeten sich überall in Deutschland Fliegergruppen, deren Mitglieder unter großen Mühen ihre Flugzeuge selbst herstellten und zur Wasserkuppe brachten. Die jährlich stattfindenden Rhönwettbewerbe waren nicht nur aus fliegerischer Sicht wichtig. Viele Ideen zur Verbesserung der Konstruktionen sind hier entstanden. Die Rhön-Rositten-Gesellschaft betrieb hier ein Forschungsinstitut. Meteorologische und aerodynamische Erkenntnisse wurden gewonnen und umgesetzt. Ohne die Männer der ersten Stunden, die im harten Klima der Rhön lebten und arbeiteten, die Segelflugzeuge entwickelten und bauten und damit wagemutige Flüge ausführten, wäre der Segelflug nicht das geworden, was er heute ist. Die Pioniere der Rhön, die Piloten, die Handwerker, die Wissenschaftler und die vielen freiwilligen Helfer und natürlich die wenigen großzügigen Sponsoren haben den Segelflug weltweit berühmt gemacht.

Sepp Schäfer, der ehemalige Kriegsflieger, zögerte nicht lange. Im Sommer 1924 schloss er sein kleines Geschäft für einige Wochen, raffte sein Erspartes zusammen und fuhr mit der Bahn nach Fulda. Dort am Bahnhof stahl er ein altes, rostiges Fahrrad und strampelte damit nach Gersfeld. Den Fußweg zur Wasserkuppe hinauf schaffte er in Rekordzeit. An der so genannten Zahnbürste, einer Reihe junger Tannen angekommen, sah er die Schüler der RRG-Flugschule (RRG = Rhön-Rositten-

Gesellschaft) auf ihren Gleitern im Hangwind segeln. Wie Schäfer kurz darauf erfuhr, hatte vor wenigen Tagen ein Lehrgang für Anfänger begonnen. Die Teilnahmegebühr war gering aber Schäfer hatte nicht viel Geld. So bot er sich an, in der Werkstatt der Segelflieger zu arbeiten. Professor Lippich, Konstrukteur und Leiter der technischen Kommission, stellte ihn ein. Schäfer bekam dafür freie Kost und Logis und ein paar Reichsmark. Bald hatte er die Gebühr für den nächsten Grundkurs zusammen und obendrein einige Erfahrung im Segelflugzeugbau gewonnen. Unter Arthur Martens, einem bekannten Flieger und Lehrer, lernte Schäfer das Hangsegelfliegen auf einem Schulgleiter. Bereits nach drei Wochen machte er seine C-Prüfung, indem er einen Dauerflug von vierzig Minuten am Südhang absolvierte. Zu gerne hätte Sepp Schäfer den Vampyr, das Hochleistungssegelflugzeug der damaligen Zeit geflogen, doch Martens erlaubte es noch nicht. Die Maschine sollte im nächsten Rhönwettbewerb eingesetzt werden. Aufgrund seiner guten Leistungen aber ernannte man den talentierten Schäfer schon nach wenigen Flügen zum Fluglehrer. Seine gesamte Segelflugerfahrung betrug damals genau zwei Stunden, 20 Minuten und 10 Sekunden.

In seine Heimat zurückgekehrt, stellte Sepp Schäfer sehr schnell fest, dass der Thalfelder Hang ein geeignetes Gelände zum Segelfliegen war. Schäfer gelang es, einige fleißige Helfer für seine Idee zu interessieren. Unter Anleitung des „Langen Sepp" wurde das Gelände hergerichtet und ein Schulgleiter gebaut. Hauptsponsor war die Thalfelder Fabrik. Der Lange Schornstein sponsert den Langen Sepp, scherzte man im Thalfelder Dorfkrug beim Starkbier. Es verging viel Zeit, bevor der Schulgleiter zum ersten Mal den Hang hinunter rutschten konnte. Zufahrtswege mussten geschottert, eine kleine Halle mit Werkstatt musste errichtet werden. In jeder freien Minute wurde gearbeitet. Im September 1928 war es soweit. Das erste Thalfelder Segelflugzeug hob, mit Sepp Schäfer am Steuerknüppel, ab. Bereits der erste Flug der „Thalfeld 1", einem offener Schulgleiter vom Typ Zögling, war ein Erfolg. Sepp schaffte es, fünf Minuten im Hangaufwind zu kreisen. Dann riss ein Spannseil und Sepp landete unsanft hinter der Hangkante. Die Männer waren begeistert und reparierten die Maschine noch in der Nacht. Die Gruppe um den Langen Sepp wuchs unaufhaltsam. Der Mitgliederkreis setzte sich überwiegend aus einfachen Leuten zusammen. Unter ihnen ehemalige Kriegsflieger, Handwerker und Schüler.

Schon als kleiner Junge schaute Hans Brettschneider den Flugzeugen am Thalfelder Hang immer öfter und immer sehnsüchtiger nach. August Brettschneider war beunruhigt. Aufgrund seiner Kriegserfahrungen hielt er nichts von dem Treiben der Segelflieger.
„Eine brotlose Kunst", sagte er eines Abends nachdenklich zu Eva. „Manch einer vernachlässigt Haus und Hof, nur um für ein paar Sekunden oder Minuten am Hang zu kreisen. Ich werde es nicht zulassen, dass Hans dort mitmacht. Die Fliegerei ist eine Kriegswaffe, nicht mehr und nicht weniger."
Eva versuchte, ihn zu beruhigen. Sanft und naiv sagte sie: „ Ich glaube, du nimmst die Schwärmerei des Jungen einfach zu ernst. Er ist ein prima Bursche und beobachtet seine Umgebung recht aufmerksam. Du wirst sehen, bald schwärmt er von anderen Dingen. Mach dir nicht so viele Sorgen. Es liegt doch an uns, ihn auf den richtigen Weg zu bringen."

Auch vielen Thalfeldern war die fliegerische Betätigung der Gruppe um den Langen Sepp ein Dorn im Auge. Der Prediger der Frommen verkündete lauthals im Sonntagsgottesdienst, dass die Segelflieger ungläubige Sünder seien, die ihr Anrecht auf das ewige Leben leichtfertig verspielten. Sonntags sollte man den Gottesdienst besuchen und nicht einem Götzen hinterherlaufen. Schon der Krieg habe gezeigt, dass die Fliegerei nichts Gutes bedeute. Der Ältestenrat der Frommen versuchte sogar, die Flieger zu bekehren. Eines Tages marschierten sie den Hang hinauf, um den langen Sepp und seine Männer zu bewegen, am Gottesdienst, in der „Versammlung" teilzunehmen. Der Lange Sepp lachte sie aus. Er verstand ihre Argumente nicht, wollte sie auch nicht verstehen, denn sie verstanden ihn ja auch nicht. Schroff antwortete er im tiefsten Thalfelder Dialekt: „Wenn wir fliegen, sind wir dem lieben Gott näher wie ihr da unten in eurer Versammlung. Uns reicht es, wenn wir ab und zu sonntags in der Kirche beten und den lieben Gott um besseres Flugwetter bitten."

Der Ältestenrat zog beleidigt ab. Die fliegerische Entwicklung am Thalfelder Hang vermochte niemand mehr aufzuhalten. August Brettschneider tolerierte sie, wollte aber, obwohl man ihn oft fragte, weder selbst tätig werden, noch, dass Hans von ihrem Virus erfasst wurde.

Als den Deutschen die Motorfliegerei schrittweise wieder erlaubt wurde, gründeten ehemalige Kriegsflieger spontan Vereine und freuten sich über die wiedergewonnene Freiheit. Viele Konstrukteure begannen mit der Entwicklung und Fertigung preiswerter Sportflugzeuge und machten so die Motorfliegerei zu einer neuen sportlichen Disziplin. Der Staat indes begann bereits mit dem Aufbau einer geheimen Luftwaffe.

An einem Sonntagnachmittag im Herbst 1932 hörten die Thalfelder das Geräusch eines Flugzeugmotors. August blickte instinktiv nach oben und erkannte einen knallgelb lackierten Doppeldecker. So etwas hatte er lange nicht gesehen. Als die Maschine am Fuße des Thalfelder Hanges, auf der frischgemähten Landewiese der Segelflieger, notlandete, lief August gefolgt von Eva und Hans zur Landestelle. Er konnte gar nichts anderes tun. Die Notlandung eines Piloten war ihm nicht gleichgültig. Vielleicht war sein fachmännischer Rat gefragt. Als der Pilot ausstieg, erkannte August ihn sofort. Es war Karl Wagner. Die beiden Männer schauten sich erstaunt an und begrüßten sich erfreut.

„Was für ein Zufall, Herr Oberleutnant, Sie auf diese Weise wieder zu sehen", sagte August und schüttelte Wagner erfreut die Hände. „Als ich die gelbe Maschine sah, musste ich sofort an Sie und an die alten Zeiten denken. Was treibt Sie nach Thalfeld?"

Wagner lachte und entgegnete: „Den Oberleutnant können Sie ruhig weglassen, der Krieg ist doch aus. Unterwegs kotzte der Motor immer wieder, aber ich konnte mit dem defekten Triebwerk doch noch bis Thalfeld schleichen. Instinktiv hoffte ich, dass Sie die Mühle wieder flott kriegen. Und ich bin froh, endlich eine Gelegenheit zu haben, Sie und Ihre Familie mal wieder zu sehen."

„Den Motor repariere ich gerne“, sagte August. „Aber dieses Mal müssen Sie mir die Ehre erweisen und meine Einladung annehmen.“
Wagner sah hinüber zu Eva und antwortete: „Diesmal kommt mir die Einladung gerade recht. Ich habe einen Bärenhunger.“
Bei einer genaueren Untersuchung der Maschine Wagners stellte sich heraus, dass die Zündanlage einen Defekt aufwies, der ohne den Einbau eines Originalersatzteils nicht zu beheben war. Dieses musste Wagner in Berlin anfordern. Es half nichts, er musste einige Tage in Thalfeld bleiben.
Bevor sie sich auf den Weg zu Brettschneiders Haus machten, musste Wagner Hans in den Pilotensitz heben und ihm alles haargenau erklären. Zum ersten Mal saß Hans Brettschneider in einem Flugzeug. Beim Abendessen erzählte Wagner von seinen Nachkriegserlebnissen:
„Zunächst geriet ich in englische Kriegsgefangenschaft und wurde in der Nähe von London interniert. Viele Piloten aus anderen Staffeln waren ebenfalls dort. Unter ihnen war auch der letzte Kommandeur der Jagdstaffel Richthofen, Hermann Göring. Man bestaunte uns Jagdflieger wie Raubtiere im Zoo. Unsere grell bemalten Flugzeuge waren den Engländern natürlich ein Begriff. Aber, obwohl ich über zwanzig ihrer Piloten abgeschossen habe, behandelte man mich sehr fair.“
„Wann sind Sie freigekommen?“
„Nach knapp einem halben Jahr Gefangenschaft kehrte ich nach Berlin zurück. Als dann meine Mutter starb, packte ich meine Koffer und ging in die USA, um dort zu fliegen. Andere Kriegsflieger taten das Gleiche. Udet hat das organisiert. Was hätten wir auch sonst tun sollen? In Deutschland lag alles am Boden. Eine armselige Zeit war angebrochen. Nach dem Versailler Vertrag war zwar die Verkehrsfliegerei nicht grundsätzlich verboten. Aber wem nutzte das etwas? Es gab ja keine Flugzeuge mehr. In Amerika konnten wir unseren Traum von der Fliegerei leben. Und etwas anderes hatten wir doch nicht gelernt.“
August antwortete: „Ich habe die harten Bestimmungen des Versailler Vertrages auch nie recht verstehen können. Sie fördern nur den Hass auf die Alliierten. Da kann es keinen wirklichen Frieden geben.“

„Der Versailler Vertrag ist ein Verbrechen an uns Deutschen“, schimpfte Wagner erregt. „Wie kann man den Pionieren der Fliegerei, den Erben Lilienthals das Fliegen verbieten. Wie kann man Menschen verbieten, ihre eigene Erfindung weiter zu entwickeln. Einem Volk, das gerade im Begriff stand, einen uralten Menschheitstraum zu verwirklichen, kann man doch nicht einfach das Handwerk legen. Die Infanterie besteht aus Fußsoldaten. Hätte man den Deutschen dann nicht auch das Gehen verbieten müssen? Viele Piloten haben das ja auch nicht mit sich machen lassen. Die Weiterentwicklung des Segelfluges ist das beste Beispiel dafür.“
„Vom Segelfliegen kann man aber nicht leben“, sagte Eva kühl.
„Nein, das kann man freilich nicht“, entgegnete Wagner ruhig. „Deshalb bin ich auch in die USA gegangen. Dort fand ich schnell einen Job als Pilot. Aber das Fliegen dort drüben war Knochenarbeit. Monatelang musste ich bei jedem Wetter Postsäcke fliegen. Nebenbei habe ich mir mit Kunstflugvorführungen Geld verdient. Die notwendigen Aufträge hat mir Udet besorgt, der ebenfalls eine zeitlang in den USA herumflog. Die Fliegerei besitzt in Amerika einen hohen Stellenwert. Und alle wollten die leibhaftigen Helden des Krieges sehen. Also haben wir nebenbei Airshows veranstaltet und Luftkämpfe simuliert.“
„Warum sind Sie zurückgekommen?“, fragte August
„Ich hatte keine Lust mehr, immer nur Loopings und Turns zu fliegen oder gegen ehemalige amerikanische Gegner Show-Luftkämpfe zu fliegen. Wenn man älter wird, muss man sich einen solideren Job suchen. Als ich hörte, dass in Deutschland die Fliegerei wieder erlaubt würde und einige Verkehrsfluggesellschaften gegründet wurden, bekam ich plötzlich Heimweh. Hinzu kam, dass viele amerikanische Kriegspiloten selbst keine Arbeit mehr hatten. Irgendwann mochten auch die Amis keine Helden mehr sehen. Viele ehemalige amerikanische Kriegsflieger schlichen mit ihren alten Kisten überland, landeten auf jedem Acker und machten Rundflüge für Geld. Die Konkurrenz unter diesen Leuten wurde immer größer. Bei den Airshows musste man immer waghalsigere Kunststückchen zeigen, damit zahlende Gäste kamen. Wenn das Publikum nicht von vornherein vermuten konnte, dass Blut fließen würde, hätte niemand mehr die Eintrittsgelder gezahlt. Manche Copiloten spazierten

deshalb während des Fluges sogar auf den Tragflächen herum. In einigen Fällen war dies ihr letzter Spaziergang. Die Fliegerei glich einem Zirkus. Die Amerikaner nannten das Barnstorming. Das war nicht mehr mein Leben. Ich flog nach New York, verkaufte meinen Doppeldecker und bestieg das nächste Schiff nach Deutschland. In Berlin traf ich in einer Kneipe zufällig einige Ehemalige. Sie hatten kurz nach dem Krieg aus Armeebeständen der Franzosen heimlich Flugzeugersatzteile erworben und waren nun dabei, aus diesen Teilen mehrere Doppeldecker zusammenzubauen. Ich kratzte meine Ersparnisse zusammen und kaufte einen dieser Doppeldecker. Später rüstete ich die Kiste mit einem starken amerikanischen Motor aus, den ich bei meinen Freunden drüben preiswert erwerben konnte. Seitdem kann ich mit dem Flugzeug endlich wieder turnen."
„Ein tolles Abenteuer haben Sie hinter sich", sagte August bewundernd.
„Es ist noch nicht zu Ende", lachte Wagner. „In ein paar Monaten werde ich in der Nähe von Berlin eine kleine Flugschule eröffnen. Aus den USA habe ich einige gute Ideen mitgebracht. Haben Sie nicht Lust, mir zu helfen? Ich brauche einen Mechaniker und würde Sie gut bezahlen."
„August schaute Eva nachdenklich an und antwortete höflich: „Nein, vielen Dank. Mit dem Thema Fliegerei habe ich abgeschlossen. Ich glaube auch nicht, dass meine Erfahrungen auf technischem Gebiet noch etwas wert sind. Es ist viel Zeit vergangen und die Entwicklung ist nicht stehen geblieben. Ich bin selbst gerade dabei, mir eine Existenz aufzubauen. Ich werde Sie gerne besuchen, wenn ich einmal in Berlin zu tun habe."
„Schade", sagte Wagner. „Ich könnte Ihre Hilfe gut gebrauchen.
„Gut gemeint von Ihnen, Herr Wagner, aber ich kann nicht weg von hier."

August war etwas traurig, als am nächsten Tag schon das Ersatzteil eintraf. Ein Freund Wagners brachte es mit einem Flugzeug nach Thalfeld. Außenlandungen auf gemähten Wiesen galten damals lediglich als Kavaliersdelikt und wurden nicht geahndet. Erst später sollte man nur noch auf wirklichen Flugplätzen landen dürfen. Die Fliegerei steckte in den Kinderschuhen – noch.

Mit wenigen Handgriffen baute August das Ersatzteil ein. Es war schön gewesen, mit Wagner über alte Zeiten und über die Zukunft zu reden. Nun hieß es wieder einmal Abschied nehmen. Auch Hans war es nicht einerlei, dass der berühmte Pilot nun weiterfliegen musste. Begeistert hatte Wagner ihm vom Traum des Fliegens erzählt, vom Luftwandern mit dem Fahrwerk hoch oben auf weißen Wolkenschleiern, vom Reiten auf dem Regenbogen. Zu gerne wäre Hans mitgeflogen. Wagner ahnte es. Er mochte den Jungen. Doch Eva lehnte eine Einladung zu einem kleinen Rundflug über Thalfeld schroff ab.
Wagner verabschiedete sich herzlich. Nach dem Start brauste er im rasanten Tiefflug über die Köpfe der Brettschneiders und wackelte zum Abschied mit den Tragflächen. Dann zog er die Maschine steil nach oben. Hans schaute dem Doppeldecker träumend nach, bis die Maschine am Horizont verschwand. Seine Begeisterung für die Fliegerei kannte keine Grenzen mehr. Er wollte Flieger werden. So sehr er seinen Vater auch liebte und respektierte, er würde diesen Entschluss nicht ändern können.

Kapitel 4

Mit der Gründung des Deutschen Luftsportverbandes (DLV) unternahm die NSDAP zwei Monate nach ihrer Machtergreifung im Deutschen Reich den ersten Versuch, durch Gleichschaltung eine einheitliche Basis für die militärische Fliegerausbildung zu schaffen. Bereits Ende März 1933, noch vor der Errichtung des Reichsluftfahrtministeriums, wurden sämtliche Luftsportorganisationen, wie der Deutsche Luftfahrerverband, das Nationalsozialistische Fliegerkorps, die Rhön-Rossitten Gesellschaft und der Deutsche Aero-Klub in einem einheitlichen Verband, dem Deutschen Luftsportverband zusammengefasst. Dazu gehörten auch die Fliegerstürme der SA. Der Deutsche Aero-Klub blieb nur noch scheinbar, zu Repräsentations-Zwecken gegenüber dem Ausland bestehen. Sämtliche Einrichtungen der Vereine und Verbände, ihre Übungseinrichtungen und Fliegerschulen gingen auf den DLV über. Die Hauptaufgabe des neuen Verbandes, der unter der gemeinsamen Leitung des Luftfahrtministeriums, des Reichswehrministeriums und der Obersten SA-Führung stand und in engster Verbindung sowohl mit der Reichswehr und der Polizei wie auch mit der SA, SS, dem Stahlhelm, der Hitler-Jugend (HJ) und dem Arbeitsdienst arbeitete, war die militärische Fliegerausbildung. Damit hatten die Nationalsozialisten bereits 1933 alle Luftsportaktivitäten in Deutschland unter ihrer Kontrolle.

Im Frühjahr 1934, ein Jahr nach der Machtübernahme durch die Nationalsozialisten, starb August Brettschneider an einer schweren Lungenerkrankung. Er war nur zweiundfünfzig Jahre alt geworden. Während seiner Beerdigung tauchte am Horizont plötzlich der knallgelb lackierte Doppeldecker Wagners auf. Mit gedrosselter Motorleistung drehte er über dem Friedhof einige Kreise und verschwand wieder. An den Tragflächenenden des Flugzeuges waren schwarze Fähnchen angebunden, auf dem Leitwerk war ein Hakenkreuz aufgemalt. Ein paar Tage später erreichte Eva ein Brief von Wagner. Eva las: „Der Tod Ihres Mannes, meines Freundes August Brettschneider ist mir sehr nahe gegangen. Zweimal hat er mir während des Krieges das Leben gerettet. Ich bin ihm dafür unendlich dankbar und

werde diesen guten Menschen niemals vergessen. Wann immer Sie meine Hilfe brauchen, werde ich für Sie da sein.
Karl Wagner.“

Eva brach in Tränen aus. Es tat gut, wenigstens einen Freund zu haben. Eine schwere Zeit brach heran. Eva war nicht in der Lage, das kleine Fuhrunternehmen weiterzuführen. Schweren Herzens verkaufte sie den alten Lastwagen und nahm eine Stellung in der Fabrik an. Die wirtschaftliche Not war groß. Niemand half ihr. Eva galt noch immer als die Tochter eines Mäckesers. Obwohl sie eine liebenswerte, hilfsbereite Frau war, wollte kaum jemand etwas mit ihr zu tun haben. Erfolglos suchte sie einen Ausbildungsplatz für Hans. Die Arbeit in der Fabrik fiel ihr schwer. Hier arbeiteten fast nur Männer. Die hübsche Witwe hielten sie für Freiwild. Entnervt gab Eva nach nur vierwöchiger Arbeitszeit auf. Nun gehörte sie dem großen Heer der Arbeitslosen an. Nur die Landwirtschaft half wieder einmal, die größte Not zu lindern.

An einem Samstag im Juni kreuzte Wagner bei ihr auf. Sie unterhielten sich lange. Wagner erzählte Eva unter strengster Verschwiegenheit, dass er von einem alten Kriegskameraden dazu auserkoren war, beim geheimen Aufbau einer neuen deutschen Luftwaffe mitzuwirken und bereits für ein paar Monate in Russland war, um Piloten zu schulen. Eva gefiel ihm. Sie war anders als die Frauen, die er in Amerika kennen gelernt hatte. Und Wagner fühlte sich mitschuldig am Tod August Brettschneiders. Die Lungenkrankheit hatte August sich an jenem Tag geholt, als er Wagner in vorderster Front rettete.

„Kann ich irgend etwas für Sie tun, Eva?“, fragte Wagner fürsorglich.

„Ich weiß es nicht, Herr Wagner“, sagte Eva niedergeschlagen. „Nach Augusts Tod habe ich den Boden unter den Füßen verloren. Hans ist jetzt in dem Alter, in dem er eine Lehre beginnen müsste, aber ich finde weder einen Ausbildungsplatz für ihn noch könnte ich eine Lehre finanzieren.“

Wagner nahm Eva tröstend in die Arme. „Mir bleibt nicht mehr viel Zeit, aber ich werde Ihnen helfen“, sagte er. „Notfalls besorge ich dem Jungen in Berlin eine Lehrstelle.“

Dann wandte er sich zu Hans und fragte: „Was möchtest du lernen?“

Wie aus der Pistole geschossen antwortete Hans: „Flieger! Ich möchte Flieger werden!“
„Das ist eine gute Idee“, meinte Wagner lachend. „Aber dafür bist du noch ein paar Jahre zu jung. Du könntest einstweilen aber mit dem Segelfliegen beginnen. Gibt es nicht in Thalfeld einen kleinen Verein?“
„Den gibt es“, sagte Eva besorgt, „Hans müsste allerdings der Hitlerjugend beitreten.“
„Na, das lässt sich doch machen“, meinte Wagner. „Die Nationalsozialisten sind besser als ihr Ruf. Bald wird es mit Deutschland wieder aufwärts gehen. Und die Fliegerei wird ein wichtiger Wirtschaftsfaktor werden. Daran glaube ich fest. Die Zeiten der Verbote sind für immer vorbei. Junge Menschen wie Hans werden von der Flieger-HJ gefördert, wenn Sie Talent haben.“
Eva blickte Wagner erschrocken an. Sie mochte diesen drahtigen, agilen Mann sehr gerne, aber seine Ansichten gefielen ihr nicht besonders.
Zu Hans gewandt sagte Wagner: „Auf geht’s, wir werden uns die Thalfelder Segelflieger jetzt mal aus der Nähe ansehen.“
„Dazu müssen wir aber den Hang hinauf laufen“, freute sich Hans.
„Nicht nötig“, sagte Wagner. „Wozu habe ich ein Flugzeug? Oben an der Startstelle wird es sicher eine Landemöglichkeit geben.“
Er ging mit Hans und Eva hinüber zu seinem Doppeldecker und wies Hans an, vorne in den Copilotensitz zu klettern. Während Wagner Hans anschnallte, schaute Eva besorgt zu. Ob es richtig war, dass Hans nun vielleicht doch Flieger werden würde, wusste sie nicht. Angst beschlich sie. Die Nazis würden ihre Flugzeuge wieder zu einer Waffe machen. Sie teilte die Auffassung ihres verstorbenen Mannes. Die Menschen hatten nichts dazugelernt, seit zweitausend Jahren nicht. Und Wagner? Wagner war ein netter, liebenswürdiger Mann, ein Mann in den sie sich gerne verlieben würde. Aber um Fliegen zu können, verkaufte er seine Seele. Das Hakenkreuz am Seitenruder seines Doppeldeckers war der sichtbare Beweis dafür.

Bevor Wagner neben der Halle der Segelflieger landete, flog er mit Hans ein paar Kilometer nach Norden und zeigte ihm, wie man ein Flugzeug steuert: „Drück den Knüppel leicht nach vorne und die Mühle sinkt. Ziehen bedeutet Steigen“, brüllte er nach vorne „Die Kurven steuert man mit dem Querruder. Nun nimm den Knüppel mal selbst in die Hand und versuche, die Höhe zu halten. Schaue nicht auf die Instrumente sondern schaue geradeaus und achte einfach auf den Horizont. Das Horizontbild muss gleich bleiben. Immer die Nase am Horizont halten, dann liegt die Kiste richtig.“

Hans war fasziniert. Genauso hatte er sich das Fliegen vorgestellt. So etwas Wunderschönes hatte er noch nicht erlebt. Die Beschleunigungskräfte pressten ihn in den Sitz und der Fahrtwind nahm ihm fast den Atem. Er konzentrierte sich so auf das Steuern der Maschine, dass er kaum Zeit fand, den Blick aus der Vogelperspektive zu genießen.

Nach der Landung betraten sie die Werkstatt der Segelflieger, wo der Lange Sepp gerade das Seitenruder eines Schulgleiters lackierte. Sepp Schäfer kannte Wagner. Im Krieg waren sie sich ein paar Mal begegnet. Erstaunt begrüßte er ihn.

„Ich bringe Ihnen einen neuen Flugschüler“, sagte Wagner freundlich zu Schäfer gewandt.

„Junge Leute kann die Flieger-HJ immer brauchen“, sagte Sepp ironisch und kühl.

„Dieser Junge Mann möchte Flieger werden“, sagte Wagner. Er überhörte die Ironie. „Ist das hier bei Ihnen möglich?“

„Na klar ist das möglich“, antwortete Schäfer nun etwas freundlicher. Er betrachtete Hans prüfend: „Stell dir die Sache aber nicht so leicht vor. Wer Segelfliegen will, muss eine Menge Arbeit am Boden leisten, bevor er in den Genuss kommt, selbst am Steuerknüppel zu sitzen. Kameradschaft, Fleiß und Disziplin sind das A und O. Erst einmal musst du in die Flieger-HJ eintreten. Der Deutsche Luftsport Verband darf nur noch Burschen ausbilden, die in der HJ organisiert sind. Das geht nur, wenn du absolut gesund und arischer Abstammung bist. Das Wort arisch betonte Schäfer besonders.

„Ich nehme alles in Kauf, um Fliegen lernen zu können“, sagte Hans. „Und gesund bin ich auch.“

„Prima, bei uns wird zunächst mit theoretischer Ausbildung und Werkstattdienst begonnen. Bei der Flieger-HJ musst du außerdem nebenbei eine Menge anderer Dinge lernen, bevor es ans

Fliegen geht. Auch körperliche Ertüchtigung gehört zum Flugdienst. Ohne Fleiß kein Preis. Als erstes wirst du lernen, wie man ein Flugmodell baut und warum es überhaupt fliegt. Dann geht es auf den Wackeltopf. Das ist ein am Boden festgebundenes Segelflugzeug. Auf dem Ding lernst du schnell, wie man ein Segelflugzeug im Wind gerade hält. Erst wenn du fünfzehn bist, fängt die eigentliche Fliegerei an. Vorausgesetzt, du hast nicht schon vorher die Geduld verloren oder irgendetwas angestellt, was die Führer der Flieger-HJ nicht dulden können."
„Ich will Fliegen lernen", sagte Hans etwas trotzig. „Dabei werde ich niemals die Geduld verlieren."
„Das ist die richtige Einstellung. Welche Interessen hast du denn sonst noch, neben der Fliegerei meine ich? Gehst du noch zur Schule?"
„Mit der Schule habe ich bald abgeschlossen", antwortete Hans. „Zurzeit suche ich eine Lehrstelle in einem handwerklichen Beruf", sagte er und versuchte dabei, so erwachsen wie möglich zu wirken.
Wagner erzählte dem Langen Sepp von Evas Schwierigkeiten. Sepp schüttelte den Kopf.
„In Thalfeld gibt es zu wenig Leute mit Zivilcourage. Alles wird vom Fabrikdirektor bestimmt", sagte er ärgerlich. „Daran können auch die Vereinshäusler nichts ändern. Sie können Eva nur begrenzt helfen."
„Eva sagte mir, dass auch der Bürgermeister, mit dem August einst eng befreundet war, derzeit keine Möglichkeit sieht, an der Situation etwas zu ändern."
„Der Bürgermeister arbeitet ehrenamtlich", sagte Schäfer. „Auch er ist Angestellter des langen Schornsteins und muss sich dem Fabrikdirektor fügen. An dem kommt keiner vorbei, weder der Bürgermeister noch der Gauleiter."
Schäfer dachte nach. Nach einer Weile sagte er: „Ich kann Ihnen helfen, Herr Wagner." Er schaute Hans ernst an und sagte: „In der Kreisstadt betreibe ich eine kleine Werkstatt für Elektroinstallation und Elektromotorenbau." Zu Hans gewandt sagte er: „Wenn du Interesse hast, kannst du nach deiner Schulzeit als Lehrling bei mir anfangen. Ich habe derzeit viele Aufträge und kann Hilfe gut brauchen. Aber stell dir die Sache nicht zu ein-

fach vor. Auch bei mir gilt, dass Lehrjahre keine Herrenjahre sind."
Wagner war begeistert. Sepp Schäfer stellte innerhalb von einer Stunde entscheidende Weichen für die Zukunft seines neuen Schützlings.
„Das ist eine nette Geste von Ihnen", sagte Wagner. „Wenn Ihnen dadurch irgendwelche Kosten entstehen, werde ich diese gerne übernehmen."
„Schon gut", sagte Sepp großzügig. „Wir Flieger müssen zusammenhalten in diesen schwierigen Zeiten. Außerdem, der Junge gefällt mir. Es wäre schade um ihn, wenn er keine Chance bekäme."
„Das denke ich auch", sagte Wagner. „Wann immer Sie meine Hilfe benötigen, lassen Sie es mich wissen."

Sepp Schäfer und Karl Wagner unterhielten sich noch eine Weile über ihre Kriegseinsätze und fachsimpelten über die Zukunft der Fliegerei. Schäfer behagte es nicht, dass die Nationalsozialisten die Fliegerei zu ihrer Sache machten. Obwohl er ahnte, dass Wagner um des Fliegens willens bereits in den Fängen der Nazis war, redete er offen über seine Befürchtungen.
„Es weht jetzt ein ziemlich rauer Wind auf den Flugplätzen und Hangfluggeländen. Unser kleiner Thalfelder Verein ist jetzt ein Fliegertrupp der DLV Ortsgruppe Dilltal. Jetzt machen wir keinen Flugbetrieb mehr sondern Flugdienst. Mir behagt das nicht. Ich befürchte, dass die Fliegerei wiederum immer mehr ins Militärische abgleiten wird. Die HJ mischt sich ja schon in die Unterrichtsgestaltung der Schulen ein. Die am Hang ausgebildeten Segelflieger wird man bald auf Jagdflugzeuge umschulen, befürchte ich."
„Kann schon sein", sagte Wagner. „Nicht umsonst hat Göring verkündet, dass das deutsche Volk eine Nation von Fliegern werden muss. Was soll's. Wenn der einzige Weg zum Flugplatz über die Nazis führt, müssen wir ihn entweder gehen oder das Fliegen für alle Zeiten aufgeben. Aber keine Angst, Schäfer, die Nazis machen das schon. Mit denen wird es aufwärts gehen. Die Zeit des Versailler Vertrages ist vorbei. Hitler lässt sich nicht vom Ausland unter Druck setzen. Ich glaube, wir Flieger

sind bei ihm gut aufgehoben und einen neuen Krieg wird der so schnell nicht anfangen."

„Ich weiß nicht, ob wir Flieger bei Hitler gut aufgehoben sind", antwortete Schäfer. Seine Miene verriet Unbehagen. „Beim letzten Rhönwettbewerb war alles schon unter der Kontrolle der Nationalsozialisten. Mehr noch, die Nationalsozialisten haben eine Propagandaveranstaltung daraus gemacht. Bei meiner Ausbildung auf der Wasserkuppe und während den Segelflugwettbewerben habe ich nette Leute kennen gelernt, gute Flieger und prima Kameraden. Manche haben als Soldaten für Deutschland gekämpft. Auf der Wasserkuppe haben sie die Entwicklung des deutschen Segelfluges entscheidend mitgeprägt."

„Und nun?"

„Beim diesjährigen Rhönwettbewerb durften sie nicht mehr starten. Sie sind jüdischer Abstammung."

„Das ist halt die nationalsozialistische Ideologie", lavierte Wagner deutlich bedrückt. „Ich kann's nicht ändern. Auch ich hatte jüdische Fliegerfreunde. Die meisten von ihnen fliegen jetzt im Ausland. Wie gesagt, wenn wir hier in Deutschland eine Fliegerkarriere machen wollen, müssen wir uns mit den Nazis arrangieren. Es bleibt uns nichts anderes übrig. Gerade mir bleibt sowieso nichts anderes übrig. Für eine andere Tätigkeit bin ich zu alt und nicht geeignet. Aber bitte, kommen wir doch zur Sache. Wie läuft das mit der fliegerärztlichen Untersuchung und mit der Aufnahme in die Flieger-HJ ab?"

„Das mache ich schon", sagte Schäfer. „Die HJ hat einen Fliegerarzt bestimmt, den ich gut kenne. Ich werde Hans hinbringen. Die Formalitäten für die Aufnahme erledige ich gleich morgen. Wenn der Arzt keine Einwände hat, kann Hans ab Samstag am Flugdienst teilnehmen."

„Ich danke Ihnen für Ihre Mühe", sagte Wagner. „Es freut mich, dass unter uns Piloten noch immer eine so große Kameradschaft herrscht."

„Keine Ursache", meinte Schäfer knapp. „Es ist nicht nur der alte Rhöngeist, der mich treibt, anderen Fliegern zu helfen. Ich mag Sie persönlich und der Junge hat eine Chance verdient."

„Danke", sagte Wagner gerührt. „Ich weiß nicht, wie ich Ihnen danken soll."

„Nicht nötig“, sagte Schäfer trocken. Er war froh, etwas Sinnvolles, etwas Gutes tun zu können.
Dann verabschiedete sich Wagner. Er startete den Motor seines Doppeldeckers und flog mit Hans hinunter nach Thalfeld.

Eva war besorgt und begeistert zugleich, als sie hörte, was Wagner mit Sepp Schäfer abgemacht hatte. Froh fiel die zarte Frau Wagner in die Arme „Sie haben uns sehr geholfen, Herr Wagner“, sagte sie. „Ohne Sie müssten wir verzweifeln.“
„Nicht der Rede wert. Ihr Mann hat viel mehr für mich getan. Sie und Hans, seine Familie, sind mir sehr ans Herz gewachsen. Ich selbst habe keine Familie. Also kümmere ich mich um Sie, wenn Sie mich lassen. Ich schaue bald mal wieder bei Ihnen vorbei. Halten Sie einstweilen die Ohren steif. Es geht immer irgendwie weiter. Bitte schreiben Sie mir sofort, wenn Sie weitere Hilfe benötigen.“
Wagner blickte Eva tief in die Augen und gab ihr einen freundschaftlichen Kuss. Dann hieß es Abschied nehmen. Sehnsüchtig schaute Hans dem Flugzeug nach, das in Richtung Kreisstadt davonflog. Eva nahm Hans glücklich in die Arme. Es war gut, in diesen schwierigen Zeiten einen Freund wie Wagner zu haben.

Ein paar Tage später holte der Lange Sepp Hans Brettschneider ab und fuhr mit ihm in die Kreisstadt zum Fliegerarzt. Der Fliegerarzt untersuchte Hans sehr gründlich. Die Untersuchung fiel aus wie erwartet. Hans war kerngesund. Der Lange Sepp hatte einen neuen Flugschüler. Die Aufnahme in die Flieger-HJ war eine reine Formalität, obwohl Hans Brettschneider seinen arischen Stammbaum nur väterlicherseits nachweisen konnte. Evas Eltern waren Mäckeser. Niemand wusste, von wem sie abstammten. Karl Wagner hatte über seine Kontakte in Berlin bereits dafür gesorgt, dass man Hans keine Schwierigkeiten machen würde. Die HJ-Meldestelle erhielt einen von einem hohen Offizier persönlich unterzeichneten Brief. Darin stand, dass Hans Brettschneider ohne großes Verfahren sofort in der Flieger-HJ zu integrieren sei. Mit dem Schreiben erwies der Offizier seinem Freund Wagner einen Gefallen. Lebende Pour-le-Merit-Träger gab es nur noch wenige. Man half sich gegenseitig. Weder Hans noch Eva noch Sepp Schäfer wussten oder ahnten etwas davon.

Am Wochenende stand Hans sehr früh auf und machte sich auf den Weg zur Segelflughalle. Eva war zu Tränen gerührt, als sie ihren Jungen in der neuen, von Wagner bezahlten Flieger HJ Uniform auf den Weg schickte. Hans sah wirklich gut aus in der blaugrauen Uniform. Ein stattlicher junger Mann. Doch die Hakenkreuzbinde am Arm behagte Eva nicht. Wagner war ein liebenswerter Mensch. Aber seine Hilfe bedeutete auch, dass Hans nun zum Flieger wurde. Eva fühlte, dass nun eine neue Zeit anbrach und davor hatte sie große Angst. Diese Nazispinner bereiteten ihr Unbehagen. Und jetzt hatten sie auch von ihrem Sohn Besitz ergriffen. Wie schnell das ging.

Bevor Hans zum ersten Mal mit dem Schulgleiter einen kurzen „Rutscher" am Hang machen durfte, verging ein Jahr. Zum Dienst in der HJ gehörten nicht nur Flug- und Werkstattdienst. Der Wehrsport machte aus den Vierzehnjährigen bereits so etwas wie Soldaten. Sobald die Jungen das Marschieren gelernt hatten, mussten sie an Sonderveranstaltungen, an Aufmärschen der HJ teilnehmen. Hans machte dies alles nichts aus. Wie die meisten seiner Kameraden ahnte er nicht, dass seine Generation verraten, verkauft und bis zum letzten Tropfen ausgeblutet werden sollte. Wenn Hans unter Fliegern weilte, unter denen nur selten ein militärischer Ton herrschte, war er glücklich. Das Leben war ein Abenteuer. Unter den Fliegern in der HJ, wurde der Jugend, die unter großen Entbehrungen aufgewachsen war, etwas geboten. Der Fliegerei und der Wehrsportausbildung haftete der Hauch von Freiheit und Abenteuer an. Für einen Vierzehnjährigen genau das Richtige.

Im theoretischen Unterricht erhielten die jungen Flieger eine Ausbildung in allen für die Segelfliegerei wichtigen Fächern. In der Regel fand der Unterricht an Samstagen statt, während an den Sonntagen Flugdienst geleistet wurde. Wenn es regnete, begab man sich entweder in die Werkstatt oder man vertiefte die Theorie. Es gab eine Menge zu lernen. Flugphysik war das Lieblingsfach von Hans.

Beim Flugdienst bestand die Arbeit der Anfänger hauptsächlich darin, die Schulgleiter nach der Landung mit keuchenden Lungen wieder den Berg hinauf zur Startstelle zu zerren. Auch in der Werkstatt und an der Halle wurde unentwegt gearbeitet. Hans machte die Arbeit nichts aus. Jede freie Minute verbrachte er am Hang. Immer fachmännischer schaute er sich die Starts und Landungen seiner Kameraden an. Es fiel ihm leicht, den Schulgleiter auf dem „Wackeltopf“ im Wind zu halten. Schnell entwickelte Hans ein Gefühl für die Querrudersteuerung. Dieser Ausbildungsabschnitt ging schnell vorüber.
Kurz nach seinem fünfzehnten Geburtstag war es soweit. Hans durfte fliegen. Er machte es sich auf dem schmalen Sitzbrett des offenen Schulgleiters bequem und schnallte sich an.
Der Lange Sepp erklärte ihm noch einmal alle Handgriffe: „Ziehe nicht zu stark am Knüppel, sonst schießt die Kiste zu steil nach oben und die Strömung reißt ab. Dann fällst du auf die Schnauze und brichst dir die Knochen und der Schulgleiter ist im Arsch. Zieh sie sanft vom Boden weg und drücke sofort wieder leicht nach. Dann halt sie flach über dem Boden bis du wieder unten bist. Wirst sehen, das ist ganz einfach.“
Aufgeregt versuchte Hans, sich zu konzentrieren. Nach Vorschrift kontrollierte er die Freigängigkeit der Ruder. Dann ging es los. Der Lange Sepp hielt die Tragfläche waagrecht und brüllte die Startkommandos hinüber zur Startmannschaft: „Ausziehen..., laufen..., los.“
Die Männer vor dem Segler strafften das Gummiseil, während die Haltemannschaft das Flugzeug hinten festhielt. Der Wind blies schwach. Beim Kommando „los“ gab die Haltemannschaft hinter dem Schulgleiter das Flugzeug frei, der Zögling schoss nach vorne und hob ab.
Der lange Sepp rannte hinterher und brüllte: „Ziehen, leicht ziehen!“
Kaum hatte Hans sachte den Steuerknüppel etwas nach hinten gezogen, rief Sepp: „Nicht so viel! Drücken, Mensch drück doch!“
Hans drückte die Maschine nach unten, dann knirschte es und der Gleiter setzte hart auf. Sein erster Flug hatte genau vier Sekunden gedauert. Hans hatte kaum etwas gespürt.

„Für den Anfang war das schon ganz gut“, sagte Schäfer. „Als nächstes üben wir das Abfangen.“
Noch zwei Flüge machte Hans an diesem Tag. Dann hieß es wieder einige Wochen arbeiten und warten bis er wieder an der Reihe war.
Im September 1935 begann Hans seine Lehre als Elektriker. Da Eva es sich nicht leisten konnte, eine Zugfahrkarte für Hans zu kaufen, musste er täglich bei jedem Wetter mit dem Fahrrad in die Kreisstadt fahren. Der Lange Sepp bot ihm ein Zimmer über der Werkstatt an, doch Hans lehnte ab. Er musste abends zurück nach Thalfeld, denn seine Mutter war nicht in der Lage, den Hof alleine zu bewirtschaften. Die Arbeit beim langen Sepp machte ihm viel Freude, er war ein aufmerksamer Schüler und verstand sich gut mit Sepp Schäfer. Doch es war eine anstrengende Zeit. In jeder freien Minute stapfte Hans energiegeladen den Thalfelder Hang hinauf und nahm am Flugdienst oder an der Ausbildung der Flieger-HJ teil. Der DLV bewilligte dem Segelflugtrupp Thalfeld einen üppigen Geldzuschuss. Sofort kaufte man Sperrholz und Stoff und machte sich daran, ein Hochleistungsflugzeug vom Typ Grunau Baby zu bauen. Dieser abgestrebte Hochdecker besaß eine Spannweite von 13,57 Meter. Hans konnte es nicht mehr erwarten, dieses Flugzeug endlich fliegen zu dürfen. Aber bis dahin galt es, noch eine Menge Arbeit zu leisten. Oft musste Hans seiner Mutter bei der Landwirtschaft helfen. Dazu noch der weite Weg zur Ausbildungsstelle in die Kreisstadt. Es kam deshalb häufig vor, dass er völlig erschöpft war.

An einem kalten Oktobersamstag schaffte Hans den ersten Flug zur B-Prüfung. Hierzu mussten zwei Gleitflüge mit einer Gesamtflugdauer von mindestens fünfundvierzig Sekunden absolviert werden, wobei jeder Gleitflug zwei sauber geflogene S-Kurven enthalten musste. Ein dritter Flug musste über 60 Sekunden dauern. Es wehte ein acht Metersekunden Wind, als Hans von Sepp Schäfer aufgefordert wurde, sich zum Start fertig zu machen.
„Zieh die Kiste nach dem Start schön hoch“, erklärte Sepp, „Dann drücke nach und fliege ein paar Sekunden geradeaus. Anschließend leitest du mit Quer- und Seitenruder die erste

Kurve ein, so wie du es gelernt hast. Fliege flache Kurven und achte darauf, dass dich der Wind nicht zu nahe an den Hang drückt."

„Ausziehen, laufen, los!", ertönten die Kommandos. Wie ein Pfeil schnellte der Schulgleiter in die Höhe. Gefühlvoll flog Hans die S-Kurven. Jetzt war er in seinem Element. Die eisige Kälte machte ihm nichts aus. Der Aufwind verleitete ihn dazu, weitere Kurven zu fliegen. Im Nu hatte er Höhe gewonnen und konnte an der Startstelle landen. Sein Flug hatte über zwei Minuten gedauert.

Die Männer der Rückholmannschaft freuten sich, denn sie brauchten die Maschine nicht mühselig den Hang hinauf transportieren. Sepp Schäfer fluchte und verpasste Hans eine „mächtige Zigarre".

„Welcher Teufel hat denn dich geritten? Niemand hat dir erlaubt, an der Startstelle zu landen. Du hättest nach der zweiten S-Kurve unten am Hang landen sollen. Deine B-Prüfung hast du bestanden aber diese Disziplinlosigkeit bringt dir zwei Wochen Startverbot ein."

Hans wusste, dass er sich nicht richtig verhalten hatte und entschuldigte sich. Die zwei Wochen Startverbot würde er überstehen. Aber den Flug von zwei Minuten konnte ihm niemand mehr nehmen. Zum ersten Mal war er frei und lautlos wie ein Vogel im Hangaufwind gestiegen.

Die Ausbildung zum Elektriker brachte es mit sich, dass Hans viele Menschen kennen lernte. Obwohl er nicht übermäßig kräftig war, musste er oft hart arbeiten, um Schäfer bei den Elektroinstallationen zu helfen. In der Weihnachtszeit 1935 lernte er Anne kennen. Der Vater des gleichaltrigen Mädchens hatte die Elektroanlage seiner Scheune von Schäfer installieren lassen. Anne spielte bereits seit ihrem achten Lebensjahr Klavier. Wie viele sensible, junge Menschen, liebte Hans die Musik. Gerne hätte er das Klavierspielen gelernt, doch hatte er dafür weder Geld noch blieb ihm genügend Freizeit für die notwendigen Übungsstunden. Die Fliegerei war ihm außerdem weitaus wichtiger. Die kokette Anne mochte Hans. Oft suchte sie nach Feierabend den Kontakt mit ihm. Anne war Hans nicht

gleichgültig, aber den Umgang mit Mädchen war er nicht gewohnt.
Der strenge Winter ließ viele Arbeiten ruhen. Auf dem Hof gab es nicht viel zu tun. Die Menschen warteten sehnsüchtig auf den Frühling. In dieser Zeit entwickelte sich eine enge Freundschaft zwischen Anne und Hans. Ihr einziges gemeinsames Interesse war die Musik. Anne bot sich an, ihr Wissen an Hans weiterzugeben. Hans lernte schnell. In jeder Pause setzte er sich an einen Flügel, der im Ausstellungsraum eines kleinen Geschäfts gegenüber von Schäfers Werkstatt stand, und übte. Oft erzählte er Anne von seinen fliegerischen Erlebnissen. Anne hörte immer gespannt zu, fand aber kein Gefallen an dieser Sache. Sie war ein Mädchen. Ihnen hatte der Führer andere Aufgaben zugedacht. Es gab allerdings auch Ausnahmen. Hanna Reitsch war *das* Fliegeridol der dreißiger Jahre. Liebevoll sprachen die Flieger von „ihrer Hanna".
Der Winter dauerte sehr lange. Erst Mitte April 1936 tauchten die ersten Frühlingsboten auf und die Flieger konnten die neue Saison eröffnen. Nach bestandener B-Prüfung konzentrierte sich Hans auf die C-Prüfung. Ein fünfminütiger Segelflug im Hangaufwind mit Startüberhöhung war gefordert. Wer die C-Prüfung bestanden hatte, durfte an Lehrgängen auf der Wasserkuppe teilnehmen. Hier hatte man 1926 eine Naturkraft entdeckt, die stundenlange Flüge ermöglicht – die thermischen Aufwinde. Auf den Hangaufwind war man nicht mehr unbedingt angewiesen. Ein Draufgänger wurde damals mit seiner Maschine unbeabsichtigt in eine Gewitterwolke hineingezogen und schaffte so einen Streckenflug von fünfzig Kilometern. Eine große fliegerische Leistung, damals.

Nach der Wiedererlaubnis des Motorfluges war die Entwicklung des Segelfluges in eine Krise geraten. Viele Pioniere verspürten keine Lust mehr, am Hang ihre Kreise zu drehen und betätigten sich wieder im Motorflug. Die Entdeckung der thermischen Aufwinde beendete diese Krise und revolutionierte den Segelflug. Auch neue Startarten erprobte man. Die im Flachland beheimateten Segelflieger hatten nicht die Möglichkeit der Gummiseilstarts. 1927 schleppte zum ersten Mal ein Motorflugzeug ein Segelflugzeug. Der Flugzeugschlepp war erfunden.

Hans war begeistert von den Pionierleistungen auf dem Berg der Flieger. Er wünschte sich nichts sehnlicher, als die Teilnahme an einem Rhönwettbewerb und eine Ausbildung im Flugzeugschlepp. Am Thalfelder Hang war man jedoch noch weit entfernt von Windenschlepps oder gar von Flugzeugschlepps mit Motorflugzeugen. Und Hans, mittlerweile ein schlanker, kräftiger sechzehnjähriger Bursche konnte in diesem Jahr nicht so viel fliegen, wie er es sich gerne gewünscht hätte. In Sepp Schäfers Betrieb gab es eine Reihe von wichtigen Aufträgen und Arbeit ging vor Freizeit. Die HJ versuchte immer wieder, ihre Schützlinge durch offizielle Schreiben für einige Tage von der Arbeit freizubekommen, damit die Jungen an HJ Veranstaltungen teilnehmen konnten, aber Sepp stellte sich stur. Seine Lehrlinge waren ihm wichtige Arbeitskräfte und seine Auftragslage ein guter Grund, sie von den braunen Veranstaltungen fernzuhalten.

Im Frühjahr 1937 gelang Hans die C-Prüfung. Ein kräftiger Wind wehte aus Nordwest, die Wolken zogen tief über den Hang. Mit eiskalten Händen umklammerte Hans den Steuerknüppel, als die Bodenmannschaft das Seil auszog.
„Bleibe dicht am Hang!“, mahnte Sepp Schäfer. „Die Aufwindzone ist schmal. Bei der Landung bitte volle Konzentration! Der Wind ist äußerst bockig heute.“
Der Schulgleiter hob ab und stieg ohne Mühe. Fast schon spielerisch flog Hans Kreise in niedriger Höhe über der Startstelle. Der Zögling stieg auf zweihundert Meter. Nach etwa zehn Minuten hörte er den Pfiff seines Fluglehrers, der ihn zur Landung aufforderte. Die C-Prüfung war mehr als geschafft. Sanft schwebte Hans zur Landung an. Die Teilnahme am nächsten Rhönlehrgang war gesichert.

Im Sommer 1937 durfte Hans das neue Grunau Baby II fliegen. Mittlerweile galt er als einer der besten Nachwuchspiloten des Thalfelder Segelflugvereins. Das neue Segelflugzeug war mit allem ausgestattet, was man brauchte. Im Gegensatz zu den einfachen Schulgleitern hatte das Baby ein richtiges verkleidetes Cockpit mit offener Haube und einen sperrholzbeplankten

Rumpf. Auch Instrumente hatte man eingebaut: Höhenmesser, Fahrtmesser und Variometer. Das Instrumentenbrett hatte Hans während der Winterarbeit selbst gefertigt. Die teuren Instrumente waren vom DLV bezuschusst. Normalerweise hatten die Fliegergruppen kein Geld für Flugzeuginstrumente.
„Das Gefühl für den Aufwind muss man im Hintern haben", sagte Schäfer immer. „Für die Fahrt, die Geschwindigkeit, des Flugzeuges bekommt man ein Gefühl, wenn man auf das Fahrtgeräusch achtet."

„Ausziehen, laufen, los!" Wieder hörte Hans die Kommandos der Bodenmannschaft. Das Baby II hob ab und stieg sanft im viel zu schwachen Hangwind. Hans flog zum ersten Mal ein *richtiges* Segelflugzeug. Um sich an das Flugzeug zu gewöhnen, brauchte er Zeit, musste er versuchen, etwas Höhe zu gewinnen. Verbissen kämpfte er in der schmalen Aufwindzone um jeden Meter. Er flog so langsam wie möglich, drehte flache Kreise. Immer schwächer wehte der Nordwest. Das Grunau-Baby sank. Immer näher wurde die rechte Tragfläche an den Hang gedrückt.
„Runter jetzt!", brüllte der Lange Sepp. „Der Wind lässt zu stark nach. Ordentliche Landung bitte!"
„Überhör die Kommandos deines Lehrers, Hans Brettschneider", dachte Hans. „Du willst sie nicht hören. Du kannst noch eine Weile in der Luft bleiben. Das Babyfliegen ist kein Problem. Es ist schön hier oben. Die Ruder sind gut abgestimmt. Erst wenn der Wind noch mehr nachlässt, landest du. Die Zigarre danach überstehst du schon."
Plötzlich eine Böe. Das Baby sackte hart durch und berührte mit der Kufe den Boden. Der Flug war unbeabsichtigt zu Ende.
„Scheiß Landung!", brüllte Schäfer. „Hättest früher reinkommen sollen, du Grünschnabel."
„Dem kann ich nur beipflichten", brüllte ein Mann in SA-Uniform, der sich eine Weile aufmerksam am Hang umgesehen hatte. Es war Standartenführer Riener, Bürgermeister der Kreisstadt und derzeit gleichzeitig Chef einer SA-Einheit.
„Verpassen Sie dem jungen Abenteurer bloß eine ordentliche Abreibung, Herr Schäfer. Die Burschen müssen lernen, dass man mit dem Material des Führers so nicht umgehen darf."

„Lassen Sie das bitte mein Problem sein, Herr Riener“, antwortete Schäfer couragiert. „Es ist ja nichts passiert, die Kiste hat keinen Kratzer abbekommen. Im Übrigen, für die Ausbildung hier bin ich verantwortlich.“
„Nehmen Sie Ihren Mund nicht so voll!“, stänkerte Riener. „Das könnte arge Folgen für Sie haben.“ Mit einem grimmigen Gesichtsausdruck verabschiedete er sich wortlos.
„Dieser Idiot“, flüsterte Hans aufgeregt. Seine herbeigeeilten Kameraden sahen ihn entsetzt an. „Vor ein paar Monaten war der noch ein Nachkriegsarbeitsloser. Im Krieg hat er selbst einmal Bruch gemacht. Damals hat man ihm nahe gelegt das Fliegen aufzugeben und ihn zurück zur Feldgendarmerie geschickt. Ich weiß das von meinem Vater.“
„Sei vorsichtig mit solchen Aussagen, Hans. Ohne die Zustimmung der Nazis wirst du in diesem Deutschland kein Bein mehr vor das andere setzen, geschweige denn fliegen“, sagte einer seiner Kameraden.
„Aber, der kann überhaupt nicht richtig fliegen. Hat im Krieg immer nur Trümmer hinterlassen. Und hier spielt er sich als Meisterpilot auf.“
„In der Fliegerei sind schon viele Meister vom Himmel gefallen“, lachte Sepp Schäfer. Dann wurde er ernst, wandte sich zu den jungen Fliegern und sagte: „Ihr dürft beim Fliegen niemals leichtsinnig werden oder versuchen, euch über die Leistungsgrenzen eines Flugzeuges hinweg zu setzen. Das nimmt euch das Flugzeug sofort übel. Achtet immer auf genügend Fahrt. Fahrt ist das halbe Leben. Unterschreitung der Mindestgeschwindigkeit führt unweigerlich zum Strömungsabriss und ein Strömungsabriss in Bodennähe führt unweigerlich zum Bruch.“
„Ich entschuldige mich für die miserable Landung“, sagte Hans Brettschneider kleinlaut. „Wird nicht wieder vorkommen.“
„Schon gut. In Zukunft leitest du die Landung ein, bevor der Wind dich runterdrückt. Bringt die Kiste jetzt in die Halle. Genug für heute.“

Im gleichen Sommer schaffte Hans einen ersten kleinen Überlandflug. An einem Sonntagvormittag machte er sich gegen 11:00 Uhr startbereit. Sein Flugauftrag lautete: Überlandflug zum fünfzehn Kilometer entfernten Höllkopf und zurück. Hans

kletterte ruhig in das Grunau Baby und legte die Gurte um. Dann erfolgte der Start am Gummiseil. Mit einem kräftigen Ruck schoss das Baby nach vorne. Das Ausklinken des Seils kam Hans vor, wie das Abnabeln eines Neugeborenen vom Mutterleib. Jetzt war er in seiner Welt, in der Welt der Flieger.
Nach dem Start flog er zunächst einige Kurven im Hangaufwind am Thalfelder Hang. Nach einer halben Stunde hatte er sich mühselig eine Höhe von zweihundert Metern über der Startstelle erkämpft. Zu wenig, um Überland zu fliegen. Doch dann zeigte das neue Variometer plötzlich ein Meter pro Sekunde Steigen an. Kurz vorher machte sich das entsprechende Gefühl im „Hintern" bemerkbar. Das war kein Hangwind mehr. Das war eine Ablösung, ein thermischer Aufwind oder ein Bart, wie die Flieger sagen. Hans gab sofort Querruder und Seitenruder links und leitete damit eine Linkskurve ein. Aus der Traum. Nach einem Viertelkreis hatte er den Aufwind bereits wieder verloren. ‚Nicht nervös werden', dachte er. ‚Den Kreis weiterfliegen, wie Schäfer es erklärt hat. Irgendwann triffst du schon wieder auf die aufsteigende Warmluft.' Hans ließ das Baby weiter drehen. Plötzlich wurde er wieder leicht in den Sitz gepresst und das Vario zeigte wieder Steigen an. Instinktiv richtete Hans das Flugzeug auf, flog einige Sekunden geradeaus und kurvte dann wieder links ein, diesmal etwas steiler. Das Variometer zeigte nun beständig eineinhalb Meter pro Sekunde an. Hans hatte es geschafft den Aufwind zu zentrieren. Kreisend wurde das Baby II nun Meter um Meter nach oben getragen. In etwa zwölfhundert Metern Höhe bildete sich eine Kumuluswolke. Als sie Hans mit weißen Schleiern empfing, leitete er die Kreisbewegung des Flugzeuges aus, verließ den Aufwind und ging auf Kurs in Richtung Höllkopf, eine fünfhundert Meter hohe Basaltkuppe mit einem kleinen Aussichtsturm darauf. Er überflog seinen Heimatort Thafeld in großer Höhe und erkannte sein Elternhaus.
„Schade, dass dein Vater dich hier nicht sehen kann, Hans Brettschneider", dachte er. „Er liegt längst auf dem kleinen Friedhof nahe der Kirche. Er hat zwar der Fliegerei nicht viel abgewinnen können, doch jetzt wäre er bestimmt sehr stolz auf dich."

Das Grunau-Baby II segelte ruhig mit leichtem Seitenwind zum Höllkopf. Hans streckte die Hand in den Fahrtwind und winkte den Spaziergängern auf der Bergkuppe zu, doch niemand nahm Notiz von ihm. Am Höllkopf angekommen, zeigte der Höhenmesser nur noch dreihundert Meter über Flugplatzniveau an. Nicht genug, um im Gleitflug wieder nach Hause zu kommen. Ruhig suchte Hans nach einem neuen Aufwind. Wenn er keinen finden würde, müsste er auf einer Wiese außenlanden. Doch eine kleine Kumuluswolke in der Nähe zeigte ihm den Weg. Hans flog in Richtung der Wolke und stieg in ihrem kräftigen Aufwind auf eintausendachthundert Meter. So hoch war er noch nie in seinem Leben gewesen. Er genoss die Sicht und den Frieden hier oben. Ein Mäusebussard kreiste in sicherem Abstand mit dem großen Vogel im gleichen Aufwind.
„Mit Sicherheit hat der Bussard den gleichen Spaß am Fliegen wie du, Hans Brettschneider. Niemand kann dir glauben machen, dass ein Raubvögel in dieser Höhe auch nur eine einzige Maus am Erdboden sieht."
In der Ferne konnte Hans die Kuppen des Rothaargebirges erkennen. Bei dieser Wetterlage wäre es kein Problem, eine viel größere Strecke zu fliegen, aber sein Flugauftrag galt nur für die Strecke Thalfeld-Höllkopf und zurück.
Hans drückte die Nase des Babys nach unten. Das Flugzeug nahm Fahrt auf. Mit einhundertzehn Stundenkilometern nahm Hans Kurs auf Thalfeld. Einige Böen rüttelten hart an den Tragflächen, manche brachten das Flugzeug vom Kurs ab. Gelassen korrigierte Hans immer wieder den Kurs. Nach einigen Minuten hatte er Thalfeld bereits wieder erreicht. Nun galt es, abzusteigen. Achthundert Meter zeigte der Höhenmesser. Durch Ziehen des Steuerknüppels reduzierte Hans die Geschwindigkeit auf neunzig und zog dann die Landeklappen. Rasch baute er so dreihundert Meter Höhe ab. Dann wurde ihm der Sinkflug zu langweilig. Er fuhr die Klappen ein und drehte übermütig einige Steilkreise. Hoffentlich würde er dafür nicht wieder eine Zigarre vom langen Sepp erhalten. Eigentlich waren den Flugschülern Steilkreise verboten.
Seine Landung an der Startstelle am Thalfelder Hang war eine Bilderbuchlandung. Hans setzte das Flugzeug genau neben dem Landekreuz auf, eine saubere Ziellandung. Die Kameraden

beglückwünschten ihn zu seinem ersten Überlandflug mit ein paar kräftigen Schlägen auf die Schulter.
Erst jetzt bemerkte Hans, dass neben der Halle der gelb lackierte Doppeldecker stand. Wagner unterhielt sich dort mit Sepp Schäfer.
„Hans ist unser bester Flieger“, sagte Schäfer. „Ich glaube, er ist zum Fliegen geboren. Er hat den richtigen Riecher dafür.“
„Deine Landung war erste Klasse, mein Junge“, sagte Wagner freundlich und umarmte seinen Schützling. „Weiter so, vielleicht wird einmal ein guter Jagdflieger aus dir.“
Zu Schäfer gewandt sagte Wagner: „Ich weiß, es ist nicht üblich, dass Ihre Flugschüler vor dem Einräumen den Platz verlassen. Ich habe aber mit Hans und seiner Mutter ein wichtiges Gespräch zu führen und bitte Sie deshalb, Hans für den Rest des Tages freizustellen.“
Schäfer schaute etwas missmutig und antwortete: „Stimmt, eigentlich ist Flugdienst bis zum Einräumen, gerade nach einem solchen Überlandflug. Aber Ausnahmen bestätigen die Regel. Also los, schönen Nachmittag, Hans.“
Hans kletterte in den Doppeldecker und schnallte sich an. Jetzt brauchte ihm Wagner nicht mehr die Instrumente zu erklären, jetzt war er ein Flieger, wenn auch nur ein Segelflieger. Jetzt gehörte er dazu.
Wagner zeigte ihm, wie man einen Doppeldecker rollt. Durch einseitiges Bremsen und leichtes Gasgeben kann man die Richtung bestimmen. Nach einiger Übung hatte Hans den Dreh raus. Auf der vor wenigen Tagen gemähten Wiese richtete Wagner die Maschine aus und gab dann Vollgas. Der Motor heulte auf und das Flugzeug beschleunigte. Nach kurzer Rollstrecke hob es ab.
Wagner drückte das Flugzeug nahe an den Boden und wackelte mit den Tragflächen. Neidisch winkten die Kameraden dem Doppeldecker zu. Nach kurzem Steigflug durfte Hans den Steuerknüppel übernehmen. Er drückte die Nase nach unten, dabei reduzierte Wagner die Drehzahl und flog im Gleitflug in Richtung Thalfeld. Nach einem Vollkreis mit voller Motorleistung über dem Elternhaus landeten sie auf einer Wiese am Dorfrand. Zur Landung hatte Wagner den Steuerknüppel wieder über-

nommen, doch Hans hatte aufmerksam an Doppelsteuer und Gashebel mitgefühlt.
Nach der Landung marschierten sie schweigend zum Haus der Brettschneiders. Eva war erstaunt und erfreut zugleich, Wagner wieder zu sehen. Glücklich warf sie sich ihm in die Arme. Am Abend sah Wagner Eva tief in die Augen und sagte: „Eva, jetzt bin ich vierundfünfzig und noch immer unverheiratet. Meine Flugschule in Berlin gebe ich auf. In Kürze bekomme ich eine Aufgabe im Reichsluftfahrtministerium in Berlin. Was mir jetzt noch fehlt, ist eine richtige Familie. Deshalb möchte ich dir und Hans ein Angebot machen."
Zögernd und etwas stotternd fuhr er fort: „Eva, ich liebe dich. Und Hans ist mir wie ein eigener Sohn. Komm mit nach Berlin und werde meine Frau, ich möchte, dass ihr meine Familie werdet."
Eva standen die Tränen in den Augen. Gerührt sagte sie: „Ich hatte es so gehofft, auch ich liebe dich, aber was soll aus dem Haus werden, was soll mit Hans geschehen. Hier ist er in der Lehre. Ich kann das doch nicht alles aufgeben."
„Ich denke, du kannst", sagte Wagner. „Die Tiere kannst du verkaufen, das Haus abschließen. Wir können es doch immer noch als Wochenenddomizil nutzen. Mit dem Flugzeug sind wir schnell hier."
„Und Hans?"
„Hans kann seine Lehre und seine Segelflugausbildung bei Schäfer fortsetzen und uns in den Ferien in Berlin besuchen. Ich habe schon mit Schäfer gesprochen. Schäfer besorgt Hans ein kleines Zimmer in der Kreisstadt, vorausgesetzt, Hans ist damit einverstanden. Später kann er zu uns nach Berlin ziehen."
„Ich möchte hier bleiben. Was soll ich in Berlin?", antwortete Hans etwas trotzig.
„Zum Beispiel in Berlin Adlershof-Johannisthal deine fliegerische Ausbildung fortsetzen. Großstadt, Fliegerschule, Wehrmacht, Luftwaffe. Berlin bietet dir fliegerisch alles, was du möchtest. Aber zunächst gebe ich dir Recht. Zunächst solltest du beim Langen Sepp deine Lehre beenden. Dann sehen wir weiter."

Eva schlief schlecht in dieser Nacht. In Wagners Armen grübelte sie über ihre Zukunft. Sie war ein einfacher Mensch, eine Bäuerin. Was sollte sie in dieser riesigen Stadt ohne Kenntnis der neusten Mode und Benimmregeln. Gewiss, sie liebte Wagner und sie war froh, nicht mehr so einsam sein zu müssen. Aber die Trennung von ihrem Sohn, von Augusts Sohn, würde ihr schwer fallen.

Es vergingen einige hektische Wochen, bevor Eva und Hans im September 1937 das Haus abschlossen und zur bevorstehenden Hochzeit nach Berlin reisten. Die vier Kühe mussten verkauft werden, Äcker und Wiesen wurden verpachtet. Hans und Eva packten nur das Notwendigste und doch wurde es so etwas wie der Abschied von einem Lebensabschnitt. Für Eva war es auch der endgültige Abschied von August. An Thalfeld lag ihr nicht viel. Bei Hans war das anders. Er liebte seine Heimat, er liebte Thalfeld mit seinen weiten grünen Wiesen, seinen duftenden Mischwäldern und den ausgedehnten Feldern, in denen er als kleiner Junge so herrlich umherstreiften konnte. Er hing an seinem Elternhaus, dem kleinen Fachwerkhaus mit den gemütlichen Zimmern und dem Efeu, der an der Außenwand nach oben wuchs. Hier war er zu Hause. Aber er wollte nicht ungerecht sein. Er gönnte Eva eine Zukunft mit Wagner und er würde Wagner mehr als akzeptieren. Und mit Wagner als Stiefvater konnte er sicher sein, dass er fliegerisch so gefördert wurde wie er es sich wünschte. Wenn er alleine in Thalfeld oder in der Kreisstadt blieb, konnte er sich ganz auf seine Lehre und auf die Fliegerwochenenden konzentrieren. Die mühselige Feldarbeit, das Füttern der Kühe und das Säubern des Stalls entfielen. Trotzdem würde er Heimweh nach Eva bekommen. In den letzten Jahren war sie ihm Vater und Mutter zugleich gewesen.

Kapitel 5

Die Hochzeit im September 1937 in Berlin war für Hans ein richtiges Abenteuer. Der Lange Sepp hatte ihm zwei Wochen Urlaub gegeben.
„Wenn du wieder zu Hause bist, geht es darum, eine ordentliche Gesellenprüfung bei der Handwerks-Innung abzulegen. Aber nun geh mit Gott und schau dir eine Offiziers-Hochzeit an. Und mach dir deine eigenen Gedanken, wenn du nebenbei die Aufmärsche von SS und SA in Berlin siehst. Das kann nicht alles richtig sein, was die Braunen da tun, auch wenn sie uns wieder Arbeit und Brot geben und uns unsere geliebte Fliegerei ermöglichen. Wir werden alle noch einen hohen Preis dafür bezahlen."

Unter normalen Umständen hätten Hans und Eva eine lange Bahnreise antreten müssen, aber der neue Stiefsohn eines berühmten Fliegers und dessen Braut brauchten das nicht auf sich zu nehmen. Sie sollten standesgemäß nach Berlin reisen. Ein alter Kamerad von Karl Wagner flog eigens mit einer neuen Messerschmidt Bf 108 nach Thalfeld und landete dort auf einer hierfür gemähten Wiese am Ortsrand, um Hans und Eva abzuholen. Hans genoss den Flug. Die viersitzige Maschine war nagelneu und sehr schnell. Nach kurzer Flugzeit übergab der Pilot ihm den Knüppel und hielt ihn an, Kurs und Höhe zu halten. Wagner hatte ihm erzählt, dass sein neuer Stiefsohn ein guter Segelflieger war. Das Geradeausfliegen, das Kurs- und Höhehalten eines Motorflugzeuges empfand Hans als anstrengend, eine ganz andere Fliegerei als das Segelfliegen. Das Wetter war sehr durchwachsen und es wehte ein kräftiger Wind aus Nordost, der das Flugzeug immer wieder vom Kurs abbringen wollte. Angestrengt flog Hans die Maschine. Wenn er zu spät auf eine Kursabweichung reagierte, griff der Pilot am Doppelsteuer ein, half ihm und belehrte ihn: „Nicht einfach nur nach dem Kompass fliegen", sagte er. „Nimm dir einen festen Punkt am Horizont, wenn du auf Kurs bist und steuere darauf zu. Dann macht dich der unruhige Kompass nicht nervös und du bleibst automatisch auf Kurs. Vergleiche deinen Flugweg mit den Geländemerkmalen in der Karte. So fliegst du genau auf der Kurslinie."

Das war neu für ihn. Streckenflug hatte er bislang noch nicht gelernt und beim Segelfliegen konnte man nicht lange auf Kurs bleiben, weil man die Aufwinde oft abseits vom Kurs suchen musste. Aber Hans steuerte den Flieger angestrengt und konzentriert im Reiseflug. Es machte ihn Stolz, dass er als Anfänger im Segelflug bereits einen Motorflieger fliegen durfte – und konnte. Eine Landung allerdings würde er nicht hinbekommen, da brauchte es eine Menge Übung, die er natürlich noch nicht haben konnte.
Sein Entschluss, Flieger zu werden wurde durch dieses Erlebnis gefestigt. Das Elektrohandwerk bei Schäfer machte ihm Spaß. Sicher, man konnte damit vielleicht seinen Lebensunterhalt verdienen. Aber die Fliegerei, das war etwas Erhabenes, etwas Höherwertigeres. Etwas, das nicht jeder machen konnte. Dazu brauchte es Talent und das hatte er.
Eva saß auf dem hinteren Sitz. Obwohl sie immer etwas Angst vor dem Fliegen hatte, genoss sie den Flug. Intensiv schaute sie sich die Landschaft an, die unter ihnen hinwegzog. Dann erinnerte sie sich an die schönen Jahre mit August. Sie würde ihn nie vergessen, auch wenn sie jetzt von Thalfeld Abschied nehmen musste. Auch Augusts resolute Mutter, die ihr einst das Leben gerettet hatte, würde sie für immer in Erinnerung behalten. Was würde die Zunft bringen? Liebevoll blickte sie nach vorne und beobachtete ihren Sohn. Es machte sie stolz, wenn sie sah, wie bravourös Hans das Flugzeug steuerte. Ein Flugzeug, das sie in ein neues Leben brachte.
Nach zweieinhalb Stunden war es geschafft, vor ihnen lag das Häusermeer von Berlin. Der Pilot landete sanft auf dem Flugplatz Adlershof-Johannisthal. Hier standen viele Flugzeuge der erst kürzlich enttarnten neuen Deutschen Luftwaffe. Bomber vom Typ He 111 und einige ältere Jagdflugzeuge vom Typ He 51, sowie eine Reihe Fieseler Storch, der Standardaufklärer der neuen Luftwaffe. Hans hätte sich am liebsten jedes dieser Flugzeuge, die er nur aus Zeitschriften kannte, genauer angesehen, doch dazu war keine Zeit. Wagner holte sie ab und gemeinsam fuhren sie zu Wagners Haus nach Berlin Johannisthal. Am Abend machten sie einen Ausflug zur Siegessäule und zur Wilhelmstraße. Hier war das neue Luftfahrtministerium untergebracht, in dem General Karl Wagner nun arbeitete.

Es war das erste Mal, dass Hans seinen neuen Stiefvater in Luftwaffenuniform sah. Bald sollte er selbst eine solche Uniform tragen.

Die Trauung fand zwei Tage später im Standesamt von Johannisthal im kleinen Kreis statt. Auf eine kirchliche Trauung wollten Karl Wagner und Eva bewusst verzichten. Wagner machte sich nichts aus dem christlichen Glauben. Im Krieg hatte er zuviel Elend gesehen und dabei seinen Glauben an Gott vollständig verloren.
Die eigentliche Hochzeitsfeier fand im Berliner Nobel-Hotel Adlon statt. Unter den eingeladenen Gästen fanden sich viele ehemalige Weltkriegsflieger, die in der neuen Wehrmacht bereits hohe Dienstgrade hatten und die mittlerweile als Ausbilder in der neuen Luftwaffe oder als Mitarbeiter im Reichsluftfahrtministerium tätig waren. Einer von ihnen flog bereits die Messerschmidt Bf 109, den neuen Jäger der Luftwaffe.
„Junge, dieses Flugzeug ist genial. Der dicke Motor bringt die Mühle locker auf eine Höchstgeschwindigkeit von fünfhundertachtzig Stundenkilometern. Das muss man sich mal auf der Zunge zergehen lassen. Fünfhundertachtzig Kah-Em-Hah. Bald bekommt die Kiste serienmäßig einen noch stärkeren Motor, einen Daimler-Benz. Damit schafft sie dann über sechshundert. Das Flugzeug stellt alles bisher Dagewesene in den Schatten. Das Leben ist schön mit solch einem Flugzeug unter dem Hintern. Nur der Start ist nichts für Weicheier und die Landung auch nicht. Wenn du beim Gasgeben und Losrollen nicht sofort kräftig ins Seitenruder trittst, liegst du schon auf dem Kreuz. Das Fahrwerk ist einen Tick zu schmal, um die Drehkräfte des Motors beim Rollen aufzufangen. Sobald das Heck in der Luft ist, will die Mühle durch das Gegendrehmoment des Motors ausbrechen. Da braucht es viel Gefühl im Hintern. Ja, das Leben ist schön, mit dem richtigen Flugzeug unter dem Hintern."

Nach zwei Wochen Aufenthalt in Berlin war Hans restlos begeistert von der neuen Welt, in der seine Mutter nun mit Karl Wagner leben sollte. Eva selbst fühlte sich glücklich in den Armen von Wagner, aber vor der Großstadt und den Menschen dort hatte sie Angst.

Die Regierung der Nazis behagte ihr nicht. Die Aufmärsche und die immer lauter werdenden Hassparolen gegen die Juden ängstigten sie zutiefst. Was sollte aus Hans werden, der durch seine außerfamiliäre Erziehung zunehmend von dem Geist der Nationalsozialisten geprägt wurde? Was würde aus ihm werden, wenn es wieder einen Krieg geben würde? Niemand glaubte so recht daran in diesen Jahren. Vielen ging es gut, es gab wieder Arbeit und mit der KDF konnte man sogar Urlaubsreisen machen. Eva nahm sich vor, mit Hans über ihre Einstellung zu Hitler zu reden. Aus ihrer Sicht konnte, durfte es nicht sein, dass ihr einziger Sohn, wie so viele, zu den Erfüllungsgehilfen dieser Nazis gehören sollte. Für Eva stand es glasklar fest, dass die Menschen irgendwann dafür bezahlen würden. Irgendwann, das sagte auch der lange Sepp. Aber wer konnte es den Menschen verübeln, dass sie nach den schlimmen Notzeiten nun ihr Leben genießen wollten. Dafür nahm man vieles in Kauf. Letztendlich nahm sie, Eva, ja auch in Kauf, dass ihr eigener Mann nun ein General war. Sie nahm sich vor, ihm so oft sie konnte einen Spiegel vorzuhalten, um ihn nicht ganz und gar dieser grausamen Welt der Nazis zu überlassen. Sie konnte nicht zulassen, dass Wagner nur der Fliegerei wegen immer tiefer in das Gefüge verstrickt wurde. Hinter vorgehaltener Hand hatte sie von einem Nachbarn erfahren, dass immer mehr Juden plötzlich spurlos verschwanden und dass man deren Hab und Gut billig bei Versteigerungen erwerben konnte. Hans gegenüber erwähnte sie das jedoch noch nicht. Sie war froh, dass er wieder in den Westerwald zurück gehen würde, um seine Ausbildung abzuschließen.

Kapitel 6

Wenige Tage nach der Abreise von Hans aus Berlin beobachtete Eva an einem grauen Mittwochmorgen zufällig, wie uniformierte Männer die feste Eichentür des Nachbarhauses, in dem eine mittelständische jüdische Familie wohnte, einschlugen. Geschockt musste sie mit ansehen, wie die Männer wenig später ihre Nachbarin und ihren Nachbarn sowie deren Eltern abführten. Was ging hier vor? Eva kannte ihre Nachbarn gut, die Leute waren in ihrem Alter, unbescholtene Menschen, ganz sicher. Er, selbstständiger Metzgermeister, der gegenüber eine koschere Metzgerei betrieb; sie, Hausfrau und Mutter; die Großeltern arbeitslos. Eva ahnte, was das bedeutete. In Berlin und anderswo im Reich gab es zu dieser Zeit noch keine organisierten Deportationen, aber es kam immer wieder zu Übergriffen auf Juden. Der Judenhass wurde seit 1933 systematisch geschürt, immer mehr antijüdische Gesetze traten in Kraft. Die Nazis predigten schon an den Schulen, die Juden seien Deutschlands Untergang und man müsse diesen Untermenschen das Handwerk legen. Schon der kleinste Anlass reichte aus, um Menschen festzunehmen und für immer verschwinden zu lassen.

Eva hatte Angst, große Angst. Aber sie musste etwas unternehmen. Ihre Nachbarin hatte ihr noch vor wenigen Tagen im Vertrauen erzählt, dass die Familie auszuwandern gedenke. Eva hatte es niemandem erzählt, auch nicht Wagner. Sie wusste, dass es gefährlich war, sich in solche Dinge einzumischen. Ihre Nachbarn hatten eine kleine Tochter, Leah. Sie musste noch im Haus sein. Offensichtlich hatte man die Kleine rechtzeitig versteckt. Wo sollte sie sonst sein? Eva würde sie suchen müssen. Ihre Nachbarn hatten ihr erzählt, es gäbe keine Verwandten in Deutschland. Eva würde sich selbst darum kümmern müssen. Und sie tat es. Bei Einbruch der Dunkelheit betrat sie das Haus durch die eingetretene Tür. Sie vermutete Leah im Keller. Die feste Stahltür war abgeschlossen. Offensichtlich hatte die Gestapo sie nicht öffnen können. Eile war geboten. Wenn die Männer der Gestapo erfuhren, dass sich hier noch ein Kind versteckt hielt, würden sie zurückkommen, mit Werkzeug.

„Leah, bist du da drin? Du brauchst keine Angst zu haben. Ich bin es, Eva. Ich will dir helfen.“ Sie klopfte leicht an die verschlossene Tür. Aufgeregt versuchte sie ihren eigenen Atem zu unterdrücken, um nicht ein Lebenszeichen von Leah zu überhören.
„Leah, mach schnell auf. Die bösen Männer sind weg. Mach schnell auf, ich hole dich hier raus.“
Leah zitterte am ganzen Körper als sie die Tür aufschloss und Eva sie befreite. Sie konnte kaum reden. Tränen kullerten über ihre Wange. Eva nahm sie fest in den Arm und führte sie in ihr Haus auf der gegenüberliegenden Straßenseite.
Leah war erst zehn Jahre alt, aber ihre Kindheit war heute zu Ende gegangen. Ihre Eltern hatten den Fehler gemacht, bei einem zufälligen Treffen mit jüdischen Freunden auf der Straße kritisch über ein neues Gesetz zu diskutieren, das kürzlich, am 2. Juli 1937, in Kraft getreten war und vorschrieb, dass die Zahl jüdischer Kinder an Schulen drastisch begrenzt werden sollte. Eine äußerst unvorsichtige Äußerung. Leahs Vater geriet in Wut über die immer bedrohlicher werdenden Diskriminierungen der Juden. Das Schulgesetz betraf auch Leah. Vor ein paar Tagen musste sie ihre Schule für immer verlassen. Ein SA-Mann in Zivil schnappte Teile der Unterhaltung auf und ließ Leahs Eltern und Großeltern sofort verhaften. Leah entkam der Gestapo nur durch Zufall, weil sie sich zum Zeitpunkt der Verhaftung gerade im Keller aufhielt, um alte Spielsachen zu holen. Als sie die lauten Stimmen der Gestapomänner und das Gepolter deren Lederstiefel hörte, bekam sie Angst und schloss sich instinktiv ein. Kaum jemand nahm Notiz vom Verschwinden der Menschen aus dem Nachbarhaus, die schon am Folgetag ihrer Verhaftung in das Lager Buchenwald bei Weimar gebracht wurden. Kaum jemand im Berlin des Jahres 1937 glaubte an die Existenz solcher Lager oder wusste davon.

Eva nahm Leah erschrocken aber entschlossen in den Arm. „Ich weiß auch nicht, warum deine Eltern verhaftet wurden und wo sie jetzt sind. Vielleicht ist alles nur ein Irrtum und sie kommen bald wieder“, sagte sie und fühlte, wie wieder diese Angst in ihr aufstieg. Hoffentlich glaubten Leahs Eltern nicht, Eva, die Frau des Generals habe sie aus irgendwelchen Gründen denunziert.

Hoffentlich tat man ihnen nichts an. Eva dachte fieberhaft nach. Sie war entschlossen, Leah bei sich aufzunehmen. Wenn es sein musste auch gegen Wagners Willen.
„Am besten, du bleibst erst mal hier bei mir, dann sehen wir weiter“, sagte sie.
Abends bereitete sie ihr auf dem Dachboden ein gemütliches Zimmer und versteckte sie dort. Sie blieb bei ihr, bis sie eingeschlafen war. Wagner gegenüber erwähnte sie nichts.

Im November kam Hans für eine Woche zu Besuch nach Berlin, um hier für seine Gesellenprüfung zu büffeln, die er im Januar 1938 ablegen sollte. Hans war mittlerweile siebzehn Jahre alt und ein vollständig ausgebildeter Segelflieger. Auf einem Wasserkuppenlehrgang im Oktober hatte man ihn nicht ganz überraschend zum Segelfluglehrer ernannt. Dort hatte sich für ihn auch die einmalige Gelegenheit ergeben, eine Horten II zu fliegen, ein Nurflügelflugzeug, die geniale Idee und Entwicklung der Gebrüder Horten aus Bonn, die das Flugzeug unter vielen Entbehrungen im elterlichen Wohnzimmer gebaut hatten.

Hans konnte nicht einschlafen in dieser mondhellen Nacht. Er musste die Erfahrungen, die er im Segelfliegerlager auf der Wasserkuppe gesammelt hatte, verarbeiten. Im Zimmer über sich hörte er plötzlich ein leises Wimmern. Weinte da ein Kind? Hans glaubte, dass er das geträumt haben müsste, doch nun hörte er es ganz deutlich, da weinte jemand. Um Eva und Wagner nicht zu wecken, schlich er leise auf den Dachboden und entdeckte Leah. Mit angstvollen Augen starrte sie ihn an. Erst als er ihr ruhig versicherte Evas Sohn zu sein und niemandem etwas sagen würde, begann das Mädchen zu reden. Leise weinend erzählte sie ihm ihre Geschichte. Sie zitterte vor Angst und Sehnsucht nach ihren Eltern und Großeltern. Hans hatte bisher nur davon gehört, dass es aus den Reihen der Nazis einige vereinzelte Hassaktionen gegen die Juden gegeben haben musste, aber von gezielten Verhaftungen wusste er nichts. Wagner wusste es ebenfalls nicht offiziell, aber er ahnte es. Durch Zufall hatte er bereits zwei solcher Arbeitslager aus der Luft entdeckt. In dieser Nacht konnte Wagner ebenfalls nicht schlafen. So blieb es nicht aus, dass er Leah und Hans entdeckte. Blass und

aufgeregt weckte er Eva, die sofort wusste, was jetzt passieren würde.
Doch Wagner schlug keinen Krach. Zwar machte er gerade eine steile Karriere unter der nationalsozialistischen Regierung, aber er konnte sich dennoch nicht gedankenlos mit allen ihrer Ideologien anfreunden. Der Judenhass der NSDAP war ihm bekannt, jedoch mochte er nicht leugnen, dass er davon großartig betroffen gewesen wäre. Nein, eher hatte er das Thema bisher einfach verdrängt. Jeder in seinem persönlichen Umfeld, der von Aktionen und Gesetzen gegen Juden hörte, verdrängte das Thema. Es betraf einen ja nicht persönlich. Doch jetzt war es soweit. Unmittelbar und persönlich betroffen musste er jetzt eine Entscheidung treffen. Leah der SA oder der Polizei übergeben, das hätte er niemals gekonnt. Seine Ehe mit Eva wäre sofort zu Ende gewesen. Und überhaupt, sein Glaube an die Menschlichkeit würde die Auslieferung eines unschuldigen Kindes niemals zulassen. Also musste er eine andere, eine menschliche Lösung finden. Aber, war er nicht auch ein Nazi? Gehörte er nicht längst dazu? Musste er dann nicht ihre Regeln beachten und bedingungslos danach leben? Musste er nicht ihre Ideologien verteidigen? War er also nicht auch dazu verpflichtet, die jüdische Rasse zu hassen?
„Nein", sagte er sich, „ich werde gegen Feinde des Reiches kämpfen, aber nicht gegen unschuldige Andersgläubige."
Er war Flieger und das mit ganzer Seele. Aber er war auch ein Mensch. Die Nazis benutzte er nur, um in der Fliegerei weiterhin eine Rolle spielen zu können. Wenn es Krieg gäbe, würde jedwede Privatfliegerei nicht mehr möglich sein. Also musste er sich mit den Nazis engagieren. Das alleine war aber auch schon alles. Er würde niemals einen Menschen ausliefern können. Hier musste Zivilcourage greifen, wenn auch verdeckt. Fast schämte er sich für seine Gedanken. Richtige Zivilcourage hätte bedeutet, seine Stellung aufzugeben und für höhere Ideale zu kämpfen, richtig zu kämpfen. Aber ihm war klar, dass man es mit solch einer Einstellung in diesem Deutschland nicht mehr durchhalten würde, es war glatter Selbstmord. Er hatte erlebt, dass Leute, die abends beim Bier defätistische Äußerungen von sich gaben oder die Juden in Schutz nahmen, plötzlich verschwanden. Spitzel gab es überall. Man musste vorsichtig sein.

Aber hier lag der Fall klar auf der Hand. Die kleine Leah hatte Furchtbares erlebt. Ihre Eltern und Großeltern waren verschwunden, vermutlich von der Gestapo oder von der SA verschleppt. Ein Wunder, dass Leah überlebt hatte. Hoffentlich suchte man sie nicht. Nur durch Evas couragiertes Eingreifen war sie gerettet worden. Er bewunderte Eva. Sie war eine gute Seele. Er nahm sich fest vor, für Leah eine Lösung zu finden, sie an einen sicheren Platz zu bringen. Aber einen sicheren Platz, wo niemand sie finden konnte, gab es nicht für ein jüdisches Mädchen. Nicht in Berlin, nicht in diesem Deutschland und auch nicht in Thalfeld oder sonst wo im Westerwald. Oder gab es ihn doch?

„Das Mädchen bleibt vorerst hier auf dem Dachboden. Ihr versorgt es weiter, bis mir eine Lösung eingefallen ist“, sagte er fast im Befehlston. „Was Leah isst, müsst ihr euch vom Mund absparen – ich selbst werde auch weniger essen. Wir dürfen nirgendwo irgendeinen Verdacht erregen. Schon gar nicht durch erhöhte Lebensmitteleinkäufe. Überall lauern Spitzel, die nur darauf warten, einem Fliegergeneral ans Bein zu pinkeln. Auf Dauer kann Leah hier allerdings nicht bleiben. Für uns und vor allem für sie viel zu gefährlich“, sagte er mit trockenem Hals.
Eva küsste ihn liebevoll. Sie war dankbar, dass er ihr keine Szene machte und Verständnis für ihr Handeln aufbrachte. War sie nicht auch eine Außenseiterin wie Leah, sie, die Tochter einer Mäckeserin? Konnte man dieses unschuldige Mädchen einfach den Schergen der NSDAP übergeben? Niemals, darin waren sich die beiden nach kurzer Diskussion einig. Aber was konnte man tun, um Leah zu retten?
Beim Frühstück hatte Hans eine Idee: „Der Lange Sepp hat eine Schwester, die hat auf irgendeiner Insel ein Kinderheim. Können wir Leah nicht einfach dorthin bringen?“
„Auf einer Insel?“ Wagner schaute Hans ungläubig an. „Auf welcher Insel kann heute noch jemand ein Kinderheim betreiben?“
„Ich weiß nicht, auf welcher Insel sie lebt“, sagte Hans. „Ich weiß nur, dass ihr Mann im Krieg in Flandern gefallen ist und dass sie zurück in dessen Heimat in den Norden gegangen ist. Der Lange Sepp sagte immer, man müsste einen Motorflieger

haben. Dann bräuchten wir nur zweieinhalb Flugstunden, um sie zu besuchen."
„Zweieinhalb Flugstunden? Von Thalfeld aus? Dann kann es sich eigentlich nur um eine der ostfriesischen Inseln handeln", sagte Wagner skeptisch. „Die Ostseeinseln liegen weiter entfernt als zwei Flugstunden. Ich glaube aber kaum, dass die Ostfriesischen Inseln ein sicherer Ort für ein jüdisches Mädchen sind. Diese Inseln werden gerade zu regelrechten Festungen ausgebaut."

In Thalfeld und in den umliegenden Dörfern im Westerwald gab es zu dieser Zeit aufregende Neuigkeiten. Bereits Mitte 1936 hatte die Organisation Todt damit begonnen, auf der Ebene oberhalb des Thalfelder Segelfliegerhanges einen Feldflugplatz anzulegen. Den späteren Einsatzhafen der Luftwaffe tarnte man hochgeheim als „Reichsgutshof mit Musterviehweide."
Die beginnenden Bauarbeiten kündigten den Bürgern von Thalfeld an, was bereits seit Wochen gerüchteweise in der Luft lag. Viele glaubten wirklich daran, dass hier ein neuer, moderner Gutshof entstehen sollte, auf dem auch das Vieh der Gemeindebauern weiden könnte. Dabei hätte Thalfeld gar keine neue Viehweide benötigt und die breite Hochebene hinter dem Hang wäre schon der Entfernung wegen keine gute Wahl für eine Viehweide gewesen. Seit Alters her gab es rund um Thalfeld ausgewiesene Weideflächen, die viel näher am Ort lagen. Von April bis September trieb man die Kühe morgens über einen Feldweg, den so genannten Viehtrieb, zu den Weiden, wo sie von einem Gemeindeviehirten gehütet wurden. Das kostete sieben Reichsmark pro Kuh und Jahr. Abends wurden die Kühe zurück in das Dorf geführt, besser gesagt, sie wurden nur bis zur Kirche in der Dorfmitte geführt. Dort gab ihnen der Viehhirte einen kräftigen Klaps und sofort lief jede Kuh alleine zu ihrem Stall. Tagein, tagaus ein Spektakel.

In Bezug auf den neuen Einsatzhafen wurden die Thalfelder nicht lange gefragt. Wer seine Grundstücke nicht verkaufen wollte, wurde zwangsenteignet und erhielt vom Reichsfiskus eine nur sehr geringe Entschädigung. Manche Einigungen kamen erst zustande, als Landwirten Ausgleichsgrundstücke aus

staatlichem oder Gemeindebesitz zugewiesen wurden. Ansonsten hatte die Gemeinde ein lebhaftes Interesse an der Ansiedlung eines Feldflugplatzes, um Arbeitsplätze während der Bauzeit und während des Betriebes zu schaffen und um die örtliche Infrastruktur zu verbessern. Bei besonders hartnäckigen Grundeigentümern wurde auch schon mal „brauner Druck“ ausgeübt, z.B. durch Appelle an die „nationalsozialistische Gesinnung“ oder durch Einschaltung des Ortsbauernführers.
Widerstände seitens der Thalfelder gegen den neuen Einsatzhafen wären ohnehin völlig zwecklos gewesen. Auf Anweisung des Reichsluftfahrtministeriums hatte das Luftgaukommando Münster schon in 1935 Geländeerkundungen nach Feldflugplätzen vorgenommen und die Heidelandschaft auf der Hochebene hinter dem Segelfliegerhang als strategisch wichtig ausgewiesen. So verlief das Genehmigungsverfahren für den Bau des Einsatzhafens als reine Formsache. Bereits vor der offiziellen Grundstücksübergabe wurde das Gelände von Vermessungstrupps auf das Genaueste abgesteckt. Mitten in der blühenden Landschaft sollte nun eine moderne Flugplatzanlage gebaut werden. Auf der etwa einen Quadratkilometer großen Fläche auf der Thalfelder Hochheide, so die Gemarkungsbezeichnung der Hochebene, wurden zunächst größere Erdbewegungen und Rodungsarbeiten vorgenommen. Im Anschluss daran ebneten große Dampfwalzen die gesamte Fläche ein und legten zwei kreuzförmig verlaufende Graspisten an, so dass die Flugzeuge bei den vorherrschenden Hauptwindrichtungen jeweils gegen den Wind starten und landen konnten. Dabei baute man auch eine Drainageanlage, damit der Platz nach stärkeren Regenfällen schnell wieder benutzbar wurde. Eine Ringstraße aus Beton führte rund um den Flugplatz und war gleichzeitig die Verbindung zu den Flugzeug-Abstellplätzen, die sich in gut getarnten Ausbuchtungen am Waldrand südlich und westlich des Flugfeldes befanden. Die Anordnung der Buchten an der Ringstraße hatte den Vorteil, dass die Flugzeuge bei Alarm in relativ kurzer Zeit zu den Startbahnen rollen konnten. Wenn das nicht möglich war, konnte auch kreuz und quer gestartet werden.Die Abstellplätze, Boxen genannt, begrenzte man mit Erdwällen, um so die Flugzeuge vor Splittereinwirkung zu schützen.

In der Südost-Ecke des neuen Flugplatzes entstanden eine ganze Reihe militärischer Gebäude, ganz im neuen Architekturstil der dreißiger Jahre, darunter ein Offizierskasino, ein mehrstöckiges Verwaltungsgebäude für die spätere Flughafenbetriebskompanie, ein Mannschaftsheim, sowie fünfzehn Holzbaracken, die als Unterkünfte für die Piloten dienen würden, und einen Wasserbehälter mit Pumpanlage.
Die Fundamente und die erste Etage des Offizierskasinos und des Verwaltungsgebäudes baute man mit dickem Bruchstein aus Westerwälder Basalt, der im Steinbruch im benachbarten Sonnwald abgebaut wurde. Die oberen beiden Stockwerke errichteten Zimmerleute des Reichsarbeitsdienstes im Fachwerkstil, Dachdecker deckten die Dächer mit Edelschiefer aus Mayen. Jedes der Häuser hatte zwei größere Dachmansarden mit senkrecht stehenden Dachfenstern. Dahinter befanden sich Offizierswohnungen. Der Eingang zum Offizierskasino wurde mit einer sehr breiten Treppe, ebenfalls aus Bruchstein, versehen. Schwere Eichentüren mit aufwändigen Schnitzereien zierten das Gebäude. Insgesamt sahen Offizierskasino und Verwaltungsgebäude wirklich wie ein moderner Gutshof aus. Zur Tarnung pflanzte man rund um die Gebäude schnell wachsende Fichten.
Im weitläufigen Mischwald auf der Nordost-Seite des Platzes legte die Organisation Todt eine weitere Beton-Ringstraße an, an die gut getarnt Munitionsbunker aus dickem Stahlbeton gebaut wurden. Diese Bunker standen ebenerdig und zur Tarnung pflanzte man auf ihren Dächern Gras an. Die Bunkereingänge waren von dicken parallel verlaufenden Betonmauern eingerahmt, die Eingänge waren mit grauen Flügeltüren aus Stahl verschlossen. Die Ringstraße im Wald war so breit angelegt, dass man im Notfall auch hier Flugzeuge abstellen konnte. Der Bau der Bunkeranlage erforderte sogar die Verlegung des Luftschachtes des Thalfelder Braunkohlebergwerks, das sich unter der Hochebene erstreckte.
Am Eingang der Ringstraße in den Wald, in sicherem Abstand zu den Munitonsbunkern, entstand eine neue Schießanlage, auf der die Bordwaffen der Flugzeuge eingeschossen und justiert werden konnten. Die Schießanlage war von hohen Betonmauern umgeben und nach oben hin offen. Später spannte man Tarnnet-

ze darüber. Am anderen Ende des Flugplatzes, im Wald nahe der Segelfliegerhalle baute der Reichsarbeitsdienst eine Tankanlage mit unterirdischen Erdtanks. Auf einer kleinen Lichtung, die westlich der Bunkeranlage auf einer Anhöhe im Wald lag, wurde ein etwa fünfzehn Meter hoher Holzgerüstturm gebaut, der später die Einsatzleitung beherbergen sollte. Der grün angestrichene Holzturm sah aus, wie ein überdimensionierter Aussichtsturm. Er war nur durch einen schmalen Pfad mit der Ringstraße verbunden. Von seiner Plattform aus hatte man einen guten Blick über das gesamte Gelände und bei schönem Wetter konnte man von dort sogar die Höhen des Rothaargebirges am Horizont erkennen, wenn man den Blick nach Nord-Ost richtete.
An der Südseite des Platzes installierte man eine Flak-Anlage, die später mehrere Zwillings-Flakgeschütze und eine Scheinwerferbatterie beheimaten sollte. Eine weitere Flak-Stellung entstand am Hang nahe der Segelfliegerlandewiese. An der zentralen Einfahrt des Feldflugplatzes baute man ein Wachgebäude. Auf einen Gleisanschluss musste die Wehrmacht allerdings verzichten, denn die Zuführung der Bahn von Thalfeld auf die hohe Heide wäre zu aufwändig geworden. Aufgrund des fehlenden Bahnanschlusses galt Thalfeld als Einsatzhafen zweiter Ordnung. Um die materielle Versorgung des Flugplatzes dennoch sicherstellen zu können, wurden stattdessen Eisenbahnwaggons mittels der so genannten Culemeyer-Straßenroller zugeführt. Das bedeutete, dass Eisenbahnwaggons auf einem in der Nähe gelegenen Bahnhof auf Culemeyer-Fahrzeuge verladen und per Straßentransport an den Flugplatz gebracht werden konnten. Dort erfolgte die Entladung an einer so genannten Culemeyer-Rampe. In Thalfeld befand sich diese Rampe in der Nähe der Bunkeranlage.
Für den Bau des Einsatzhafens zweiter Ordnung musste das Reich über 1,8 Millionen Reichsmark aufwenden. Hitlers Luftwaffe stampfte hier in nur zwei Jahren einen geheimen Fliegerhorst aus dem Boden. Rund tausend mal tausend Meter Grasnarbe, Straßenanschluss, einige Bunker und Baracken, ein paar landwirtschaftlich getarnte Fachwerkgebäude, keine Betonbahnen, keine Hallen und Werften, keine Umzäunung, keine Wachttürme und keine Landebahnbegrenzungen. Aus der Luft

sah man lediglich ein harmloses Segelfluggelände am Hang mit Halle und Windsack sowie einen Gutshof. Genauso war es von den Machthabern beabsichtigt. Man wollte kein Aufsehen. Man wollte lediglich vorbereitet sein. Worauf, das ahnten viele, aber kaum jemand wagte, offen darüber zu reden.

Kapitel 7

Der im Bau befindliche Feldflugplatz bot ein friedliches Bild in diesem ungewöhnlich warmen Frühling des Jahres 1938 – noch! Den Thalfelder Schäfer forderte man auf, seine Schafe auf den Landebahnen weiden zu lassen, um den Grasbewuchs kurz zu halten und um die Grasnabe auf natürlichem Weg zu festigen. Der Heugrasbewuchs auf den restlichen Flächen wurde den Bauern der umliegenden Gemeinden verkauft. Das geerntete Heu fand unter den Thalfelder Bauern reißenden Absatz, denn es handelte sich um eine Grasmischung besonderer Qualität.
Am Rande des Platzes nahe dem Segelfliegerhang blühten die Wachholder- und Ginsterhecken, wie in jedem Frühling. Auch Flieder wuchs dort, wo der gemähte Landestreifen der Segelflieger zu Ende ging. Die Tarnung war nahezu perfekt. Eine verträumte Landschaft, die geduldig auf das wartete, was kommen sollte. Nur noch ein paar Hecken trennten das Segelfluggelände am Hang von dem neuen Flugplatz. Ein Abzweig des Rollweges verband die Halle der Segelflieger mit der neuen Anlage.

Die Segelflieger hatten Angst um ihren Hang. Was würde es für ihren Sport bedeuten, wenn erst mal Flugzeuge auf der Musterviehweide stationiert würden. Würde man dann noch ungestört Segelflug machen können am Hang? Gut, dass die Segelflieger jetzt im NSFK organisiert waren. Das NSFK würde das schon regeln. Schließlich hatte doch Göring lauthals verkündet, dass die Deutschen ein Volk von Fliegern werden müssten. Vielleicht ließ sich hier ja sogar Karriere als Pilot in der Wehrmacht machen, darauf zielte die Segelflugausbildung am Hang ja letztendlich ab. Für die Jungs der Hitler-Jugend war es ganz normal, dass der Staat ihnen einen Flugplatz baute, auf dem sie später vielleicht als Piloten stationiert oder sogar ausgebildet würden. Der Bau war ihnen ein Ansporn, ihren Dienst in der HJ, vor allem den Flugdienst, so gut wie möglich zu tun. Im Unterricht erzählte man ihnen, dass Hitler mit der Flieger-Jugend viel vor habe und jetzt hatte man die Gewissheit, dass das auch stimmte.

Sepp Schäfer, der Lange Sepp, der leidenschaftliche Segelflieger und Kriegsflieger aus dem Weltkrieg war besorgt. Oft beobachte er die Bauarbeiten aus der Luft. Er wusste, was die Uhr geschlagen hatte. Hitler würde einen Krieg gegen Frankreich und England führen, da war er sich sicher. Und genauso sah es Herbert Silbermann, ein Freund aus den Tagen der Wasserkuppenfliegerlager, der seit 1933 nicht mehr fliegen durfte und der vor wenigen Monaten über die Schweiz nach England geflüchtet war. Silbermann schrieb ihm ab und zu bewegte Briefe, er machte sich Sorgen um seine Angehörigen, von denen er seit Wochen keine Post mehr erhalten hatte. Niemand in Thalfeld störte sich daran, dass viele Juden aus der Kreisstadt plötzlich ins Ausland flüchteten. Und niemand störte sich wirklich daran, dass inmitten ihrer Hochheide nun ein Flugplatz entstand, auf dem später Kampf- oder Jagdflugzeuge stationiert werden sollten. Besorgniserregend für die Thalfelder war nur, dass ehemalige Arbeitslose und Quartaltrinker nun einen Posten in der NS Verwaltung hatten und im Dorf für die richtige Ordnung sorgten. Viele Dorfbewohner nahmen das nur murrend in Kauf, andere lachten insgeheim über die „Braunen." Ansonsten brachte der Bau der „militärischen Musterviehweide", so nannten die Dorfbewohner scherzhaft die neue Anlage, nur Vorteile für die Dorfbewohner. Die vielen Bauarbeiter brachten frisches Geld ins Dorf. Am meisten merkte das der Wirt der Dorfschänke, die sich am Dorfplatz gegenüber der Bürgermeisterei befand. Auf ihrem Hof stand eine große Linde, unter der sich die Jugend des Dorfes regelmäßig traf. Abend für Abend war die Kneipe gerammelt voll und das Starkbier floss in Strömen. Das Hauptgesprächsthema dabei war die Hochzeit der schönen Thalfelder Mäckeserin mit einem General und ihr Umzug nach Berlin und natürlich der Bau der Musterviehweide, auf der, abgesehen von ein paar Schafen, niemals wirklich Vieh weiden sollte.
Einsatzhäfen, wie in Thalfeld, legte man damals überall in Deutschland an. Auch auf Borkum, der größten ostfriesischen Insel. Auch in Ailertchen im Westerwald, unweit von Thalfeld, auf der Lipper Höhe im Siegerland, in Zellhausen am Main, in Gießen, in Husum in Norddeutschland, in Reichenbach in Süddeutschland und an vielen weiteren Standorten. Bis zum Beginn

des zweiten Weltkrieges waren im Reichsgebiet fünfundsechzig Leithorste und zweihundertvier Einsatzhäfen einsatzbereit.

Die erste Landung auf dem Thalfelder Einsatzhafen machte Sepp Schäfer. Er hatte sich kürzlich von seinen Ersparnissen einen gebrauchten offenen Doppeldecker vom Typ „Bücker Bü 131 Jungmann“ zugelegt, um sich zusätzlich zu seiner Segelflugleidenschaft dem Kunstflug zu widmen. Sepp hatte keine Familie. Seine Eltern waren längst tot, seine Schwester war nach dem Tod ihres Mannes in die Heimat ihres Mannes auf die Nordseeinsel Borkum zurückgekehrt, um das Elternhaus ihrer Schwiegereltern zu übernehmen und um die kränklichen Schwiegereltern zu betreuen. Außer der Fliegerei und außer seinem Elektrobetrieb, dem der neue Flugplatz neuerdings gute Einnahmen bescherte, hatte er nichts und niemanden. Aber das genügte ihm. Eine Frau hätte es bei ihm, dem notorischen Dickschädel nicht lange ausgehalten. Sepp war ein knorriger Einzelgänger, aber in der Fliegerei und vor allem in der Ausbildung der HJ-Flugschüler am Thalfelder Hang blühte er auf. Die Bücker hatte er in Koblenz auf dem Flugplatz auf der Karthause abgeholt. Dort hatte sie ein älterer Pilot verkaufen müssen, weil der den Nazis als Pilot nicht mehr genehm war. Als Sepp von Koblenz nach einem knappen dreißigminütigen Flug über Thalfeld ankam, hätte er problemlos auch auf der Segelfluglandewiese am Thalfelder Segelflughang landen können, die Wiese war lang genug für eine Bückerlandung, doch Sepp war nicht nur ein Dickschädel sondern auch ein Draufgänger. Angst vor der Obrigkeit kannte er nicht. So nahm er das Gas raus und slippte die Bücker in Richtung der neuen hochgeheimen Landebahn. Erst in etwa zehn Metern Höhe leitete er gekonnt den Seitengleitflug aus und setzte die Maschine mit einer sauberen Dreipunktlandung auf dem neuen Platz auf. Noch war der Flugplatz nicht fertig, aber die große Fläche war bereits von einer festen Grasnabe überzogen und wurde regelmäßig gemäht. Auf dem Platz selbst standen in diesem Vorkriegsjahr weder Flugzeuge noch Vieh. Außer den Baumaschinen der Organisation Todt, die heute an einem Sonntag ungenutzt aber sauber aufgereiht am Platzrand standen, war nichts zu sehen. Der Platz schien vollkommen leer und unbewacht zu sein. Niemand

schien seine Landung gesehen zu haben, obwohl er vorher übermütig einen Looping mitten über Thalfeld geflogen hatte. Sepp schob den Gashebel leicht nach vorne und rollte langsam zur Segelflughalle am Hang, wo ihm die Führung der Reichssegelflugschule einen Stellplatz zugebilligt hatte.
Doch Sepp Schäfer irrte sich. Standartenführer Riener hatte die Landung gesehen, aber er behielt das Vergehen Schäfers für sich – noch. Er würde Schäfer zu gegebener Zeit vielleicht noch brauchen können. Schäfer war kein Nazi, aber er hatte sich aus seiner Sicht mit ihnen arrangiert. Für einen eventuellen Kriegseinsatz war er sicher zu alt, aber am Thalfelder Hang, als ehrenamtlicher Fluglehrer der Reichssegelflugschule, leistete er gute Arbeit. Riener beschloss, den Fluglehrer einstweilig unter Beobachtung zu stellen.

Kapitel 8

Heidemarie Reuter, Sepp Schäfers Schwester, bewohnte auf Borkum ein großes Reetdachhaus mit angebauten Stallungen, das einst ihren Schwiegereltern gehört hatte. Ihren Mann verlor sie bereits nach wenigen Ehejahren im ersten Weltkrieg. Auf den Schlachtfeldern in Flandern war er von einem Granatsplitter tödlich verwundet worden. Heidemarie war eine resolute Frau in den Fünfzigern und stark genug, sich alleine durchzuschlagen. Sie war eine äußerst liebenswürdige Frau, klein aber sehr dick. Ihre großen Brüste glichen eher zwei großen Luftballons. Ihre Beine waren dick und kräftig und ihr Hintern erinnerte viele Männer eher an einen Pferdehintern. Trotz ihrer Figur war sie sehr agil und nervenstark. Nichts konnte sie aus der Ruhe bringen. Als äußerst fleißige und liebenswürdige Frau betrieb sie leidenschaftlich Landwirtschaft. Solange sie in Thalfeld lebte, hatte sie den Hof ihrer Eltern bewirtschaftet. Neben der Viehwirtschaft pflanzte sie Kartoffeln und Getreide an und hielt sich ein paar Schweine. Die fette Nahrung trug natürlich sehr dazu bei, dass ihre Figur mit den Jahren immer mehr auseinander ging. Einen Mann wollte sie nicht mehr, also war es ihr egal, wie sie aussah. Sie war Bäuerin und das mit Haut und Haaren. Männer bedeuteten ihr nichts, schon gar nicht die Weichlinge, die sich heute in höheren Positionen der NSDAP befanden. Vielleicht hätte sie es noch mit einem Thalfelder Häfner aufgenommen, aber die meisten von ihnen waren im Weltkrieg gefallen. Riener, der großmäulige Standartenführer, stellte ihr von Zeit zu Zeit nach, aber sie wimmelte ihn mit barschen Worten ab. Dieser Idiot war nur zum Kommandieren zu gebrauchen und das konnte sie selbst viel besser, wie sie fand. Mit der Ideologie der Nazis konnte sie genau wie ihr Bruder nichts anfangen, sie wehrte sich mit aller Kraft dagegen.
Heidemarie sorgte sich auf Borkum um ihre alten Schwiegereltern und führte deren Haushalt und den Bauernhof. In dem rauen Klima mitten in der Nordsee konnte man nicht viel anbauen, aber für Viehwirtschaft reichte es immer. So verkaufte sie Milch und Käse an die Wehrmacht und an die Arbeitskolonnen vom Reichsarbeitsdienst, die die Insel gerade in eine moderne militärische Anlage verwandelten. Im fruchtbaren Klei-

boden gediehen auch Kartoffeln ganz gut. So war Heidemarie in der Lage, sich selbst und ihre Angehörigen gut zu ernähren. Als Wehrmacht und Reichsarbeitsdienst immer mehr Personal auf Borkum stationierten, konnte Heidemarie ihre Milch und Käseproduktion erhöhen. Aber die Arbeit wuchs ihr über den Kopf. So stellte sie ein paar Borkumer Frauen ein, die ihr im Haushalt und in der Käserei halfen, so gut es ging.
Heidemarie Reuter konnte durchaus rabiat werden, wenn man ihr Unrecht tat. Sie hatte einen ausgeprägten Gerechtigkeitssinn. Die Nationalsozialisten und ihr Ideengut vom arischen Menschen verachtete sie. Aber sie war klug genug, diese Verachtung nicht offen zu zeigen. Eher versuchte sie, die Ortskommandantur für ihre Zwecke zu nutzen. Wenn man ihr jedoch zu nahe trat, wehrte sie sich auf ihre Art.
Heidemaries großer Kartoffelacker befand sich in der Nähe des Borkumer Feldflugplatzes, den die Wehrmacht kürzlich im Ostland der Insel ausbauen ließ. Als die Wehrmacht ihr schriftlich mitteilte, dass sie einen Teil ihrer Äcker abgeben sollte, weil das Gelände für die Erweiterung des Flugplatzes benötigt würde, marschierte sie wütend zur Flugplatzkommandantur, ließ alle Wachen kopfschüttelnd hinter sich und stritt mit dem Kommandanten. Sie war eine der wenigen Großbauern auf Borkum und machte den Behörden klar, dass die Versorgungslage auf der Insel schon jetzt so schlecht wäre und dass ihre Landwirtschaft einen wichtigen Beitrag zur Ernährung von Zivilpersonal und Militär leiste. Und für die Landwirtschaft bräuchte man Äcker und Felder. Aus dem ersten Streitgespräch entwickelte sich zunächst eine Art Zweckbündnis, dann eine richtige Freundschaft. Der Kommandant, Kapitän zur See, Friedrichsen, setzte durch, dass sie ihre Äcker behalten durfte. Darüber hinaus erhielt sie sogar einen Vertrag zur Lieferung von Kartoffeln, Milch und Käse an Luftwaffe und Marine. Der Kommandant setzte darüber hinaus bei der Ortsgruppenverwaltung durch, dass Heidemarie Waisenkinder aufnehmen durfte. Nach dem Tod ihrer Schwiegereltern, die in 1936 kurz hintereinander starben, richtete sie mit behördlicher Genehmigung auf ihrem Hof ein Kinderheim ein und päppelte dort Mädchen im Alter von zehn bis sechzehn Jahren auf. Die Kinder gingen morgens zur Inselschule und halfen nachmittags, soweit ihr

Alter das zuließ, in der Landwirtschaft mit, auf freiwilliger Basis. Für diese Kinder, denen das Schicksal bisher übel mitgespielt hatte, bedeutete Borkum ein Paradies. Hier wurden Sie geliebt und gefördert und hier gab man ihrem Leben einen Sinn. Bei Heidemarie Reuter fühlten viele zum ersten Mal in ihrem Leben so etwas wie Geborgenheit. Für Heidemarie waren die Kinder keineswegs billige Arbeitskräfte. Sie liebte Kinder und wollte ihnen ein neues Zuhause geben. Ihre Mitarbeit in der Landwirtschaft sollte dem Zweck dienen, etwas Praktisches zu lernen und mit der Natur sorgsam umzugehen.

So oft es ging machte sie mit den Kindern lange Spaziergänge am Strand oder barfuss im Watt und erklärte ihnen danach anschaulich, unter Zuhilfenahme eines Apfels und einer Kartoffel, die astronomischen Verhältnisse, die Ebbe und Flut auslösten und wie man an der Stellung des Mondes erkennen konnte, ob man gerade mit auflaufendem oder ablaufendem Wasser rechnen musste.

Doch mit den Wanderungen am Strand war es bald vorbei. Die schon im ersten Weltkrieg zur Festung ausgebaute Insel wurde nun sehr stark erweitert und modernisiert. Rund um den Strand zog man Stacheldraht, aus Angst vor einer Invasion und in Vorbereitung auf einen Krieg. In den Norddünen begann der Festungsbereich beim großen Kaap. Dort wurden Flakgeschütze und Scheinwerfer installiert. Später kamen hier noch ein großer Bunker aus festem Stahlbeton für den Hauptleitstand „Coronell" sowie Funkmessgeräte hinzu. Alleine in dieser Batterie hausten während der Dienstzeit etwa vierhundertfünfzig Mann in vierzig Bunkern. Beim Wasserturm befand sich die Kaserne „Mitte" mit der Kommandantur.

Nach Osten hin folgten mehrere Batterien, unter ihnen die Batterie Falkland, in deren Nähe auch ein großes Artilleriedepot angelegt wurde. Am Ende der Bantje-Dünen lag ein etwa fünfhundert Meter langer Schießstand zur Infanterieausbildung der Truppe. So waren die Norddünen vom Großen Kaap bis zum Neuen Deich eine geschlossene Festungsanlage mit FLAK und Artilleriegeschützen, die sowohl in eine Seeschlacht, als auch in eine Luftschlacht eingreifen konnten.

Der bereits in 1927 angelegte Flugplatz wurde nun zu einem Landeplatz für Jagflugzeuge erweitert, ähnlich wie in Thalfeld.

Der nächst größere Festungsbereich waren die Dünen des Ostlandes. An dessen Ende befand sich die „Duala“, die vier große 10,5 cm Geschütze beherbergte. Am Westende entstand der Komplex der Batterie „Richthofen“, ebenfalls bestückt mit 10,5 cm Geschützen und weiteren Flak-Kanonen. Etwa fünfundzwanzig Bunker entstanden hier, sie waren über ein Gleissystem an die gesamte Festungsanlage angebunden. Die Gleise mussten ständig vom Flugsand befreit werden, was für einen Alarmbetrieb sehr hinderlich war.
Die größte Baustelle der Insel war jedoch der neue Seefliegerhorst, der im Wattenmeer buchstäblich in die Gezeitenzone hineingestampft wurde. Das rund dreißig Hektar große Gebiet wurde zunächst mit Betonmauern umfasst, bevor Saugbagger es dann mit Sand auffüllten. Nach Fertigstellung des Untergrundes wurden dann Kasernen- und Werftanlagen gebaut. Zur Stationierung kamen Schwimmflugzeuge vom Typ Heinkel He 59 her. Diese großen und wuchtigen Doppeldecker waren sehr langsam im Flug und so konstruiert, dass sie schwere Seeminen fliegend verlegen konnten. Später ersetzte man die He 59 durch die He 115, die auch als Torpedoflugzeug diente.
Im Anschluss an den Bau des Seefliegerhorstes baute man im Süden der Insel den Hafen aus, um hier Platz für die Marine zu schaffen. Eigentlich war der Hafen oder die „Reede“, wie die Borkumer ihn nannten, für U-Boote gedacht, doch später wurden dort Minensucher und -leger sowie Vorpostenboote stationiert. Den Hafen und die eigentliche Insel verband eine Betonstraße und ein Schienendamm von rund fünfeinhalb Kilometern Länge.
Der Ausbau der Insel zur Festung hatte zur Folge, dass auf Borkum Soldaten aller Waffengattungen stationiert wurden. Insgesamt verzeichnete man fünfunddreißig schwere See- und Flakgeschütze und nochmals vierzig leichte Flakgeschütze sowie sechzehn Scheinwerfereinheiten. Auf Badegäste wartete man hier neuerdings vergeblich und dennoch waren schon 1936 mehr als sechsunddreißigtausend Menschen auf der Insel, davon etwa sechstausend Soldaten.
Übungsschießen der Artillerie fand täglich statt. Für die neu hinzugekommenen Flakbatterien zog eine Junkers W 34 eine rot/weiße Schleppscheibe durch die Luft. Überall im Gelände

sah man Soldaten bei Übungen. Auf der Reede übten Piloten mit ihren schweren Wasserflugzeugen Verbandsflüge. Draußen vor dem Riff lag eine Flotte umgebauter Hochseefischkutter als Vorposten. Nur wenige ahnten, dass es bald einen Krieg geben sollte. Nur wenige auf Borkum und nur wenige in Thalfeld.
In den Inselkneipen auf Borkum ging es immer hoch her. Wettsaufen und anschließende Schlägereien zwischen Marine- und Luftwaffensoldaten waren an der Tagesordnung. Einige Soldaten bekamen hin und wieder Besuch vom Festland. Viele Liebespaare zog es an den Abenden zu Spaziergängen an den Südstrand. Die dortige Flak-Stellung nannten die Soldaten „Heimliche Liebe."

Heidemarie Reuter hatte kein Heimweh nach Thalfeld oder besser gesagt, sie hatte keine Zeit dafür. Nur gelegentlich, wenn sie sich abends an den Strand setzte, die Weite des Meeres genoss, gierig die jodhaltige Luft einatmete und den Sonnenuntergang beobachtete, erinnerte sie sich an ihre Mädchenjahre in Thalfeld. Ihre Verantwortung für den Hof ließen ihr jedoch nicht viel Zeit für Sentimentalitäten. Die Landwirtschaft und die Kinder waren ihr Leben. Sie konnte selbst keine Kinder bekommen und so war sie glücklich, Kinder um sich zu haben und dabei noch etwas Gutes tun zu können. In ihren Anfangsjahren auf Borkum hatten die eigensinnigen Einheimischen sie wie eine Außerirdische behandelt. Nur zögerlich nahm man sie in die Inselgemeinschaft auf. Als die Insulaner jedoch erkannten, was Heidemarie ganz ohne Mann zu leisten vermochte, erntete sie langsam Anerkennung unter den Borkumern. Sie war eine überzeugte Christin und besuchte regelmäßig die Gottesdienste in der Inselkirche.
Für Heidemarie Reuter hatte der Norden etwas Mystisches an sich. Die unendlich groß erscheinende See, die mit ihren Sturmfluten ständig Land in ihren Besitz nahm. Die Menschen, die der See das Land wieder abtrotzten. Sie waren ein besonderer Schlag Menschen. Nachkommen von Seeräubern, Strandräubern und berühmten Walfängern. Mit den primitivsten Booten hatten sie der See getrotzt, waren zumeist unter holländischer Flagge ins Nordmeer bis hinauf nach Spitzbergen gesegelt, um Wale zu erlegen. Wie unterschiedlich die Charaktere sein konn-

ten. Zwischen den Menschen im Westerwald und denen auf Borkum lagen Welten, aber es gab auch Gemeinsamkeiten. Auch der Westerwald war rau und herb.
Heidermarie liebte diese Menschen, die hier in der Wattenmeer-Landschaft lebten. Sie liebte die Natur hier, aus der sie sich mit eigener Kraft und Geschicklichkeit ernähren konnte und sie liebte die prächtigen Sonnenuntergänge im Norden. Fasziniert beobachtete sie allabendlich, wenn der glutrote Ball langsam im Meer versank und am anderen Morgen auf der anderen Seite der Welt wieder auftauchte. Sie bewunderte die Naturgewalten, die Ebbe und Flut auslösten und sie genoss das Meeresrauschen und die frische Brise, die hier ständig wehte. Auf Borkum konnte sie sich so richtig den Wind um die Ohren wehen lassen und versuchen, die ganze Misere ihres Lebens zu vergessen. Nein, vergessen konnte sie das nicht wirklich, aber Borkum gab ihr die Kraft, zu kämpfen und zu arbeiten, um in dieser braunen schlimmen Zeit etwas Sinnvolles im Leben zu tun. Sie ahnte, dass bald wieder ein Krieg ausbrechen würde und auch diesen wollte sie überleben. Und mehr noch, sie wollte ihre Waisenkinder, ihre Kinder, vor allem Bösen und den Braunen bewahren. Sie versuchte, die Kinder im christlichen Glauben zu erziehen und ihnen beizubringen, sich ihr eigenes Bild von den Geschehnissen in Deutschland zu machen und nicht alles zu glauben, was in der Zeitung stand und von den Leuten als Wahrheit weitergegeben wurde. Wenn es einen Krieg geben sollte, war dieser Hitler schuld und nicht die so genannten Feinde des Reichs. Aber dann würde es auf Borkum gefährlich werden. Die Deutschen würden die Zeche Hitlers bezahlen müssen, besonders hier auf der Insel. Obwohl Friedrichsen ihr immer wieder versicherte, dass Hitler es nicht zum Äußersten kommen lassen würde, hatte Heidemarie hatte große Angst davor.

Kapitel 9

Im Juni 1938 war der neue Flugplatz in Thalfeld nahezu fertig gestellt und sollte dem Luftgaukommando kurzfristig als bedingt einsatzbereit gemeldet werden. Die Organisation Todt und der Reichsarbeitsdienst hatten dieses gewaltige Projekt in einer unglaublich kurzen Zeit bewältigt. Standartenführer Riener, inzwischen zum NSDAP-Ortsgruppenführer und Bürgermeister der Kreisstadt aufgestiegen, wurde von der Kreisleitung gebeten, die Übergabefeierlichkeiten zu organisieren. Dienstbeflissen vereinbarte er umgehend mit der Organisation Todt und dem RAD eine offizielle Übergabe, an der eine Abordnung des Reichsluftfahrtministeriums und des Luftgaukommandos teilnehmen sollte. Ein Mitarbeiter des RLM sollte die offizielle Abnahme aussprechen. Um sich vor den hohen Herren ordentlich in Szene setzen zu können, plante Riener zusätzlich ein kleines flugsportliches Programm.
Vier Wochen vor dem vereinbarten Abnahmetermin tauchte Riener plötzlich in Sepp Schäfers Werksatt auf. Hans Brettschneider, aus Berlin zurückgekehrt und inzwischen nach bestandener Gesellenprüfung von der Handwerks-Innung offiziell zum Gesellen ernannt, war gerade gemeinsam mit Schäfer dabei, den Elektromotor eines Kunden zu reparieren.
„Moin Herr Schäfer“, polterte Riener los, „ich hätte etwas mit Ihnen zu besprechen, haben Sie ein paar Minuten Zeit für mich?“
Schäfer blickte erstaunt auf. Er mochte Riener nicht, aber er wusste, dass er ihn nicht unterschätzen durfte. Wenn dieser Möchtegern-Nazi hier auftauchte, hatte das eine besondere Bedeutung.
„Klar“, meinte er freundlich. „Darf ich Ihnen einen Kaffee anbieten.“
„Liebend gerne“, antwortete Riener dankbar.
„Gut“, sagte Schäfer, „bitte folgen Sie mir in mein Büro. Hans, bitte sei so nett und koch einen Kaffee für uns“, bat Schäfer mit Blick zu Hans.
„Wird gemacht, Sepp“, sagte Hans in einem sehr lockeren Ton. Es machte ihn stolz, für Schäfer zu arbeiten. Er hatte ihm viel beigebracht und Hans dankte es ihm mit Anerkennung und

Fleiß. Schäfer war nicht nur sein Lehrmeister sondern mehr noch, er verkörperte für Hans eine Art Ersatzvater.
„Sie dulden es, dass Ihr Lehrling Sie duzt?“, fragte Riener erstaunt.
„Warum nicht. Ich duze ihn ja auch. Außerdem ist er mein Flugschüler und am Hang und unter Fliegern gibt es kein Sie, Herr Riener“, sagte Schäfer hart.
„Standartenführer, bitte“, entgegnete Riener süffisant, „soviel Zeit muss sein. Übrigens, die Rangordnung beim Kommiss verbietet ausdrücklich, dass Untergebene ihre Vorgesetzte duzen.“
„Wir sind hier aber weder bei der Wehrmacht noch bei der SA oder bei der SS, Herr Standartenführer“, sagte Schäfer leicht verärgert und mit Betonung auf das Wort Standartenführer.
„Mag sein“, sagte Riener. Er blieb ruhig, obwohl er sich über Schäfers Tonfall sehr ärgerte. „Aber die Burschen von der HJ träumen doch fast alle von einer Karriere in der Wehrmacht. Da können sie nicht früh genug damit beginnen, militärische Umgangsformen zu lernen.“
„Na, die lernen sie ja auch schon am Segelfliegerhang oder bei den HJ Aufmärschen“, sagte Schäfer. „Aber hier in meinem Betrieb bin ich der Chef und meine Arbeiter sind meine Familie. Wir duzen uns und fertig. Aber bitte, kommen Sie doch zur Sache. Was kann ich für Sie tun?“
„Einiges“, meinte Riener und blickte Schäfer bedeutungsvoll an. „In vier Wochen wird der neue Flugplatz offiziell der Wehrmacht übergeben. Nach der Inspektion der Anlage durch Mitarbeiter des Reichsluftfahrtministeriums und des Luftgaukommandos ist eine kleine Feierstunde geplant. Ich habe den Auftrag, die Feierlichkeiten zu organisieren. Diese Feier würden wir gerne in der Segelfliegerhalle am Hang durchführen. Kann ich dabei auf ihre Hilfe zählen? Die örtliche Flieger-HJ soll die Halle mit Tannenzweigen und Fahnen schmücken und ihre Flugzeuge und Modelle ausstellen.“
„Kein Problem, Herr Standartenführer, das lässt sich organisieren. Ich kann das gerne mit den offiziellen der HJ absprechen.“
„Mit den Offiziellen rede ich schon selbst“, sagte Riener, „ich möchte sie nur darum bitten, die fliegerische Organisation der Veranstaltung zu übernehmen.“

„Fliegerische Organisation? Was soll ich darunter verstehen?“ Schäfer sah Riener fragend an.
„Na ja“, sagte Riener. „Ich habe gehört, dass Sie sich einen Doppeldecker gekauft haben. Kann man damit Kunstflug machen?“
„Und ob man das kann“, antwortete Schäfer stolz.
„Schön.“ Riener freute sich. „Dann würde ich Sie bitten, nach der offiziellen Übergabe eine Kunstflugvorführung zu machen. Sie dürfen dann auch erstmals offiziell auf der militärischen Anlage landen.“ Das Wort offiziell betonte er stark.
Schäfer wurde blass, Riener musste also gesehen haben, dass er bereits einmal die Start- und Landebahn des neuen Flugplatzes unerlaubt benutzt hatte. Aber Schäfer reagierte nicht auf die Anspielung.
„Kunstflugvorführungen bedürfen einer Genehmigung, Herr Standartenführer.“
„Die haben Sie schon so gut wie in der Tasche. Wenn Sie zusagen, lasse ich Ihnen gleich morgen ein Genehmigungsschreiben schicken. Sorgen Sie nur dafür, dass Ihre Jungs die Flugzeuge ordentlich putzen und die Halle aufräumen und schmücken. Ich werde Ihnen ein paar Fahnen zukommen lassen. Die Bewirtschaftung der Halle übernimmt die Dorfschänke.“
„Geht in Ordnung, Herr Standartenführer“, sagte Schäfer. „Um die Ausstellung unserer Fluggeräte kümmere ich mich und für die Kunstflugvorführungen stelle ich mich gerne zur Verfügung, allerdings muss das Wetter mitspielen. Bei niedrigen Wolkenuntergrenzen oder heftigem Wind ist leider nicht viel drin.“
„Also, dann haben wir das hiermit abgemacht“, stellte Riener fest, „die Veranstaltung findet am Sonnabend in vier Wochen statt, das Wetter wird schon mitspielen.“
„Wer wird denn aus dem RLM anwesend sein?“, fragte Schäfer.
„Ich habe gehört, dass General Wagner die Abordnung leiten wird. Das wird sie doch sicher freuen und zusätzlich motivieren. Wagner steht Ihnen nahe, habe ich Recht?“
In diesem Moment brachte Hans den frisch gebrühten Kaffee in Schäfers Büro. Er wusste bereits, dass Wagner derzeit einige neue Feldflugplätze abnahm. So wusste er auch von der geplanten Übergabe der Anlage in Thalfeld, aber Wagner hatte ihm

strengstens verboten, darüber zu reden. Eilig verließ Hans den Raum. Er ging davon aus, dass Riener ihn sowieso nicht bei dem Gespräch mit Schäfer dabei haben mochte.

„Um meine Motivation brauchen Sie sich keine Sorgen machen“, antwortete Schäfer. „Ich bin nicht wirklich mit Wagner befreundet, wenn Sie das meinen, aber wir verstehen uns gut. Wir waren und sind beide Flieger und wir sind uns im Krieg ein paar Mal begegnet. Außerdem ist Wagner der Stiefvater meines Lehrlings. Das verbindet.“
„Gute Beziehungen ins RLM können ja auch nicht schaden“, stellte Riener fest. „Weder Ihnen noch dem Ort Thalfeld. Wer weiß, vielleicht gibt es Krieg. Dann werden wir hier in Thalfeld eine wichtige Rolle spielen mit unserem Flugplatz.“
„Ich hoffe, es gibt keinen Krieg. Flugplätze werden die Alliierten als erstes ins Visier nehmen und dann Gnade dir Gott, Thalfeld“, sagte Schäfer, „oder glauben Sie, die Engländer hätten nicht längst kapiert, dass die Anlage dort oben nur einem landwirtschaftlichen Zweck dient.“
„Ich will mit Ihnen keine Grundsatzdiskussionen führen“, sagte Riener. „Selbst wenn die Engländer den Platz bereits ausspioniert hätten, was ich nicht glaube, so würden sie niemals an ihn rankommen. Ihre Bomber haben keine Reichweite und unsere Luftwaffe ist nach allem was ich weiß, den englischen Fliegern haushoch überlegen.“
„Wie auch immer“, sagte Schäfer, „Kriege sind immer Scheiße.“
„Lassen wir das“, sagte Riener. „Ob es einen Krieg gibt oder nicht, entscheidet der Führer. Und wir werden ihm folgen, so oder so“, fügte er überzeugt hinzu.
Sepp nickte zustimmend, aber seine Stirn zeigte Falten.
„Sie sollten endlich dem Nationalsozialistischen Fliegerkorps und der Partei beitreten, Herr Schäfer“, sagte Riener fordernd. „Ich habe aus Kreisen des NSFK gehört, dass man bald keine ehrenamtliche Fluglehrer mehr dulden wird, die nicht nachweisbar linientreu sind“, fügte er hinzu.
Riener machte eine bedeutungsvolle Pause. „Alle Flieger müssen sich im NSFK organisieren. Ich weiß, dass man bei Ihnen bislang eine Ausnahme gemacht hat. Man hat Sie als Fluglehrer

und guten Piloten nicht verlieren wollen und Ihnen eine Brücke gebaut. Sie sollten sich jetzt endlich für das NSFK entscheiden."
„Man hat mir längst eine Mitgliedschaft im NSFK angeboten", sagte Schäfer, „einstweilen hat man mir aber den Status des Ehrenamtlichen gegeben. Ich habe mich halt einfach noch nicht entschieden und wollte noch etwas darüber nachdenken."
„Was gibt's da noch nachzudenken, Herr Schäfer? Seien Sie doch froh, dass der Staat ein so großes Herz für euch Flieger hat. Also, bei der Übergabe des Platzes werden auch Leute vom NSFK dabei sein. Es wäre gut, wenn Sie endlich Ihren Widerstand aufgeben würden. Als alter Kriegsflieger wird man sie auf das Herzlichste willkommen heißen. Das NSFK braucht Leute wie Sie."
„Ich muss es mir noch überlegen", entgegnete Sepp Schäfer ausweichend.
„Schieben Sie das nicht auf die lange Bank", sagte Riener drohend. „Es könnte Ihnen passieren, dass Sie bald Ihre ehrenamtliche Fluglehrertätigkeit aufgeben müssen, weil Sie Ihren Sonderstatus verlieren. Ich kann Ihnen da nicht helfen. Sie haben es selbst in der Hand. Und als Mitglied des NSFK hätten Sie unter anderem den Vorzug, dass Sie mit Ihrer Bücker zumindest eine vorläufige Landegenehmigung für den *neuen* Flugplatz bekommen könnten, wenn die Tarnung aufgehoben wird."
„Ich glaube, das ist nicht nötig", sagte Schäfer trotzig. „Die Bücker lässt sich auch am Hang landen und wenn der Platz eines Tages von der Luftwaffe belegt wird, ist es auch mit dem Segelflug am Hang vorbei. Und spätestens dann muss ich mir eh eine neue Bleibe für die Bücker suchen."
„Das glaube ich nicht", sagte Riener. „Die Flieger-HJ am Hang ist eine ordentlich große Truppe. Die HJ und das NSFK sind stolz auf das, was am Thalfelder Hang an Flugleistungen und Ausbildung gemacht wird. Es ist ganz im Interesse des Führers, junge Leute so früh wie möglich ihren Talenten nach entsprechend auszubilden. Für den reibungslosen Flugbetrieb zwischen Segelfliegern und Militär wird sich schon eine Regelung finden."
Riener nahm einen kräftigen Schluck Kaffee. Jetzt war bald der Punkt gekommen, wo er Schäfer in den Griff bekommen würde.

Entweder NSFK oder Luftwaffe. Das könnte er sich dann als sein Verdienst anrechnen lassen.
„Sagen Sie mal, Schäfer", fuhr Riener fort, „NSFK hin oder her, hätten sie nicht Lust, in der neuen Luftwaffe eine Rolle zu übernehmen?"
„Nein", Schäfer winkte ab, „im Krieg habe ich meinem Vaterland als junger Soldat ausreichend gedient. Ich habe lange genug Uniform getragen. Mir reicht meine Firma."
„Genau das ist das Problem", sagte Riener. „Eine solche Einstellung reicht heutzutage nicht mehr aus. Leute wie Sie braucht die neue Luftwaffe dringend. Sowohl am Boden als auch in der Luft. Warum bewerben Sie sich nicht als Fluglehrer. Ich könnte Ihnen helfen, eine passende Einheit zu finden. Ihren Betrieb könnten Sie solange in treue Hände eines Mitarbeiters geben."
„Danke, nein", sagte Schäfer hart. „Ich gebe zu, dass mich die Fliegerei mit den neuen Jagdflugzeugen schon reizen würde, aber für den Kommiss bin ich zu alt und meine kleine Firma fängt gerade an, ordentlich zu laufen."
Riener sah ein, dass es keinen Zweck hatte. Dieser Sturkopf Schäfer würde schon noch kapieren, dass es besser für ihn wäre, wieder in den Militärdienst zu gehen. Aber zumindest als NSFK-Mitglied würde er ihn gerne werben. Es würde ihm als Bürgermeister gut stehen, wenn er dem NSFK neue Mitglieder zuführen würde.
„Trotzdem, das mit dem Eintritt in das NSFK sollten Sie sich noch mal überlegen", sagte er, „Sie erweitern Ihren Beziehungskreis und könnten Ihre Auftragslage damit vermutlich verbessern. Und für Ihre Tätigkeit am Thalfelder Hang wird sich das sicher auch auszahlen, wie schon gesagt."
Riener war ein gut informierter Mensch. Er wusste, dass Schäfer gerne an den Kunstflugmeisterschaften teilnehmen würde. Das war nur Mitgliedern des NSFK möglich. Um Schäfer endgültig zu ködern hakte er gezielt nach: „Und vielleicht lässt man sie dann auch offiziell an Kunstflugwettbewerben teilnehmen."
„Eigentlich klingt das ganz vernünftig, ich muss wirklich mal drüber nachdenken", log Schäfer. Er blieb ruhig obwohl er innerlich kochte vor Wut und Enttäuschung.
Er hatte sich bereits entschieden. Er würde kein Nazi werden, niemals. Er verspürte keinerlei Lust, eine blaugraue Fliegeruni-

form mit Hakenkreuz zu tragen. Aber er ahnte, dass diese Einstellung sehr bald Nachteile, wenn nicht sogar größere Unannehmlichkeiten für ihn bringen würde, für ihn persönlich und für seinen Betrieb. Er wusste, dass viele Flieger nur der Fliegerei wegen zur Wehrmacht gingen oder dem NSFK beitraten, um die richtigen Kontakte zu knüpfen. Wegen der Fliegerei versuchte er auch erst gar nicht, seine Kameraden und Flugschüler, die eine fliegerische Ausbildung oder eine Flieger-Karriere bei der Luftwaffe anstrebten, zu bremsen. Aber er redete ihnen ins Gewissen. Er erklärte ihnen eindringlich, was er von der Sache hielt und worauf sie sich aus seiner Sicht einließen. Seine Kriegserfahrungen hatten ihn äußerst misstrauisch gemacht. Auch in Bezug auf Hans machte er sich große Sorgen. Er wusste, dass er Hans nicht davon abhalten konnte, sich bei der Luftwaffe zu melden. Nicht bei einem Stiefvater, der bereits knietief im braunen Sumpf gefangen hing. Dennoch versuchte Schäfer immer wieder, Hans auf einen anderen Weg zu bringen. Er hatte ihm angeboten, weiter als sein Geselle arbeiten zu können. Später hätte er ihm vielleicht das Geschäft überschrieben, wem hätte er es sonst vererben sollen. Aber Hans würde das sicher nicht wollen, zumindest war er jetzt noch zu jung für eine solche Entscheidung. Er wollte Pilot werden, koste es was es wolle. Und eine Ausbildung bei der Luftwaffe würde ihn, vorausgesetzt es gäbe keinen Krieg, soweit bringen, dass er später als Verkehrspilot arbeiten könnte. Schäfer ahnte, nein, er wusste, welche Folgen eine Karriere bei der Luftwaffe haben würde. Schließlich bildete die HJ ihre jungen Mitglieder ja nicht umsonst kostenlos aus. Die Fliegerei am Hang und die parallel verlaufende paramilitärische Ausbildung dienten nur einem einzigen Zweck: Man zog sich hier Soldaten- und Pilotennachwuchs groß. Scheinbar ganz nebenbei lehrte man ihnen nationalsozialistisches Gedankengut, bildete sie im Schießen und Marschieren aus und hetzte sie gegen ihre vermeintlichen Feinde auf. Wer am Hang mitmachte, konnte gar nicht anders. Hatte Hitler in seinen Reden nicht deutlich genug gesagt, was er mit der Jugend plante? Die Fliegerei war nur Mittel zum Zweck. Und die lückenlose Erfassung und Beeinflussung der Jugendlichen hörte mit der Hitler-Jugend keineswegs auf. Die nächste Etappe war entweder die Wehrmacht oder der Reichsarbeitsdienst. Schäfers Stirn legte sich in Falten. Wenn er nur wüsste, wie er Hans davon abbringen konnte, der Luftwaffe beizutreten. Er fühlte sich schuldig. War er nicht ein Wegbereiter für Hans, als Segelfluglehrer, als Vorbild? Jeder Segelflieger am Hang wusste insgeheim, dass Schäfer kein Nazi war. Viele ahnten, dass er die Nazis verachtete. Aber um Fliegen zu können, arrangierte er sich doch auch mit ihnen, wenn auch auf seine Weise, ohne Parteizugehörigkeit und nur als Fluglehrer. Nichts anderes hatten seine Schüler im Sinn. Sie wollten fliegen. Das Arrangement mit den Nazis mussten sie deshalb in Kauf nehmen. Eine andere Möglichkeit gab es nicht. Die Zugehörigkeit vieler Jugendlichen zur Hitlerjugend oder zum Bund Deutscher Mädel führte dazu, dass die jungen Menschen derart ideologisch getrimmt wurden, dass sie nicht mehr klar denken konnten, wie es Schäfer schien. In vielen Familien führte das zu Streitfällen, nicht selten sogar zu Generationenkonflikten. Viele Jugendlichen merkten überhaupt nicht, wie schnell sie sich im System verfingen. Aber auch die meisten Erwachsenen waren längst in den Fängen der Nazis. Schäfer konnte das nicht verstehen. Doch die Hoffnung auf Arbeit und ein besseres Leben waren die entscheidenden Beweggründe, die die Menschen in die Hände der NSDAP trieben. Das Hemd war den Menschen eben näher als die Hose. Würde es ihm, Schäfer, nicht auch bald so gehen? Würde er nicht auch bald richtig „mitmachen" müssen, sich selbst und seinem Betrieb zuliebe? Nein, er wollte sich dagegen wehren, solange es ging. Er hasste die vielen Großveranstaltungen, die im Wesentlichen aus Treueschwüren und Kampfgesängen bestanden und ihn sogar ein wenig an kirchliche Liturgie erinnerten. Was in dieser Beziehung mittlerweile nicht alles geboten wurde: Woche der Jugend, Sonnenwendfeier und Weiteres. Eine Generation im Gleichschritt. Schäfer hatte Rieners Rede an die Jugend anlässlich einer Sonnenwendfeier im vorigen Jahr noch gut in Erinnerung: „Vergesst nie das Sonnenwendfeuer. Lasst es in euren Herzen brennen und seine Flammen eure Rassenkameraden anzünden. Dann werdet ihr wirklich beim großen Werk Adolf Hitlers helfen."

Schäfer hatte längst verstanden, welche Macht die vielen braunen Veranstaltungen, die Fackelzüge, die Aufmärsche, die mythisch verklärten Feiern mit ihren prächtigen Illuminationen

mittlerweile auch in Kleinstädten und auf dem Land, vor allem auf Jugendliche ausübten. Warum merkten die Leute das nicht? Warum merkten sie nicht, dass diese Veranstaltungen von machthungrigen Schwachköpfen wie Riener organisiert wurden und nur einem einzigen Zweck dienten? Der Nationalsozialismus war zu einer Art Ersatzreligion geworden. „Die Kraft der Bewegung" zog immer mehr Leute in ihren Bann. Horst-Wessel-Lied und Deutschlandlied – viele sangen mit, ohne zu denken, ließen sich in den Bann dieser Feiern ziehen. Selbst Schäfer fiel es oft schwer, sich dagegen zu wehren. Tapfer versuchte er es immer wieder, aber es wurde immer mehr zu einem Ritt auf dem Drahtseil.
Bislang hatte Schäfer immer versucht, seinen Flugschülern die Wahrheit beizubringen, er fühlte sich verantwortlich für seine Schüler, nicht nur als Fluglehrer. Aber genau das wurde ihm immer mehr zum Verhängnis. Die Partei streckte die Finger auch nach ihm aus. Schäfer wurde klar, dass er die HJ und das NSFK nicht weiter unterstützen durfte. Er wollte sich nicht noch schuldiger machen, er wollte nicht zum Handlanger der NSDAP werden. Er überlegte insgeheim, die Fluglehrertätigkeit am Hang ganz aufzugeben und sich zurückzuziehen. Es würde ihm sehr schwer fallen. Er war mit Leib und Seele Flieger und Fluglehrer und schätzte seine Fähigkeiten als Fluglehrer hoch ein. Es war seine Aufgabe, den jungen Kerlen das Fliegen ordentlich beizubringen, sie zu lehren, dass Disziplin, gründliche Flugvorbereitung und -durchführung, also präzises Fliegen, für Piloten absolut überlebenswichtig ist. Mit den fliegerischen Tricks, die er ihnen beibrachte, würden sie für alle Flugsituationen gewappnet sein. Fluglehrer zu sein, das bedeutete einer Berufung nachzugehen. Dennoch, er musste diese Aufgabe an jüngere Piloten abgeben. An jüngere, die als Parteiangehörige nach oben strebten und ihn früher oder später sowieso absägen würden. Gerade weil er zu alt war und nicht dem NSFK angehörte. Es zeichnete sich immer deutlicher ab. Er würde die Segelflugschulung aufgeben müssen. Was dann aus seiner Motorfliegerei mit seiner Bücker würde, stand in den Sternen. Das Schlimmste aber war für ihn, dass er nach seinem Rücktritt keinen Einfluss mehr auf die Ausbildung seiner Schüler haben würde. Sein Abgang war gleichbedeutend mit der Auslieferung

seiner Schüler an das System. Je mehr er darüber nachdachte umso klarer wurde sein Bild. Auch mit einem Rücktritt würde er das System nicht aufhalten können. Wenn er sein eigenes Leben nicht gefährden wollte, musste, konnte er nur im Hintergrund agieren und musste sich vordergründig weiter engagieren. Er hatte keine Ahnung, wo ihn das hinführen würde. Er zauderte, haderte mit sich selbst.

„Sagen Sie mal, Schäfer, wie geht's eigentlich Ihrer Schwester?", fragte Riener plötzlich, das Thema wechselnd.
Schäfer schaltete blitzschnell. Er ahnte, dass Riener längst wusste, dass Heidemarie nach Borkum gegangen war und ihn lediglich auf die Probe stellen wollte.
„Heidemarie geht's gut", sagte Schäfer knapp.
„Sie wohnt nicht mehr in Thalfeld?", bohrte Riener fragend weiter.
„Nein, Herr Standartenführer, sie lebt nicht mehr in Thalfeld. Sie hat alle Zelte hinter sich abgebrochen und wohnt jetzt auf Borkum, ihr Pflichtgefühl gebot ihr, den Hof ihrer Schwiegereltern zu übernehmen und die beiden alten Herrschaften bis zu ihrem Tod zu pflegen", sagte er in einem sehr ironischen Ton.
„Na, wenn die Schwiegereltern tot sind, dann kann sie doch zurückkommen?"
„Wozu, sie hat ihren Thalfelder Hof verkauft und es gefällt ihr auf der Insel."
„Na schön", sagte Riener, „lassen wir das Thema. Aber bestellen Sie ihr bei Gelegenheit mal schöne Grüße von mir."
„Gerne", sagte Schäfer. „Wir schreiben uns gelegentlich und mit der Bücker werde ich sicher mal hinfliegen."
Hans Brettschneider betrat erneut das Büro. „Sepp, draußen in der Werkstatt ist ein Kunde, der dich gerne sprechen möchte", sagte er.
„Sag ihm, ich komme gleich", entgegnete Sepp. Er war froh, einen Grund zu haben, das Gespräch mit Riener zu beenden. Dieser Nazi war ihm nicht geheuer.
„Ja, wir haben auch alles besprochen", sagte Riener. „Ich verlasse mich auf Sie, Herr Schäfer. Kann ich noch irgendetwas für Sie tun?"

„Nein", antwortete Sepp. „Aber Sie können meinem Lehrling beziehungsweise meinem neuen Gesellen zur bestandenen Gesellenprüfung gratulieren", fügte er an und zeigte dabei zufrieden wie ein Vater auf Hans Brettschneider.
Riener grinste erfreut. Wenigstens hatte Schäfer ihn nicht belogen. Natürlich hatte Riener längst in Erfahrung gebracht, wo Heidemarie lebte. Selbst die bestandene Gesellenprüfung war ihm bekannt. Als Ortgruppenführer, Bürgermeister und angehender Kreisleiter mit exzellenten Beziehungen zur Partei und in die Verwaltung entging ihm nichts, aber das durfte er sich nicht anmerken lassen – noch nicht.
„Na dann, herzlichen Glückwunsch, mein Junge. Wie geht es jetzt beruflich weiter?"
„Nächste Woche trete ich meine Pflichtzeit beim Reichsarbeitsdienst an", sagte Hans stolz. „Sobald die sechs Monate um sind, möchte ich so schnell wie möglich Flieger werden. Mein Stiefvater hat mir geraten, mich bei der Luftwaffe zu bewerben."
„Aber", sagte Riener gönnerhaft, „das dürfte bei den Beziehungen deines Stiefvaters doch kein Problem sein. Durch deine Zugehörigkeit zur Flieger-HJ wirst du sicher problemlos von der Luftwaffe übernommen. Und mit achtzehn kannst du auch dem NSFK beitreten."
„Die Bewerbung bei der Luftwaffe läuft bereits. Ich habe aber noch keinen Musterungstermin", sagte Hans wahrheitsgemäß.
„Den bekommst du noch früh genug", sagte Riener kalt lächelnd. „Jetzt musst du erst mal beim RAD deine Fähigkeiten unter Beweis stellen und dem Staat dienen, bevor du ihm auf der Tasche liegst. Der RAD ist wichtig für das neue Deutschland", fuhr Riener fort. „Er hat den Auftrag, gemeinnützige Projekte zu unterstützen. Die männlichen Angehörigen helfen besonders beim Bau der Autobahnen, die Jungmädels in der Landwirtschaft. Und, der RAD trägt zur Erziehung der Arbeitsmoral bei. Motto: Arbeit für dein Volk adelt dich selbst. Es sollte dir als angehendem Pilot eine Ehre sein, deine Zeit beim RAD zu absolvieren. Wenn die Luftwaffe dicht ruft, wird der RAD dich bestimmt auch vorzeitig freigeben:"
Damit beendete Riener seinen kurzen Vortrag. Mit einem lässigen Führergruß verabschiedete er sich und verließ das Büro.
„Dieses Arschloch", murmelte Sepp.

Vier Wochen später, an einem Samstag, war es soweit. Die beiden Segelflugzeuge der Flieger-HJ Thalfeld, ein Schulgleiter vom Typ „Zögling“ und das in Eigenregie gebaute Hochleistungsflugzeug „Grunau-Baby“ standen blank geputzt vor der Halle am Hang. Das Wetter zeigte sich von seiner besten Seite. Es war ein warmer Sommertag. Nur ein paar Kumuluswolken entwickelten sich am Himmel, aus Sicht der Segelflieger ein guter Tag zum Fliegen – viel zu schade für eine Ausstellung. Die kleine Halle war reichlich mit Tannenzweigen geschmückt, überall hingen Hakenkreuzfahnen. An den Dachbindern hatte man die von den Neulingen gebauten Segelflugmodelle aufgehängt. Die Jungen der Flieger-HJ trugen ihre Uniformen und harrten gespannt der Dinge, die kommen sollten. Der Wirt der Dorfkneipe hatte eine kleine Theke aufgebaut und kochte Erbsensuppe für die Gäste. Die Mädchen des BDM halfen ihm bei der Bewirtung. Riener hatte persönlich dafür gesorgt, dass viele Parteifreunde und Funktionäre anwesend waren.
Sepp Schäfers weiß lackierte Bücker stand neben den beiden Segelflugzeugen. Die Hakenkreuzabzeichen auf den Leitwerken glitzerten in der Sonne. Auf dem Mansardendach der kleinen Segelfliegerhalle am Hang wehte am Dachfirst ein neuer rot/weiß gestreifter Windsack, der heute einen östlichen Wind anzeigte. Ein friedliches Bild, fast zu friedlich für die Einweihung einer neuen militärischen Anlage.
Gegen 11:10 Uhr landete eine Junkers Ju 52 auf der neuen Landebahn. Gemächlich rollte die schwere dreimotorige Maschine zum Abstellplatz in der Nähe der Segelflughalle. Die Jungen der Hitlerjugend waren vollzählig angetreten. Daneben stand ein Ehrenzug der SA, des Reichsarbeitsdienstes und der Organisation Todt. Zwei höhere Offiziere des Luftgaukommandos befanden sich bereits seit einer Stunde am Platz und warteten gelangweilt auf die Abordnung aus dem RLM.
Als erster stieg General Wagner aus, der bei diesem Flug lediglich als Passagier mitgeflogen war. General Schiermann und Major Hubner, beides Kollegen aus dem RLM, begleiteten ihn. Als General unterstand Wagner nun unmittelbar dem Chef der Luftabwehr. Im RLM leitete er die Abteilung „Bauwesen“, er war somit auch zuständig für den Bau der Einsatzhäfen im

Reichsgebiet. Angestrengt blickte Wagner hinüber zur Ehrenformation der HJ, um seinen Stiefsohn zu suchen. Als er Hans erblickte zwinkerte er ihm freundlich zu. Doch Hans hatte keine Möglichkeit, den Gruß zu erwidern.

„Ehrenformation stillgestanden!“, brüllte Riener und genoss sichtlich seine Funktion.
Mit Blick zu Wagner rief er: „Herr General, ich melde Ihnen höflichst, Ehrenformation SA, Flieger-HJ, Organisation Todt und Reichsarbeitsdienst vollzählig angetreten und zur Übergabe bereit!“
„Danke, Herr Standartenführer, lassen Sie rühren!“, sagte der General militärisch.
„Ehrenformation, rührt euch!“, befahl Riener prompt. Ein Raunen ging dabei durch die Reihen.
„Die Ortsgruppe und die hier anwesenden Mitarbeiter und Führer der Organisation Todt und des Reichsarbeitsdienstes heißen die Generalität aus dem Reichsluftwaffenministerium auf das herzlichste Willkommen“, begann Riener seine Ansprache. „Ihr Besuch erfreut uns zutiefst und es ist uns eine große Ehre, Sie hier begrüßen zu dürfen. Die Organisation Todt hat in Zusammenarbeit mit heimischen Firmen und mit dem Reichsarbeitsdienst in harter Arbeit den neuen Flugplatz im Auftrag des Führers in kürzester Zeit, ja ich möchte sagen, in Rekordzeit fertig gestellt. Die Übergabe ist vorbereitet und wir erlauben uns, Sie nach der offiziellen Führung über die Anlage zu einer kleinen Vorführung durch Herrn Schäfer einzuladen. Heil Hitler!“
„Heil Hitler!“, sagte Wagner leise. Er hasste den militärischen Ton, aber als General des RLM musste er das Spiel mitspielen.
Riener war in seinem Element. Einige Bauabschnitte des neuen Flugplatzes waren alleine von neuen Mitarbeitern des Reichsarbeitsdienstes gebaut worden. Jetzt hatte er, Riener, die Ehre, neue Mitglieder im Auftrag der Partei offiziell ehren zu dürfen.
„Ihr neuen Kameraden vom Reichsarbeitsdienst“, begann er, „der Arbeitsdienst hat euch durch seine Erziehung zu Nationalsozialisten geformt und in die junge Mannschaft Deutschlands eingereiht. Ihr habt in der Zeit eurer Arbeit hier am Thalfelder Flugplatz erfahren, welche Freude und Befriedigung es bedeutet, als dienendes Glied einem starken Staate angehören zu

dürfen. Vor euch steht auch in Zukunft die Aufgabe, euch dieses Ehrendienstes würdig zu erweisen und alle eure Kräfte in den Aufbau der Nation zu stellen. Bekennt euch immer, wo ihr päter auch stehen möget, zu den Zielen und dem Geiste des Reichsarbeitsdienstes und tragt diesen Geist weiter in das Deutsche Volk hinein. Seid immer Arbeiter und Kämpfer für unser Deutschland und für unseren Führer Adolf Hitler!"
Nach einer kurzen Pause brüllte er: „Heil Hitler!"
„Heil Hitler!", brüllten Ehrenzug und Zuschauer unisono. Nur Schäfer regte sich nicht. Angewidert drehte er sich um und ging in die Halle, um einen Kaffee zu trinken, der ihm von einer grinsenden schwarzhaarigen Frau vom Bund Deutscher Mädel ausgeschenkt wurde.
Im Anschluss an die Begrüßung führte der Standartenführer die Abordnung aus dem RLM sowie hohen Parteioffiziellen stolz über die neue Anlage. Er hatte eigens beim Nationalsozialistischen Kraftfahrerkorps drei Kübelwagen nebst Fahrer organisiert, damit die Generäle nicht zu Fuß gehen mussten. Das neue Gelände war weitläufig.
Nach der Erledigung der Übergabeformalitäten begab man sich zum Mittagessen in die Halle. Erst jetzt hatte Wagner seinen Freund Sepp Schäfer entdeckt. Mit Hans im Schlepptau begrüßte er ihn freundlich.
„Hallo, Herr Wagner, schön, Sie hier zu sehen. Wie geht's denn jetzt mit dem Platz weiter?", fragte Schäfer.
„Die neue Anlage wird erst einmal nur von einem kleinen Wachtrupp besetzt", sagte Wagner. „Eine Belegung durch fliegerisches Personal ist in den nächsten Monaten nicht geplant. Möglich sind aber einige Landungen von Schulflugzeugen der Luftwaffe, die im Rahmen von Navigationsflügen Überland geschickt werden", fügte er hinzu. „Ihre Segelflugausbildung am Hang können Sie also beruhigt fortsetzen. Ein entsprechendes Genehmigungsschreiben habe ich der Flieger-HJ und dem NSFK bereits zukommen lassen", sagte Wagner schmunzelnd. Er hatte mit Schäfers Frage gerechnet.
„Danke", sagte Sepp Schäfer. „Das hat man mir noch nicht mitgeteilt."
„Na dann wissen Sie's ja jetzt. Und Ihre Bücker können Sie auch weiterhin in der Halle hangarieren. Sie bekommen als

Fluglehrer jetzt eine vorläufige offizielle Landeerlaubnis auf dem neuen Platz, das habe ich durchgesetzt", sagte Wagner.
„Riener?", fragte Schäfer kurz.
„Ja, ich darf es Ihnen nicht offiziell sagen, aber wir sind ja so etwas wie Freunde", flüsterte Wagner. Ihm fiel auf, dass Riener sie misstrauisch beobachtete. Deshalb beschrieb er mit seinen Händen einige Kunstflugfiguren, so dass Riener glauben musste, er unterhalte sich mit Schäfer über fliegerische Dinge.
„Ja", sagte Wagner nochmals. „Riener hat das RLM angeschrieben und darauf hingewiesen, dass es in Thalfeld einen Fluglehrer gibt, der keiner nationalsozialistischen Organisation angehört und darüber hinaus sein privates Flugzeug in der Halle der Reichssegelflugschule abstellt, wenn auch mit deren Genehmigung."
„Jetzt ist mit klar, woher der Wind weht", sagte Schäfer. „Danke für den Tipp und danke für die Landegenehmigung. Ich glaube, ich kann mich nicht mit dem Gedanken anfreunden, der Partei beizutreten und dem NSFK. Wenn es nicht anders geht, werde ich mein Ehrenamt als Fluglehrer aufgeben und die Bücker woanders unterbringen."
„Das wird Ihnen nichts nützen, Herr Schäfer", sagte Wagner. „Typen wie Riener gibt es überall. Und die Arische Deutsche Luft liefert leider nicht mehr genug Auftrieb für Flieger, die nicht linientreu sind. Damit müssen wir uns abfinden. Sie wissen doch, dass der DLV im letzten Jahr aufgelöst wurde?"
„Klar, ich weiß", sagte Schäfer. „Man hat mir bereits schriftlich mitgeteilt, dass ich nur noch befristet als ehrenamtlicher Fluglehrer weitermachen kann. Die Herren vom NSFK möchten, dass ich ihrer Organisation beitrete. Seit der DLV aufgelöst und vom NSFK geschluckt wurde – auf höchste Anordnung, sind die meisten Flieger dort anzutreffen. Ich habe mich bislang nicht dazu durchringen können."
„Das sollten Sie aber schnellstens tun", sagte Wagner. Er wusste, wie Schäfer dachte, aber er konnte ihm nicht helfen. Auch er war inzwischen freiwilliges Mitglied des NSFK geworden. „Eine freiwillige Mitgliedschaft im NSFK ist gar nicht so wild. Sie bietet nur Vorteile, Herr Schäfer. Mit der Privatfliegerei ist es vorbei. Wer nicht dem NSFK angehört, wird auf kurz oder lang aufhören müssen. Ein Wunder, dass man Ihre Privatfliege-

rei mit der Bücker hier noch duldet. Da nutzt auch das Hakenkreuz auf dem Leitwerk nichts. Es ist nur eine Frage der Zeit, dann müssen Sie ins NSFK. Aber wie gesagt, ich bin auch drin und es tut nicht weh", sagte Wagner.
„Ich weiß nicht, ob ich das kann", Herr Wagner. „Und andererseits", Schäfer machte eine Pause, „ich bin lange genug geflogen. Vielleicht gebe ich die Fliegerei komplett auf und konzentriere mich nur noch auf meinen Betrieb."
„Blödsinn", schimpfte Wagner. „Als Fluglehrer am Hang sind Sie unersetzlich und die Aufgabe der Fliegerei bedeutet die Aufgabe der letzten Freude, die einem das Leben noch bietet. Außerdem brauchen die Jungs am Hang einen guten Fluglehrer und, na sagen wir – ein ausgleichendes Element."
„Das mag sein, Herr Wagner, aber ich kann nicht anders", sagte Schäfer deprimiert.
„Noch ist es nicht soweit. Überlegen Sie es sich noch mal, aber verschwenden Sie nicht mehr viel Zeit dafür", antwortete Wagner. „Wenn Sie hier vor Ort Probleme bekommen, schreiben Sie mir. Ich kümmere mich einstweilen in Berlin auf höchster Ebene darum, dass man Ihnen nicht ans Bein pinkeln kann. Aber, wenn Sie dem NSFK beitreten würden, könnte Ihnen das behilflich sein und ich hätte bessere Argumente in Berlin."
„Gut", sagte Schäfer. „Ich werde noch mal in Ruhe darüber nachdenken. Einstweilen vielen Dank für Ihre Hilfe."
Schäfer wurde klar, dass es in dieser Zeit so etwas wie ihn gar nicht geben durfte. Er musste in die Partei und in das NSFK oder er musste einfach aufhören. In ihm regte sich plötzlich eine große Flugsehnsucht, gemischt mit Angst. Er würde mit der Fliegerei nicht aufhören können. Es ging nicht. Und Wagner hatte Recht. Nur als NSFK-Mitglied konnte er weiter „seine" Jungs ausbilden und ihnen sowohl fliegerisch wie auch menschlich beibringen, was wirklich wichtig im Leben ist und wie sie beim Fliegen überleben konnten. Also musste er mitmachen. Gerade jetzt musste er seinen klaren Menschenverstand einsetzen und seine Schüler entsprechend in seinem kritischen Sinn beeinflussen, soweit die Regeln das zuließen. Vielleicht war das ein Kompromiss, auf den er sich einlassen konnte.
„Nichts für ungut", sagte Wagner und riss Schäfer aus seinen Gedanken, „Sie waren mir immer ein wertvoller Freund und

haben darüber hinaus meinen Stiefsohn zu einem guten Segelflieger und Elektriker gemacht", sagte Wagner ernst. „Ich bin tief in Ihrer Schuld und froh darüber, mich mal ordentlich revanchieren zu können."
„Nicht der Rede wert", sagte Schäfer.
„Da wäre noch etwas", sagte Wagner. „Nach Ihrer Kunstflugvorführung hätte ich etwas Wichtiges mit ihnen zu besprechen."
„Gerne", sagte Schäfer fragend, „worum geht es denn?"
„Darüber sollten wir erst nach dem offiziellen Teil sprechen", sagte Wagner kurz. Er konnte nicht weiterreden, denn Riener trat hinzu und forderte Schäfer auf, mit der Vorführung zu beginnen.
Wagner ließ Riener stehen und nahm Hans an die Hand, um ihn seinen Kollegen vorzustellen. Riener ärgerte sich darüber. Dieser Grünschnabel sollte sich besser auf seine Aufgaben konzentrieren. Er war neidisch. Dieser junge Segelflieger konnte sich problemlos mit den Generälen unterhalten, während er, Riener, von ihnen nur dienstlich angesprochen wurde. Riener konnte nicht verhindern, dass Hans mit den Generälen ins Gespräch kam. Wagners Kollegen fragten ihn interessiert nach seiner Segelflugausbildung. Beide waren ebenfalls Piloten.
Bevor Sepp Schäfer sich startbereit machte, ging er nochmals zu Riener.
„Herr Standartenführer, ich habe es mir überlegt", sagte er und fühlte sich schlecht dabei. „Ich habe mit General Wagner gesprochen und werde dem NSFK als Fluglehrer beitreten. Sie können alles in die Wege leiten."
„Na also", sagte Riener breit grinsend. Er wunderte sich. Hatte Wagner seinen Kameraden wirklich des NSFK wegen überredet oder gab es da noch einen anderen Grund? Dann lachte er schauspielerisch gekonnt und sagte: „Da gibt es nichts mehr in die Wege zu leiten. Ihr Aufnahmeantrag ist bereits vorausgefüllt. Wenden Sie sich an die Kollegen vom NSFK in der Halle. Sie müssen nur noch unterschreiben."
„Mach ich", sagte Schäfer kurz. Ihm war zum Kotzen, in ihm kämpften immer noch zwei Seelen gegeneinander. Doch dann ging er in die Halle, sprach kurz mit dem NSFK-Mann und unterschrieb. Der NSFK-Mann, ein Freund Rieners, staunte ihn mit großen Augen an. Riener musste ihm unbedingt verraten,

wie er es geschafft hatte, diesen Sturkopf zum Beitritt in das NSFK zu überreden.
Nachdem Schäfer den Aufnahmeantrag unterschrieben hatte, lief er eiligen Schrittes zu seiner Bücker, zog seine Fliegerlederjacke an und setzte seine Lederhaube auf. Um seinen Hals band er einen weißen Seidenschal. Dieser Schal war eine Marotte von ihm. Seit seiner Kriegsfliegerei trug er ihn. Er diente nicht der Angabe, sondern vielmehr als Maskottchen. Doch viele Flieger und „Fußgänger" in seinem Bekanntenkreis sahen das anders. Bei einigen war er deswegen als Spinner verschrien. Nachdem er sich im Cockpit angeschnallt hatte, ließ er die Bücker an, besser gesagt, er ließ sie anwerfen. Die Maschine hatte keinen eingebauten Anlasser. Ein Fluglehrerkollege Schäfers aus der Flieger HJ griff den Propeller und brüllte: „Zündung!"
„Zündung!", rief Sepp, schaltete die Zündung ein und gab leicht Gas.
Der Fluglehrer riss kräftig den Propeller in Drehrichtung und sprang konzentriert zurück. Stotternd sprang der Motor an. Blauer Auspuffqualm umhüllte den Rumpf und wurde vom Propellerwind nach hinten geblasen. Nach ein paar Umdrehungen lief der Motor rund und gleichmäßig. Der Fluglehrer entfernte vorsichtig die beiden Bremsklötze vor dem Hauptfahrwerk, die verhinderten, dass die Bücker bei laufendem Motor einfach losrollte. Bremsen hatte das einfache Flugzeug ebenfalls nicht. Schäfer rollte das Flugzeug zur Startbahn. Nachdem der Motor die notwendige Betriebstemperatur erreicht hatte, startete er.
Im Tiefflug raste er über die Köpfe der Zuschauer hinweg und ließ die Bücker dann auf eine Sicherheitshöhe von fünfhundert Metern über dem Platz steigen. In voller Wut über sich selbst, aber dennoch voll konzentriert, begann er seine Kunstflugvorführung.
Er flog bis zur Platzmitte und nahm das Gas heraus. Dann zog er den Knüppel sachte nach hinten links und trat entschlossen ins rechte Seitenruderpedal. Die Strömung riss ruckartig ab und die Bücker trudelte. Nach drei immer schneller werdenden Umdrehungen leitete Schäfer gekonnt das Trudeln aus, fing die Maschine ab und schoss wie ein Pfeil in relativ niedriger Höhe über die Köpfe der Zuschauer hinweg. Eine riskante Angele-

genheit. Dann stieg er wieder. Als nächste Figur flog er einen sauberen Looping. Nach dem Abfangen brachte er die Bücker in einen steilen Steigflug, bis der Motor keine Kraft mehr hatte. Dann trat er kräftig ins rechte Seitenruderpedal und leitete so einen Turn ein. Der Motor heulte kurz auf, dann nahm Schäfer erneut das Gas raus. Mit hoher Geschwindigkeit raste er wieder der Erde entgegen. Deutlich konnten die Zuschauer die roten Kunstflugstreifen auf der Oberseite der weißen Tragflächen erkennen. Dann richtete Schäfer das Flugzeug wieder auf und flog aus einer horizontalen Flugrichtung heraus genau über der Mitte der Startbahn gekonnt hintereinander zwei Fassrollen. Die letzte Rolle beendete er im Rückenflug, den er aber sofort ausleitete, als der Motor zu stottern begann. Zum Schluss flog er nochmals in niedriger Höhe über den Platz, dieses Mal jedoch im extremen Langsamflug. Dabei winkte er den Zuschauern aus dem offenen Cockpit zu, zum Zeichen, dass seine Flugvorführungen nunmehr beendet waren. Sein weißer Schal flatterte im Fahrtwind. Er war ein Pilot der alten Generation. Ein Profi, erfahren, umsichtig und akkurat. Fliegerisch machte ihm keiner was vor. In der Luft war er er selbst. Kein Nazi, kein Unternehmer, nur ein Pilot. Nur in der Luft konnte er noch so etwas wie Glück empfinden. Sanft setzte er die Bücker auf die Bahn und ließ sie langsam ausrollen.

Es gab noch eine weitere Vorführung an diesem Tag, einen Flugzeugschlepp. Diese neue Start-Methode war erst vor wenigen Jahren von findigen Segelfliegern entwickelt worden. Bereits einige Wochen nachdem Sepp Schäfer seine Bücker nach Thalfeld überführt hatte, montierte er eine Schleppkupplung an seine Bücker und besorgte sich ein Seil. Ein paar Wochen vor Rieners Besuch in seiner Werkstatt flog er mit Hans zur Wasserkuppe und ließ sich dort in einem zweitägigen Lehrgang im Flugzeugschlepp ausbilden. Hans erhielt dabei gleichfalls eine Einweisung und war nun einer von wenigen jungen Segelfliegern, die diese Schleppmethode im Segelflugzeug beherrschten. Nach Thalfeld zurückgekehrt, brachten die beiden am Hochleistungsflugzeug Grunau Baby II eine selbstgebaute Kupplung an, so dass Hans das Schleppseil jederzeit manuell ausklinken

konnte. Das Grunau-Baby der Thalfelder verfügte bis dahin nur über einen Haken am Bug für die Gummiseilstarts.
Weil die Landewiese am Hang der Segelflieger nicht für einen Flugzeugschleppstart ausreichte, mussten Schäfer und Hans auch für diese Flugvorführung eine der Startbahnen des neuen Flugplatzes nutzen. Während der Kunstflugvorführung schoben Hans und seine Kameraden in HJ-Uniform das „Grunau-Baby" auf einem Kuller zum Startpunkt. Nach dem Einklinken des Seils und dem Ausrichten des Schleppzuges konnte der Schleppzug starten. Hans streckte die Hand aus dem Cockpit zum Zeichen, dass er startbereit war. Ein Einweiser vor Schäfers Maschine gab Schäfer das Zeichen weiter. Schäfer gab Gas und ließ die Bücker beschleunigen. Das „Grunau-Baby" hob zuerst ab, Hans musste das Flugzeug dabei relativ dicht am Erdboden fliegen, um die Bücker im Startvorgang nicht durch Hebelwirkung zu beeinträchtigen. Die Propellerböen der Bücker schüttelten ihn kräftig durch. Dann stieg der Schleppzug stabil auf einhundertfünfzig Meter. Schäfer schleppte das „Baby II" in dieser Höhe über den Hang und beide Flugzeuge wackelten zur Begrüßung der Zuschauer mit den Tragflächen. General Wagner schaute begeistert zu. Stolz auf seinen Stiefsohn freute er sich, dass Hans mittlerweile ein guter Flieger geworden war und in seine Fußstapfen trat.
In vierhundert Metern Höhe klinkte Hans aus und flog einige flache Kreise in einer sehr schwachen Thermik. Schäfer ging in einen kontrollierten Sturzflug, fing die Bücker über dem Hang ab und klinkte das Seil über der Startbahn aus. Dann flog er übermütig eine Rolle und landete die Maschine auf der Landewiese am Segelfliegerhang. Hans wäre gerne noch länger in der Luft geblieben, aber die schwache Thermik ließ das nicht zu. Am Hang selbst gab es heute keinerlei Aufwinde, im Gegenteil, der starke Ostwind erzeugte dort heute ein kräftiges Lee, einen Fallwind. Nach zwei hochgezogenen Fahrtkurven mit engen Kreisen hatte Hans seine Arbeitshöhe verbraucht. Der Höhenmesser zeigte ihm an, dass es Zeit für die Landung wurde. Gekonnt landete er im Seitenwind am Hang, wo das Segelflugzeug sofort von seinen Kameraden in Empfang genommen wurde.

Der offizielle Teil der Übergabe war nun beendet und Riener lud seine Gäste noch zu einem abschließenden Kaffee in die Halle der Segelflieger ein. Jetzt zeigte sich Rieners großes Organisationstalent. Mit Stolz geschwellter Brust beobachtete er die Generäle. Sie waren mit der Übergabefeierlichkeit vollauf zufrieden und lobten die neue Anlage als einen Meilenstein für die neue Luftwaffe. Thalfeld und der Kreis hatten sehr dazu beigetragen. Die Flugvorführung war bei den Piloten gut angekommen; sie würdigten die Leistungen der HJ und des NSFK. Aber Riener hatte noch mehr Asse im Ärmel, um die Feier abzurunden. Die Dorffrauen hatten Streuselkuchen gebacken, der nun von den BDM-Mädchen serviert wurde. Im Hintergrund spielte eine kleine Kapelle das Lied von Hans Albers: „Flieger, grüß mir die Sonne…"
Wagner liebte dieses Lied, vor allem den Text, der so gut auf sein Leben passte. Doch während die Kapelle noch spielte, ergriff er Schäfer am Arm und führte ihn unter dem Vorwand, ihm die Ju 52 zeigen zu wollen, nach draußen. Riener beobachtete die beiden genau, schöpfte aber keinen Verdacht.
„Herr Schäfer", begann Wagner bedrückt, „ich habe ein großes Problem und ich glaube, ohne Ihre Hilfe werde ich es nicht lösen können."
„Schießen Sie los", sagte Schäfer voller Erwartung und in Anspielung auf das Fliegerlied sagte er trocken: „Piloten ist nichts verboten."
„Ich kann Ihnen doch vertrauen?", fragte Wagner vorsichtig und sah Schäfer tief in die Augen.
„Klar", antwortete Schäfer. „Sie haben mein Wort. Wir Flieger müssen uns gegenseitig helfen, wie wir es immer getan haben."
„Gut, dass Sie so denken", sagte Wagner.
„Mit Verlaub, Herr Wagner, ich habe längst bemerkt, dass Sie trotz Ihres Dienstgrades und Ihrer Stellung kein richtiger Nationalsozialist sind. Ich bin auch keiner. Wir sind scheinbar aus demselben Holz geschnitzt. Aber jetzt raus mit der Sprache, ich bin ganz gespannt, wie ich Ihnen helfen kann."
„Es geht um folgendes", begann Wagner erneut. „Eva, meine Frau, hält in meinem Haus in Berlin ein jüdisches Mädchen, Leah, versteckt. Ihre Eltern und Großeltern sind bereits evakuiert. Den Grund für die Verhaftung kenne ich nicht. Ich weiß

nicht, wohin mit dem Kind. Bei mir kann sie nicht bleiben, das wäre viel zu gefährlich, sowohl für das Kind, wie auch für mich und meine Familie.“ Wagner atmete tief durch. Jetzt war es raus.
Grinsend antwortete Schäfer: „Das sieht Eva mal wieder ähnlich. Und da dachten Sie, das Kind könnte ich bei meiner Schwester im Kinderheim unterbringen?“
„Genau“, sagte Wagner verblüfft „Ansonsten müsste ich das Mädchen auf irgendeinem Weg ins Ausland bringen. Ich kann es nicht zulassen, dass man ihr etwas antut.“
„Ins Ausland bringen ist ungleich schwerer“, sagte Schäfer. „Die Idee, die Kleine auf Borkum zu verstecken ist gar nicht so schlecht. Borkum ist derzeit so etwas wie die Höhle des Löwen. Heidemarie wird sie sicher aufnehmen, aber Sie müssen dem Kind vorher irgendwie eine neue Identität verpassen. Alles andere wäre viel zu gefährlich für Heidemarie und für die anderen Kinder.“
„Wenn das so einfach wäre“, sagte Wagner. Seine Stirn legte sich in Falten. „Ich habe da so ein paar gute Beziehungen in Berlin“, sagte er weiter, „aber dann bekommt die Sache immer mehr Mitwisser und das ist schlecht.“
„Dennoch, wenn Sie sie ins Ausland bringen, haben sie fast das gleiche Problem. Sie müssen jemanden dafür bezahlen, dass er das Kind aufnimmt. Man wird ihnen schnell auf die Schliche kommen und merken, dass es sich um ein jüdisches Kind handelt, für das Sie bezahlen. Und Sie müssten dem Kind für eine Flucht ins Ausland ebenfalls eine neue Identität geben. Allein schon, um es sicher über die Grenze zu bringen. Aber auch hier würde ich helfen können. Ein alter Fliegerkamerad von mir lebt in England, da könnte ich vielleicht was drehen. Aber die bessere Möglichkeit sehe ich in einer Unterbringung bei Heidemarie. Sie liebt Kinder und würde Leah sicher unter Einsatz ihres Lebens verteidigen.“
„Gut“, sagte Wager. „Wenn ich zurück in Berlin bin, lasse ich mir etwas einfallen. Sobald ich neue Papiere habe, melde ich mich bei Ihnen. Unter irgendeinem Vorwand werde ich dann nach Thalfeld fliegen und Leah zu Ihnen bringen.“
„Wenn Sie ihr eine neue Identität verpasst haben, denken Sie daran, das Kind zunächst auch darauf zu trimmen. Sie darf nur

noch auf ihren neuen Namen reagieren und sie sollte zumindest die Grundsätze der christlichen Lehre kennen, sonst kann es Ihnen passieren, dass die Sache früher oder später auffliegt."
„Verdammt, daran habe ich noch nicht gedacht", sagte Wagner. „Guter Tipp von Ihnen. Eva wird sie belehren und mit ihr üben. Dann sehen wir weiter."
„Wenn es soweit ist, schreiben Sie mir bitte einen Brief und teilen mir mit, wann Sie nach Thalfeld kommen. Heidemarie werde ich schreiben, dass Sie beabsichtigen, Ihr uneheliches Kind in ein Kinderheim zu geben. Ich werde Heidemarie erst über die wahre Identität in Kenntnis setzen, wenn ich ihr Leah bringe."
„Uneheliches Kind klingt gut", sagte Wagner. „Ich habe ein uneheliches Kind und meine Frau mag es nicht erziehen. Das ist es, das ist die Geschichte, falls jemand fragt."
„Achtung", warnte Schäfer. „Jemand, der Eva gut kennt, wird ihnen diese Geschichte aber nicht abnehmen. Eva würde jedes Kind, und sei es auch noch so unehelich, in ihrer eigenen Familie aufnehmen."
„Ich weiß", sagte Wagner, „aber egal, die Geschichte des Kindes erzähle ich nur denen, die es wissen müssen. Sobald ich das Identitätsproblem gelöst habe, bringe ich das Kind nach Thalfeld. In Berlin wird niemand etwas davon mitbekommen. Die Kosten für die Unterbringung auf Borkum übernehme ich natürlich. Geld ist kein Problem."
„Abgemacht", sagte Schäfer. „So machen wir es."

Schäfer wusste, dass er sich nun gemeinsam mit Wagner strafbar machte. Aber jetzt ging es ihm besser. Er gehörte zwar jetzt offiziell dem NSFK an, aber er würde opponieren, verdeckt, wie er es sich vorgenommen hatte. Und schon von heute an ergab sich die Gelegenheit, damit zu beginnen.
Gemeinsam wanderten die beiden noch einmal um die Ju 52 herum, Wagner tat dabei so, als würde er Schäfer die Konstruktion des riesigen Transportflugzeuges erklären, um keinen Verdacht zu erregen.
Gegen 17:00 Uhr war die Veranstaltung zu Ende. Die Delegation aus dem RLM wurde feierlich verabschiedet und flog zurück nach Berlin.

Zurück blieb ein nachdenklicher Riener. Er hatte seinen Auftrag gut erledigt, wie er fand und Sepp Schäfer gehörte nun dem NSFK an, auch das war sein Verdienst. Er fragte sich immer noch, wie es Wagner gelungen war, diesen sturen Zeitgenossen zu überreden. War Wagner wirklich der, der er vorgab zu sein? Riener zweifelte.
Zurück blieb auch ein zufriedener Hans Brettschneider. Wagner hatte ihm beim Abschied mitgeteilt, dass er gemeinsam mit Schäfer eine Lösung für Leah gefunden habe. Hans freute sich für Leah, aber er wusste auch, was das für seine Mutter bedeuten sollte. Er selbst mochte Leah wie eine wirkliche kleine Schwester und er nahm sich vor, irgendwie mit ihr in Kontakt zu bleiben. Aber zunächst musste er sich auf das Neue vorbereiten, auf das, was kommen sollte. Er war von der Flieger-HJ dazu auserkoren, im September an einem Wasserkuppen-Fliegerlager für Leistungssegelflieger teilzunehmen. Hier trafen sich einmal im Jahr die besten Piloten der Hitlerjugend aus allen Gauen Deutschlands. Nach diesem Lehrgang erwartete Hans seinen Musterungsbescheid. Er konnte es kaum noch erwarten, zum Jagdflieger ausgebildet zu werden.

„Das Leben ist schön mit dem richtigen Flugzeug unter dem Hintern, Hans Brettschneider“, dachte er.

Kapitel 10

Ende August 1938, knapp einen Monat nach der Übergabe des Einsatzhafens Thalfeld an das RLM hielt Wagner einen neuen Pass für Leah in den Händen. Ein alter Kamerad aus dem ersten Weltkrieg saß in Berlin an der richtigen Stelle und hatte Wagner unentgeltlich dabei geholfen. Es war der gleiche Kamerad, der Wagner eine Unbedenklichkeitserklärung bezüglich der arischen Abstammung von Hans Brettschneider und Eva Brettschneider besorgt hatte. Wagner sah sich tief in seiner Schuld, aber sein Freund erzählte ihm im Vertrauen, dass er solche Pässe für weitaus „höhere Tiere" besorgen müsste, auf höchsten Befehl sozusagen. Wagner machte sich deshalb keine größeren Sorgen mehr. Jetzt konnte er Leah, die nun Magdalena Wagner hieß und von ihm offiziell adoptiert war, in das Kinderheim nach Borkum evakuieren. In der Zwischenzeit hatte Schäfer seine Schwester per Brief darüber informiert, dass er ihr ein uneheliches Kind Wagners bringen würde. Heidemarie sagte ihm kurz darauf zu, nicht wissend, wer dieses Kind wirklich war.

Leah weinte sehr, als sie erfuhr, wie es mit ihr weitergehen sollte, aber sie verstand, dass diese Lösung zurzeit die einzige Überlebenschance für sie darstellte. Eva trainierte sehr hart mit ihr, weckte sie nachts und fragte sie nach ihrem Namen. „Magdalena, ich heiße doch Magdalena", antwortete das Mädchen dann weinend und fragend. Eva brach es das Herz. Sie konnte sich nicht damit abfinden, Leah nun abgeben zu müssen. Aber auch sie sah ein, dass sie das Kind nicht auf Dauer in Berlin verstecken konnte. Keiner wusste 1938 was noch alles passieren würde und wie lange die Herrschaft der Nationalsozialisten noch dauern sollte. Aber, was würde sein, wenn das Tausendjährige Reich wirklich tausend Jahre überdauern sollte? War Leah nicht dann auch auf Borkum verloren? Eine Insel auf der es von Soldaten und Nationalsozialisten nur so wimmelte und von der man nur per Schiff oder Flugzeug entkommen konnte? Für Eva war das keine endgültige Lösung, eher ein Gefängnis. Ihrer Meinung nach musste Leah ins Ausland, vielleicht zu jüdischen Familien, die es geschafft hatten zu emigrieren. Aber

Eva kannte Heidemarie Reuter und das beruhigte sie etwas. Bei Heidemarie würde Leah zunächst sicher sein.

An einem Samstagmorgen, Anfang September, machte sich Wagner mit Leah auf den Weg. Er übernahm einen zweisitzigen Tiefdecker, eine Bücker 181, unter dem Vorwand, auf dem neuen Flugplatz in Thalfeld etwas erledigen zu müssen. Bei gutem Wetter startete er auf dem Flugplatz Adlershof und flog mit Leah nach Thalfeld. Leah sagte den gesamten Flug über kein Wort. Das Fliegen behagte ihr überhaupt nicht. Die Trennung von ihren Eltern und Großeltern konnte sie nicht überwinden. Die Angst vor dem Fliegen und die Angst vor dem Ungewissen machte sie krank. In den Wochen vor ihrer Abreise litt sie an ständiger Übelkeit und Durchfall. Trotz Evas fürsorglicher Zuneigung wachte sie oft nachts auf, weil sie von Albträumen geplagt wurde. Und jetzt saß sie im Flugzeug neben ihrem Beschützer, zu dem sie in der kurzen Zeit ihres Aufenthaltes in seinem Haus in Berlin keine wirkliche Beziehung aufgebaut hatte. Seine Generalsuniform wirkte bedrohlich auf Leah. Obwohl sie noch ein Kind war, dachte sie sehr genau über ihre Situation nach. Sie sehnte sich nach ihren Eltern und fragte sich täglich, was wohl aus ihnen geworden sei. Seit fast einem Jahr lebte sie nun in ihrem Versteck bei Eva. Würde sie ihre Eltern jemals wieder sehen? Wie sollten ihre Eltern sie finden, wenn man sie jetzt auf eine Insel irgendwo in Norddeutschland brachte?
Obwohl Wagner sich auf den Flug und auf die Navigation konzentrieren musste, versuchte er unterwegs, das Mädchen zu beruhigen. Er klopfte ihr auf die Schulter und versuchte ihr das Fliegen zu erklären. Wenn sie an einem markanten Punkt vorbei kamen, erklärte ihr Wager, wo sie gerade waren und wie lange der Flug noch dauern würde.
Als er die Bücker 181 in Thalfeld aufsetzte, hatte Leah keine Tränen mehr. Sie war so aufgeregt, dass sie sofort eine Toilette aufsuchen musste. Der Lange Sepp wartete bereits auf sie, er stand neben seinem startbereiten Doppeldecker. Gemeinsam verstauten Wagner und Schäfer Leah, die von nun an für immer Magdalena heißen sollte, auf dem vorderen Sitz. Schäfer und Wagner wechselten nur wenige Worte miteinander. Alle Details

waren vorab per Briefwechsel geklärt worden. Eine gefährliche Angelegenheit, weil man davon ausgehen musste, dass die Gestapo hin und wieder Briefe öffnete und Telefonate abhörte. Auf Anraten Rieners wurde Schäfers betrieblicher Telefonanschluss heimlich überwacht. Schäfer ahnte das, weil er ab und zu so ein komisches Knacken in der Leitung vernahm. Sein Briefwechsel mit Wagner blieb jedoch den Geheimdienstleuten verborgen.

Auf dem neuen Thalfelder Einsatzhafen ging es zu diesem Zeitpunkt ruhig zu. Der Lange Sepp hatte frühmorgens bereits dafür gesorgt, dass keine Schafe auf einer der Graspisten weideten. Der Wachtrupp war darüber in Kenntnis gesetzt worden, dass heute ein General zu einem Übungsflug nach Thalfeld kommen würde. Niemand nahm Notiz davon und niemand sah, dass ein elfjähriges Mädchen aus einem Flugzeug ausstieg und mit einem anderen Flugzeug davonflog.
Um 12:15 Uhr, nach kurzem, etwa halbstündigem Aufenthalt startete Wagner zum Rückflug. Schäfer startete direkt hinter ihm. Im Verband hoben sie ab. Kurz nach dem Start winkten sich die Piloten gegenseitig zu, dann ging jedes Flugzeug auf Kurs. Schäfer in Richtung Norden, Wagner in Richtung Nordost.
Der Flug nach Borkum gestaltete sich für Leah um ein vielfaches unangenehmer, als der Flug von Berlin nach Thalfeld. Die Bücker 181, mit der Wagner sie nach Thalfeld geflogen hatte, war ein doppelsitziges Reise- und Schulflugzeug, ein Tiefdecker mit geschlossener Kabine und nebeneinander angeordneten Sitzen. Schäfers Bücker Jungmann dagegen war ein offener Doppeldecker mit hintereinander angeordneten Sitzen, wobei der Pilot die Maschine vom hinteren Sitz aus flog. Schäfer hatte seine Maschine bis an den Rand voll getankt. Bei dieser Tankfüllung konnte das Flugzeug mit einer Reisegeschwindigkeit von hundertsechzig Stundenkilometern eine Flugstrecke von sechshundertfünfzig Kilometern ohne Zwischenlandung bewältigen. Nach dem Ladeplan hätte Schäfer bei vollen Tanks allerdings keinen Passagier und kein Gepäck mehr mitnehmen dürfen. Aber Schäfer ignorierte großzügig die Angaben im Flughandbuch. Als Kunstflieger wusste er, was er seiner Bücker zumuten konnte. Für den Flug nach Borkum rechnete Schäfer

mit einer Flugdauer von rund zweieinhalb Stunden. Eine Zwischenlandung wollte er nicht wagen, weil er befürchtete, unterwegs auf den Flugplätzen des NSFK unangenehme Fragen gestellt zu bekommen. Vor dem Flug machte er Leah klar, dass sie sich auf dem vorderen Sitz selbst beschäftigen und ihre Angst alleine überwinden müsste. Die Kommunikation zwischen Pilot und Fluggast konnte während des Fluges nur per Handzeichen erfolgen. Leah fühlte eine fürchterliche Leere in sich. Ihre Lebenskraft war am Ende. Ihr war es egal, ob sie weiterleben oder sterben würde.
Das Wetter in Westdeutschland konnte man an diesem Hochsommertag als durchaus fliegbar einstufen. Kein Hochdruck, aber eine durchziehende Kaltfront mit ausreichenden Wolkenuntergrenzen. Auf der Strecke nach Münster musste Schäfer einige kleinere Schauer umfliegen. Die Luft war so bockig, dass Leah sich mehrmals übergeben musste. Aber Schäfer hatte vorgesorgt, hatte ihr vor dem Flug ein paar Papiertüten in die Hand gedrückt. Das monotone Brummen des Motors beruhigte sie ein wenig.
Über dem Emsland besserte sich das Wetter, ein Zwischenhoch setzte sich durch, die Rückseite der Kaltfront war erreicht. Über der kleinen Stadt Leer musste Schäfer seinen Kurs korrigieren, um nicht in die angrenzenden Niederlande einzufliegen. Dann lag Emden vor ihm und schon bald war Borkum in Sicht. Deutlich konnte Schäfer die Reede erkennen und den Seefliegerhorst. Auch der Feldflugplatz war bald in Sicht. Wagner hatte ihm eine Landegenehmigung besorgt und den Flugplatzkommandanten per Telefon offiziell darüber informiert, dass sein NSFK-Fliegerkamerad Schäfer heute ein Mädchen im Kinderheim seiner Schwester abliefern würde. Der Flugplatzkommandant hatte keine Einwände gegen eine Landung. Da der Einsatzhafen Borkum aber bereits militärisch genutzt wurde, mussten Schäfer und Leah den Platz nach der Landung sofort und unter Bewachung verlassen. Der Empfang verlief freundlich. Die Bodenmannschaften tankten die Bücker auf, banden sie angesichts des starken Windes auf einer getarnten Parkfläche fest. Schäfer beabsichtigte, noch am gleichen Tag zurückzufliegen. Die Sonne ging um 20:32 Uhr unter, so dass er spätestens um 17:30 Uhr wieder starten musste. Heidemarie hatte er

brieflich bereits über alles informiert, aber dass es sich bei Leah um ein jüdisches Kind handelte, würde Schäfer ihr nach der Landung noch erklären müssen. Er hatte sich nicht getraut, ihr die tatsächlichen Fakten zu schreiben.
Heidemarie wartete bereits ungeduldig im Büro der Flugplatzkommandantur, nahe dem Wachgebäude am Flugplatz. Sie hielt sich des Öfteren hier auf, um mit ihrem Freund, dem Kommandant, hin und wieder eine Partie Schach zu spielen. Meistens besuchte Heidemarie ihren Freund jedoch in seinem eigentlichen Büro, in der Kaserne Mitte. Die Wachsoldaten wunderten sich nur, dass Heidemarie heute wesentlich früher kam als sonst. Gegen 15:00 Uhr lieferte ein Kübelwagen Schäfer und Leah in der Kommandantur ab, die am Rande des Einsatzhafens in einem Haus an den Dünen untergebracht war.
Heidemarie nahm Leah mütterlich in den Arm und begrüßte sie freundlich. Schäfer sah, dass Leah sofort Vertrauen zu Heidemarie fasste. So war es immer. Es gab kaum ein Kind, dass Heidemarie nicht vertraute. Sie war eine Übermutter. Sepp Schäfer hatte es gewusst.
„Tag Schwester", sagte er. „Ich hab leider nicht viel Zeit, ich muss spätestens um 17:00 Uhr wieder starten." Schäfer nahm Heidemarie in den Arm und zu dritt schlenderten sie zu Heidemaries Haus. Die Wachsoldaten hatten den Befehl, Schäfer gegen 16:20 Uhr wieder abzuholen und zu seinem Flugzeug zu bringen.
„Ihr Flieger habt doch immer nur Zeit, wenn gerade kein Flugwetter ist", sagte Heidemarie scherzhaft.
„So ist es", antwortete Schäfer gutgelaunt. „Nur wenn die Raben zu Fuß gehen, gehen auch wir zu Fuß oder kümmern uns um unsere Familien", sagte er lustig. Doch dann wurde er schnell ernst. „Heidmarie, ich muss dir etwas Wichtiges sagen, etwas, was ich dir nicht schreiben konnte. Magdalena heißt eigentlich Leah und sie ist ein jüdisches Mädchen. Ihre Eltern sind in Berlin spurlos verschwunden. Eva hat Leah aufgelesen, aber sie kann das Mädchen nicht weiter bei sich wohnen lassen. Eine Generalsfrau kann kein jüdisches Mädchen verstecken, schon gar nicht mitten in Berlin. Die Idee, Leah als Wagners uneheliche Tochter Magdalena auszugeben und bei dir im Kin-

derheim unterzubringen, stammt von mir. Ich hoffe, du kannst dich mit der Sache anfreunden."
„Das geht schon in Ordnung", antwortete Heidemarie, ohne darüber nachdenken zu müssen und schaute ihren Bruder mit großen Kulleraugen an. „Wir müssen da nicht groß drüber diskutieren. Den Namen Leah vergesse ich gleich wieder. Für mich ist Magdalena ein uneheliches Kind, das ich bei mir aufgenommen habe. Ich hätte an Evas Stelle sicher genauso gehandelt."
Und zu Leah gewandt sagte sie: „Du wirst dich ganz sicher bei uns wohlfühlen. Bei mir sind viele Kinder, die keine Eltern mehr haben und ich sorge dafür, dass niemand ihnen auch nur ein Haar krümmt."
Sie nahm Leah fest in den Arm und fühlte, wie das Kind sich entspannte.
„Das ist nett von Ihnen", sagte Leah zaghaft. „Aber was machen wir, wenn meine Eltern nicht wiederkommen?"
„Soweit sind wir noch nicht", sagte Heidemarie. Wenn Eva sie findet, schreibt sie mir sofort. Wenn nicht, bleibst du erst mal hier bei uns auf Borkum. Die Insel wird dir gefallen."
Schäfer gab sich erleichtert. Sie tranken gemeinsam einen Tee und aßen ein großes Stück von dem Eierkäse, den Heidemarie jeden Samstag nach alter Thalfelder Tradition herstellte und mit „Kringe" servierte. Schon bald danach machte Schäfer sich erleichtert auf den Heimweg.

Auch Wagner fühlte sich sehr erleichtert, als er in Berlin landete. Eva hatte Leah nun fast ein Jahr in seinem Haus versteckt. Auf die Dauer wäre das nicht gut gegangen. Doch Wagner fand nach seiner Rückkehr eine veränderte, niedergeschlagene und häufig kränkelnde Eva vor. Aus der bisher sexuell sehr aktiven Liebesbeziehung wurde eine nahezu platonische Liebe. Traumatisiert von den Geschehnissen in Berlin und von Leahs Schicksal konnte Eva sich nicht damit abfinden, dass Leah nicht mehr bei ihr leben durfte. Die Suche nach ihren Eltern gestaltete sich schwierig. Was sollte sie auch unternehmen? Jüdische Mitbürger einfach auf der Straße ansprechen? War das nicht schon zu gefährlich? Was blieb ihr noch? Sollte sie warten, bis ihr der Zufall zu Hilfe kam? Jetzt hatte sie nur noch Hans und ihren Mann. Und diese beiden geliebten Männer gerieten immer mehr

in den Sog des Nationalsozialismus. Wäre es nicht besser gewesen, mit Wagner und Hans in die USA auszuwandern? Als Pilot hätte Wagner dort sicher eine Stellung gefunden. Jetzt war es zu spät. Jetzt hieß es, in dem ihr verhassten Berlin ihr Leben einigermaßen zu organisieren. Glücklich konnte sie dabei nicht sein. Die vielen Besuche und Feiern in den höheren Kreisen, ein fester Bestandteil in ihrer Ehe oder besser gesagt in Wagners Beruf, diese Pflichtveranstaltungen waren ihr ein Gräuel. Sie fand kaum Anschluss, wurde oft von anderen Frauen als Bauernmagd vom Land belächelt und das tat ihr sehr weh. Eva hatte sich mit Wagners Hilfe sehr angestrengt, Hochdeutsch zu lernen. Auch die Anstandsregeln der gehobenen Gesellschaft konnte sie mittlerweile anwenden. In den neuen Kleidern, die Wagner ihr kaufte, sah sie äußerst elegant aus. Ihre Figur konnte sich noch immer sehen lassen. Aber all das half ihr nicht, ihr Selbstvertrauen zu steigern. Für die zumeist oberflächliche Konversation mit den Frauen anderer Offiziere eignete sie sich nicht. Mit ihnen konnte sie höchstens über das Wetter reden.
Nur wenn sie selbst einlud und für ihre Gäste kochte, war sie so etwas wie ein Star. Ihre großartigen Kochkünste wurden von den Damen der Gesellschaft durchaus anerkannt, denn die meisten dieser Frauen zogen es vor, nicht selbst zu kochen. Die meisten hatten eigene Köchinnen und Haushälterinnen, so wie es sich für Ehefrauen höherer Offiziere in dieser Gesellschaft gehörte. Eva dagegen lehnte das Angebot Wagners, eine Köchin und eine Haushälterin einzustellen, rundweg ab. Kochen war die einzige Leidenschaft, die ihr aus Thalfelder Zeiten blieb. Und darüber hinaus: einer Köchin und einer Haushälterin wäre Leahs Versteck sicher nicht verborgen geblieben. So konnte Wagner nicht viel unternehmen, um Evas Leben angenehmer zu gestalten. Er konzentrierte sich voll auf seinen Beruf, war oft unterwegs und ließ sie allein. Eva liebte Wagner über alles und freute sich an dem großen Haus, das beide bewohnten. Eigentlich hätte sie glücklich sein müssen, aber das Großstadtleben missfiel ihr immer mehr. Sie sehnte sich zurück nach Thalfeld, zurück in ein einfaches, aber zufriedeneres Leben. Als Bauersfrau hatte sie immer hart arbeiten müssen. Die ständige Sorge um das Vieh und um die Ernte machte das Leben nicht gerade leicht. Und dennoch: immer öfter erinnerte sie sich wehmütig

an ihre Zeit auf dem Land. Der Jahresablauf in der Landwirtschaft kam ihr oft in den Sinn. Die Saat im Frühjahr, die erste Heuernte im Juni und der Duft der Kartoffeln, die man spätestens im Oktober erntete. Das Einkochen der Marmelade nach der Obsternte, ein Fest für die ganze Familie. Wenn dann die Hersbtwinde über die abgemähten Wiesen und Felder bliesen, bereitete man sich auf das Erntedankfest vor, das in der festlich geschmückten, alten Thalfelder Dorfkirche feierlich begangen wurde. Die kleine Thalfelder Dorfkirche lag inmitten eines Friedhofs, umrahmt von hohen Tannen und einer alten Mauer aus Basaltsteinen. Das schiefergedeckte Kirchenschiff schloss sich an einen mächtigen viereckigen Kirchturm an, der ebenfalls aus Westerwälder Basalt gebaut war. Der Kirchturm beherbergte drei alte Glocken. Wenn diese sonntagmorgens läuteten, war es Zeit zur Kirche zu gehen. Selbst nach dem Glockengeläut hatte Eva Heimweh. Im Weltkrieg wären die Glocken beinahe eingeschmolzen worden, um zu Munition für das Kaiserreich verarbeitet zu werden. Der Bürgermeister und der Pfarrer konnten das in letzter Minute verhindern. Eine der drei Glocken stammte aus dem Jahr 1450. Seitdem läutete sie den Gläubigen zu Gottesdiensten, zu Hochzeiten, Taufen und zu Beerdigungen sowie zum Feierabend und an jedem Samstagmittag. Jahrein, jahraus. Eva erinnerte sich gerne an die Inschrift der ältesten Glocke, die ihr der Pfarrer einst übersetzt und erklärt hatte, als er wieder einmal bei August zu Besuch war:
*JHESUS * MARIA * HEIS * ICH * TONITRUUM * RUMPO * MORTUO * DEFLEO * SACRILEGIUM * VOCO * SUB * ANNO * DNI * M * CCCC * L*
„Jesus Maria heiß ich, die Gewitter breche ich, die Toten beweine ich, die Gotteslästerer rufe ich. Im Jahre des Herren 1450."

Auf der zweiten, etwas kleineren Glocke stand geschrieben:
*FUSUS IN * HONNORE * SANCTARUM * EVVEGLISTARRUM .1.5.1.9.
„Gegossen zu Ehren der heiligen Evangelisten im Jahre 1519."

Eva erinnerte sich genau an die Großbuchstaben auf der zweiten Glocke, die in der Zeile unregelmäßig und teilweise spiegelverkehrt saßen. Auch ihre Erinnerungen an die Abende mit August und dem Thalfelder Pfarrer brannten sofort auf, sobald irgendwo irgendeine Glocke läutete. Sie dachte liebevoll an die lebhaften Diskussionen zwischen dem Pfarrer und August zurück, die einen gemeinsamen Fehdezug gegen die Thalfelder Tonindustrie führten, um die Schürfrechte für die Häfner zu sichern. Ein Kampf, den beide verloren. Fast immer wenn eine Glocke läutete, dachte Eva an die Inschriften der Thalfelder Kirchenglocken. Eine Gänsehaut befiel sie bei dem Gedanken, dass die Glocken vor wenigen Jahren auch geläutet hatten, als August begraben wurde. Ein einfaches Leben, aber dennoch ein glückliches, unbefangenes Leben damals in Thalfeld. Verträumt dachte Eva oft auch an ihren schönen Bauerngarten hinter ihrem Thalfelder Haus. Blumen hatte sie dort angepflanzt, Stockrosen und Hortensien, Salat, Petersilie, Schnittlauch und natürlich Bohnen, Dill und Tomaten. Der Bauerngarten war einst ihr ganzer Stolz. Dies alles hatte sie aufgegeben für ein besseres Leben mit Wagner in Berlin. Doch war es wirklich ein besseres Leben? Eva zweifelte immer öfter daran.

Dann, Anfang November 1938, erreichte die von Goebbels seit Jahren betriebene maßlose antijüdische Hetzkampagne ein bisher nicht gekanntes Ausmaß. Die Saat des Hasses ging auf. Die verbalen Exzesse mündeten in rohe Gewalt. Synagogen brannten, jüdische Geschäfte wurden geschlossen oder zerstört, jüdische Friedhöfe geschändet, jüdische Bürger misshandelt, gettoisiert oder in ein Konzentrationslager abtransportiert – was für eine Welt. Nur wer die Augen vor all dem verschloss, konnte da noch glücklich und zufrieden sein. Eva konnte es nicht. Aber seit der Reichskristallnacht am 9. November 1938 wurde ihr klar, dass Wagner richtig gehandelt hatte. Leah war auf Borkum zumindest vorerst sicher.
„Schade, dass man das Kind nicht einfach mit einer Wolke ins Ausland, in ein besseres, sicheres Leben schicken kann“, dachte Eva träumend. „Wolken kennen keine Grenzen.“

Kapitel 11

Der Briefträger riss Eva aus ihren Gedanken. Er übergab ihr einen Brief von Hans, der ihr mitteilte, dass seine Bewerbung bei der Luftwaffe erfolgreich war. Hans würde in Kürze eine mehrmonatige Ausbildung zum Jagdflieger absolvieren. Zuvor musste er allerdings zu den „Stoppelhopsern", zu einer Infanterie-Ausbildungskompanie nach Koblenz, um dort eine verkürzte militärische Grundausbildung zu erhalten. Seine Zeit beim RAD dagegen neigte sich dem Ende entgegen. Dabei hatte er noch Glück gehabt. Viele seiner Schulkameraden, arbeitslos zumeist, mussten beim Bau von Autobahnen oder Talsperren helfen. Andere wurden in Norddeutschland beim Trockenlegen von Mooren eingesetzt. Hans dagegen konnte seine Zeit beim RAD heimatnah verbringen. In der Nähe von Thalfeld wurde ein Scheinflughafen angelegt, der ganz ähnlich aussah, wie der Thalfelder Einsatzhafen selbst. Nur, dass man hier auf jegliche Tarnung verzichtete. Die beiden „Landebahnen" wurden als solche gekennzeichnet, ein weißes Landekreuz zeigte den Flugzeugen sogar die „jeweilige Landerichtung" an. Selbst eine einfache Landebahnbefeuerung wurde gebaut. Hier konnte Hans seine Kenntnisse und Fertigkeiten als Elektriker anwenden. So entstand in einer Wiesenlandschaft im Dilltal ein weiteres militärisches Gelände, sehr zum Zorn der Bauern, die dafür gute Weide- und Ackerflächen abgeben mussten.

Bereits im Oktober 1938 war Hans zu einem Aufnahmetest der Luftwaffe nach München gerufen worden. Der RAD stellte ihn für eine Woche frei. Aufgrund seiner Kenntnisse als Segelflieger und seiner vormilitärischen Ausbildung bei der HJ waren Hans alle Tests sehr leicht gefallen. Auch die Sportprüfung bestand der konditionierte achtzehnjährige Segelflieger ohne Probleme. Mit Stolz kehrte Hans nach Thalfeld zurück. Jetzt hatte er es schriftlich. Er würde eine Fliegerausbildung bei der Wehrmacht bekommen. Ein Traum, den in dieser Zeit viele tausend junge Männer träumten, sollte für ihn wahr werden. Sein Einberufungsbefehl lautete auf den 1. Januar 1939.

Eva behagte die Neuigkeit der Einberufung ihres Sohnes nicht. Wortlos und blass übergab sie Wagner den Brief, als er abends nach Hause kam. Wagner nahm sie in die Arme. Er kannte seine Frau gut und wusste, was sie dachte.
Beruhigend sagte er: „Wir müssen froh darüber sein. Wer weiß, was in den nächsten Monaten geschieht. Als Jagdflieger hat Hans die besten Aussichten. Er kann eine militärische Laufbahn einschlagen. Kriegschule, Unteroffiziers- oder Offizierslaufbahn – und danach, sobald er wieder Zivilist ist, kann er, wenn er will, Verkehrspilot werden. Selbst wenn es wirklich Krieg geben sollte, dann sind seine Überlebenschancen in der Luft weitaus größer, als in den Schützengräben auf der Erde. Ich habe im Weltkrieg selbst erlebt, wie die Kameraden der Infanterie abgeschlachtet wurden. Als Jagdflieger führt man auch in einem Krieg ein würdigeres Leben. Zumindest war das bei uns so."
Eva blickte ihm entsetzt in die Augen: „Wird es wieder Krieg geben, Karl?"
„Ich weiß es nicht, meine Süße", sagte Wagner leise, „aber viele Zeichen deuten darauf hin."
„Um Gotteswillen", sagte Eva und begann leise zu weinen.
„Nicht weinen, Schatz", sagte Wagner gut gelaunt und übermütig. „Wenn es Krieg gibt, wird es nicht lange dauern, bis wir ihn gewonnen haben. Die Deutsche Wehrmacht und besonders wir, die Luftwaffe, sind bestens gerüstet. Ein neuer Krieg wäre mit dem Weltkrieg 14-18 nicht vergleichbar. Er wird höchstens ein paar Monate dauern, bis wir alles im Griff haben. Und Hans, um ihn mache ich mir keine Sorgen. Er ist ein verdammt guter Segelflieger und er wird mit Sicherheit ein genauso guter Jagdflieger. Unsere Ausbildungseinheiten sind gut und unsere Flugzeuge sind denen der Engländer und Franzosen haushoch überlegen. Mach dir bitte keine Sorgen. Und außerdem, noch ist es nicht soweit."
Eva beruhigte sich. „Wie läuft denn eine Jagdfliegerausbildung ab?", fragte sie. „Wohin wird Hans abkommandiert?"
„Hans ist der Sohn eines Generals der Luftwaffe", sagte Wagner nicht ohne Stolz. „Ich habe dafür gesorgt, dass er nach seiner Grundausbildung fast alle seine Lehrgänge hier in Berlin auf dem Flugplatz in Staaken absolvieren kann. Wenn er nicht ge-

rade in der Kaserne Dienst schieben oder Lehrstoff pauken muss, wird er oft hier bei uns sein. Du kannst ihn dann nach Herzenslust bemuttern", lachte Wagner und fuhr fort: „Er wird sich allerdings bewähren müssen, wie jeder andere auch. Wenn er eine der vielen Prüfungen vermasselt, kann ich nicht mehr viel für ihn tun. Bei der Luftwaffe stehen derzeit tausende junge Menschen Schlange, um eine Ausbildung zum Kampfpilot oder zum Jagdflieger zu bekommen. Es hat mich einige Mühe gekostet, ihm einen Platz in Staaken zu besorgen."
„Danke, Karl", sagte Eva, „ich habe Angst um Hans. Du und er", sagte sie zögerlich, „ihr seid das einzige, das ich habe im Leben. Was wird aus dir, wenn es Krieg gibt?"
„Das weiß ich noch nicht", sagte Wagner. „Aber für den fliegerischen Einsatz bin ich zu alt. Womöglich bleibe ich hier im Reichsluftfahrtministerium als Chef der Abteilung ‚Bauwesen.' Vielleicht versetzt man mich aber auch als Flugplatzkommandant irgendwohin. Aber auch das wäre kein Problem. Wenn ich versetzt werde, kommst du einfach mit. Wo immer wir auch hinziehen müssen, du kommst mit und wir mieten uns ein Haus im Grünen."
„Vielleicht versetzt man dich ja nach Thalfeld", sagte Eva naiv.
„Das glaube ich nicht. Thalfeld wird in einem Krieg sicher keine allzu große Rolle spielen. Es gibt strategisch wichtigere Einsatzhäfen. Aber Liebes, lass es uns einfach abwarten und unser Leben im Frieden genießen. Wer weiß, was kommt. Vielleicht gibt es auch keinen Krieg. Und jetzt lass uns etwas unternehmen, damit du auf andere Gedanken kommst."
Mit Wagners Dienstwagen fuhren sie in die Stadt, parkten in der Nähe des Reichstages und machten Hand in Hand einen langen Spaziergang durch das Brandenburger Tor bis hinunter zum Berliner Dom.
Bald würde Hans zum Weihnachtsfest nach Berlin kommen. Dann hieß es für ihn „Antreten", um seine Grundausbildung bei der Wehrmacht zu beginnen.

Der Abschied von Sepp Schäfer fiel Hans Brettschneider schwer.
„Machs gut Sepp, und grüß mir die Kameraden am Hang. Mir ist nicht wohl bei dem Gedanken, dass ich nun wochenlang

Stiefel wichsen und Schützengräben ausheben muss. Und wie soll ich es so lange ohne die Fliegerei aushalten?"
„Das schaffst du schon. Wenn es weiterhin dein Ziel ist, Flieger zu werden, dann musst du die Schleiferei über dich ergehen lassen. Was glaubst du, was man mit uns im Krieg gemacht hat? Erst als Flieger durften wir wieder Menschen sein, die mehr oder weniger selbstständig denken und handeln konnten. Es werden harte Zeiten auf dich zukommen und vor allem in der Grundausbildung wirst du oft die Faust in der Tasche ballen müssen. Aber du schaffst das schon. Du warst mir immer ein gelehriger Schüler, sowohl am Hang als auch im Beruf. Ich habe keinen Zweifel daran, dass du eines Tages ein guter Pilot und ein guter Unteroffizier wirst."
„Und du warst mir immer ein guter Lehrmeister und oft auch ein Vaterersatz. Ich danke dir für alles", sagte Hans mit wehmütiger Stimme.
„Machs gut, mein Junge, und wenn du mal Heimweh hast – du weißt ja, wo du mich findest."
Es gab nur einen kurzen Abschied. Schäfer war nicht der Mann, der seine Gefühle offen zeigen konnte. Er wusste, was Hans jetzt erwartete. Noch gut erinnerte er sich an seine eigene Rekrutenzeit. Bis zum Cockpit eines Jagdflugzeuges lag ein harter und weiter Weg vor Hans. Der nationalsozialistische Staat wollte keine Weichlinge und er tat alles, um die jungen Soldaten abzuhärten.
Schäfer brachte Hans zum Bahnhof. Dann gab er ihm wortlos die Hand und klopfte ihm auf die Schulter. Er wartete nicht, bis der Zug einfuhr, sondern marschierte eiligen Schrittes zurück zu seiner Werkstatt.

Das Weihnachtsfest verbrachte Hans bei Wagner und Eva in Berlin. In diesem Jahr feierten die Menschen ein besonderes Weihnachten – oft ein ausgelassenes Fest. Es war, als ob die Menschen ahnten, dass dieses Weihnachten 1938 ihr letztes Weihnachtsfest im Frieden sein sollte. In Wagners Haus herrschte eine bedrückte Stimmung. Mit dem Absender „Magdalena Wagner" hatte Leah mit kindlicher Schrift einen Brief geschrieben. Sie fühlte sich wohl auf Borkum und Heidemarie Reuter tat alles, um ihr Leben angenehm zu gestalten. Das

Landleben bekam ihr gut, die Arbeit in der Landwirtschaft machte ihr Freude. Die Trennung von ihren Eltern konnte sie jedoch nicht überwinden und zwischen den Zeilen konnte man lesen, dass sie großes Heimweh nach Berlin empfand. Eva konnte sich gut vorstellen, was in Leah vorging. Ihr Herz hing sehr an ihr. Zu gerne hätte sie das Kind über Weihnachten nach Berlin geholt, aber die Situation spitzte sich immer mehr zu. Sie hatte keine Hoffnung mehr, Leahs Eltern ausfindig zu machen. Aber sie brachte es nicht übers Herz, Leah die Wahrheit zu schreiben. Die Angst, dass man ihre Briefe öffnen würde und dass dadurch die Wahrheit ans Tageslicht käme, war zu groß. Eva fühlte die Wut in ihr aufsteigen. Warum beugte sich jeder in ihrer Umgebung diesen Machenschaften des Staates, der seine Bürger, auch die so genannten linientreuen, wie unmündige Menschen behandelte.

Den Weihnachtsgottesdienst erlebten sie in der Kaiser-Wilhelm-Kirche am Kurfürstendamm. Kerzenschein und Weihnachtschoräle. „Stille Nacht" und „Ich steh an deiner Krippen hier." Zum Schluss „Oh, du Fröhliche." Ausgehuniformen wohin man schaute. Gespannte und entspannte Gesichter. Der Pastor predigte vom Weltfrieden. Aber wie sollte es Weltfrieden geben, wenn Deutschland derart aufrüstete und immer brutaler gegen Juden und Andersdenkende vorging? Die vielen Uniformträger in der Kirche waren ein sicherer Beweis dafür, dass Deutschland genau in die andere Richtung marschierte.

An diesem Weihnachten dachte Hans über solche Dinge nicht nach – noch nicht. Er war einfach zu jung dazu und durch seine Zugehörigkeit zur Flieger-HJ schon viel zu sehr von der Aufbruchsstimmung geprägt, die von der Propagandamaschine im Volk verbreitet wurde. Der Führerstaat gab den Menschen die Arbeit und das Selbstvertrauen zurück, auf das sie solange verzichten mussten. Wer mitmachte, konnte es zu einem gewissen Wohlstand bringen. Nur das zählte. Und dass es den Menschen besser ging, als zu Beginn der dreißiger Jahre, konnte man deutlich an den zufriedenen Gesichtausdrücken im Weihnachtsgottesdienst sehen.

Die Stadt Berlin bedeutete Hans sehr viel. Er, der ehemalige Bauernjunge vom Land konnte hier den Duft der großen weiten Welt schnuppern. Er begann, sich in diese wunderbare Stadt mit ihren prächtigen Häusern zu verlieben. Seine Zugehörigkeit zur Hitler-Jugend, nein zur Flieger-HJ, und seine Karriereaussichten bei der Luftwaffe brachten ihm überall Anerkennung. Menschen, die ein Flugzeug fliegen konnten, waren etwas ganz besonderes. Menschen, die das modernste Jagdflugzeug fliegen konnten und durften, gehörten zur Elite des Staates. Hans befand sich auf dem richtigen Weg, ganz sicher. Bald würde er ein richtiger Flieger sein und dieser Elite angehören.

Wagner hatte ihm ein ganz besonderes Weihnachtsgeschenk gemacht. Ein Handbuch des neuen Standardjagdflugzeugs der Luftwaffe, der Bf 109.

„Auch wenn es noch ein paar Monate dauert, bis du endlich in einer 109 sitzt, mit dem Handbuch kannst du dich schon mal beschäftigen. Das Handbuch soll dir ein Anreiz sein, dein Ziel niemals aus den Augen zu verlieren."

„Das werde ich tun", freute sich Hans. „In meiner militärischen Ausbildung werde ich hoffentlich etwas Zeit dazu haben."

„Das glaube ich weniger", lachte Wagner. „In der Grundausbildung wird man euch rund um die Uhr drillen, da bist du über jede freie Minute froh, in der du dich ausruhen kannst. Aber vielleicht ist das Handbuch gerade dann dazu geeignet, dir etwas Kontrast zu bieten. Je öfter du darin liest, desto eher wird dir klar, warum du die militärische Schinderei, die nun vor dir liegt, mit aller Kraft überstehen musst. Aber Handbücher sind eigentlich keine Entspannungslektüre. Ein guter Flieger kennt das Handbuch seines Flugzeuges in und auswendig, damit er in jeder Flugsituation das Richtige tun kann. Sieh das Handbuch der Bf 109 als einen Baustein für deine Karriere bei der Luftwaffe. Aber freue dich nicht zu früh. Du wirst noch vieles durchmachen müssen und noch viele andere Handbücher kennen lernen müssen, bevor man dich auf eine 109 setzt. Erst einmal wird man einen richtigen Soldaten aus dir machen. Dann kommt die Motorflugausbildung dran. Und erst wenn du das alles bestehst, wirst du zur Jagdfliegerausbildung zugelassen."

„Ich habe gehört, dass die Flugzeugführerschulen die A1 Schulung auf der Focke-Wulf 44 machen", sagte Hans.

„Stimmt", sagte Wagner. „Manche Einheiten schulen auch auf der Bücker 131. Übrigens, das Handbuch ist das der Bf 109 E. Die „Emil" ist die neue 109 mit dem Daimler-Motor. In der

Jagdfliegerschulung schult ihr zu Beginn sicher noch auf den älteren Versionen B1 oder C1 mit Jumo Motor. Die Gefahr, dass ihr Grünschnäbel so einen neuen, teuren Flieger auf den Bauch werft, ist zu groß", lachte er.
„Ich hab bis jetzt noch keinen Flieger beschädigt", sagte Hans stolz. „Bis jetzt hat's nicht mal einen Kratzer gegeben."
„Ich weiß", beruhigte ihn Wagner, „du bist ein Naturtalent, das ist mir schon sehr früh aufgefallen. Aber jeder kann in einer kritischen Situation mal einen Fehler machen. Ein Motorflieger ist kein Grunau-Baby und eine 109 ist keine Bücker. Das beste Mittel gegen Bruch ist, dass man sich niemals selbst überschätzt und dass man niemals leichtsinnig wird."
Eva unterbrach ihre Unterhaltung. „Ihr Flieger solltet jetzt mal von etwas anderem reden", sagte sie. „Schließlich haben wir Weihnachten."
„Gut", lachte Wagner. „Ich bin einfach froh, dass du mir einen so prima Burschen wie Hans mit in die Ehe gebracht hast. Man könnte fast meinen, er schlägt nach mir. Zumindest tritt er in meine Fußstapfen."
„Nach August schlägt er jedenfalls nicht. August lebte nicht so zielgerichtet, wie Hans. Er zauderte häufig und hielt von der Fliegerei nicht viel", sagte Eva.
„Aber er war ein guter, wenn auch einfacher Mensch, ich habe ihm viel zu verdanken", sagte Wagner.
„Und mir war er ein guter Vater", meinte Hans. „Schade, dass meine Erinnerungen an ihn immer mehr verblassen."
„Ich habe ihn aufrichtig geliebt", sagte Eva, „aber das war irgendwie in einem anderen Leben. Jetzt bin ich Berlinerin und die Frau eines Generals, den ich ebenfalls sehr liebe", fügte sie hinzu und blickte Wagner treu an.
Wagner nahm beide in die Arme. Mit Blick auf den festlich geschmückten Weihnachtsbaum sagte er: „Fröhliche Weihnachten. Wir sind eine gute Familie. Ich bin stolz auf euch beide."

Mit Wagners engsten Freunden und Kollegen aus dem Reichsluftfahrtministerium feierten sie den zweiten Weihnachtstag in Wagners Haus. Stolz präsentierte Wagner seinen Stiefsohn wie ein neues Pferd im Rennstall, wie ein neues Pferd im Stall des Führers.

Die Damen der Gesellschaft rauchten. Eva missfiel das sehr. Noch mehr missfiel ihr, dass Hans sich von diesem Trend offensichtlich anstecken ließ. Mit achtzehn fühlte er sich erwachsen und hier in der Großstadt brachte er das zum Ausdruck, indem er sich von einer jungen Frau eines Majors eine Zigarette anbieten ließ und gierig den blauen Qualm einzog. Seine Zeit bei der HJ, die Zeit der kurzen Hosen war vorbei. Hans brachte durch das Rauchen zum Ausdruck, dass er sich nunmehr anschickte, erwachsen zu werden.
Wagner, ein erklärter Nichtraucher, hatte dafür mehr Verständnis. „Die Jungs in dem Alter rauchen doch alle. Spätestens in der Grundausbildung wird er sich das wieder abgewöhnen müssen“, spottete er.

Bei einer Zigarre nach dem Essen musste Hans den Kollegen Wagners genauestens erklären, wie es derzeit um den Einsatzhafen Thalfeld und um den Scheinflugplatz in seiner Heimat stand.
„Der Scheinflugplatz ist fast so angelegt, wie ein richtiger Einsatzhafen. Die Graspisten sind fest und so lang, dass man sogar mit Bombern darauf landen könnte“, erklärte er einem General fachmännisch. „Es fehlen nur noch die Bunkeranlagen und die Quartiere für die Besatzung“, fuhr er fort.
„Und der Bahnanschluss und die Tankanlagen“, fügte der General hinzu. „Wenn es Krieg gibt, wird die Organisation Todt vermutlich bald Flugzeugattrappen aus Sperrholz auf diesen Scheinflugplätzen aufbauen“, erklärte er. „Das ist schon genial gedacht. Unsere Feinde können dann im Ernstfall ihre Bomben auf Attrappen werfen, während unsere eigentlichen Fliegerhorste verschont bleiben“, lachte er und trank genüsslich ein Glas Sekt. Dabei beobachte er Eva, wie sie ihren Gästen das Essen servierte. Ihr runder Hintern war ihm wichtiger, als das Gespräch über Scheinflugplätze und Einsatzhäfen, aber Eva war Wagners Frau und seine eigene Frau sah es nicht gerne, wenn er andere Frauen mit den Augen auszog.
„Wir haben auf dem Scheinflughafen sogar eine Anflugbefeuerung gebaut“, sagte Hans stolz. „Bei Nachtangriffen kann man sie einschalten, um die Angreifer vollkommen zu täuschen.“

„Hat der Einsatzhafen Thalfeld nicht auch eine Nachtbefeuerung?“, fragte der General.
„Nein“, antwortete Hans. „Thalfeld ist nur ein E-Hafen zweiter Ordnung. Ich weiß nicht, ob der Platz später noch eine Befeuerung bekommt.“
„Geplant ist das nicht“, sagte Wagner, der sich in das Gespräch einmischte. „Aber man weiß ja nie, was noch kommt. Vielleicht bauen wir den Platz später noch aus.“
„Auf alle Fälle wünsche ich dir für deine militärische Grundausbildung alles Gute und einen starken Willen zum Durchhalten, mein Junge“, sagte der General. „Den brauchst du unbedingt, um die Schleiferei zu überleben. Und wenn du dann deinen ersten Flugschein in der Tasche hast, machen wir mal gemeinsam einen Rundflug über die Mark Brandenburg“, scherzte er. „Wir holen uns dienstlich eine Bücker 181 vom RLM und dann geht’s los. Bis dahin wünsche ich dir Hals und Beinbruch für deine Grundausbildung. Wirst sehen, auch die Stoppelhopser kochen nur mit Wasser.“
„Danke“, sagte Hans. „Ich werd’s schon irgendwie überstehen. Ich will Flieger werden. Mir ist klar, dass ich dafür Opfer bringen muss“, fügte er selbstbewusst hinzu.
„Ja“, sagte der General ironisch, „Opfer verlangt der Führer von uns allen. Mal sehen, was ihm in den nächsten Jahren noch so alles einfällt, um das Dritte Reich auf Trab zu bringen.“

Kapitel 12

Von Berlin nach Koblenz war es eine Tagesreise. Der Einberufungsbefehl mahnte Hans Brettschneider an, pünktlich am 1. Januar 1939 um 08:00 Uhr in der Kaserne zu erscheinen. Das bedeutete, dass Hans schon kurz nach Weihnachten von Berlin aus losfahren musste. Über Frankfurt ging es nach Mainz und vorn dort den Rhein entlang nach Koblenz. Am Bahnhof in Koblenz warteten bereits Unteroffiziere vor ihren Militärlastwagen, um die neuen Rekruten abzuholen. Die Zivilisten feierten heute Silvester. Das Wetter gab sich kalt und regnerisch, im Westerwald schneite es.

Koblenz, die Gauhauptstadt an Rhein und Mosel, war seit der Remilitarisierung des Rheinlandes wieder eine große Garnisonsstadt, die eine ganze Reihe von Truppenteilen, Wehrmachtsbehörden und NSDAP-Dienststellen beherbergte. Die Kasernen und Behördengebäude lagen zum Teil mitten im Stadtgebiet. Hierzu gehörten die Wehrmacht-Kommandantur Koblenz, die Heeres-Standortverwaltung, eine Standortkompanie, die Beobachtungsabteilung 34, das Grenadier Ersatz- u. Ausbildungsregiment 34, das Artillerie-Regiment 34, sowie drei Bataillone des Infanterie-Regiments 80. Hinzu kamen das Grenadier Ersatz- und Ausbildungsbataillon 80, das Pionier Ersatz- und Ausbildungsbataillon 34, die Nachrichtenabteilungen 33 und 34 und ein Technisches Ersatz- und Ausbildungsbataillon, sowie das Stromsicherungs-Bataillon III/XII und weitere Einheiten.

Darüber hinaus waren das Heersverpflegungshauptamt, das Heeresbauamt Koblenz, das Heeres-Nebenzeugamt mit einem Lager im Stadtwald und das Standortlazarett in Koblenz beheimatet. Außer dem Militär beherbergte Koblenz auch eine Sendestelle des Reichsrundfunks. Zu den Dienststellen der NSDAP und ihrer angeschlossenen Verbände gehörten unter anderem die Gauleitung der NSDAP mit dem Gauarbeitsamt, die Gauwirtschaftskammer Moselland und das Reichspropagandaamt Koblenz, die SA-Gruppe Mittelrhein, der SS-Abschnitt XI, die Motorobergruppe des Nationalsozialistischen-Kraftfahrer-

Korps, das NS-Fliegerkorps, die Gebietsführung der HJ und die Behörde des Reichsverteidigungskommissars.
Das öffentliche Leben in dieser schönen Stadt mit der Liebfrauenkirche in der Altstadt, mit der Alten Burg und dem Kurfürstlichen Schloss wurde geprägt von Soldaten und ihren Familien, von NSDAP-Beamten und Braunhemden. Industrie gab es hier kaum, aber es existierten eine Reihe von florierenden mittelständischen Betrieben. Wie in jeder anderen Stadt gab es in Koblenz natürlich auch Menschen, die sich nichts aus dem Nationalsozialismus machten und sich in keiner Weise um die Braunhemden scherten. Wenn überhaupt, dann arrangierten sie sich mit den neuen Machthabern, um ein Stück vom wirtschaftlichen Aufschwung mitzunehmen. So gab es in der Stadt Menschen, die mit dem Parteibuch prahlten und Menschen, die versuchten, sich möglichst aus der Partei und dem Nationalsozialismus herauszuhalten. Es gab Menschen, die hinschauten und mitmachten und Menschen, die wegschauten und das Geschehen verdrängten, soweit es ging.
Aber Koblenz war nicht nur eine Garnisonsstadt, sondern stellte auch einen wichtigen Verkehrsknotenpunkt dar, weil hier die Moselstrecke der Reichsbahn auf die beiden Rheinstrecken traf. In den Stadtteilen Moselweiß und Lützel befanden sich außerdem größere Verschiebebahnhöfe. Auf der Karthause, einer Anhöhe auf der Hunsrückseite der Stadt, befand sich ein kleines Flugfeld für Motorflugzeuge. Die Segelflieger der Region betrieben ihren Sport allerdings nicht in Koblenz, sondern auf dem Hummerich, einer Basalt- und Bimskuppe in der Nähe der Stadt Niedermendig in der Eifel. Hier war eine Reichssegelflugschule untergebracht. Diese Informationen hatte Hans aus einer Zeitschrift der Flieger-HJ entnommen. Koblenz, genauer gesagt das gegenüberliegende Ehrenbreitstein war auch die Geburtsstadt des Flugzeugkonstrukteurs Clemens Bücker.
Obwohl die Stadt nur rund hundert Kilometer von Thalfeld entfernt lag, kannte Hans sich in Koblenz keineswegs aus. Doch sein Vater hatte ihm oft vorgeschwärmt, wie schön es dort sei, deshalb freute er sich auf seinen Aufenthalt in Koblenz. Aufgrund der Wetterlage erschien ihm die Stadt heute jedoch sehr grau, als er aus dem Zug stieg. Die Bewohner heizten ihre Koh-

leöfen kräftig an, die Kamine qualmten und in den engen Straßen roch es überall nach Brikettfeuer.
Die drei Bataillone des Infanterie-Regiments 80 belegten die Goebenkaserne auf dem Koblenzer Asterstein, sowie die Augustakaserne und die Gneisenaukaserne auf der Pfaffendorfer Höhe, einem Stadtteil oberhalb des rechten Rheinufers. Luftwaffen-Soldaten hatten hier normalerweise nichts zu suchen, aber die Infanterie-Ausbildungskompanie hatte sich seit einiger Zeit dazu verpflichtet, die Ausbildung einiger Luftwaffenrekruten mit zu übernehmen, weil die Kapazität der Luftwaffe in dieser Hinsicht noch nicht ausreichte. So kam es, dass Hans eine verkürzte Grundausbildung bei der Infanterie bekam, obwohl er von der Luftwaffe rekrutiert worden war. Die angehenden Luftwaffensoldaten hatten keinen leichten Stand bei den Kameraden der Infanterie. Oft war Neid und Missgunst im Spiel. Hans sollte das bald zu spüren bekommen.
Die Rekruten, die schon an Silvester anreisten, ließ man zunächst in Ruhe. Unteroffiziere wiesen ihnen gelangweilt ihre Stuben zu und hielten sie an, es an Silvester nicht zu übertreiben. Es galt striktes Alkoholverbot in der Kaserne, aber man gab ihnen ausnahmsweise Ausgang bis zum Wecken.

Am 2. Januar 1939 wurde es dann ernst für Hans und seine Kameraden. Schon morgens um 5:00 Uhr ließ der Kompaniefeldwebel – der Spieß – die Rekruten wecken und im Schneegestöber auf dem Kasernenhof antreten. Trotz der Kälte hielt er eine längere Ansprache an die neuen Soldaten. Er, Hauptfeldwebel Hermann Roth, war ein Infanterie-Soldat der ersten Stunde. Schon bei der Remilitarisierung des Rheinlandes 1936 übertrug man ihm das Amt des Kompaniefeldwebels einer Kompanie, die der Führer provokativ und den internationalen Abkommen zum Trotz, in Aachen stationiert hatte. Als sich die Wogen glätteten, wurde er in die Ausbildungskompanie des Infanterie-Regimentes 80 in die Koblenzer Augustakaserne versetzt. Seitdem hatte er unzählige Soldaten geschliffen und auf ihren Dienst in der Wehrmacht vorbereitet. Er war ein Soldat durch und durch, bewohnte mit seiner jungen Frau eine Dienstwohnung nahe der Kaserne und fühlte sich als ein wichtiger Teil des Ganzen. Als ein Mann der ersten Stunde war seine Gesinnung äußerst nationalsozialistisch geprägt. Anders, so dachte er, würde er seinen Beruf nicht ausüben können. Er achtete sehr auf sein soldatisches Äußeres, seine Haare waren zu einem Mecki gestutzt. Die Offiziere des Regimentes hatten Hochachtung vor diesem Spieß, da er sich in soldatischen Dingen viel besser auskannte, als die „studierten Offiziere“, die man von den Militärakademien sofort auf Kompanieführerposten schickte, ohne sie darauf auch nur im geringsten praktisch vorzubereiten. Ohne einen allwissenden Spieß wie Hermann Roth hätten diese Grünschnäbel niemals eine Kompanie leiten können, erst recht keine Ausbildungseinheit.

„Meine Herren“, begann der Spieß seine Ansprache, „Sie sind hier zum Infanterie-Regiment 80 befohlen worden, um einen wertvollen Dienst in der Deutschen Wehrmacht anzutreten. Das neue Deutschland kann nur mit einer starken Wehrmacht wieder eine wichtige Rolle in Europa spielen. Das Vorrecht der altgermanischen Rasse, die Reinheit des Deutschen Blutes, kann und muss durch eine starke Wehrmacht verteidigt werden“, fügte er hinzu. „Wir werden Sie in den nächsten Monaten zu Soldaten ausbilden. Ab sofort sind Sie ein kleines Zahnrad im großen Getriebe des Führers. In den nächsten Wochen und Monaten werden Sie das Soldatenleben kennen lernen und glauben Sie mir, Sie werden es richtig kennen lernen. Ein Soldat führt Befehle aus, er handelt nicht nach eigenen Entscheidungen. Das ist der wichtigste Grundsatz, den Sie sich unbedingt merken müssen. Viele von Ihnen wollen Berufssoldaten werden, einige von Ihnen bilden wir im Auftrag der Luftwaffe aus. Und meine Herren, für Sie gilt insbesondere: Ob Sie ein guter Pilot werden, entscheidet sich bereits hier auf dem Kasernenhof und bei der Geländeausbildung. Wer hier versagt, wird keinen Platz an einer Flugzeugführerschule bekommen.“
Dann nahm der Spieß bedeutungsvoll seine Kopfbedeckung ab, strich über seinen Mecki und sagte: „Meine Herren, ab sofort werden Sie auch aussehen, wie Soldaten. Im Anschluss an das Antreten werden Sie eingekleidet und eingewiesen, wie es in Ihrem Spind auszusehen hat. Gehen Sie noch heute zum Frisör oder lassen Sie sich ihre Haare von einem Kameraden schneiden. Während der Grundausbildung gilt der Grundsatz: Die

längsten Haare in dieser Kompanie habe ich. Das ist alles fürs erste. Heil Hitler!"
„Heil Hitler!", brüllten die neuen Rekruten und das Unteroffizierskorps der Kompanie.

Im Anschluss an dieses erste Antreten wurden die neuen Soldaten auf der Bekleidungskammer eingekleidet. Dann begann eine äußerst harte Grundausbildung. Für Hans und seine Kameraden sollte sie zwölf Wochen dauern. Preußischer Drill von morgens bis abends. Tagelang übten die Soldaten im Rahmen der Formalausbildung das Exerzieren, lernten die Grundbegriffe des Soldatentums in Hitlers Wehrmacht, lernten mit dem Karabiner 98K umzugehen, übten Pistolen- und MG-Schießen und schoben Wache. Nur die Schießausbildung war ein regelrechter Spaß für alle Soldaten, auch wenn es auf dem Schießplatz auf der Koblenzer Schmittenhöhe natürlich sehr militärisch zuging. Hans stellte sich gut an dabei, er erzielte äußerst gute Schießergebnisse. Ansonsten war ihm die Grundausbildung ein Gräuel, der militärische Umgangston behagte ihm nicht. Am Abend vor einer Geländeausbildung auf der Schmittenhöhe ließ man die Soldaten ihre Stuben reinigen. Ein Unteroffizier kontrollierte die Stube, in der Hans mit sieben weiteren Kameraden hauste, auf das peinlichste genau.
Dann johlte er: „Morgen im Gelände spielen wir das Schweinespiel. Sie wälzen sich im Dreck und ich grunze dazu."
Seine Augen glänzten vor Vorfreude. Er, der frischgebackene Unteroffizier der Infanterie freute sich auf das Schleifen der Rekruten im Gelände. Unteroffiziere galten als das Rückgrat der Wehrmacht. Er, der bislang keine Berufsausbildung absolviert hatte, fühlte sich als glänzender Unteroffizier. Nur wer durch seine Hände ging und die harte Geländeausbildung überstand, würde in der Wehrmacht später etwas taugen.
Die Durchschlageübung war ein Härtetest für alle. Sechsunddreißig Stunden lang marschierten sie in voller Tarnung, ausgehend von der Schmittenhöhe, rund um die Lahnberge von Bad Ems. Navigiert wurde mit Karte, Kompass und Marschzahlen. Auf der fünfzig Kilometer langen Strecke mussten sie einzelne Stationen anlaufen und dort einige Sonderübungen ausführen, die ihnen von Unteroffizieren und Feldwebeln befohlen wurden.

Am Lahnufer mussten sie ein Floß bauen, um über den kalten Fluss übersetzen zu können. Keine leichte Aufgabe bei einer Außentemperatur von minus zehn Grad Celsius. An einer anderen Stelle im Wald mussten Stellungen gebaut und gegen Angreifer verteidigt werden. Dann hieß es, unter Gefechtsbedingungen und voller Tarnung weitermarschieren bis zur nächsten Station. Als die Übung beendet war, stand Hans buchstäblich das Blut in den Stiefeln. Aber er hatte durchgehalten. Er hatte dabei seine Grenzen kennen gelernt und war stolz, dass er nicht aufgeben musste, wie einige seiner Kameraden, die der Spieß beim abschließenden Antreten auf einem gut getarnten Parkplatz des Übungsgeländes verächtlich betrachtete und zum Sanitätsbereich schickte.
Nach dem Reinigen der Ausrüstung mussten die Reviere und Stuben gereinigt werden. Erst dann war Dienstschluss. Hans legte sich auf sein Bett und fiel in einen tiefen Schlaf. Er träumte von Thalfeld, von seinen Verwandten und Nachbarn, die ihm als Kind so oft Gutes getan hatten. Er träumte von „Großmanns Anna", einer einfachen aber herzensguten Nachbarin im Alter seiner Großmutter, die fast jeden Samstag mit einem Blech Streuselkuchen im Hof stand, auf den sich dann die ganze Nachbarschaft stürzte. Zu Hans pflegte sie oft im Westerwälder Dialekt zu sagen: „Junge, deine Hitlerjugend-Uniform steht dir nicht. Bleib lieber beim Langen Sepp und arbeite dort als Geselle. Wenn du erst einmal in den Fängen der Nazis bist, lassen sie dich nicht mehr los. Dann bist du verratzt und dann Gnade dir Gott."
Schweißgebadet wurde Hans mitten in der Nacht wach. Er liebte seine „Tante Anna", aber in dieser Beziehung hatte sie Unrecht. Hans gefiel es, dass sie sich Sorgen um ihn machte. Auch ihr Enkel Hartmut, ein Schulkamerad von Hans, war inzwischen Soldat.
„Liegt nicht doch ein Quäntchen Wahrheit in Tante Annas Worten, Hans Brettschneider? Du wirst kritisch sein und aufpassen müssen. Du darfst dich nicht mit Haut und Haaren vor den Karren Hitlers spannen lassen. Mach dir dein eigenes Bild von dem, was passiert und versuche, deinen eigenen Weg zu gehen", dachte er.

Das war die Devise des Langen Sepp. Daran würde er sich halten. Dabei wurde ihm klar, dass seine schöne Jugendzeit in Thalfeld nun zu Ende war. Nach Thalfeld würde er in nächster Zeit kaum noch zurückkehren können. Großes Heimweh beschlich ihn. Nach den Menschen dort, nach dem Segelfliegerhang und nach der Landschaft, die er über alles liebte. Ein altes Volkslied, das die Thalfelder im offenen Singkreis unter der Dorflinde häufig sangen, kam ihm in den Sinn:

„Ade nun zur guten Nacht,
jetzt wird der Schluss gemacht,
denn ich muss scheiden.
Im Sommer wächst der Klee,
im Winter schneit's den Schnee.
Dann komm ich wieder."

Hans fiel in einen unruhigen Schlaf. Erst im Morgengrauen beruhigte sich sein Gehirn. An diesem Morgen nach der Übung verschlief die gesamte Stube acht. Alle waren körperlich so fertig von der Übung, dass sie das Gebrülle des UVDs „Kompanie aufstehen!" einfach nicht hörten.

Wütend ließ der Spieß die gesamte Kompanie bei eisiger Kälte vor dem Block antreten und brüllte: „Meine Herren, wenn ich nochmals morgens um sechs Uhr durch die Stuben gehe und es schlägt einer die Augen auf und fragt mich: ‚Herr Hauptfeldwebel, wie spät ist es', dann kann ich nur sagen, für dich, mein Junge, ist es zu spät."

Hans machte sich nichts daraus. Für ihn sollte die Grundausbildung bereits nach acht Wochen vorzeitig zu Ende gehen. Die A/B Flugzeugführerschule 217 Berlin-Staaken hatte ihn per Befehl angefordert, damit er vorzeitig seine Ausbildung zum Piloten beginnen konnte. Er sollte zum 15. März 1939 anreisen.

Der Kompaniechef ließ Hans nach dem Antreten zu sich rufen. Mit militärischem Gruß betrat Hans Brettschneider das kleine Büro des Hauptmanns im Erdgeschoss des Kompaniegebäudes.

„Sie haben entweder großes Glück, Brettschneider, oder gute Beziehungen zum Oberkommando der Wehrmacht oder beides", sagte der Hauptmann, „ich habe noch nie erlebt, dass mir eine Flugzeugführerschule einen Rekruten vorzeitig aus der Grundausbildung herausgeholt hat. Können Sie mir sagen, was

das zu bedeuten hat?“ Mit strengem Blick übergab der Chef Hans den Befehl der Luftwaffenschule-Schule.
Hans las den Brief verwundert durch. Es fiel ihm schwer, seine Emotionen nicht zu zeigen, er freute sich sehr darüber, dass er die Infanterieeinheit, diese Stoppelhopser hier, vorzeitig verlassen durfte. Er tat sehr erstaunt und antwortete ruhig: „Nein, Herr Hauptmann, ich weiß es nicht.“
„Wollen Sie mich für dumm verkaufen? Natürlich wissen Sie es“, brüllte der Hauptmann los. „Da steckt doch unter Garantie ihr Stiefvater dahinter. Soweit ich weiß, ist er ein hohes Tier im RLM oder? Was haben Sie ihm erzählt? Etwa, dass es schrecklich ist hier bei der Infanterie, so schrecklich, dass Sie hier unbedingt weg müssen? Glauben Sie in der Pilotenausbildung hätten Sie es leichter? Sie wollen Pilot werden, Sie wollen wertvolle Flugzeuge fliegen, die dem Staat gehören und die dieser zur Landesverteidigung dringend benötigt. Glauben Sie, die Luftwaffe lässt Schlappschwänze hinter den Steuerknüppel, die vor den kleinsten Bewährungsproben fliehen?“
„Ich weiß wirklich nicht, warum ich vorzeitig abberufen werde“, sagte Hans ruhig. „Ich habe meinem Stiefvater bislang noch nichts von der Ausbildung hier geschrieben und glaube auch sagen zu dürfen, dass ich nicht der Typ Soldat bin, der vor Bewährungsproben wegläuft“, fügte er stolz und trotzig hinzu.
„Schon gut“, beschwichtigte der Hauptmann, „der Spieß hat mir berichtet, dass Sie sich in der Grundausbildung bislang gut geführt haben. Bei Ihnen würde man die Schule der Hitler-Jugend bemerken, sagt er.“
„Wenn Sie es wünschen, stelle ich einen Antrag auf Verlängerung meiner Grundausbildung“, sagte Hans, „ich kann mir wirklich nicht erklären, woher der Befehl kommt.“ Seine Miene verriet seine innere Anspannung.
„Nicht nötig“, sagte der Hauptmann. „Ich habe zwar keine Angst vor den hohen Tieren im RLM und erst Recht nicht vor den Luftwaffen-Hengsten, aber wenn man Sie vorzeitig zum Piloten und Unteroffizier machen will, dann werde ich auch diesem Befehl gehorchen und Sie laufen lassen. Kommiss kommt eben von komisch. Daran habe ich mich in den langen Jahren meiner Dienstzeit gewöhnt.“
„Danke, Herr Hauptmann“, sagte Hans

„Bevor ich Ihnen einen Marschbefehl nach Berlin ausstelle, müssen Sie allerdings noch eine kleine Prüfung ablegen", sagte der Hauptmann schmunzelnd. „Sozusagen als Beweis dafür, dass Sie hier bei uns etwas gelernt haben. Sie haben eine Geländeausbildung und eine Durchschlageübung hinter sich. Stellen Sie sich vor, Sie sind der Führer eines Spähtrupps und Sie müssen sich zu ihrer Einheit ins rückwärtige Gelände durchschlagen. Ihr Kompass ist defekt. Wie stellen Sie die Himmelsrichtung fest?"
Hans lächelte stolz. „Das ist einfach, Herr Hauptmann. Ich nehme meine Armbanduhr und richte den Stundenzeiger auf die Sonne aus. Die Winkelhalbierende zwischen dem Stundenzeiger und der Zwölf ergibt Süden. Sollte es Nacht sein, suche ich den Polarstern, der in der Verlängerung der hinteren Sterne des großen Wagens zu finden ist. Er steht genau im Norden."
„Alle Achtung, Brettschneider", lachte der Hauptmann, „Sie haben ja doch etwas gelernt. Ich denke, aus Ihnen wird trotz oder gerade wegen Ihrer guten Beziehungen zum RLM mal ein guter Soldat. Ihren Marschbefehl können Sie sich in einer halben Stunde beim Kompaniefeldwebel abholen. Machen Sie's gut und vergessen Sie uns Fußsoldaten nicht. Gehen Sie jetzt auf ihre Stube und packen Sie Ihre Sachen!"
„Auf Wiedersehen, Herr Hauptmann", sagte Hans. Dann baute er ein Männchen und meldete sich mit vorschriftsmäßigem Gruß ab.

Kapitel 13

Schon am Nachmittag saß Hans Brettschneider im Zug, der ihn über Frankfurt nach Berlin bringen sollte. Das Kalenderblatt in seinem Notizbuch zeigte den 14. März 1939. Stolz zählte er sein Bargeld. Als Besoldung standen ihm monatlich 89,46 Reichsmark zu. Nicht viel, aber ausreichend für den Anfang. Jetzt begann es erst richtig. Jetzt verwirklichte sich sein Traum: die Ausbildung zum Jagdflieger. Mit dem Sold, den die Luftwaffe ihm zahlen würde und mit der kleinen Apanage, die er monatlich von Wagner erhielt, würde er gut leben können.
Das Leben in der Flugzeugführerschule in Berlin Staaken gestaltete sich um einiges angenehmer als bei der Infanterie in Koblenz. Wenn auch der Tagesablauf streng militärisch geregelt war, gab es hier kaum militärischen Drill. Man konnte sich wieder als Mensch fühlen. Die Ausbilder machten ihrem Ruf, „Schlipssoldaten“ zu sein, alle Ehre. Die Ausbildung begann mit intensivem theoretischem Unterricht in den Fächern Materialkunde, Wetterkunde, Motorentechnik, Typenkunde, Geographie, Navigation und Flugphysik. Die persönliche Betreuung durch die Lehrer war gut. Pro Gruppe gab es einen Gruppenfluglehrer und fünf Lehrer. Eine Gruppe bestand aus dreißig Schülern, die sich alle nach einem Monat einer nochmaligen Auswahlprüfung unterziehen mussten. Für die, die bestanden hatten, schloss sich jetzt die praktische Flugausbildung an, der alle entgegen fieberten. Sah man von den wenigen militärischen Unterrichtsstunden und vom Sport ab, konnte man sich wie an einer richtigen Schule fühlen. Eine Schule, die man allerdings in Uniform besuchen musste.
Schon ein paar Wochen nach seiner Aufnahme in die FFS A/B 217 beförderte man Hans zum Gefreiten. Alles hatte den Anschein, dass er eine schnelle Karriere machen würde. Langsam, ganz langsam gewöhnte er sich auch an das Leben in der Kaserne. Wenn er Ausgang bis zum Wecken hatte, trieb er sich manchmal ohne Ziel in Berlin herum, aber meistens besuchte er seine Mutter und Wagner. Seine Stubenkameraden witzelten darüber.
„Warum verschwendest du deine knappe freie Zeit mit dem Besuch deiner Eltern? In dieser riesigen Stadt gibt es hunderte

hübscher Mädchen, die nur auf dich warten, Mann. Warum lachst du dir nicht einfach eine an? Wir Luftwaffen-Soldaten sind doch bevorzugtes Material bei den Weibern."
„Hab ich schon gemerkt, aber die Richtige ist mir einfach noch nicht begegnet", antwortete Hans grinsend. „Ich lasse mir Zeit. Es passiert schon irgendwann, ich habe keinen Druck."
Dabei war ihm schon aufgefallen, dass einige Mädchen träumend hinter ihm her sahen. Die Ausgehuniform der Luftwaffe wirkte sehr auf die Berlinerinnen der dreißiger Jahre. Hans war ein attraktiver, junger Mann geworden. Seine Körpergröße betrug jetzt 1,80 Meter. Er war sportlich und schlank. Ein kräftiger Schnurrbart wuchs ihm unter der Nase und unterstrich seine Männlichkeit. Es wäre gewiss Zeit gewesen, sich in ein Mädchen zu verlieben. Aber Hans suchte nicht wirklich nach einem Mädchen. Wie alle jungen Männer in diesem Alter träumte er zwar von der Liebe und auch sein sexuelles Verlangen regte sich immer häufiger, aber er wollte nichts erzwingen. Ihm würde die Richtige schon begegnen, wenn es sich ergab. Inzwischen musste er einfach die Augen aufhalten. So wie neulich, als die gesamte Staffel beim Waldlauf auf eine Gruppe BDM-Mädchen traf, die ebenfalls gerade ihren Sportunterricht absolvierten. Die Jungs liefen schneller, aber als sie die Mädchen einholten, verlangsamten sie ihren Lauf. Hans lief neben einer hübschen Blondine. Er schätzte sie auf etwa zwanzig Jahre. Ihre langen Haare hatte sie zu einem Pferdeschwanz gebunden, ihre schon sehr fraulichen Brüste wippten beim Laufen unter dem Sporthemd auf und ab. Hans musste sich Mühe geben, nicht zu oft dort hinzuschauen.
„Hallo", sagte er, „Ich bin Hans Brettschneider. Wir sind angehende Piloten der Luftwaffe", sagte er stolz.
„Hallo, und mein Name ist Maria Sonntag", lachte das Mädchen, „wir sind vom BDM – Bald Deutsche Mutter."
„Stimmt das wirklich?"
„Was soll wirklich stimmen", fragte sie lachend, „dass wir bald Mütter sind?"
„Nein", keuchte Hans, während er sich Mühe gab, beim Laufen Schritt zu halten. „Der BDM-Witz ist mir schon bekannt. Ich frage mich nur, ob du wirklich Sonntag heißt. Das wäre ja ein schöner Zufall. Heute ist Sonntag."

„Klar", sagte sie keck, „ich heiße Sonntag, so wie du Brettschneider heißt. Aus uns könnte ein tolles Gespann werden. Der Flieger und das BDM-Mädel."
Eine weitere Unterhaltung ließ der Ausbilder nicht zu. Mit einem mächtigen Gebrüll forderte er seine angehenden Piloten zum Spurt ins Gelände auf. Hans konnte dem Mädchen gerade noch mitteilen, in welcher Kaserne er derzeit Dienst tat. Lachend winkte sie ihm hinterher.

Am 20. April 1939 wurde Adolf Hitler fünfzig Jahre alt. In den Wochen vorher übten viele SS- und Wehrmachtseinheiten für den großen Augenblick, der in Form einer Parade in Berlin gefeiert werden sollte. Hans und seine Kameraden mussten wochenlang Formalausbildung über sich ergehen lassen, mussten üben, wie man das Gewehr präsentiert und im Paradeschritt marschiert. Im Morgengrauen des 20. April nahmen die an der Parade teilnehmenden Einheiten ihre Aufstellungen vor. Hans schrieb später in sein Tagebuch: „Es war kalt an diesem Morgen. Befehle schallten über die Straßen. Wir, die Soldaten, gehorchten. Dann ging es los. Eine schwarze, gepanzerte Limousine fuhr durch das Brandenburger Tor. Hitler, in brauner Paradeuniform, stand aufrecht darin. Er nahm mit erhobenem Arm die Einheiten ab, die längs des ganzen Tiergartens Aufstellung genommen hatten. Auf der Höhe der Technischen Hochschule waren Tribünen aufgebaut. Hier verließ Hitler den Wagen und nahm seinen Platz dort ein. Die anwesenden Diplomanten, Militärattaches und Ehrengäste erhoben sich von ihren Plätzen. Auch Göring war hier. Der Zug begann am Brandenburger Tor und wurde von einem Fahnenbataillon angeführt. Vor Hitler senkten sich die Fahnen. Die Soldaten eines SS-Musikkorps spielten das Horst-Wessel-Lied. Sie trugen schwarze Stahlhelme zu ihren Paradeuniformen. Nach dem Fahnenblock folgte die Infanterie. In schnurgeraden Reihen marschierten die Soldaten vorbei. Danach kamen die Luftwaffenregimenter und die Einheiten der Marine. Ich war stolz, dabei sein zu dürfen. Noch nie durfte ich dem Führer so nahe sein. Aber ich musste mich auf das Marschieren konzentrieren. Nur einen kurzen Blick aus den Augenwinkeln heraus konnte ich mir leisten. Hinter meiner Einheit marschierten die Soldaten eines

Fallschirmjäger-Regiments, der Beifall schwoll an. Dann folgten motorisierte Einheiten. So eine Parade hatte Deutschland noch nicht gesehen. Im weiteren Verlauf fuhr schwere Artillerie an der Tribüne vorbei und nahm die ganze Breite der Straße ein. Nach einer kurzen Pause erschien die Kavallerie. Dann rollten die Panzer. Zum Schluss brausten mehrere Staffeln Bf 109 der Luftwaffe über die Köpfe der Zuschauer. Ich durfte nicht nach oben schauen, aber ich hatte das Bild der Flugzeuge im Kopf. Das sonore Brummen der wuchtigen Motoren begeisterte mich. Ich kann es kaum noch abwarten, endlich selbst solch ein Flugzeug fliegen zu dürfen. An der nächsten Parade möchte ich gerne als Pilot teilnehmen und im Verband mitfliegen."

Freie Zeit hatte Hans in diesen Tagen kaum. Nach den täglichen Ausbildungseinheiten, dem Sport, dem Stuben- und Revierreinigen musste er lernen. Während er technische Themen und die Flugphysik sehr leicht verstand, tat er sich bei der Wetterkunde schwer. Beim Auswendiglernen und dem nicht gerade einfachen Interpretieren der Verschlüsselung von Wetter-Beobachtungsdaten musste Hans an seinen Vater denken. Durch pures Beobachten des Himmels und der Natur hatte August Brettschneider die Wetterentwicklung deuten können, oft sehr genau. Für landwirtschaftliche Zwecke reichte das vielleicht aus, die Fliegerei jedoch forderte genauere Wetterinformationen. Hans lernte meist bis in die Nacht. Zunächst machte ihm das auch nichts aus. Doch dann änderte sich die Situation, als ihn ein Brief erreichte.
„Hallo Flieger, ich würde gerne mal mit dir ausgehen. Wann hast du Zeit für mich?" Der Brief war unterzeichnet von Maria Sonntag, dem Mädchen vom BDM.
Hans schmunzelte. Er zögerte nicht lange. Aufgeregt beantwortete er ihren Brief noch am gleichen Tag und schrieb ihr dabei auch seine Privatadresse auf.
Anfang Mai trafen sich die beiden. Gemeinsam schlenderten sie an der Kaiser-Wilhelm-Gedächtniskirche vorbei. Ihr Ziel war der UFA-Filmpalast am Zoo, in dem an diesem Abend zum wiederholten Mal Leni Riefenstahls Film „S.O.S. Eisberg" von 1933 gezeigt wurde. Hans mochte die Filme von Leni Riefenstahl sehr. Er kannte sie alle: „Die weiße Hölle vom Piz Palü",

„Stürme über dem Montblanc" und natürlich „Triumph des Willens", den Film über den Reichsparteitag der NSDAP in Nürnberg 1935.
Die Handlung im Film S.O.S. Eisberg, das Abenteuer im Grönländischen Eis, interessierte ihn dabei weniger. Die fliegerischen Szenen, die von keinem Geringeren als Ernst Udet auf einer Klemm geflogen worden waren, zogen ihn magisch an. Ernst Udet, der berühmte Kriegsflieger aus dem ersten Weltkrieg und Kunstflieger der dreißiger Jahre, war das Idol aller Flieger in dieser Zeit. Von ihm stammten auch die Luftaufnahmen zu vielen Filmen von Leni Riefenstahl. Udet und Wagner kannten sich, aber Wagner mochte Udet nicht sonderlich. Hans fand das schade.
„Udet ist ein guter Pilot, aber auch ein Träumer und ein geltungssüchtiger Chaot", sagte Wagner, wenn man zu Hause auf Udet zu sprechen kam. „Er hat seine Seele bereits voll an Göring verkauft, der Fliegerei halber."
Eva verstand diese Argumentation ihres geliebten Mannes nicht. Wagner war auf dem gleichen Weg wie Udet. Beide lernten bereits im ersten Weltkrieg, wie man feindliche Gegner vom Himmel holt. Beide lebten fast ausschließlich für die Fliegerei. Alles andere war unwichtig und Nebensache, manchmal auch die Frauen. Allerdings konnte man von Wagner nicht sagen, dass er von Geltungssucht beherrscht würde.

Im Kino kamen sich Hans und Maria näher. Hans zögerte zunächst, doch Maria, ein Jahr älter als Hans, lehnte sich eng an ihn und sagte leise: „Ich würde gerne mit dir gehen, Flieger. Du hast mir schon bei unserem ersten Treffen gefallen. Könntest du dir vorstellen, mich irgendwann zu heiraten?"
Hans erschrak. Er konnte und wollte sich jetzt noch nicht binden. Eine Freundin und vielleicht ein bisschen Sex, das ging in Ordnung, aber mehr? Er nahm sie fest in die Arme und erwiderte: „Du gehst aber ran. Natürlich treffe ich mich gerne mit dir. Du bist eine Schönheit und ich mag dich, aber lass uns jetzt noch nicht vom Heiraten reden. Wir kennen uns doch überhaupt noch nicht."
Maria antwortete nicht. Stattdessen schmiegte sie sich noch enger an ihn und schloss träumend die Augen. Hans ließ es

geschehen. Er dachte darüber nach, was er einem Mädchen wie Maria schon bieten konnte. Alles war so neu für ihn.
Als Hans Maria später nach Hause begleitete, küsste er sie. Sie erwiderte den Kuss ebenso leidenschaftlich. Er hatte das Gefühl, bei ihr nicht der erste zu sein, aber es störte ihn nicht. Maria gefiel ihm sehr, sie war ein hübsches Blondchen, intelligent und noch dazu aus einem guten Haus. Ihr Vater war Ingenieur bei Telefunken und einer der Chef-Entwickler des geheimen Radargerätes „Würzburg“.
Marias Eltern gaben sich Hans gegenüber sehr tolerant. Sie ließen es ohne große Gegenwehr zu, dass Hans nun öfter in ihrem Haus übernachtete, wenn er Ausgang hatte. Herbert Sonntag war ein Genie auf seinem Gebiet, aber er machte keineswegs den Eindruck eines zerstreuten Wissenschaftlers. Wenn er mit seiner Aktentasche unter dem Arm nach Hause kam, genoss er den Feierabend, rauchte gemütlich eine Zigarre auf dem Balkon und pflegte seine Blumen. Er mochte Hans. Seine fliegerische Karriere und sein zielgerichtetes Handeln interessierten ihn sehr. Die Radartechnologie steckte in den Kinderschuhen, aber für Herbert Sonntag stand fest, dass es in spätestens zwanzig Jahren keinen Flugverkehr mehr ohne Radarführung geben würde. Die Entwicklungen der GEMA und von Telefunken waren richtungweisend. Sein Schwiegersohn in spe würde sich bald von den Entwicklungen, an denen er, Herbert Sonntag, intensiv beteiligt war, profitieren. Der Gedanke daran machte ihn sehr stolz.
Hans und Maria genossen das Leben in der Großstadt und ihre junge Liebe, trafen sich, so oft es ihre Zeit erlaubte, gingen zusammen im Wannsee schwimmen und sammelten bald auch erste sexuelle Erfahrungen. Hans verliebte sich bis über beide Ohren in die hübsche Maria. Er liebte ihre Haare, die sie meistens zu einem Pferdeschwanz zusammenband, ihre zierlichen Hände und ihre blauen Augen. Ihr fraulicher Körper, ihr Busen, ihre weiche, zarte Haut faszinierten ihn. Maria war eine Frohnatur und meistens zu Späßen aufgelegt. Ihrem Lachen konnte er nicht widerstehen.

Die Segelflieger der Ausbildungs-Staffel wurden zu einer Gruppe zusammengefasst. Sie galten als vorgebildet und hatten

es dadurch etwas leichter, wenn auch der Fluglehrer Feldwebel Karl Schupp der Meinung war, man müsse den Burschen bei der praktischen Ausbildung erst einmal die Unarten austreiben, die sich bei der Flieger-HJ eingeschlichen haben. Die Flugausbildung fand auf den Flugzeugtypen Focke Wulf Stieglitz FW 44 und Bücker 131 statt. Beides waren offene Doppeldecker ohne Klappen. Später wurde auf die elegante Bücker 181 umgeschult. Doch bevor es ernst wurde, erfolgte eine gründliche theoretische Einweisung am Flugzeug und im Unterrichtssaal.
Im theoretischen Unterricht erklärte Schupp: „Geflogen wird nur nach einem ausgiebigen Check und auch nur dann, wenn die Herren Mechaniker alle ihre Werkzeuge wieder gefunden haben." Er grinste: „Eine FW 44 ist kein Segelflieger. Bereits beim Start müsst ihr, sobald der Sporn vom Boden ist, ins rechte Seitenruderpedal treten, um das Rückdrehmoment des Propellers auszugleichen und Achtung, die Version mit Sternmotor hat ein ganz gewaltiges Drehmoment. Nach dem Abheben wird leicht nachgedrückt, um Fahrt aufzuholen. Bei Flugzeugen mit Einziehfahrwerk wird nach Erreichen der Sicherheitshöhe das Fahrwerk eingefahren. Auf Platzrundenhöhe angekommen, wird das Gas auf Reiseleistung gedrosselt und das Flugzeug ausgetrimmt. Am Ende des Queranfluges nehmt ihr die Leistung raus, kurvt ein und zieht, um die vorgeschriebene Landeanfluggeschwindigkeit zu erreichen. Beim Ziehen wird der Vario auf Null gehalten, dabei baut sich die Fahrt von selbst ab. Bei Flugzeugen mit Einziehfahrwerk tut ihr gut daran, hier die Beine auszufahren, sonst liegt ihr kurz darauf als Fliegerdenkmal auf der Bahn. Bei Flugzeugen mit Klappen werden beim Einkurven in den Queranflug die Klappen auf zehn Grad gesetzt und die Mühle neu ausgetrimmt. Beim Einkurven ins Endteil kommen die Klappen auf dreißig. Als Segelflieger seid ihr es gewohnt, die Fahrt durch Drücken oder Ziehen zu korrigieren. Das gewöhnt euch hier bei uns erst gar nicht an. Nur der Neigungswinkel wird mit dem Knüppel beeinflusst. Die Geschwindigkeit regelt man beim Motorflug ausschließlich übers Gas. Bei jedem Gasgeben will der Flieger sich aufbäumen. Gasgeben erfordert also jeweils leichtes Nachdrücken. Und achtet darauf, dass ihr nur in der vorgeschriebenen Geschwindigkeit gemäß Handbuch anfliegt. Jedes Kilometerchen mehr ist die Garantie für Scheiß-

landungen oder zu lange Landungen. Und die gibt es bei mir nicht. Kurz vor der Bahn drückt ihr zuerst leicht nach, dann nehmt ihr das Gas ganz raus und beginnt mit dem Abfangbogen. Bei Seitenwind wird die Luv-Fläche entsprechend im Wind hängen lassen, dabei müsst ihr die Richtung mit dem Gegenseitenruder korrigieren. Habt ihr das kapiert?"
Hans reckte eifrig die Hand in die Luft und fragte: „Was ist mit Flugzeugen, die keine Klappen haben?"
„Darauf wollte ich gerade zu sprechen kommen", sagte der Feldwebel. „Wir werden mit Ihnen zu Beginn ein paar Runden auf der Bf 108 drehen. Dieser schöne Tiefdecker hat Klappen und Trimmung, so wie Sie es später auch bei der Bf 109 finden werden. Danach steigen Sie um auf die Bücker und die FW 44 und lernen das Landen ohne Klappen. Beide Doppeldecker werden aus der Anfluggeschwindigkeit heraus im Endteil geslippt (Slip = Seitengleitflug) bis unten hin. Hängende Fläche im Wind. Das dürfte euch Segelfliegern ja nicht schwer fallen. Heute Nachmittag geht's los. Wir werden gleich eine Einteilung der Piloten vornehmen. Nach dem Mittagessen empfangen Sie Ihre Fallschirme, Ihre Fliegerklamotten und Ihre FT-Haube. Unser Ziel ist es, Sie in acht Wochen zum A-Schein für leichte Einmotorige zu bringen. Danach geht's an die B1- und B2-Scheine. Wenn wir Glück haben, bekommen wir in ein paar Wochen die neue Arado 96, darauf schulen wir Sie dann für die B-Scheine, vorausgesetzt, Sie bestehen alle Tests in Theorie und Praxis. Wie Sie im theoretischen Unterricht vermutlich schon gemerkt haben, ist das Fliegen eine ernste und komplexe Sache. Ein Flugzeug verzeiht keine Fehler. Also strengen Sie sich an und konzentrieren Sie sich bei allem, was Sie tun. Unsere Durchfallquote liegt derzeit bei vierzig Prozent. Es liegt an Ihnen, es zu schaffen, diese Quote zu drücken. Kameraden, die nicht geeignet sind, werden zum Bodenpersonal versetzt oder anderweitig verwendet. Die Luftwaffe braucht gute Mechaniker, Bordschützen oder Flak-Soldaten."

Die ersten Starts auf der FW 44 erforderten viel Konzentration und fliegerisches Gefühl, das Hans sich zunächst aneignen musste. Doch die Fliegerei fiel ihm leicht, obwohl die FW 44 mehr Motorkraft hatte und ein ganz anderes Flugverhalten zeig-

te als die Bücker. Gelegentlich hatte er in Thalfeld heimlich mit Sepp Schäfer Landungen auf dessen Bücker trainiert. Jetzt zeigte sich sein fliegerisches Talent. Nach nur fünfunddreißig Landungen schickte ihn Schupp zum ersten Alleinflug los. Hans absolvierte drei Platzrunden. Bei der ersten Landung war er sehr nervös und unkonzentriert, so dass er fast die gesamte Landebahnlänge benötigte, um die Focke Wulff zum Aufzusetzen und zum Stillstand zu bringen. Doch bereits beim zweiten Start genoss er seine neue fliegerische Freiheit. Er jubelte, jauchzte vor Freude. Er dachte an einen Bibelvers, den seine Mutter ihm einst in ein Album geschrieben hatte: „Herr, du stellst meine Füße auf weiten Raum."
Jetzt flog er ein Motorflugzeug alleine, ohne Fluglehrer und ganz auf sich gestellt. Jetzt befand er sich auf weitem Raum, nur den Horizont als stetig wandernde Grenze vor den Augen.
Nach der dritten Platzrunde gelang ihm eine Bilderbuchlandung. Dann folgte das unumgängliche Fliegerritual. Man versohlte ihm den Hintern. Die ganze Mannschaft beteiligte sich daran. Ein alter Fliegerbrauch, der dazu beitragen soll, dass sich das fliegerische Gefühl im Hintern entwickelt. Abends musste Hans eine Kiste Starkbier spendieren. Ein Treffen mit Maria wäre ihm lieber gewesen, aber seine Kameraden bestanden darauf.

Im August 1939 besaß Hans Brettschneider alle Scheine A1, A2 und B1 sowie B2. Er galt als bester Pilot der FFS A/B 217. Seine Eintragungen im Flugbuch näherten sich der Hundert-Stunden-Marke. Inzwischen hatte man ihn auf die Bücker 181 umgeschult und im Rahmen der B2-Schulung hatte er auch die Arado 96, den neuen Fortgeschrittenentrainer geflogen. Zum Abschluss der B-Schulung musste Hans mehrere größere Navigationsflüge auf der zweimotorigen Focke Wulff-Weihe durchführen. Navigieren mit Karte, Kompass und Uhr, ohne die Hilfe eines Navigators, stellte eine überlebenswichtige Herausforderung für einen angehenden Jagdflieger dar. Aber er bestand auch diese Aufgaben mit Bravour. Sein Fluglehrer zeigte sich sehr zufrieden, als sie vom Navigationsflug nach Rostock zurückkehrten. Die Prüfungen bestand Hans Brettschneider mit

Eleganz. Einer Jagdfliegerausbildung stand nun nichts mehr im Weg.

Nach seiner Versetzung zur Jagdfliegerschule II in Berlin-Gatow blieb Hans mit der FFS A/B 217 eng verbunden. Auf dem Flugplatz in Staaken gab es eine NSFK Fliegergruppe, die an den Wochenenden die Flugzeuge der FFS benutzte. Hier konnte man gegen geringes Entgelt und mit offizieller Genehmigung der Luftwaffe an Wochenenden eine Bücker bekommen, um private Rundflüge zu machen oder um an Wettbewerben teilzunehmen. Als ersten Fluggast lud Hans seine Maria zu einem Flug zu einem kleinen Segelflugplatz an der Oder ein, nicht weit weg von Berlin.
Gerne wäre er mit ihr nach Thalfeld geflogen, um ihr seine Heimat zu zeigen, aber das erlaubte weder das NSFK noch sein Geldbeutel. Mit Maria verbrachte er einen wunderschönen Sonntag an einem nahe dem Flugplatz gelegenen See. Arm in Arm lagen sie auf der Wiese und beobachteten das Spiel der Wolken am Himmel. „Wolken sind Kunstwerke der Natur“ und „Wolken kennen keine Grenzen“, pflegte Hans’ Mutter zu sagen. Daran musste Hans denken, als er mit Maria im Gras lag. Glücklich flogen sie am späten Nachmittag zurück in die untergehende Sonne hinein. Der Schatten ihres Flugzeuges folgte ihnen am Boden, huschte über Wälder und Wiesen. Flüsse zogen sich wie silberne Adern durch das Land.
Nach der Landung blieben sie zusammen, schliefen in einem billigen Hotel in Gatow und genossen den Frieden der Nacht. Als sie sich am frühen Montagmorgen trennten, ahnten sie nicht, dass sie sich niemals wiedersehen würden.

Noch bevor die Jagdfliegerausbildung begann, wurde die 4. Staffel der Jagdfliegerschule II ohne Begründung verlegt. Hans fiel der Abschied von Berlin sehr schwer, obwohl in seinem Marschbefehl der Einsatzort – Einsatzhafen Thalfeld – eingetragen war. Neben der Ausbildung bekam die Jagdfliegerschule den Auftrag, den neuen Einsatzhafen zu testen und insbesondere die Einsatzfähigkeit der Flughafenbetriebskompanie zu prüfen. Die Soldaten mussten diesem Befehl folgen. Eine andere Möglichkeit gab es nicht. Hans freute sich sehr auf Thalfeld. Die

Versetzung dorthin war mehr als ein schöner Zufall. Maria würde ihm sehr fehlen, aber vielleicht konnte er ihr eine Stellung in der Kreisstadt verschaffen. Vielleicht würden sie doch heiraten – vielleicht.
Aber es sollte anders kommen – ganz anders. Die gesamte Familie Sonntag, Maria, ihre 12-jährige Schwester sowie ihre Eltern fielen kurz nach seiner Abkommandierung nach Thalfeld einem Mordanschlag zum Opfer. Die Gestapo fand die Leichen im Keller der Mietwohnung in Berlin-Charlottenburg. Man begann nach Herbert Sonntag zu suchen, als er montags nicht zum Dienst erschien. Unpünktlichkeit kannte man bei ihm nicht. Der Mord konnte nie ganz aufgeklärt werden. Man nahm an, dass sich der englische Abwehrdienst für Unterlagen über das Radargerät „Würzburg“ interessierte und Herbert Sonntag diese nicht preisgeben wollte. Nach dem misslungenen Versuch, sein Büro bei Telefunken auszuspionieren, war man in seine Privatwohnung eingedrungen und dabei offensichtlich außerst brutal vorgegangen.
Hans erhielt erst zwei Wochen später eine Nachricht über den Tod seiner geliebten Freundin und deren Familie, als ihm Wagner einen Zeitungsausschnitt aus der Luftwaffen-Propagandazeitschrift „Der Adler“ schickte. Maria und ihre Familie hatte man bereits beerdigt. Ihr Tod traf ihn bis ins Mark. Immer wieder malte er sich die schrecklichen Szenen aus, die sich in Marias Elternhaus abgespielt haben mussten. Er schlief nicht mehr, weinte oft hemmungslos, wenn er alleine war. Er hatte sich noch nie so einsam gefühlt Schon in so jungen Jahren musste er einen solchen Verlust hinnehmen. Eine unbändige Wut stieg in ihm auf. Warum war ihm eine gemeinsame Zukunft mit Maria nicht vergönnt? Und obwohl man den Engländern gegenüber offiziell keinen Hass predigte – noch nicht – gehörten diese jetzt in sein Feindbild. Er hasste die Briten uneingeschränkt, obwohl er noch nie einem Engländer begegnet war. Erst später sollte er begreifen, welch einem fatalen Irrtum er hier unterlag.
Wagner und Eva konnten ihn nicht trösten. Wagner ahnte, was in ihm vorging. In seinen Briefen warnte er Hans vor übermäßigem Allgemeinhass auf die Engländer. Er betonte, dass man nicht alle Engländer über einen Kamm scheren dürfe. Der Mord

an Maria und ihrer Familie sei zwar eine an Grausamkeit nicht zu überbietende und äußerst dumm angelegte Aktion des Secret Service, die sich der Führerstaat natürlich nicht bieten lassen dürfe, aber Hans sollte deswegen nicht den Fehler machen, deswegen alle Engländer pauschal zu verurteilen. Genau wie die Deutschen, seien die Engländer Europäer und als durchaus gleichwertig einzustufen. Wagner bedauerte die Spannungen zwischen England und Deutschland sehr und hoffte inständig, dass es nicht zum Äußersten kam. Hans ließ sich nicht mehr belehren. Mit ohnmächtiger Wut durchlebte er seine Ausbildung zum Jagdflieger.

Kapitel 14

Mit dem Überfall auf Polen, am 1. September 1939, brach der Krieg aus. In einer Welt voll Grausamkeit, Unterdrückung und Tod sollten sich auf den Feldflugplätzen und Einsatzhäfen wie Thalfeld von nun an Menschen begegnen, die der Führerstaat mit Ehrungen umschmeichelte und solche, die er missachtete und misshandelte. Menschen, gezeichnet von Überzeugung und Zweifel, von Begeisterung und Übermut, von Befehl und Gehorsam, von Freundschaft und Niedertracht und letztendlich von Mut und Verzweiflung.

Das tägliche Lernpensum und die vielen Übungsflüge lenkten Hans ab. Geschult wurde auf der Arado 96 und auf einer älteren Version der Bf 109, der D-1 mit Jumo Motor. Trotz Kriegsausbruch ging der Ausbildungsbetrieb uneingeschränkt weiter. Hans bewohnte mit sieben Kameraden eine Pilotenbaracke im Wald, doch so oft er konnte, schlich er sich abends nach Hause, nach Thalfeld und schlief in seinem leer stehenden Elternhaus. Manchmal sah man ihn auch am Segelfliegerhang, wo er Sepp Schäfer ab und zu traf. Auch sein väterlicher Freund konnte Hans nicht trösten. Tief deprimiert benötigte er selbst Hilfe. Mit Ausbruch des Krieges hatte das NSFK seine Bücker requiriert und ihm nur einen sehr geringen Preis dafür bezahlt. Riener steckte hinter dieser Aktion. Schäfer ahnte es, aber was hätte er dagegen unternehmen können? Der Verlust der Bücker machte ihm nicht sehr viel aus, aber durch neue Regelungen durfte nunmehr auch keinerlei privater Luftsport mehr durchgeführt werden. Die einzige Möglichkeit, in die Luft zu kommen, bestand in seiner Lehrertätigkeit am Segelfliegerhang. Doch der Flugbetrieb wurde sehr stark eingeschränkt, seit die Jagdfliegerschule den Einsatzhafen belegte und dort Hochbetrieb herrschte. Sepp Schäfer tat das aus seiner Sicht einzig Richtige. Er trat zurück und kümmerte sich nur noch um seinen Betrieb.

Die harte Ausbildung verlangte Hans Brettschneider viel ab und ließ ihm wenig Zeit für Privates. Täglich wurden Starts und Landungen mit der Bf 109 geübt. Oft gab es Unfälle, weil einige Flugschüler trotz aller Mahnungen nicht beachteten, dass dieser Jäger die Eigenschaft hatte, beim Start allzu leicht auszubrechen. Fast hätte Hans mangels Konzentration ebenfalls einen Startunfall verursacht, aber er konnte durch schnelles Reagieren das von der Startlinie abgekommene Flugzeug gerade noch über die Büsche ziehen. Täglich übten Sie Kunstflugfiguren und Verbandsflug, Verhalten der Rotte bei Angriffen, Taktik der Angreifer, Abfangen und Ausweichmanöver. Im Oktober wurden sie für zwei Wochen nach Nordhorn-Klausheide verlegt, um auf dem nahegelegenen Luft-/Boden-Schießplatz Zielflug- und Schießübungen mit Kamera zu üben. Nach Borkum war es ein Katzensprung mit dem Flugzeug, aber es bot sich keine Möglichkeit, einen Abstecher zu machen, um Leah zu besuchen. So kehrte Hans nach Thalfeld zurück, um seine Ausbildung zum Jagdflieger weiterzuführen. Die täglichen Übungsflüge absolvierte er mit Auszeichnung. Die körperlich sehr anstrengenden Kunstflugfiguren machten ihm einen Riesenspaß. Kunstflug bedeutete Fliegen am Limit. Er genoss das schnelle und wendige Flugzeug und verschmolz mit ihm immer mehr zu einer Einheit. Der Flugplatz in Thalfeld wurde ihm Heimat und Arbeitsplatz zugleich. Alles war gut organisiert hier. Vom Küchenbullen bis zum Flugzeugwart waren alle Positionen besetzt und jeder kannte seine Aufgaben. Es herrschte Hochbetrieb. Täglich kamen Versorgungsfahrzeuge und brachten Benzin, Munition und Verpflegung. Hin und wieder kamen neue Soldaten an, die ihre Ausbildung hier beenden sollten, bevor man sie zur Front abkommandierte.

Im März 1940 schickte man Hans Brettschneider auf eine Kriegsschule nach Berlin. Hier sollte er einen dreimonatigen Lehrgang zum Unteroffizier absolvieren. Wagner wäre es lieber gewesen, wenn er statt der Unteroffizierslaufbahn die Offizierslaufbahn eingeschlagen hätte. In zwei Jahren hätte er es immerhin schaffen können, Leutnant zu werden. Aber Hans hatte keine Lust mehr auf Schule. Er wollte in den Kampf, er wollte nur noch fliegen. Unteroffizier Brettschneider oder Leutnant Brettschneider, er dachte darüber nicht mehr nach. Berlin bedeutete ihm überdies nicht mehr viel. Maria war tot. In jeder freien Minute ging er zu ihrem Grab, legte Blumen darauf und stierte in die Luft. Es war Krieg. In der Welt stand kein Stein

mehr gerade. Die Engländer mussten den Mord büßen. Er würde das Seinige dazu beitragen.
Noch ahnte er nicht, dass ihm der Kriegsverlauf bald die Möglichkeit hierzu bieten würde. Völlig unmotiviert nahm er an dem Unteroffizierslehrgang teil, den er Ende Juni 1940 dennoch erfolgreich abschloss.
Als ausgebildeter Jagdflieger wurde der Unteroffizier Hans Brettschneider am 1. Juli 1940 zur 2. Staffel des Jagdgeschwaders 95 abkommandiert. Die Luftwaffe brauchte dringend gut ausgebildete Piloten. Die in Mönchengladbach beheimatete Staffel wurde von Leutnant Maximilian von Frisch geführt, den seine Untergebenen liebevoll „den Frischen Max" nannten. Die Staffel selbst rüstete gerade auf die neue Bf 109 E-3, die berühmte Emil, um. Die Bewaffnung dieses Flugzeuges bestand aus zwei MG 17 über dem Motor mit einem Kaliber von 7,92 Millimeter und zwei MG/FF, Kaliber zwanzig Millimeter, in den Tragflächen. Darüber hinaus verfügten einige E-3 über eine Motorkanone mit einem Kaliber von ebenfalls zwanzig Millimetern. Die Motorkanone feuerte durch die Propellernabe. Die Anordnung dieser Kanone erleichterte den Piloten das Zielen ungemein. Man brauchte nur noch die Flugzeuglängsachse auf das feindliche Flugzeug zu richten und abzudrücken.
Der kräftige Daimler-Benz Motor lieferte eintausendeinhundert PS und brachte das Flugzeug auf eine Höchstgeschwindigkeit von fünfhundertsiebzig Kilometern pro Stunde. Spätere Versionen sollten es auf sechshundertfünfundachtzig Stundenkilometer bringen. Leider war die Reichweite des Flugzeuges auf nur dreihundertachtzig Kilometer beschränkt. Ein Vorteil des DB-Motors war seine direkte Benzineinspritzung. Sie erlaubte ein längeres Verharren im Rückenflug oder ein hartes Drücken der Bf 109 aus dem Reiseflug in den Sturzflug, ohne dass der Motor aussetzte. Die britischen Jagdflugzeuge mit Vergasermotoren mussten den Sturzflug mit einer zeitraubenden halben Rolle einleiten und konnten daher nicht schnell genug folgen.
Schlecht ausgebildete oder untalentierte Piloten kamen mit dem anspruchsvollen Flugzeug, seinem problematischen Start- und Landeverhalten nur sehr schwer zurecht. Zudem wies die Bf 109 eine sehr sparsame Instrumentierung auf. So gab es z.B. keinen künstlichen Horizont, ohne den das Fliegen bei schlech-

ter Sicht sehr schwierig ist. Hans war indes vollauf glücklich mit dieser Maschine. Durch seine gründliche Ausbildung hatte er mit der Umschulung auf die „Emil“ keinerlei Probleme. Seine Vorgesetzten merkten bald, dass er einen guten Piloten abgab. Sie ließen allerdings keinen Zweifel daran, dass er noch grün hinter den Ohren war. Die Kriegsmaschinerie lief auf Hochtouren, aber Hans hatte bislang keinerlei Feindflugerfahrung sammeln können, während viele seiner Kameraden bereits Erfolge durch Unterstützung der in Frankreich vorrückenden Bodentruppen machen konnten. Die Staffel teilte ihm eine nagelneue Bf 109 E-3 fest zu. Viele Piloten gaben ihrem Flugzeug den Namen ihrer Frau oder Freundin oder einen andersgearteten Scherznamen, wie zum Beispiel „Schwarze Sieben“ oder „Rote Zehn.“ Die Warte pinselten diese Namen übermütig auf die Motorhauben. Hans dachte kurz an Maria, aber dann sah er davon ab, sein Flugzeug nach ihrem Namen zu benennen.

Auf den Blitzkrieg im Westen folgte der „Sitzkrieg.“ Die Staffel wurde nach kurzem Aufenthalt in Mönchengladbach wieder auf ihren angestammten Feldflugplatz nach Frankreich kommandiert. Dort angekommen, saß man tagelang in Alarmbereitschaft. Ab und zu gab es Aufklärungsflüge über dem besetzten Frankreich, aber nichts passierte. Kaum ein Pilot des Geschwaders bekam in dieser Zeit einen feindlichen Jäger zu Gesicht. Jetzt mussten sich die jungen Piloten in Geduld üben. In ihrer knappen Freizeit genossen sie ihr Dasein in Frankreich. Einige trieben sich nachts mit hübschen und weniger hübschen, aber dafür willigen Französinnen herum. Doch dieses ruhige Leben sollte sich bald ändern.

Um für die geplante Invasion in England die erforderliche Lufthoheit zu gewinnen, begann am 13. August 1940 die Luftschlacht um England. Unter dem Codenamen „Adlertag“ konzentrierten sich die Großangriffe der deutschen Luftwaffe auf britische Flottenverbände, Rüstungsindustrien, Luftabwehrstellungen und Stützpunkte der Royal Air Force in Südengland. Innerhalb weniger Wochen sollte das südenglische Verteidigungsnetz zerschlagen oder im günstigsten Fall Großbritannien zur Kapitulation gezwungen werden. In einer völlig unzutref-

fenden Beurteilung der britischen Flugabwehr und Flugzeugproduktion zeichnete die Naziführung das Bild einer auf nahezu allen Gebieten überlegenen deutschen Luftwaffe in der Wochenschau. Doch die Großeinsätze über England offenbarten die deutschen Rüstungs- und Ausbildungsmängel. Häufig waren die deutschen Piloten im Beschützen von Kampfflugzeugen im Verbandsflug nur unzureichend ausgebildet. Nur wenige Piloten, unter ihnen Hans, waren wirklich gut ausgebildet, flogen selbstbewusst Jagdschutz für die Deutschen Bomber und stellten sich dem Feind in Luftkämpfen.
Seinen ersten Abschuss erzielte Hans Brettschneider am 20. August 1940. Noch immer gezeichnet von dem Tod seiner Freundin Maria hatte er diesem Tag der Rache regelrecht entgegengefiebert. Die Staffel flog in viertausend Metern Höhe Jagdschutz in Richtung Kanalküste. Der Verband wurde bald darauf von einer Horde Spitfire in Empfang genommen. Diesem englischen Jagdflugzeug war die Bf 109 im Normalfall unterlegen. Nur das fliegerische Können der Deutschen, Glück oder die Unerfahrenheit der Engländer konnte zu Abschusserfolgen führen.
Dann geschah es. Im Funk hörte Hans die aufgeregte Stimme seines Staffelführers: „Achtung Brettschneider, Spitfire hinter ihnen, 7 Uhr, Abstand höchstens noch achthundert Meter. An alle: Verband auflösen, freies Jagen! Jeder für sich! Viel Glück.“
Hans blieb ruhig. Er blieb auch ruhig, als die ersten Geschosse des dünnen englischen Kalibers in sein Leitwerk einschlugen. Dann nahm er ruckartig das Gas raus, drückte die Maschine kurzzeitig nach unten, zählte bis fünf und zog mit Vollgas wieder nach oben. Damit hatte der offensichtlich unerfahrene Engländer nicht gerechnet. Fast rammte er Hans, dann schoss er wie ein Pfeil an ihm vorbei. Nun saß Hans ihm im Rücken. Mit voller Motorleistung tastete er sich an die Spitfire heran, die eine Kreisbewegung nach links unten machte. Hans folgte ihr kühl und hatte sie bald im Visier. Er entsicherte und drückte auf den Auslöser, die MGs taten ihre Arbeit. Volltreffer im linken Flügeltank – keine Chance für den Engländer. Die voll getankte Spitfire explodierte kurz nach dem Einschlag der zwanzig Millimetergeschosse. Hans nahm das Gas zurück, flog eine flache

Linskurve und beobachtete, wie die linke Tragfläche der Spitfire durch die Explosion vom Rumpf getrennt wurde. Der Rest des Flugzeuges ging trudelnd nach unten und schlug wenig später im Ärmelkanal auf. Der englische Pilot hatte den Abschuss nicht überlebt – kein Fallschirm, kein Rettungsboot waren zu sehen.

„Glückwunsch, Brettschneider, zu ihrer ersten Beute", hörte Hans die Stimme des Frischen Max im Lautsprecher seiner FT-Haube.

So einfach war das also. „Was hast du getan, Hans Brettschneider? Geht es dir jetzt besser? Sind deine Rachegelüste jetzt gestillt? Genauso wie Maria, hätte der englische Pilot in seinem jungen Leben sicher noch viel vor gehabt. Diese Chance hast du ihm genommen, für immer. Warum? Nur weil Krieg ist, weil du Befehle ausführen musst? Wolltest du nicht einfach nur Flieger um der Fliegerei Willen werden, weil du die Fliegerei liebst, wie kein anderer? Warum musst du dann andere Flugzeuge vom Himmel holen und dabei die Piloten ins Jenseits befördern? Warum musst du dich daran beteiligen?"

Hans verspürte kein Glücksgefühl. Er hatte einen Menschen getötet, einen Engländer. Gewiss, so hatte er sich seine Rache vorgestellt. Doch konnte er jetzt zufrieden sein? Warum musste sein Leben aus Mord und Totschlag bestehen? Warum konnten die Europäer nicht in Frieden zusammenleben? Warum hatte Maria sterben müssen? Er würde nie mehr derselbe unbeschwerte Mensch sein, der er noch vor wenigen Jahren am Thalfelder Hang war – nie wieder. „Ein erfolgreicher Pilot muss nicht zwingend ein zufriedener Mensch sein", so sagte er sich. „Jetzt muss ich meine Rolle im System spielen."

Zum Nachdenken war keine Zeit. Zweihundert Meter unter ihm flog eine Hurricane. Mit einem Abschwung folgte Hans dem feindlichen Jäger. Er war ein leichtes Opfer. Die Geschosse trafen den Motor des Flugzeuges. Der Pilot überlebte offensichtlich. Hans beobachtete wie die Hurricane in Rückenlage ging und die Cockpithaube wegflog. Dann stieg der Pilot aus. Hans sah seinen Körper nach unten fallen. Ein immer kleiner werdender schwarzer Punkt. Er fiel unendlich lang. Aus Sekun-

den wurden Minuten. Der Schirm öffnete sich nicht – ein schrecklicher Tod.
Wieder verspürte Hans nicht das Geringste. Er spürte keine Freude, kein Erfolgserlebnis. Seine aufkeimenden Gewissensbisse verdrängte er. Er war im Krieg und musste erledigen, was man ihm befahl. Was machte es schon, dass er gleichzeitig seinen eigenen Krieg führte? Die Engländer hatten Maria auf dem Gewissen. Noch immer hatte er keine Zeit zum Nachdenken. Er musste die 109 nach Hause fliegen, der Sprit ging dramatisch zur Neige. Er legte sich die Karte auf dem Kniebrett zurecht und zeichnete sich seinen Rückkurs ein. Dann drehte er die Längsachse der 109 auf Kompasskurs, zog den Gashebel auf Reiseleistung zurück und hielt den Kurs. Keine zwanzig Minuten später konnte er den Feldflugplatz seiner Staffel ausmachen. Eine Bf 109 befand sich vor ihm im Landeanflug. Doch Hans wollte noch nicht landen. Er hatte zwei Engländer vom Himmel geholt, seine ersten Abschüsse erzielt. Das sollten seine Kameraden am Boden auf eine fliegerische Art erfahren, auf seine Art. Obwohl es verboten war, ging er in einen extremen Tiefflug und schoss mit hoher Geschwindigkeit über den Platz. Dann riss er die Maschine zu einer Fassrolle nach oben und landete wenig später. Hans war angekommen – auf seinem Feldflugplatz und im Krieg.
Seine Kameraden klopften ihm auf die Schulter und beglückwünschten ihn zu seinem Sieg. Die Mechaniker reparierten die Schäden am Leitwerk. Auf das Seitenruder malten sie zwei schwarze Balken auf. Erst jetzt fühlte sich Hans als vollwertiges Staffelmitglied. Er erinnerte sich an die Aussage des Generals bei der Weihnachtsfeier seiner Eltern: „Das Leben ist schön mit dem richtigen Flugzeug unter dem Hintern."

Die Luftschlacht um England lief gut für Hans Brettschneider. Die Staffel flog täglich mehrere Einsätze und Hans gewann dabei zunehmend an Erfahrung. Einige seiner Kameraden hatte es bereits erwischt. Die Staffel musste hohe Verluste an Mensch und Material hinnehmen. Jedem Piloten war bewusst, dass nicht nur Können sondern auch eine ganz gehörige Portion Glück im Spiel sein musste, um die mörderische Schlacht zu überleben. Nach seinem zehnten Abschuss regten sich bei Hans starke

Gewissensbisse. Auslöser war ein Brief von Eva, in dem sie ihn beschwor, wieder ein normaler Mensch zu werden und zu versuchen, das Töten zu vermeiden. Ihre Briefe an ihn wurden immer mutiger.

„Mein lieber Junge, dein letzter Brief hat mich sehr betrübt. Jetzt hast du schon zehn feindliche Piloten abgeschossen. Ich weiß, ihr müsst tun, was euch befohlen wird, aber ich möchte dir nahe legen, dich nicht weiter an diesem Krieg zu beteiligen. Wir sind doch getaufte und gläubige Christen und sollten deshalb an den Zehn Geboten festhalten. Warum müssen wir diesen Krieg überhaupt führen? Engländer und Franzosen haben das gleiche Recht zum Leben wie wir Deutsche. Wir sind keine Herrenrasse. Wir haben auch kein Recht, Juden zu misshandeln. Vor Gott sind alle Menschen gleich. Ich glaube auch nicht, dass wir diesen Krieg gewinnen können. Und wenn doch, zu welchem Preis? Selbst dein Stiefvater ist skeptisch. Er glaubt, dass der Krieg sich bald noch an einer weiteren Front abspielen wird. Wo soll das nur hinführen. Die Tageszeitungen sind jetzt schon voll von Todesanzeigen. An dieser Stelle muss ich dir auch mitteilen, dass dein Thalfelder Schulkamerad Hartmut Großmann in der letzten Woche bei einem U-Boot Unfall sein Leben verloren hat. Was führt ihr bloß für einen Krieg. Durch eure Abschüsse und Bombardements erzeugt ihr nur noch mehr Hass. Irgendwann müssen wir alle dafür bezahlen. Ich habe große Angst um dich. Ich weiß, du bist ein guter Jagdflieger, aber es kann jeden erwischen. Du kannst dein Schicksal nicht herausfordern. Jetzt ist es noch nicht zu spät. Ich habe lange darüber nachgedacht, was du tun könntest, um diesen Krieg zu überleben. Ich glaube, du kannst es nur schaffen, wenn du fliehst. Denke bitte mal darüber nach. Als Flieger kannst du es schaffen. Nimm dir ein Flugzeug und fliege in die neutrale Schweiz. Vielleicht kannst du Magdalena mitnehmen. Dann emigriert ihr nach Amerika. Wenn du Geld brauchst, daran soll es nicht scheitern. Dein Stiefvater ist nicht reich, aber dafür wird er dir sicher Geld geben. Vielleicht komme ich irgendwann mit ihm nach, allerdings weiß er heute noch nichts von meinen Gedanken. Bitte nimm dir meinen Brief zu Herzen. Ich könnte niemals damit fertig werden, wenn du irgendwann einen Luftkampf verlieren würdest. Darum ist es mir lieber, du bist in einem fernen Land und führst ein sicheres Leben ohne Mord und Totschlag. Die Welt ist dabei, aus den Fugen zu geraten. Pass bitte auf dich auf. Deine dich sehr liebende Mutter."

Hans erschrak, als er diese Zeilen las. Nicht auszudenken, was passiert wäre, wenn der Sicherheitsdienst diesen Brief geöffnet hätte. Man hätte Eva sofort verhaftet und Wagner hätte sich unangenehme Fragen gefallen lassen müssen und vielleicht seine Stellung beim RLM verloren. Obwohl er alle Briefe seiner Mutter aufbewahrte, diesen Brief musste er sofort vernichten. Der Tod seines Schulkameraden berührte ihn sehr, aber die Gedanken seiner Mutter wühlten ihn noch mehr auf. Was meinte sie damit, wenn sie schrieb, Wagner glaube an eine zweite Front? Würde Hitler den Krieg gegen Russland ausweiten? Das konnte doch nur ein Gerücht sein. Er schenkte dem keinen Glauben. Doch, wusste Wagner mehr, als er zugab, mehr als Eva ihm schreiben konnte? Der Brief Evas weckte ihn auf, seine Gedanken waren bei Maria. Seine Rachegelüste gegen die Engländer waren gestillt. Zehn englische Piloten hatte er in den letzten Wochen abgeschossen, acht waren dabei ums Leben gekommen. Maria würde dadurch nicht wieder ins Leben zurückkehren. Er hatte sie für immer verloren. Tränen liefen über seine Wange. Eine Flucht in die Schweiz konnte nicht gelingen. Ein naiver Gedanke seiner Mutter. Und Leah hätte er vorher noch auf Borkum abholen müssen. Spätestens beim Start dort hätte man ihn entlarvt und festgenommen. Nein, es war sinnlos. Er musste seine Rolle spielen und die Befehle seiner Vorgesetzten befolgen. Er war Soldat und hatte einen Eid auf den Führer abgelegt. Fliegen war nach wie vor sein Ziel und seine Berufung. Aber er nahm sich vor, zukünftig treffsicherer zu schießen, feindliche Flugzeuge zu treffen, aber so, dass die Piloten eine Chance hatten, auszusteigen. Im Zweifel würde er vorbeischießen. Es würde schwer werden, aber er musste es versuchen. Vielleicht endete der Krieg bald, dann würde er vielleicht als Verkehrspilot arbeiten können. Doch was würde mit Leah passieren, wenn Deutschland den Krieg gewänne? Das Problem müsste spätestens dann auf irgendeine Weise gelöst werden. Leah müsste ins Ausland gebracht werden. Sollte er den Krieg überleben, würde er ihr helfen müssen.

„Was ist los, Hans Brettschneider?“ Sein Kaczmarek – sein Verbandsflieger – in der Rotte, Franz Rohleder, klopfte ihm auf die Schulter und riss ihn aus seinen Gedanken.
„Scheiße“, sagte Hans. „Ich habe gerade einen Brief von meiner Mutter erhalten in dem sie mir schrieb, dass ein Schulkamerad bei einem U-Boot-Unfall ums Leben gekommen ist.“
„Wir sind mitten im Krieg. So etwas ist wirklich eine große Scheiße, aber es kann jedem von uns passieren. Jeden Tag, was die Tommies nicht schaffen, schaffen wir selbst – durch Unfälle.“
Als Rohleder merkte, dass Hans auf diese Verallgemeinerung nicht reagierte, fragte er einfühlsam: „War er ein guter Freund?“
„Wie man's nimmt, er war mein Nachbar. Wir haben schon im Sandkasten zusammen gespielt. Hartmut war verrückt nach der See, so verrückt, wie ich nach der Fliegerei bin. Schon mit sechzehn verließ er Thalfeld und ging nach Hamburg, um auf einem Schiff anzuheuern. Später ging er dann zur Marine. Ich versuche mir gerade vorzustellen, wie es seiner Oma geht. Meine Tante Anna hat uns beiden immer eine extra Wurst aufs Brot gelegt, wenn wir hungrig waren.“
„Du warst mit ihm verwandt?“
„Nein, ich sagte trotzdem Tante zu seiner Oma, aber irgendwie war sie mir auch wie eine Tante. Jetzt hat sie ihren Enkel verloren.“
„Du kannst es nicht mehr ändern, Hans“, sagte Rohleder und versuchte ihn zu trösten. „Ich verstehe deine Trauer.“ Der gebürtige Bayer stammte von einem großen Bauernhof im Alpenvorland. Sein robustes Gemüt brachte ihn so schnell nicht aus dem Gleichgewicht. Aber solche Gespräche waren nicht sein Ding.
„Übrigens“, sagte er, das Thema wechselnd: „Wenn es heute keine Alarmstarts mehr gibt, werden wir abends ein paar Flaschen guten Rotwein öffnen. Erich gibt einen aus, er möchte mit uns seinen zwanzigsten Abschuss begießen. Kommst du vorbei?“
„Gerne“, antwortete Hans. „Das bringt mich vielleicht auf andere Gedanken.“

Aus dem gemütlichen Abend wurde allerdings vorerst nichts. Ein Alarm unterbrach ihre Unterhaltung. Mit eiligen Schritten liefen die Piloten zu den Abstellplätzen und sprangen in ihre Flugzeuge, deren Motoren bereits liefen. Die Warte hatten sie beim ersten Schrillen der Alarmsirenen angelassen, damit sie warmliefen.
Gegen 16:00 Uhr startete die gesamte Staffel in Richtung Kanalküste. Bald darauf trafen Hans und seine Kameraden auf mehrere Spitfire. Nach einer kurzen Kurbelei hatte er den ersten Gegner im Visier. Seine Flugzeuglängsachse zeigte genau auf die Spitfire. Doch dann trat Hans leicht ins linke Seitenruderpedal und zielte bewusst auf die äußere linke Fläche, um den Piloten nicht zu gefährden. Er beobachtete die Leuchtspurgeschosse und sah, wie sie in der Fläche einschlugen. Doch der Pilot der Spitfire reagierte nicht wie erwartet. Er brachte das Fugzeug in Rückenlage, nahm das Gas raus und warf die Haube ab. Fast hätte Hans ihn gerammt, er konnte gerade noch rechtzeitig abdrehen. Kurvend beobachtete er, wie der Engländer aus dem Cockpit fiel und sich wenig später sein weißer Fallschirm öffnete. Er war offensichtlich ein Anfänger. Profis hätten die leicht beschädigte Maschine sicher noch nach Hause geflogen oder auf dem Bauch gelandet. Die Zahl der von Hans erzielten Abschüsse stieg damit auf elf.

Nach schweren Verlusten wurden die deutschen Großangriffe auf England Mitte Oktober 1940 eingestellt. Da die durchschnittliche britische Flugzeugproduktion von vierhundertsiebzig Jagdmaschinen im Monat doppelt so hoch lag wie die deutsche, war die vom Deutschen Reich angestrebte Luftüberlegenheit zu einer Illusion geworden. Fortgesetzt wurden jedoch die Nachtangriffe auf London und weitere englische Industriestädte, um die Wirtschafts- und Verteidigungskraft Großbritanniens und die Moral der Bevölkerung zu brechen. Fünfhundert Bomber flogen in der Nacht zum 15. November 1940 den schwersten Angriff gegen eine englische Stadt und zerstörten Coventry nahezu vollständig. Doch auch die ständigen Flächenbombardierungen konnten den Widerstandswillen der Engländer nicht brechen. Im Frühjahr 1941 wurde der Luftkrieg gegen England

endgültig eingestellt. Hitler benötigte die Flugzeuge nun für den Überfall auf die Sowjetunion.
Das Deutsche Reich verlor in der Luftschlacht 2.265 Maschinen, weitere 867 waren zu über zehn Prozent beschädigt. Die knapp 2.000 gefallenen und etwa 2.600 vermissten oder gefangenen Piloten waren für die Luftwaffe in den folgenden Monaten kaum zu ersetzen.

Im Februar 1941 verlegte man die Staffel in die Heimatstandorte zum Auffrischen. Da der Einsatzhafen Mönchengladbach überbelegt war, wurde eine Staffel des Geschwaders nach Thalfeld verlegt. Die dort ansässige Ausbildungseinheit hatte man vorläufig nach Babenhausen in Hessen ausgelagert. Stattdessen wurden junge Piloten auf Segelflugzeugen am Hang auf ihre neue Aufgabe als Lastenseglerpiloten ausgebildet. Hans freute sich unbändig, wieder zu Hause in Thalfeld zu sein. Eilig besuchte er Nachbarn, Verwandte und den Langen Sepp. Natürlich besuchte er auch seine Tante Anna, die mit verweinten Augen am Küchentisch saß. An einem freien Wochenende nahm er sich am Segelfliegerhang ein Grunau-Baby und segelte unbeschwert im frischen Hangwind des kräftigen Nordwestwindes. Es war eisig kalt, doch es war ihm egal. Er genoss den ruhigen Segelflug. Hier oben über dem Hang war Frieden. Schleife um Schleife zog er am Hang. Erst als die Sonne tief am Horizont stand und die Basis der Kaltluftwolken immer dunkler wurde und es zu regnen begann, zog er die Klappen und landete. Seine Kameraden belächelten ihn. Die meisten waren froh, nicht fliegen zu müssen und dieser verrückte Brettschneider tat es auch noch freiwillig.

Wenig später verlegte die Staffel mit allen Flugzeugen und Bodenpersonal in die Bretagne, um dort den Schutz der neuen U-Boot-Häfen zu übernehmen, die von den Engländern immer wieder angegriffen wurden. Hans blieb seinem Ziel treu. Wenn er auf einen Feind traf, schoss er nur, wenn er angegriffen wurde und ihm keine andere Wahl blieb. Auf diese Weise schoss er noch zwei weitere Gegner ab. Seine Kameraden indes waren weitaus erfolgreicher. Täglich jagten sie die Spitfire, den englischen Aufklärer vom Dienst, der jeden Tag in großer Höhe am

ansonsten recht friedlichen Himmel erschien und manchmal versehentlich einen Kondensstreifen produzierte.
Durch eine Unachtsamkeit der Flak-Truppen wurde Hans im April 1941 von den eigenen Leuten beschossen.
Er notierte später in sein Tagebuch: „Mein Motor wurde schwer getroffen. Ich glaube, es war die eigene Flak. Nach kurzem rauem Lauf blieb der Propeller stehen. Meine Cockpithaube war voller Öl, ich hatte keine Sicht mehr nach vorne. Gott sei Dank wurde ich nicht verletzt. Dann krachten weitere Flaktreffer in meine Tragfläche. Höchste Zeit zum Aussteigen. Ich drückte die 109 auf den Kopf, damit sie Fahrt aufnahm. Dann drehte ich sie auf den Rücken, zog den Haubenotabwurf und löste meine Gurte. Ade mein gutes Flugzeug, du warst mir immer eine treue Maschine, doch jetzt muss ich dich leider aufgeben. Ich fiel aus dem Cockpit und verletzte mir dabei meinen Arm. Einundzwanzig, zweiundzwanzig, dreiundzwanzig; die Sekunden des freien Falls dauerten eine Ewigkeit. Dann zog ich die Reißleine und hing wenig später an einem weißen Fallschirm. Ich habe Glück gehabt. Mein Flugzeug war vor mir unten und explodierte beim Aufschlag."
Bodentruppen nahmen Hans in Empfang und brachten ihn in einem Kübelwagen zurück zu seinem Flugplatz, der einhundertfünfzig Kilometer von der Abschussstelle entfernt lag. Der Kommodore leitete sofort eine Untersuchung des Vorgangs ein, doch die Flak-Truppen vertuschten ihren Fehler. Die Ausbildung neuer Soldaten in Bezug auf die Unterscheidung feindlicher Flugzeug-Silhouetten war mangelhaft, das wusste jeder. In großer Höhe war eine Spitfire eben nur sehr schwer von der Bf 109 zu unterscheiden. Abschüsse eigener Flugzeuge durch die Flak gehörten schon fast zur Tagesordnung.

Wenige Wochen später wurde Hans Brettschneider nach der Rückkehr von einem weiteren Feindflug zum Kommodore des Geschwaders gerufen. Der Kommodore saß in einer gemütlich eingerichteten Blockhütte am Rand des Feldflugplatzes. Sein Dienstzimmer war dekoriert mit Bildern von seinem Geschwader. An der Seitenwand neben dem Fenster zum Flugplatz hing eine Einsatztafel, auf der die noch verfügbaren Piloten und einsatzklaren Flugzeuge des Geschwaders übersichtlich mit

Kreide eingetragen waren. Hinter jedem Namen stand die Anzahl der jeweils von ihm erzielten Luftsiege. Hans hatte fünfzehn Abschüsse zu verzeichnen, während der erfolgreichste Pilot des Geschwaders die Liste mit fünfundvierzig Abschüssen anführte. Als Hans das Zimmer betrat, saß der Oberstleutnant hinter seinem Schreibtisch und rauchte eine Zigarette.
Hans knallte die Hacken zusammen und grüßte vorschriftsmäßig: „Unteroffizier Brettschneider meldet sich wie befohlen!"
„In Ordnung, Brettschneider, nehmen Sie Platz! Ich habe etwas Dringendes mit Ihnen zu besprechen. Ich habe wenig Zeit und möchte deshalb direkt zur Sache kommen", fuhr er fort und setzte dabei eine sehr ernste Miene auf. „Ihrem Staffelführer ist aufgefallen, dass Sie weitaus mehr Abschüsse erzielen könnten, wenn Sie treffsicherer wären. Was ist los mit Ihnen?"
„Nichts", antwortet Hans bedrückt. „Vielleicht fehlt es mir einfach am entsprechenden Jagdglück."
„Ich glaube eher, es fehlt Ihnen an Mut oder an Mumm. Nennen Sie es, wie Sie wollen", sagte der Oberstleutnant ärgerlich. „Leutnant von Frisch hat Sie bei Ihrem letzten Einsatz sehr genau beobachtet. Er glaubt, dass Sie absichtlich vorbeischießen."
„Das ist nicht wahr, Herr Oberstleutnant. Ich kenne meine Pflichten genau und führe meine Befehle gewissenhaft aus."
„Ihre Abschusszahlen sprechen aber eine andere Sprache, Brettschneider. Sie sind einer unserer besten Piloten und Sie haben nur fünfzehn Balken auf dem Seitenruder. Wir haben weitaus weniger begabte Piloten, die es schon auf über fünfundzwanzig gebracht haben."
„Ich werde mir in Zukunft mehr Mühe geben, Herr Oberstleutnant", antwortete Hans noch immer betroffen.
„Das können Sie und müssen Sie auch", sagte der Oberleutnant in einem strengen Befehlston. „Aber nicht mehr hier bei uns. Die Luftwaffe stellt gerade eine neue Truppe für die Nachtjagd zusammen. Der Befehl lautet: Die Nachtabwehr ausbauen, weil die Englische Luftwaffe nun vor allem nachts, immer öfter unsere Industriegebiete angreift. Die neuen Geschwader brauchen gute und junge Piloten, die auch zweimotorige Flugzeuge fliegen können. Auch unser Geschwader muss Piloten an die neuen Nachtjagdgeschwader abgeben."

Hans erschrak und wurde nervös. „Bitte, Herr Oberstleutnant“, sagte er, „ich würde gerne hier bleiben. Die Staffel ist so etwas wie mein zu Hause. Ich verspreche Ihnen, zukünftig besser zu treffen.“
Der Oberstleutnant lehnte sich bequem in seinem Stuhl zurück, nahm einen kräftigen Zug an seiner Zigarette und blickte Hans streng an.
„Also doch, Brettschneider. Sie haben absichtlich danebengeschossen.“
„Nein, Herr Oberstleutnant, nicht absichtlich, ich meine, ich habe...“
Der Oberstleutnant unterbrach ihn: „Ich kenne Ihre Beweggründe nicht und ich will sie auch nicht kennen“, sagte er. „Normalerweise müsste ich diesen Vorgang melden. Aber ich bin kein Unmensch. Ich gebe Ihnen eine neue Chance. Bei den Nachtjägern können Sie sich nicht mehr verweigern, das würde sofort auffallen, weil Sie immer eine Besatzung mit im Flugzeug haben, die Ihnen auf die Finger schaut. Packen Sie also Ihre Sachen. Morgen geht eine Kuriermaschine nach Mainz, von dort bringt man Sie nach Vechta.“
„Herr Oberstleutnant, ich bitte darum, bei meiner Staffel bleiben zu dürfen“, sagte Hans aufgeregt. „Ich werde zukünftig treffen, versprochen.“
Der Oberstleutnant grinste. „Sparen Sie sich Ihre Versprechungen, Brettschneider. Ich hasse solche Unannehmlichkeiten und Verwicklungen. Sie sind ab sofort abkommandiert nach Vechta bei Oldenburg zum Nachtjagdgeschwader 31! Das war mein letztes Wort und es ist ein ausdrücklicher Befehl. Beim NJG bildet man Sie auf der Bf 110 oder der Ju 88 aus. Strengen Sie sich an und halten Sie wieder richtig drauf. Das ist alles.“
„Jawoll!“, antwortete Hans bitter und knallte die Hacken zusammen. Ihm wurde schwindlig. Es war ihm nicht aufgefallen, dass der Staffelführer ein Auge auf ihn geworfen hatte. Selbst wenn, dann hätte er einen kräftigen Anschiss erwartet, aber die Abkommandierung zu den Nachtjägern traf ihn hart.
Die Audienz war beendet. Einsam und gedemütigt begab er sich in seine Baracke und packte seine persönliche Habe zusammen. Erst jetzt verstand er die Zusammenhänge. Der Kommodore war clever. Indem er Hans zu den Nachtjägern abkommandier-

te, vermied er ein unangenehmes Verfahren. Er vermied es auch, sich mit einem hohen Tier im RLM Ärger einzuhandeln. Und Hans saß in der Klemme. Bei den Nachtjägern konnte er seine Taktik nicht weiter verfolgen, hier musste er saubere Arbeit abliefern. Aber die Abkommandierung nach Vechta hatte für ihn auch etwas unerwartet Gutes. Der Fall Barbarossa lief an und mit dem Überfall auf die Sowjetunion wurde das Jagdgeschwader an die Ostfront verlegt. Als Hans sich von seinen Kameraden verabschieden musste, beschlich ihn ein ungutes Gefühl. Er ahnte, dass er viele von ihnen niemals wieder sehen würde. Er sollte Recht behalten.

Kapitel 15

Als 1941 die Angriffe englischer Bomber auf das Reichsgebiet an Intensität immer mehr zunahmen, beauftragte die Luftwaffenführung Oberst Kammhuber damit, ein Abwehrsystem gegen diese Nachtangriffe zu entwickeln. Die Idee der gelenkten Nachtjagd entstand. Eine Kette von Funkmessstationen, bekannt als die „Kammhuber-Linie", wurde zusätzlich zu den Scheinwerfer- und Flakstellungen an den Küsten des gesamten Reichsgebietes – von Norwegen über Norddeutschland und Holland bis hinunter nach Belgien – aufgestellt. Den Jägerleitoffizieren, die jeweils ein etwa sechzig Quadratkilometer großes Planquadrat befehligten, standen bis zu drei Nachtjäger zur Verfügung, die sie per Funk in den Bomberstrom hineindirigierten.
Zu Beginn der Nachtjagd hatten die Piloten nur ein Infrarotgerät an Bord, dass zur Erkennung der englischen Bomber diente und scherzhaft „Spanner" genannt wurde. Der Gipfel des Technologiekriegs auf dem Sektor der Deutschen Radartechnik waren Jagdflugzeuge mit eingebautem Funkmessgerät „Lichtenstein." Eine neue Angriffstaktik, „Himmelbett-Verfahren" genannt, wurde eingeführt. Hierbei brachte der Jägerleitoffizier der Bodenstation die Nachtjäger mit Hilfe der Freya- und Würzburgradargeräte nahe an den Feind heran. Im letzten Teil des Anfluges aber navigierte die Besatzung selbst, sobald der Bomber als Bildpunkt auf dem grünen Bildschirm des an Bord befindlichen Lichtensteingerätes erschien. Viele Nachtjäger wurden später auch noch mit der so genannten „Schrägen Musik" bewaffnet. Zwei Kanonen, die schräg nach oben-vorne auf Feindflugzeuge feuern konnten. Ein Albtraum für die Englischen Bomberpiloten, die ihre Lancaster-Bomber mit sieben Mann Besatzung flogen. Überlebende der Bombercrews sprachen später vom achten Besatzungsmitglied. Gemeint war die Angst vor der Deutschen Flak und den Nachtjägern.

Als Hans Brettschneider im Sommer 1941 auf die erste Vorserien-Nachtjägerversion, der Junkers Ju 88 umgeschult wurde, befand sich das Nachtjägerwesen noch in vollem Aufbau, genauer gesagt, es steckte noch in den Kinderschuhen. Obwohl der Krieg an der Ostfront inzwischen in vollem Gange war und die Luftwaffe viele ihrer knappen Ressourcen dort einsetzen musste, verlief die Umschulung auf die zweimotorige Ju 88, die eigentlich als Sturzkampfbomber ausgelegt war, sehr intensiv und nahezu planmäßig. Die Umschulung sollte dennoch einige Monate dauern, weil die Staffel nicht selten an Benzinmangel litt. So oft es ging, wurden Starts und Landungen geübt und Notfallprozeduren, wie z.B. Einmotorenflug, durchgeführt und Aufgaben der Besatzungsmitglieder einstudiert. Die Ju 88 wurde mit einer Besatzung von zwei bis vier Soldaten geflogen. Aufgrund des hohen Gewichts der Funkmessantennen am Bug der Ju 88 sparte man bei den späteren Nachtjägerversionen meistens ein, oft auch zwei Besatzungsmitglieder ein. Der Pilot saß etwas erhöht auf der linken Seite der Kanzel. Daneben, etwas tiefer, saß normalerweise der Bombenschütze, der den Piloten bei der Navigation unterstützte und die Motorüberwachungsinstrumente zu kontrollieren hatte, obwohl die Ju 88 eigentlich für den Einmannbetrieb ausgelegt war. Hinter dem Piloten saß, entgegengesetzt zur Flugrichtung, der Funker, der auch die Funkmessgeräte bediente und zusätzlich für die Bedienung zweier Maschinengewehre zuständig war, mit denen er im Falle eines gegnerischen Angriffs nach hinten gerichtet schießen konnte.

Sobald das Handling des Nachtjägers eingeübt und die Besatzung aufeinander abgestimmt war, wurden Blindflug und Nachtflugübungen durchgeführt sowie das Himmelbett-Verfahren geübt, bei nahezu jedem Wetter und meistens nachts.

Ende 1941 verlegte die 3. Staffel des NJG von Vechta nach Dänemark. Der Fliegerhorst „Rom“, nahe der Stadt Lemvik in Nord-Jütland, war, neben einigen anderen Einsatzhäfen in der Gegend südwestlich von Aalborg kurz nach der Besetzung Dänemarks als Einsatzhafen geplant und gebaut worden. Der Einsatzhafen war ähnlich ausgerüstet wie der Thalfelder Platz: Baracken für die Piloten und das Bodenpersonal, getarnte Abstellplätze für die Nachtjäger und kleinere Hallen, die zur Wartung der Flugzeuge benutzt wurden. Ganz in der Nähe des Platzes hatte man ein riesiges Bunkerlazarett, bestehend aus einer Reihe doppelstöckigen Bunkern, eingerichtet. Aber die Anlage war bislang nicht in Betrieb genommen worden.

Der Fliegerhorst lag eingebettet in einer wunderschönen Küstenlandschaft zwischen Limfjorden und Nordsee, nur etwa dreißig Meter über dem Meeresspiegel. Er war noch nicht ganz fertig, als Hans mit seiner Gruppe dort ankam. Die Piloten und Soldaten hausten in hölzernen Baracken, während die Flugzeuge notdürftig mit Tarnnetzen verdeckt am Platzrand abgestellt wurden. Das am Limfjord gelegene schöne Hafenstädtchen, das von den Einheimischen auch Lidenlund genannt wurde, ähnelte sehr den kleinen Hafenstädtchen Schleswig-Holsteins. Die Stadt selbst bot wenig Abwechslung. Doch schon bald sollte ein Teil des Geschwaders auf den etwas größeren Platz in der Umgebung des etwa fünfunddreißig Kilometer südlich gelegenen Grove umziehen und neben den Nachtjagdeinsätzen auch tagsüber regelmäßig für Versorgungsflüge eingesetzt werden. Die Flug- und Bordbücher füllten sich mit Langstreckenflügen. Flüge ins besetzte Norwegen, nach Narvik, Trondheim oder Bergen waren an der Tagesordnung. Hans fühlte sich recht wohl in seinem neuen Geschwader. Niemand wusste, dass er aufgrund eines Vergehens abkommandiert war. Seine Vorgesetzten, Kameraden und Besatzungsmitglieder achteten ihn als einen der besten Piloten des Geschwaders und er gab sich alle Mühe, diesen Ruf zu erhalten. Sein Feindbild hatte sich gegenüber dem zu Beginn des Krieges wiederum etwas verändert. Mit zunehmender Zerstörung deutscher Städte durch englische Bomber wurde ihm bewusst, dass es seine Aufgabe war, dies zu verhindern und sei es durch das Abschießen der feindlichen Bristol-Blenheim-, Lancaster-, Stirling-, Halifax- oder Moskito-Bomber.

Hans liebte es, Versorgungsflüge durchführen zu können, auch wenn die Flüge manchmal sehr gefährlich waren, weil er häufig bei miserabelsten Wetterbedingungen fliegen musste. Ein Hauch von Abenteuer haftete diesen Flügen nach Norwegen an, ein Abenteuer ohne sinnlose Schießerei und ohne Blutvergießen. Das Steuern eines zweimotorigen Nachtjägers, der eigentlich als Sturzkampfbomber konstruiert war, bedeutete ihm viel. Es war ein erhabenes Gefühl, ein solches Flugzeug zu fliegen, auch wenn ein einmotoriges Jagdflugzeug schneller und wendiger war.

Die Ju 88, die er kürzlich übernommen hatte, war nagelneu. Sie trug die Werknummer 612715 und war im Stammwerk der Junkers Flugzeug- und Motorenwerke AG in Dessau gebaut worden. Vor wenigen Wochen hatte sie eine gutaussehende Werkspilotin von der im Mulde-Elbe-Dreieck gelegenen, wunderschönen Stadt nach Dänemark gebracht. Hans staunte nicht schlecht, als die langbeinige Schönheit nach einer bemerkenswert sauberen Landung aus dem Flugzeug kletterte. Gerne hätte er die junge Dame zurück nach Dessau geflogen, aber seine Einsatzleitung in Grove erlaubte es nicht.
In diesen Tagen mussten Hans und seine Besatzung neben den Nachteinsätzen und Versorgungsflügen häufig auch Begleitschutz für Schiffe fliegen, die über das Skagerrak und das Kattegatt in die Ostsee einfuhren oder sie in Richtung Nordsee verließen. Sie flogen diese Einsätze gerne. Die Stimmung war gut. Die Besatzungen wussten, dass sie im Vergleich zu ihren Kameraden großes Glück hatten. Ein Teil des Nachtjagdgeschwaders war kurzfristig in den Mittelmeerraum befohlen worden, um zweckentfremdet Bombenangriffe zu fliegen. Viele dieser Kameraden kehrten von dort nicht mehr zurück. Im Norden dagegen gab es weniger Feindberührung in dieser Zeit. Bald schlug die Lage jedoch um. Bereits ab Frühjahr 1942 hatte das Englische Bomber Comand damit begonnen, Großangriffe auf deutsche Städte zu fliegen, die Zerstörung und Tod brachten. Bei vielen dieser Angriffe deutete sich die Unterlegenheit der Deutschen Luftwaffe schon an. Doch das war nur der Anfang. Im Frühjahr 1943 starteten die Engländer zur „Battle of the Ruhr“. Die Bomber flogen nun überwiegend nachts systematische Angriffe auf Industriestädte im Ruhrgebiet, während die Amerikaner tagsüber operierten. Und Propagandaminister Goebbels hatte den totalen Krieg ausgerufen. Es gab kein Zurück mehr, weder für Hans noch für alle anderen Soldaten, egal welcher Waffengattung.

Um die Nachtangriffe besser abfangen zu können, verlegte man einige Staffeln des Geschwaders kurzfristig nach Leeuwarden in Holland. Nacht für Nacht flog die Staffel nun Abwehrangriffe. Die täglichen Versorgungsflüge mussten auf ein Minimum reduziert werden. Dafür gab es jeden Nachmittag Testflüge, an die sich allabendlich eine Einsatzbesprechung anschloss. Verglichen mit den fürchterlichen und tödlichen Dramen, die sich täglich an der Ostfront abspielten, verglichen mit dem, was die Wehrmachtskameraden dort durchmachen mussten, führten die Nachtjagdbesatzungen und vor allem das Bodenpersonal noch immer ein lockeres, wenn auch sehr gefährliches Leben. Die Jagdflieger galten als das Dach des Reiches, aber das Dach bröckelte immer mehr. Es hatte schon mit der erfolglosen Luftschlacht um England angefangen zu bröckeln. Immer öfter kamen Besatzungen nicht mehr von ihren Einsätzen zurück oder mussten schwerverletzt in einem zusammengeschossenen Flugzeug notlanden. Der Tod machte auch unter den Nachtjägern fette Beute und die feindlichen Bomber verrichteten weiterhin ihre tödliche Arbeit, wenn auch mit hohen Verlusten.

Häufiges Pendeln zwischen Grove in Dänemark und Leeuwarden in Holland erschwerte es den Soldaten der Staffel, Beziehungen zum weiblichen Geschlecht zu knüpfen. Einige schafften es trotzdem. Andere übertrieben es und hatten sowohl in Leeuwarden als auch in Grove ihr Vergnügen. Wer wollte es ihnen verdenken. Jeder Tag konnte der letzte sein. Hans hielt sich in dieser Beziehung noch immer sehr zurück, obwohl ihm die hübschen Mädchen in den Dörfern rund um die Einsatzhäfen nicht ganz unberührt ließen. Piloten übten schon immer eine große Anziehungskraft auf junge Frauen aus. Marias Tod hatte er noch immer nicht überwunden. Für eine neue Beziehung war es zu früh. Die blonden Holländerinnen erinnerten ihn viel zu sehr an Maria. Um sich abzulenken, kümmerte er sich in jeder freien Minute um seine Ju 88, fachsimpelte mit dem Bodenpersonal und bereitete sich auf den nächsten Einsatz vor.
Hin und wieder fuhr er mit Kameraden in einem Kübelwagen an die Küste und machte lange Spaziergänge am Strand. Verloren blickte er dann auf das Watt und auf die vorgelagerten Westfriesischen Inseln. Irgendwo da draußen, weiter im Westen, war der Feind. Ganz England war ein Flugzeugträger geworden, der englische und amerikanische Flugzeuge beheimatete, die von Engländern, Australiern, Iren, Amerikanern, Holländern und sogar Polen geflogen wurden. Ihm unbekannte Menschen, die er Nacht für Nacht bekämpfen musste. Irgendwo

weiter östlich lag Borkum. Hoffentlich ging es Leah gut. Er hatte lange keinen Brief mehr von ihr bekommen.

Kapitel 16

28. Juni 1943

Hin und wieder besichtigte Hans eine Funkmessgeräte(FuMG)-Stellung, die in der Nähe von Leeuwarden installiert war. So lernte er den Jägerleitoffizier, der ihn und andere Nachtjäger nachts führte, persönlich kennen und freundete sich sogar mit ihm an. In der FuMG-Baracke neben dem Bunker herrschte eine entspannte Atmosphäre. Kalter Rauch hing in der Luft und vermischte sich mit dem Parfüm einer Wehrmachtshelferin, die ungeniert mit einem Techniker flirtete, der am frühen Morgen bereits die Senderöhre des Freya-Radargerätes ausgetauscht hatte und nun das System auf einwandfreie Funktion testete. Auf dem grünen Bildschirm konnte man deutlich einige Bildpunkte sehen, Radarechos englischer Bomber, die über der Nordsee offensichtlich Testflüge durchführten.

„Kommen Sie mit, ich zeige Ihnen alles", sagte der Jagerleitoffizier. „Das hat schon manchem Piloten geholfen, besser mit uns zusammen zu arbeiten, wenn es darauf ankommt."
Hans folgte dem Oberleutnant nach draußen. Stolz zeigte dieser auf die riesigen Antennen des Funkmessgeräts. Ein heftiger, von einer anrückenden Kaltfront verursachter Wind rüttelte an den mächtigen Antennen, die gespenstisch hin und her wippten.
„Das ist unsere gute alte Freya", sagte der Jägerleitoffizier stolz. „Sie ist nach der nordischen Göttin der Liebe und Fruchtbarkeit benannt und hat eine Reichweite von etwa hundertfünfzig Kilometern. Wenn die Bomber von ihren Flugplätzen in Süd- oder Ostengland aus starten und sich in großer Höhe sammeln, hat Freya sie schon bald nach dem Start auf dem Bildschirm, wie sie gerade sehen konnten."
„Und dann alarmiert ihr uns", sagte Hans.
„Genau", antwortete der Jägerleitoffizier. „Sobald sie drüben starten und sich sammeln ist das der Moment, wo ihr Nachtjäger ebenfalls starten und auf Angriffshöhe steigen müsst."
„Ist übrigens stinklangweilig", sagte Hans. „Sobald wir unser Planquadrat erreicht haben, fliegen wir solange Kreise, bis sie uns abrufen."

„Das geht leider nicht anders", sagte der Jägerleitoffizier. „Irgendwie müssen wir Sie als Nachtjäger ja identifizieren. Aber lassen Sie mich weiter erklären: Wir haben neben Freya noch zwei Würzburg-Geräte, die zwar keine sehr große Reichweite haben, dafür aber wesentlich genauer messen. Die Würzburg-Geräte nehmen die Bomber in Empfang. Das Gerät mit der blauen Aufschrift verfolgt die Bomber und das Gerät mit der grünen zeigt euch Nachtjäger auf dem Bildschirm."
Hochinteressant", sagte Hans. „Mein ehemaliger Schwiegervater war einer der Entwickler des Würzburg-Riesen bei Telefunken", sagte Hans. Er fühlte einen Schmerz in der Brust.
Der Oberleutnant überhörte diesen Hinweis. Stolz erklärte er weiter: „Die Daten der beiden Würzburg-Geräte werden dann von unseren Wehrmachtshelferinnen per Feldtelefon in den Bunker gemeldet. Folgen Sie mir, ich zeige Ihnen meinen Arbeitsplatz dort."
Ein Feldwebel im Bunker empfing sie hektisch. „An Ihrer Stelle würde ich sofort zum Einsatzhafen zurückfahren", sagte er Hans und bot ihm eine Zigarette an. „Den Aktivitäten nach zu urteilen, die wir auf dem Bildschirm haben, gibt es heute Nacht wieder eine große Parade."
„Die darf ich nicht verpassen", lachte Hans mit Blick auf eine Wehrmachtshelferin. „Also gut, ich will keine Zeit verlieren. Wir hören uns spätestens heute Nacht im Funk."
„Bleiben Sie noch fünf Minuten", sagte der Jägerleitoffizier. „Wir spielen gleich kurz ein Planspiel durch, dann können Sie sehen, wie wir Sie nachts führen."
In Ordnung", sagte Hans. „Aber bitte nur fünf Minuten. Ich will den großen Bahnhof heute Nacht wirklich nicht verpassen."
„Das sollen Sie auch nicht", sagte der Jägerleitoffizier. „Wir brauchen jeden guten Jäger. Aber lassen Sie mich weiter erklären: Die Messungen werden von den FuMG-Helferinnen hier in den Bunker gemeldet. Sehen Sie dort unten den großen Glastisch?"
„Ja", sagte Hans. „Ich vermute, das ist der Seeburg-Tisch."
„Richtig", sagte der Jägerleitoffizier. „Das ist mein Arbeitsplatz. Feindliche Bomber werden von den Wehrmachtshelferinnen als blaue Punkte auf den Tisch projiziert, ihr Nachtjäger

seid die grünen Punkte. Parallel dazu melden wir die kompletten Messungen dem Opernhaus."
„Dem Opernhaus?", fragte Hans lachend.
„Ja, Opernhaus", lachte der Oberleutnant. „Das ist die Luftlagezentrale. Ein mehrstöckiger Bunker in der Nähe von Arnheim und von innen wirklich wie ein Opernhaus aufgebaut. Nur etwas kleiner. Hier projizieren eine Unzahl von Mädchen und Soldaten, die auf Rängen oberhalb einer riesigen Karte sitzen, mit Taschenlampen die Meldungen aller FuMG-Stellungen auf diese Karte. So entsteht Nacht für Nacht ein komplettes Luftlagebild und der Luftlage-Offizier kann schon bald nach dem Start sehen, wohin die Reise der Bomber geht."
„Sofern diese nicht im letzten Moment ihren Kurs ändern oder Scheinangriffe fliegen."
„Klar, aber spätestens dann sitzt ihr Nachtjäger ihnen ja im Nacken."
„Schon", antwortete Hans, „aber wir sind viel zu wenig, um ihnen ausreichend Paroli bieten zu können."
„Ich weiß", sagte der Oberleutnant. „aber wir dürfen nicht aufgeben. Sie planen und führen ihre Angriffe immer präziser durch und töten immer mehr unschuldige Menschen."
„Ich muss los", sagte Hans. „Hat mich sehr gefreut, einmal zu sehen, wie das alles hier funktioniert." Hans griff sich eine Zigarette und bot dem Oberleutnant auch eine an. Beide nahmen einen kräftigen Zug und bliesen den blauen Rauch in die Luft, dann verabschiedete sich Hans.
„Waidmannsheil", rief ihm der Jägerleitoffizier nach, als Hans den Bunker verlies. „Heute Nacht zeigen wir den Tommies, was eine Harke ist.
„Machen wir", sagte Hans. „Unsere Staffel ist fast vollzählig einsatzbereit."
Er drückte seine Zigarettenkippe im Sand aus und bestieg den Kübelwagen, um seine Kameraden einzusammeln, die sich in der Stadt herumtrieben und, wie so oft, unerlaubt nach Mädchen Ausschau hielten.

Schon am frühen Nachmittag stellte der an der Straße von Dover stationierte Funkabhördienst, der unabhängig von den Radarstellungen arbeitete, einen regen Funkverkehr in England

fest und kam ebenfalls zu dem Schluss, dass die Engländer offensichtlich einen weiteren Bombenangriff auf eine deutsche Stadt vorbereiteten. Alle Nachtjagdgeschwader und Jägerleitstellungen wurden daraufhin sofort in Alarmbereitschaft versetzt. Hans Brettschneider erhielt gegen 14:00 einen Befehl und machte sich sofort mit eiligen Schritten auf den Weg zum dürftig getarnten Abstellplatz seiner Ju 88.
Er kletterte über die Klappleiter von unten in die Kanzel, stieg eine weitere Stufe nach oben und ließ sich lässig in den Pilotensitz des Flugzeuges gleiten. Er genoss die Ruhe, die nur von den Mechanikern gestört wurde, als diese die letzen Handgriffe erledigten und Prüföffnungen an den Motorverkleidungen verschraubten. Gestern noch war eine Warmfront mit schlechten Sichten und viel Regen durchgezogen, doch heute hatte die kräftige Junisonne das Flugzeug aufgeheizt. Es roch stark nach Benzin und nach Kordit. Die vollkommen verglaste Kanzel bot eine gute Sicht nach vorne. Alle Bedienhebel und Instrumente für Triebwerksüberwachung, Kraft- und Schmierstoffanlage und Navigation waren übersichtlich angeordnet. Hans prüfte die Höhenmessereinstellung und las den Luftdruck in einem kleinen Anzeigefenster ab, das rechts im Höhenmesser integriert war. Der Druck war im Vergleich zu gestern gestiegen. Hoffentlich würde die anrückende Kaltfront den Braten heute Nacht nicht verderben. Hans lehnte sich zurück und schloss für einen kurzen Moment die Augen, um sich zu entspannen. Wenige Minuten später traf die Besatzung ein. Fertig zum Testflug.
Brandhähne auf, Benzinpumpen ein. Hans betätigte die Anlasser und ließ nacheinander die beiden eintausendvierhundert PS starken Motoren an. Ein lautes Dröhnen erfüllte das Cockpit. Blauer Auspuffqualm umhüllte das Flugzeug. Hans drosselte die Drehzahl und warf einen Blick auf das Instrumentenbrett. Öldruck in Ordnung, Öltemperatur noch zu niedrig.
„Seid ihr bereit für einen kurzen Ausflug über die Nordsee?“, rief er gut gelaunt ins Mikrofon seiner FT Haube, während er die Motoren warm laufen ließ und die Klappen in Startstellung brachte.
„Funker ist klar, FuMG läuft!“
„Bordschütze ist auch klar!“
„Na dann, auf geht's“, sagte Hans locker.

„Graue Maus an Boden, erbitte Rollfreigabe für Testflug“, rief Horst Opitz, der Funker in einem unverkennbaren sächsischen Dialekt.
„Freies Rollen zur Starbahn, Start nach eigenem Ermessen!“ Der Flugleitungsoffizier ahmte dabei den sächsischen Dialekt nach, alle lachten und waren froh, dass das Warten ein Ende hatte.
Hans gab dem Bodenpersonal das Zeichen zum Lösen der Bremsklötze. Ein Mechaniker der Bodenmannschaft zeigte mit dem Daumen der rechten Hand nach oben, zum Zeichen, dass Hans nun losrollen konnte. Durch leichtes Gasgeben und Lösen der Bremsen setzte sich das Flugzeug in Richtung Startbahn in Bewegung. Nach der Startfreigabe manövrierte er die Ju 88 auf die Startbahn, richtete die Längsachse aus, löste die Bremsen und schob die beiden gelben Gashebel gleichmäßig nach vorne. Zweimal eintausendvierhundert PS heulten auf und entfalteten ihre ganze Kraft. Das schwere Flugzeug, das durch die Funkmessantennen am Bug noch schwerfälliger wirkte und durch den aerodynamischen Widerstand des „Antennen-Geweihs“ schwierig zu fliegen war, beschleunigte und hob wenig später ab. Der starke Seitenwind zwang Hans zu einem leichten Schiebeflug bis er aus dem Abflugsektor des Einsatzhafens heraus war. Auf Sicherheitshöhe angelangt, gab er Fuchs das Zeichen zum Einfahren des Fahrwerks.
„Alles in Ordnung, alles im grünen Bereich“, sagte Hermann Fuchs, der Bordschütze und Bordmechaniker in einer Person verkörperte.
„Gut“, antwortete Hans, „wir steigen auf viertausend Meter. Legt mal langsam eure Sauerstoffmasken an. Wir fliegen in Richtung Ostfriesische Inseln, überprüfen die Waffen und das FuMG und dann geht’s wieder zurück nach Hause, damit ihr noch ein Nickerchen machen könnt, bevor es heute Abend wieder losgeht.“
Als Hans die Ju 88 in den Reiseflug brachte, begann ein Moment der Entspannung für Pilot und Besatzung. Alle hingen ihren Gedanken nach und schauten auf das glitzernde Wasser der Nordsee, das die einsetzende Flut gerade zurück ins Watt drückte. Hans gefiel das Fliegen zu dritt. Im Gegensatz zum Fliegen in einer Messerschmitt Bf 109 war man hier nicht so

alleine in diesem Krieg. Es tat gut, Kameraden wie diese zu haben.
Die Wellen der Nordsee kräuselten sich, ein Zeichen für stärkeren Wind. Ein paar Frachter waren auf dem Wasser zu sehen, die vermutlich Nachschub von Hamburg nach Rotterdam oder sonst wohin transportierten.
Plötzlich begann der linke Motor unruhig zu laufen. „Scheiße, da stimmt etwas nicht!“, rief Hermann Fuchs aufgeregt in die Bordverständigung.
„Öldruck links fällt ab!“, brüllte Hans und nahm vorsichtshalber den linken Gashebel zurück.
Der Motor kotzte weiter, die Ju 88 wurde kräftig durchgeschüttelt. „Verdammt, das klingt wie ein Ventilplatzer oder ein Kolbenfresser. Es hat keinen Zweck, ich muss den Motor abstellen.“
„Was machen wir jetzt“, fragte der Funker aufgeregt.
„Einmotorenflug, so wie wir es in der Flugschule gelernt haben.“ Hans blieb ruhig. Hektik hatte keinen Zweck. Einmotorenflug war möglich, aber die Landung mit einem Motor würde schwierig werden, insbesondere bei starkem Seitenwind.
„Damit schaffen wir es nicht mehr bis nach Leeuwarden“, stellte der Bordschütze fest. Er blickte nervös auf die Instrumente.
„Wir könnten es schaffen, aber wir werden nichts riskieren“, sagte Hans ruhig. „Schlage vor, wir landen auf Borkum. Vielleicht kriegen die unsere lahme Mühle bis heute Abend wieder hin.“
Ohne die Antwort der Besatzung abzuwarten, maß Hans auf seiner Karte den Kurs nach Borkum ab und flog eine flache Rechtskurve, bis der Kreiselkompass den berechneten Kurs anzeigte. Dann nahm er auch das Gas des rechten Motors etwas zurück und ging er in den Sinkflug.
„Wir sind gleich da“, rief er in die Bordsprechanlage. „Etwa zehn Minuten Flugzeit bis Borkum.“
„Soll ich den Jägerleitoffizier informieren?“, fragte Opitz. „Der wird auf uns warten.“
„Nein, lieber nicht. Besser, wir halten Funkstille“, sagte Hans. „Sobald wir gelandet sind, können wir zu Hause anrufen.“

Alle waren froh, als die beschädigte Maschine auf dem Rollfeld des Borkumer Einsatzhafens ausrollte. Das Bodenpersonal bereitete ihnen einen freundlichen Empfang.
„Horrido, ein Nachtjäger“, witzelte ein Mechaniker in blauem Dress. „Was ist los mit euch?“
„Mit uns ist alles in Ordnung, aber der linke Motor unserer grauen Maus gab unterwegs den Geist auf.“ Hans schilderte die Probleme in allen Einzelheiten.
„Könnte an der Benzinzufuhr liegen“, meinte der Mechaniker. „Vielleicht habt ihr Wasser im Tank.“
„Quatsch“, antworteten Fuchs und Hans fast gleichzeitig.
„So wie der Motor sich angehört hat, haben wir mindestens einen Kolbenfresser. Die Vibrationen waren so stark, dass es mir fast den Steuerknüppel aus der Hand gerissen hat“, sagte Hans.
„Mal schauen, was wir für euch tun können“, sagte der Mechaniker und gab seinen Untergebenen cin Zcichen.
„Es ist ungeheuer wichtig, dass ihr die Kiste bis heute Abend wieder flott bekommt“, sagte Hans bestimmend. „Wir erwarten heute Nacht wieder ein großes englisches Feuerwerk am Nachthimmel, das wollen wir auf keinen Fall verpassen.“
„Wenn es nur ein Kolbenfresser ist, könnt ihr die Kiste gegen 21:00 Uhr wieder in Empfang nehmen. Mit der Ju 88 haben wir unsere Erfahrungen“, sagte der Mechaniker stolz. „Notfalls gönnen wir eurer Mühle ganz einfach einen neuen Motor. Das geht am schnellsten.“
„Wir können uns also auf Sie verlassen?“, fragte Hans.
„Können Sie! Am besten gehen Sie jetzt zur Einsatzleitung und melden sich dort. Wir haben einen Aufenthaltsraum und kochen Ihnen dort gerne auch eine Tasse Kaffee. Wenn’s die Einsatzleitung erlaubt, können Sie auch in die Stadt laufen und sich ein bisschen umsehen, Borkum ist wunderschön in dieser Jahreszeit.“
„Ich muss unbedingt mit meiner Staffel telefonieren“, sagte Hans.
„Die Einsatzleitung stellt Ihnen sicher gerne unser Telefon zur Verfügung.“
„Also dann, bis heute Abend und schon jetzt vielen Dank für Ihren Einsatz.“

„Dafür sind wir da", lachte der Mechaniker.
Der Staffelführer befahl Hans telefonisch, unter allen Umständen spätestens gegen 22:00 Uhr zu starten und in das vorgeschriebene Planquadrat einzufliegen und sagte weiter: „Sollte der Jägerleitoffizier keine Arbeit für Sie haben, landen Sie in Leeuwarden und melden sich bei mir!"
„Jawoll, machen wir", brüllte Hans in das Feldtelefon und legte auf. Die Verständigung war miserabel.
„Jungs, wir haben ein paar Stunden frei. „Macht es euch gemütlich oder seht zu, dass ihr ein paar Stunden Schlaf bekommt. Ich gehe derweil jemanden besuchen, kann euch leider nicht mitnehmen."
„Seit wann hat unser Pilot ein Mädchen auf Borkum?", fragte Fuchs lachend.
„Meine Halbschwester lebt hier", log Hans. „Ich hab sie lange nicht gesehen.

Das kleine Reetdachhaus lag nahe am Flugplatz in den Dünen. Hans klopfte aufgeregt an die Tür. Leah öffnete ihm, aber sie erkannte ihn nicht sofort.
„Hallo Leah", sagte Hans, „kennst du mich nicht mehr? Ich bin Hans."
„Es tut gut, dich zu sehen", sagte Leah. Überrascht umarmte sie ihn lange und innig.
Heidemarie Reuter fand kaum Worte. „Ein waschechter Thalfelder Bursche auf Borkum, wie das?"
„Notlandung", sagte Hans stolz. Unser Nachtjäger braucht einen neuen Motor und da dachte ich, ich besuche mal meine kleine Halbschwester. Ich habe drei Stunden Zeit."
„Na, dann komm mit in den Garten und trink eine Tasse Tee mit uns", sagte Leah fröhlich. „Heidemarie hat Kringe gebacken, den magst du doch, oder?"
„Und wie, das ist mein Thalfelder Lieblingskuchen", lachte Hans. Er sah ihr tief in die Augen. „Du bist hübsch geworden, eine richtige junge Frau."
„Danke", sagte Leah, „du hast dich auch gut weiterentwickelt."
Heidemarie beobachtete die beiden. Dann fand sie, es wäre gut, wenn Hans und Leah einen Spaziergang miteinander unternehmen würden und ging unter einem Vorwand in den Stall.

„Wie geht es dir?“, fragte Hans.
„Wie soll es mir gehen“, antwortete Leah. „Mein Schicksal ist ungewiss, meine Eltern sind mit an Sicherheit grenzender Wahrscheinlichkeit von Hitlers Schergen ermordet worden und ich lebe hier mitten auf einem Pulverfass. Aber Heidemarie ist gut zu mir und kümmert sich sehr um mich. Ohne sie wäre ich längst nicht mehr am Leben.“
„Ich habe lange darüber nachgedacht“, sagte Hans. „Wenn der Krieg zu Ende ist, hole ich dich hier heraus. In Thalfeld können wir ein neues Leben anfangen.“
„Du willst mir doch jetzt nicht sagen, dass du dich in mich verliebt hast“, sagte Leah leise. „Ich bin doch erst sechzehn.“
Hans zögerte, dann nahm er sie fest in den Arm und sagte: „Ich mag dich sehr, Leah, du bist offiziell meine Halbschwester. Ich fühle mich irgendwie für dich verantwortlich und würde dich gerne nach dem Krieg mit nach Thalfeld nehmen und mich um dich kümmern.“
„Das ist lieb von dir, Hans. Aber niemand weiß, wann und ob dieser unsinnige Krieg jemals zu Ende geht. Und überhaupt, wenn ihr ihn gewinnt, werde ich große Probleme haben. Ich bin ein jüdisches Mädchen, vergiss das nicht.“
„Mir macht es nichts aus, dass du jüdischer Abstammung bist. Hauptsache, wir überleben den Krieg, dann sehen wir weiter. Niemand weiß, dass du Jüdin bist. Und wenn es eines Tages auffallen sollte, bringe ich dich ins Ausland – versprochen!“
„Ich weiß nicht, ob ich noch lange hier auf Borkum bleiben kann. Ich bin kein Kind mehr und muss bald eine Arbeit finden. Es wird hier immer unerträglicher. Gestern war ein Herr Riener hier und hat sich aufgeregt mit Heidemarie unterhalten.“
„Standartenführer Riener?“, fragte Hans erstaunt.
„Nein, er ist jetzt Sturmbannführer und Kreisleiter in Emden“, sagte Leah. „Er stellt Heidemarie nach. Ich glaube, er weiß mehr, als er zugibt.“
„Um Gottes willen, dieses Arschloch hier auf Borkum.“
„Er ist nicht oft auf Borkum und Heidemarie hat keine Angst vor ihm. Sie ist mit dem Kommandanten hier befreundet, das schreckt ihn ab. Aber ich habe große Angst vor ihm.“
„Das kann ich verstehen“, sagte Hans. „Wir müssen etwas unternehmen. Meine Idee wäre, wir bringen dich irgendwie nach

Thalfeld. Vielleicht kann sich dort Sepp Schäfer, Heidemaries Bruder, einstweilen um dich kümmern. Dann sehen wir weiter. Ich habe bald Urlaub und fliege nach Berlin. Ich werde Wagner darauf ansprechen. Er muss uns helfen. Wir lassen dich nicht im Stich."
„Das ist lieb von dir", sagte sie und küsste ihn auf den Mund. „Ich muss hier weg, so schnell wie möglich."
„Wir schaffen das schon", sagte Hans unsicher, „halte durch!"
Der Spaziergang durch die Dünen führte sie an den Strand und endete schließlich an der Promenade. Eine heftige Windböe wirbelte Leahs lange schwarze Haare kräftig durch.
„Lass uns zurückgehen", sagte sie traurig und begann zu weinen. „Es ist alles so grausam. Die Nazis haben meine Eltern und Großeltern auf dem Gewissen. Du bist auch in ihren Fängen und musst tun, was sie von dir verlangen. Du fliegst nachts in der Gegend herum und schießt auf unschuldige Engländer."
„So unschuldig sind die nicht", sagte Hans. „Sie bombardieren Nacht für Nacht deutsche Städte und bringen Tod und Verwüstung."
„Aber ihr habt den Krieg angefangen", sagte Leah trotzig. „Sie müssen sich wehren."
„Indem sie Unschuldige umbringen?" Hans blickte Leah fragend an.
„Lass uns lieber über etwas anderes reden", sagte sie ausweichend. „Ich weiß, dass du kein Nazi bist und ich bin froh, dass du heute hier bist, wenn auch nur für ein paar Stunden."

Auf dem Rückweg zum Flugplatz dachte Hans fieberhaft nach. Er würde Leah irgendwie ins Ausland bringen müssen. Eva hatte Recht. Wenn er es nicht tun konnte, musste Wagner es tun oder irgendwie organisieren. Wagner verfügte über die besseren Kontakte. Aber was konnte er unternehmen? Auch Wagner war im Krieg und musste seine Aufgaben gewissenhaft erledigen. Er würde kaum die Möglichkeit haben, Leah unauffällig von Borkum wegzubringen. Hans wurde unruhig. Die Dinge liefen nicht gut. Die Tatsache, dass Riener in Emden ein Amt übernommen hatte, beunruhigte ihn sehr.

Kapitel 17

28. Juni 1943, Abends

Flight Sergeant Jonathan „John“ Scott ging nochmals die Pre-Flight-Checkliste der Lancaster, der seine Besatzung den Spitznamen „Scarecrow“ gegeben hatte, durch.
„S-Sierra is taking off“, rief er in die Bordsprechanlage. Dann schob er gleichmäßig alle vier Gashebel nach vorn, stemmte seine Füße in die Pedale und startete. Der Flugplatz bei Norwich in East Anglia lag bald hinter ihm und die Anspannung des Starts wich aus seinem Körper. Ruhig stieg die vollbeladene Lancaster auf zehntausend Fuß. „Oxygen-Masks please“, befahl er seiner Besatzung. Dann ließ er sich von seinem Navigator den geplanten Kurs zum Bomber Sammelpunkt geben und stieg weiter auf vierundzwanzigtausend Fuß. Scott war mit seinen vierunddreißig Jahren bereits ein alter Hase in der Fliegerei. In Norwich hatte er Meteorologie studiert und gemäß dem Wunsch seiner Eltern hätte er eigentlich zur Handelsmarine gehen sollen. Doch in seiner Nachbarschaft gab es ein kleines Segelfluggelände. Als ihm seine Eltern zum Geburtstag einen Rundflug in einem Segelflugzeug schenkten, sein größter Wunsch damals, war es um ihn geschehen. Der kurze Flug in der offenen Slingsby T21, im Fliegerjargon „Möbelwagen“ genannt, war der Auslöser für seine neue Leidenschaft. Jonathan Scott wollte Pilot werden. Gleich nach dem Studium bewarb er sich bei der Royal Air Force und erhielt eine Ausbildung zum Motorflieger auf einer Tiger-Moth, einem Doppeldecker. In den Jahren vor dem Krieg betätigte er sich als Fluglehrer. Sein Ziel war es eigentlich, Fighter-Pilot zu werden, doch bei einem Bier abends im Flight Center sprach sein Vorgesetzter ihn auf seine weitere Karriere in der RAF (Royal Air Force) an: „Scott, bei Ihren fliegerischen Leistungen sind Sie als Fighter Pilot zu schade“, meinte er. „Was halten Sie davon, auf viermotorige Bomber umzuschulen?“
Scott hatte eingewilligt und fand sich wenig später in Duxford ein, um Bomberpilot zu werden. Dort rekrutierte er später auch seine Besatzung, zu der er ein sehr kameradschaftliches Ver-

hältnis pflegte, obwohl er als der Skipper die Befehlsgewalt über den Bomber hatte und als einziger der Crew eine Offizierslaufbahn durchlaufen hatte. Sein Funker, der Wireless Operator David Burdock, mit deutschen Vorfahren, war mit neunzehn Jahren noch fast ein Kind. Der Heckschütze (rear Gunner) Harry Mc Cullogh, ein Schotte, zählte dagegen schon einunddreißig Jahre und hatte schon dreiundzwanzig Einsätze hinter sich. Der Flight Engineer Jeremy Davids, ein Australier, hatte sich freiwillig gemeldet, obwohl ihm in Australien eine glänzende Karriere als Flugzeugingenieur bevorstand. Aber wenn das Empire rief, musste man gehen. Robert Henderson, der Navigator stammte aus einer alteingesessenen Londoner Familie, während der Bordschütze Paul Hampton aus einfachen Verhältnissen einer Familie in Wales stammte. Vor seiner Einberufung zur RAF arbeitete er als Fischer. Eigentlich hatte er sich bei der Marine beworben, doch die Royal Navy lehnte seine Gesuche schroff ab. So wurde er Bordschütze in einer viermotorigen Lancaster. Der Bombenschütze Jimmy Gallagher war neu in der Crew. Sein Vorgänger hatte sich dauerhaft krank gemeldet. Nach der Bombardierung einer deutschen Großstadt hatte er nervliche Probleme bekommen. Die RAF legte ihm dies jedoch als Feigheit aus und degradierte ihn.

Die Lancaster flog zum Sammelpunkt an der englischen Südküste und reihte sich in den Bomberpulk ein, der über Holland einfliegen würde, um Köln zu bombardieren. Scotts Flug verlief vorläufig ereignislos. Hin und wieder musste er der Flak ausweichen, ansonsten hatte er Glück. Weniger Glück hatte die Lancaster zwei Stockwerke unter ihnen. Ein Nachtjäger beschoss das schwere, noch vollbeladene Flugzeug kurz vor dem Erreichen des Zielgebiets. Die Explosion der Lancaster war noch in dreißig Kilometern Entfernung zu sehen. Scott gruselte es, doch er flog tapfer weiter und warf seine Bomben über dem Stadtzentrum ab. Man hatte ihm im Briefing gesagt, dort seien kriegswichtige Firmen angesiedelt, die es zu vernichten gelte. Aber Scotts Bomben trafen keine kriegswichtigen Ziele. Sie zerstörten zwei Wohnhäuser am Rheinufer und töteten eine siebzigjährige Frau, die aufgrund ihrer Behinderung nicht rechtzeitig in einen Luftschutzkeller flüchten konnte. Aber davon ahnte Scott nichts, als er über der hell brennenden Stadt eine hundertzwanzig Grad Kurve nach Norden flog, um die Heimreise anzutreten.

Hans Brettschneiders Ju 88 war entgegen den Versprechungen des Borkumer Bodenpersonals nicht rechtzeitig fertig geworden, so dass er erst gegen Mitternacht starten konnte. Gerade noch rechtzeitig, um sich in den ausfliegenden Bomberstrom einzuschleichen.
„Seid ihr fertig und fit?“, fragte er seine Leute.
„Fertig im wahrsten Sinne des Wortes“, antwortete Opitz müde.
„Wenn’s nicht anderes geht, nehmt eine Pervitin-Tablette zum Aufputschen. Wir dürfen die Veranstaltung heute Nacht nicht verpassen. Den Einflug des Bomber Comand haben wir schon verpasst.“
„Na denn, los Jungs! Lasst uns starten und noch ein paar Tommies vom Himmel holen“, sagte Hermann Fuchs in Abenteuerstimmung. „Hoffentlich geht alles glatt. Ich muss spätestens um 5:00 Uhr heute Nacht zurück sein. In Leeuwarden wartet ein Bett voller Arbeit auf mich.“
„Lass dich nicht erwischen.“ Hans lachte. „Du kennst den Geschwaderbefehl: Nach einem Nachteinsatz ist Einsatzbesprechung und anschließend Nachtruhe.“
„Mensch, Hans, du weißt doch: Piloten ist nichts verboten und die Holländerinnen sind einfach zu süß. Wer kann da schon widerstehen?“
Nach kurzem Aufleuchten des Bodenscheinwerfers rollte die Ju 88 auf die Startbahn. Es war so hell, dass man die ganze Startbahn auch ohne Leuchtpfad gut erkennen konnte. Nur wenige dünne Stratocumulus-Wolken schob der Wind am Mond vorbei. Nachtjäger hassen Vollmondnächte. Nach einem kurzen Startcheck gab Hans Vollgas. Wenig später hob das Flugzeug ab und überflog die Dünen und den Strand, bevor es über dem offenen Meer nach links drehte, um zu steigen. Opitz konnte von seinem Platz aus gut einige der Flak-Stellungen sehen, in denen heute Nacht Großalarm herrschen würde. Auch der große Seefliegerhorst war im Mondlicht gut erkennbar.
„Die Tarnung da unten ist schlecht“, sagte er. „Man sieht jedes einzelne Wasserflugzeug im Hafen und fast jeden Flakbunker.

Würde mich nicht wundern, wenn die bald eins aufs Dach kriegen."
„Das wäre schlecht", witzelte Hans. „Das Dach sind wir, zumindest nachts."
Die Ju brauchte einige Zeit, um auf die vorgeschriebene Angriffshöhe zu steigen.
„Graue Maus an Adlerauge, wir fliegen jetzt ins Planquadrat Cäsar ein", rief Opitz im Funk. „Steigen noch!"
„Graue Maus, hier Adlerauge", rief der Jägerleitoffizier. „Funkkontakt ist gut. Befehl: Auf mindestens sechstausend Meter steigen und dann kreisen bis auf weiteres!" Dann fügte er unter Missachtung der vorgeschriebenen Funkdisziplin an: „Die Bomber befinden sich bereits auf dem Rückflug. Sie haben in Köln ein Blutbad angerichtet. Vermutlich fliegen sie über Holland wieder aus und dann hoffe ich, dass ihr so viele wie möglich vom Himmel holt."
„Wir werden uns Mühe geben", sagte Opitz erschrocken. Er wusste, dass die älteste Schwester von Hermann Fuchs als Krankenschwester in Köln arbeitete.
Fuchs nahm es tapfer. „Sie wird heute Nacht sicher eine Menge Arbeit haben", sagte er, um sich selbst zu beruhigen.
Gelangweilt flog Hans in der vorgegebenen Höhe Kreis um Kreis. Die Kaltfront stand vor der Küste und er musste sich beeilen und seine tödliche Arbeit verrichten, bevor das Wetter ihm einen Strich durch die Rechnung machte.

Flight Sergeant Scotts Pechsträhne begann, als ihm der Navigator einen falschen Kurs für den Rückflug berechnete. Der Wind der aufziehenden Kaltfront war in der Höhe äußerst stark, so dass ein Luvwinkel von zwanzig Grad notwendig gewesen wäre. Aufgrund der falschen Berechnungen flog die Lancaster nun direkt in den Flak-Gürtel der Stadt Düsseldorf ein. Zwei Scheinwerfer Kegel erfassten die Lancaster sofort. Wenig später krachte es.
„Flak-Treffer, Steuerbord-Motor außen brennt", rief der Flight Engineer.
„Feuerlöscher betätigen und Motor aus!", befahl Scott. „Props auf Segelstellung, falls das noch möglich ist!"

Glück im Unglück. Die Flak ließ, aus welchen Gründen auch immer, von dem Bomber ab und wandte sich einem weiteren Opfer zu.
Der Navigator hatte seinen Fehler inzwischen bemerkt und gab Scott einen neuen Kurs. Der zweite Teil der Tragödie begann. Der neue Kurs brachte Scott zielgenau in das Planquadrat Cäsar.
„Graue Maus, es geht los", rief der Jägerleitoffizier. „Fliegen sie Kurs neunzig Grad!"
„Kurswechsel erfolgt, neuer Kurs Null-Neun-Null!" Opitz fühlte sich in seinem Element.
Die beiden Leuchtpunkte auf dem Seeburg-Tisch bewegten sich genau aufeinander zu.
„Jetzt Vollkreis, auf Zwo-Drei-Null Grad gehen und zweihundert Meter sinken, graue Maus! Ihr seid gleich hinter ihm", sagte der Jägerleitoffizier über Funk.
Hans brachte die Ju 88 auf den gewünschten Kurs und sah wenige Sekunden später die drei Auspuffflammen der Lancaster. Langsam tastete Hans sich bis auf Schussweite heran. Der riesige Bomber war deutlich im Mondlicht zu sehen.
„Sieht so aus, als ob unsere Flak die Lancaster schon beschädigt hat. Ihm fehlt offensichtlich ein Motor", rief er in die Bordsprechanlage.
Dann nahm er das Gas zurück und brüllte: „Pauke Pauke!"
„Pauke Pauke!" Opitz der Funker informierte den Jägerleitoffizier über den bevorstehenden Angriff.
„Pauke Pauke!", wiederholte der Jägerleitoffizier.
Die ersten Geschosse von Hans Brettschneiders Ju 88 schlugen im Heck der Lancaster ein trafen zunächst den Heckschützen, der mit erschrockenen Augen gerade seinen Piloten darüber informieren wollte, dass er einen Nachtjäger gesehen hatte. Aber Rear Gunner Harry Mc Cullogh konnte keine Information mehr absetzen. Er war sofort tot. Weitere Geschosse der Ju 88 schlugen im rechten inneren Motor ein und setzten ihn in Brand. Außerdem trafen sie die Kanzel des Mid-Upper-Gunner Paul Hampton und verletzten ihn ebenfalls tödlich.
Eine Lancaster mit zwei zerstörten Motoren auf einer Seite ist kaum noch flugfähig. Sie fliegt nicht mehr geradeaus und hat auch keine Steigleistung mehr. Scott reagierte sofort. Er nahm

das Gas der beiden noch laufenden Motoren zurück und leitete einen flachen Sinkflug ein. Damit verhinderte er zunächst einen unsteuerbaren Schiebeflug.

„Den haben wir erwischt", rief Hans. „Nicht weiter schießen! Der muss runter. Nach Hause schafft er es nicht mehr. Wir lassen die Jungs aussteigen oder notlanden. Alles Weitere ist nicht mehr unsere Aufgabe."
„Graue Maus an Adlerauge, melden Abschuss!", rief Opitz stolz in das Mikrofon.
Der Jägerleitoffizier beobachtete die Punkte auf dem Seeburgtisch und stellte fest, dass der blaue Lichtpunkt langsam nach rechts auswanderte.
„Glückwunsch, graue Maus", rief er. „Kursänderung auf eins acht null Grad! Es gibt gleich weitere Arbeit."

Scott flog die Lancaster nicht mehr, er kämpfte mit ihr.
„Wir müssen runter, irgendwo. Navigator, wie ist unsere Position?"
„Etwa zwanzig Meilen nördlich der Insel Borkum", kam prompt die Antwort.
„Bloody fucking Germans", rief der Flight Engineer aufgeregt. „Nur noch eine gute Stunde und wir wären zu Hause, in Good Old England."
„No way!", schrie Scott. „Sie fliegt nicht mehr geradeaus und der Feuerlöscher hat das Feuer im Motor nicht ersticken können. „Seems the war will be ending for us tonight – sieht so aus, als ginge der Krieg heute Nacht für uns zu Ende. Ich lande am Strand." Er drückte den Steuerknüppel nach vorne und brachte die Lancaster in einen Sinkflug mit hoher Geschwindigkleit, damit das Feuer im Motor nicht weiter um sich griff.
Bereits im Anflug auf den schmalen Südstrand in Borkum erwischte die örtliche Flakstellung „Heimliche Liebe" die Lancaster. Im Heck brach nun ebenfalls Feuer aus. Doch die Lancaster flog noch immer.
„Nicht aussteigen!", brüllte Scott. „Wir sind zu tief. Haltet euch fest, wir sind gleich unten!"

Trotz der Flammen, die aus dem hinteren Rumpf schlugen, machte Scott eine saubere Bauchlandung. Die Lancaster rutschte sekundenlang über den Sand, dann blieb sie stehen.
Nur vier der Besatzungsmitglieder überlebten den Crash. Der Navigator Robert Henderson starb kurz vor der Landung durch einen Treffer der Schiffsflak vor Borkum, die die anfliegende Lancaster ebenfalls ins Visier genommen hatte.
„Raus hier!“, brüllte Scott.
Die Männer verließen die brennende Lancaster unverletzt über die Notluke. Scott folgte als letzter. Erst jetzt stellte er fest, dass er eine große Fleischwunde am Bein hatte.

Auch Hans Brettschneider und seine Besatzung kamen in dieser Nacht nicht ungeschoren davon. Bei einem weiteren Angriff auf eine heimfliegende Lancaster wurden sie vom Heckschützen des Bombers beschossen. Die Treffer durchschlugen das Armaturenbrett und lösten einen kleinen Brand in der Kanzel aus, dcn Fuchs aber mit einem Feuerlöscher schnell unter Kontrolle brachte. Fuchs zog sich dabei Brandwunden am Arm zu. Viel schlimmer aber war der Ausfall der Bordelektrik. Hans musste den Angriff abbrechen und nach Leeuwarden zurück fliegen. Seine Instrumente arbeiteten nicht mehr. Nur noch der Höhenmesser, der Variometer und der Kompass zeigten brauchbare Werte an, da sie unabhängig von der Stromversorgung arbeiteten. Hans schaffte es trotzdem, die Ju 88 sicher in Leeuwarden zu landen. Übermüdet fiel er ins Bett. An Schlaf war nicht zu denken. Wieder hatte er getötet. Dieser Scheißkrieg verpfuschte ihm sein junges Leben.

In dieser Nacht verloren in Köln 4.500 Menschen ihr Leben. Die britische Luftwaffe verlor 45 Bomber und deren Besatzungen. Weitere 15 Bomber kamen stark beschädigt nach Hause. Auf Deutscher Seite war der Verlust von drei Nachtjägern zu beklagen, einer davon stürzte durch Beschuss der eigenen Flak ab.

Sturmbannführer Riener hatte dienstfrei in dieser Nacht. Er verbrachte sie gemeinsam mit einigen SA-Kameraden in einem Hotel an der Borkumer Promenade. Die Kameraden waren zur

Erholung hier. Gegen drei Uhr ging er sturzbesoffen zu Bett. Kurz vorher erfuhr er von der Zerstörung der Stadt Köln, in der seine beiden Söhne lebten.

Kapitel 18

29. Juni 1943

Die vier überlebenden Besatzungsmitglieder der Lancaster mit dem Kennzeichen S-Sierra wurden von Flaksoldaten zur Ortskommandantur in die Kaserne „Mitte“ gebracht.
Sturmbannführer Riener hatte frühmorgens von der Bauchlandung des englischen Bombers gehört und eilte immer noch stark alkoholisiert von seinem Hotelzimmer aus direkt zum Strand. Als er dort niemanden antraf, begutachtete er kurz das Wrack, sah sich verächtlich die verkohlte Leiche des Heckschützen, die noch immer in der ausgebrannten Kanzel am Heck der Lancaster hing, und lief dann mit eiligen Schritten zur Kommandantur. Da der Kommodore nicht anwesend war, übernahm Riener das Verhör der Gefangenen. Scott wusste, dass er nach internationalem Recht nicht gezwungen werden konnte, irgendeine Aussage zu machen. Also beschränkte er sich darauf, lediglich seinen Namen, sein Geburtsdatum und die Bezeichnung seiner Einheit zu nennen. Riener brüllte ihn an, aber Scott blieb stur.
„Bringen Sie die Gefangenen in den Innenhof!“, befahl Riener einem Feldwebel.
„Herr Sturmbannführer, bitte lassen Sie uns abwarten, bis der Kommodore zurück ist“, antwortete der Feldwebel. Er ahnte, was passieren würde.
„Wir werden nicht abwarten. Wir werden hier auf Borkum keine Gefangenen machen“, sagte Riener. Er wusste, dass er seine Kompetenzen damit bei weitem überschritt.
„Das ist nicht nach gültigen Recht und nicht Sache der SA“, sagte der Feldwebel vorsichtig.
„Bringen Sie die Gefangenen in den Innenhof!“, lallte Riener „Was Recht ist und was nicht, entscheide ich heute Morgen. Ich bin der amtierende Kreisleiter in Emden und somit auch zuständig für Borkum. Diese Schweine haben heute Nacht halb Köln zerstört. Ich werde sie standrechtlich erschießen, fertig.“
Der Feldwebel sah ein, dass mit diesem SA-Mann nicht zu spaßen war und führte den Befehl aus. Er würde dennoch ein

genaues Protokoll schreiben und es dem Kommodore vorlegen. Er wusste, dass der Kommodore Riener später verhaften würde.
Riener war wie im Blutrausch. Er eilte in den Innenhof und gab mehrere Schüsse aus seiner Dienstpistole ab. Flight Sergeant Jonathan Scott, Wireless Operator David Burdock, Flight Engineer Jeremy Davids und Bomb Aimer Jimmy Gallagher lebten nicht mehr.
Aber Rieners Rausch war noch nicht zu Ende. Er ließ sich einen Kübelwagen geben und fuhr los. Es war an der Zeit, die Sache mit Heidemarie Reuter anzugehen.
Heidemarie öffnete ihm die Tür und blickte ihn schlecht gelaunt an.
„Du kannst gleich wieder gehen, Riener", sagte sie stur. „Die Antwort ist nein."
„Ich weiß, dass du ein jüdisches Mädchen versteckt hältst und ich weiß auch, wer dich dafür bezahlt", sagte er schwankend. „Es gibt zwei Möglichkeiten: Wir werden jetzt und zukünftig etwas Spaß miteinander haben oder ich werde die Kleine verhaften und der Gestapo übergeben."
„Nur über meine Leiche", sagte Heidemarie tapfer.
Riener antwortet nicht. Mit gezogener Pistole drängte er sie ins Haus zurück und zerrte sie zu einem Tisch in der Küche. Dann versuchte er, ihr mit einer Hand die Bluse zu öffnen und vom Körper zu reißen, während er ihr mit der anderen Hand die Pistole an den Kopf hielt. Sie roch seinen schmutzigen Atem und ekelte sich. Sie wehrte sich mit Händen und Füßen, aber gegen diesen stämmigen Mann hatte sie keine Chance.
In diesem Augenblick betrat Kommodore Friedrichsen das Haus. Er war mit Heidemarie zum Frühstück verabredet und hatte sich verspätet, weil er nach einer Besprechung mit seinem Adjutanten, anlässlich einer für heute geplanten Offiziersfeier, vorher noch im Offizierskasino vorbeischauen musste. Dabei erfuhr er von den grausamen Ereignissen, die sich an diesem Morgen abgespielt hatten.
„Hände hoch, Standartenführer", schrie er Riener an. „Lassen Sie Ihre Dreckfinger von der Dame, Sie sind verhaftet!"
Riener drehte sich mit gezückter Pistole um und schaute Friedrichsen unsicher an. Dabei fuchtelte er an seiner Pistole.

Bevor Riener abdrücken konnte, entsicherte Friedrichsen seine Dienstpistole und erschoss ihn. Anschließend nahm seine völlig schockierte Freundin in den Arm und sagte: „Keine Angst, Heidemarie, der Spuk ist vorbei. Alles wird gut."
Totenstille im Raum. Die drei noch bei Heidemarie lebenden Waisenkinder, unter ihnen Leah, waren inzwischen wach geworden und standen nun aufgeregt in der Küche.
„Wir müssen Weg von Borkum", sagte Heidemarie weinend. „Es wird ein Verfahren geben und dann kommt alles raus."
„Blödsinn", sagte Friedrichsen. „Ich habe ihn in Notwehr erschossen, weil er sich einer Verhaftung entziehen wollte. Die Sache ist glasklar. Es wird kein großes Verfahren geben, dafür sorge ich. Dieses Schwein hat heute Morgen vier notgelandete Engländer rechtswidrig erschossen, anstatt sie als Kriegsgefangene zu behandeln. Und er hat dich bedroht."
Heidemarie blickte zu Leah, dann flüsterte sie: „Kommodore, ich muss dir etwas erklären. Riener war ein Mitwisser." Anschließend erzählte sie ihm die ganze Geschichte. Die Geschichte von Leah und warum sie hier versteckt werden musste.
„Um Gottes Willen, das ändert die Situation. Wenn Riener weitere Mitwisser hatte oder irgendwo Dokumente hinterlegt hat, bist du in großer Gefahr."
„Kannst du mir irgendwie helfen?"
„Klar werde ich dir helfen. Ich liebe dich", sagte der Kommodore. „Es gibt da eine Möglichkeit. Einer meiner Soldaten ist im Zivilberuf Fischer. Er hat im Borkumer Hafen seinen alten Fischkutter liegen. Ich werde ihm ein paar Tage freigeben, er wird dich nach Husum bringen."
„Was soll ich in Husum", fragte Heidemarie entsetzt.
„Meine Schwester hat auf einer Hallig im Wattenmeer ein kleines Bauernhaus, sie lebt von der Schafszucht. Kein besonders gemütliches Zuhause, aber dort seid ihr erst mal sicher. Wenn sich die Wogen hier geglättet haben, kommst du zurück. Sobald der Krieg zu Ende ist, würde ich dich gerne heiraten."
„Du bist eine Wucht, Kommodore. Aber das kann ich nicht annehmen. Du machst einen deiner Soldaten zum Mittäter und bringst dich selbst in große Gefahr."
„Das Risiko gehe ich ein. Der Mann ist in Ordnung. Er hasst die Nazis und diesen Krieg, wie wir alle. Und der Krieg dauert

nicht mehr lange, ich fühle es. Wenn wir ihn überleben, fangen wir von vorne an. Nur wir beide und deine Mädchen. Natürlich, nur wenn du willst."

Heidemarie umarmte ihn und willigte ein. Sie schrieb einen langen Brief nach Berlin und packte ihre wichtigsten Sachen zusammen. Wenige Tage später verließ sie Borkum – für immer.

Kapitel 19

19. November 1943

Das Nachtjagdgeschwader war im Spätherbst 1943 wieder einmal nach Grove in Dänemark verlegt worden. Dort saß auch der Stab. Hans Brettschneider musste mit seiner Staffel auf den kleineren Einsatzhafen „Rom“ bei Lemvik ausweichen, weil Grove überbelegt war. Er freute sich sehr darüber, die Stadt mit ihrem kleinen Hafen war ihm sympathisch. Von Lemvik aus durfte er nun wieder ungefährlichere Tageseinsätze nach Norwegen fliegen. Er liebte dieses Land und seine weitläufigen Fjorde, deren gigantische Ausmaße man erst aus der Luft richtig erkennen konnte. In seiner Brieftasche hatte er einen Brief von Eva mit einer Information, die er nicht deuten konnte: „Du brauchst dir um Magdalena zurzeit keine Sorgen zu machen. Sie ist nicht mehr auf Borkum. Dort ist etwas Schreckliches passiert. Aber jetzt hat Heidemarie sie an einen sicheren Ort gebracht und passt auf sie auf. Beiden geht es gut. Alles weitere in einem späteren Brief oder wenn du im Urlaub bei uns bist. Ich freue mich auf dich. Pass bitte auf dich auf.“

Hans fragte sich, was wohl auf Borkum vorgefallen sein musste. Möglicherweise hatte Riener seine Finger im Spiel. Er musste wissen, wo sich Leah aufhielt. Aber bis zum nächsten Urlaub war es noch weit. Die Staffel wurde immer öfter zu Fremdeinsätzen befohlen. Der Luftwaffe fehlte es an allen Ecken und Enden. Vor kurzem noch hatte sie Minen in der Ostsee ausgesetzt. Ein paar Tage später lag das ganze Geschwader am Boden, weil kaum noch Sprit zu bekommen war. Der Urlaub war bis auf weiteres gestrichen.

In Berlin roch es in diesen Tagen nach Brand und Zerstörung. Bei einem Großangriff der Briten waren in der letzten Nacht zweitausendsiebenhundert Menschen gestorben und weitere Tausende obdachlos geworden. Der nächste nächtliche Großangriff stand unmittelbar bevor, doch das ahnten die Berliner nicht. Überall roch es nach schwelenden Balken, nach brennenden Häusern und nach Tod in dieser Stadt. Ganze Straßenzüge waren vollkommen zerstört. Berge von Schutt, zerbrochenen Steinen und verbogenen Metallträgern türmten sich auf. Die Kaiser-Willhelm-Gedächtniskirche war nur noch eine ausgebrannte Ruine. Die U-Bahn fuhr nur noch Teilstrecken, weil viele Schächte mit Wasser vollgelaufen oder durch Bombentreffer zerstört waren. Andere U-Bahn Schächte dienten als Luftschutzbunker. Die Häuser, die noch standen, sahen unbewohnt aus. Ihre Fenster waren mit Brettern zugenagelt, auch die Schaufenster. Geschäfte gab es kaum noch. Nur die Namen der Inhaber konnte man über den zertrümmerten Schaufenstern noch lesen: Uhrmacher Müller oder Bäckerei Golzow. Die Stadt bot ein Bild der Apokalypse und des Grauens. Die Menschen, die sich hier noch aufhielten, gingen nur noch zum Essen holen ans Tageslicht. Viele suchten eine neue Bleibe und trugen ihre Habseligkeiten bei sich. Kinder in Kinderwagen, Lebensmittel, wichtige Papiere, mehr war ihnen nicht geblieben. Aber sie lebten noch. Mit Kreide schrieben sie auf ihre zerstörten Hauswände: „Ihr zerstört unsere Häuser, uns zerstört ihr nicht" oder „Unsere Mauern brechen, unsere Herzen nicht." Glaubte da wirklich noch jemand dran?

Wagner hatte die halbe Nacht gegraben. Mit bloßen Händen. Eine Zwei-Zentner Spreng-Bombe hatte sein Haus in Johannisthal vollkommen zerstört, während er bei einer Krisensitzung im RLM weilte. Noch während des Angriffs war er mit einem Fahrrad durch die brennende Stadt gefahren, um sich auf die Suche nach Eva zu begeben. Er suchte in allen umliegenden Luftschutzbunkern nach ihr, vergebens. Offensichtlich war sie während des Angriffs in den Keller des Hauses geflüchtet, von dem er immer geglaubt hatte, der Raum sei stabil. Das Haus war in sich zusammengefallen, aber es hatte nicht gebrannt. Tonnen von Schutt lasteten jetzt auf dem Keller, in dem sich Eva offensichtlich noch befand. Wagner schrie immer wieder ihren Namen. Er hämmerte mit einem Stück Metall auf die verbogenen Stahlträger, ergebnislos. Er erhielt kein Lebenszeichen von Eva. Etwa gegen 10:00 Uhr vormittags halfen ihm zwei Feuerwehrleute mit schwerem Gerät den Schutt wegzuräumen. Schließlich legten sie den Eingang zum Kellerraum frei und fanden Eva. Sie lag in einer Blutlache und war tot. Ihre Lungen waren bei der

Detonation der Bombe geplatzt. Wagner sackte zusammen und begann hemmungslos zu weinen. Minutenlang saß er neben ihr und hielt ihre zarte Hand. Nachdem er sich wieder etwas im Griff hatte, bat er die Feuerwehrleute, Evas Leiche zum nächsten Sammelpunkt zu bringen. Im Anschluss daran fuhr er in sein Büro und schrieb jeweils einen langen Brief an Hans und Leah. Er fühlte sich vom Leben betrogen. Den ersten Weltkrieg hatte er überlebt und seiner Überzeugung nach war der zweite Weltkrieg unbedingt notwendig gewesen, um Deutschlands Position in Europa zu festigen. Er hatte um der Fliegerei willen mitgemacht. Nun hatte der Krieg sein Leben zerstört. In seinen Briefen vermachte er Hans und Leah anteilig seine Ersparnisse, die er vor Jahren sicherheitshalber auf einem Schweizer Konto angespart hatte. Dann entsicherte er seine Dienstpistole und erschoss sich.

Hans Brettschneider befand sich an diesem Tag auf einem Versorgungsflug nach Narvik und musste seinen Rückflug aufgrund einer durchziehenden Warmfront um mehrere Stunden verschieben. Bei äußerst schlechten Sichtbedingungen landete er schließlich gegen 23:00 Uhr in Lemvik, wo das Flugzeug schon von einer anderen Besatzung sehnlichst erwartet wurde. Ein weiterer Nachtjäger-Einsatz stand bevor. Als Hans die Ju 88 durch die Bodenluke verließ und die kleine Leiter herunter stieg, empfing ihn der Adjutant des Geschwaderkommodore persönlich.
„Bitte begleiten Sie mich in das Stabsbüro nach Grove, Herr Unteroffizier. Der Kommodore hat ein wichtiges Telegramm für Sie."
Hans wurde blass. Hoffentlich war Leah nichts passiert. Schweigend fuhr er mit dem Dienstwagen des Kommodore zum Stabsgebäude am Einsatzhafen Grove.
„Nehmen Sie Platz, Brettschneider", sagte der Geschwaderkommodore herzlich. „Es gibt leider sehr schlechte Nachrichten und ich habe nun die unangenehme Aufgabe, Ihnen Mitteilung zu machen."
„Was ist passiert, Herr Oberstleutnant", fragte Hans. Sein Magen zog sich zusammen und verursachte ihm Schmerzen. Eine Vorahnung machte sich in ihm breit.

„Ich habe heute Abend ein Telegramm aus Berlin bekommen, genauer gesagt, aus dem RLM. Ihr Stiefvater, General Karl Wagner, hat heute Nacht Selbstmord begangen.“ Er übergab Hans das Telegramm. Seine Gesichtszüge verrieten, dass ihm diese Aufgabe mehr als unangenehm war.
Hans schwieg. Ihm wurde so schwindlig, dass er sich kaum noch auf dem Stuhl halten konnte.
„Da wäre noch etwas“, fuhr der Kommodore fort. „Ihre Mutter ist heute Nacht bei einem Bombenangriff auf Berlin ums Leben gekommen, vermutlich der Grund für den Selbstmord Ihres Stiefvaters. Ich kannte ihn persönlich und ich kann Ihnen nicht sagen, wie Leid es mir tut. Ich möchte Ihnen mein herzlichstes Beileid aussprechen.“
„Dieser verdammte Krieg“, flüsterte Hans leise. Er rang nach Luft. Dann fühlt er, wie sich seine Augen mit Tränen füllten.
„Wir können es nicht ändern“, sagte der Oberstleutnant und machte eine ungeschickte Handbewegung. „Es klingt formal, aber wir müssen uns diesen schrecklichen Realitäten weiterhin stellen und kämpfen. Jeder an seinem Platz und hart wie Kruppstahl. Nur so werden wir den Krieg gewinnen.“
„Wir können so viele Bomber vom Himmel holen, wie wir wollen“, sagte Hans wütend. „Wir werden diesen Krieg nicht gewinnen. Wir verlängern ihn nur. Um welchen Preis? Wie viele Opfer müssen wir noch bringen? Es traf ja nicht nur meine Eltern. Seit ich im Geschwader bin, war ich auf unzähligen Trauerfeiern. Die bei den Nachteinsätzen ums Leben gekommenen Fliegerkameraden können wir doch niemals ersetzen. Die Engländer und Amerikaner werfen Bomben auf unsere Städte, töten unschuldige Menschen und wir können kaum etwas dagegen unternehmen.“
„Ich verstehe Ihre Wut und ihre Trauer“, antwortete der Kommodore. „Aber so dürfen wir nicht denken. Die Führung weiß, was sie tut. Davon müssen wir ausgehen und darauf können wir vertrauen, auch wenn sie uns Härte abverlangt, jedem von uns.“
„Herr Oberstleutnant, ich bitte hiermit um zwei Wochen Urlaub, damit ich mich um die Beerdigung meiner Eltern kümmern und mich auf die Suche nach meiner Stiefschwester machen kann.“

„Ich habe heute Nachmittag mit einem Kollegen im RLM telefoniert“, sagte der Kommodore. „Ihre Mutter ist bereits beerdigt, Ihr Vater wird übermorgen beerdigt. Das RLM kümmert sich um alles. Ich gebe ihnen gerne zwei Wochen frei. Sie sind einer meiner besten Piloten. Ich stelle Ihnen deshalb einen Fieseler Storch, das Kurierflugzeug des Geschwaders, zur Verfügung. Damit sind Sie flexibler. In vierzehn Tagen erwarte ich Sie hier zurück, spätestens. Wir brauchen Sie dringend. Und wenn Sie etwas brauchen und sei es nur ein Gespräch, lassen Sie es mich wissen. Das Geschwader ist schließlich so etwas wie eine Familie.“
„Danke“, sagte Hans traurig. „Jetzt hat mir dieser Krieg schon drei liebe Menschen genommen.“
Er verließ das Büro und ließ sich von einem Fahrer zurück nach Lemvik bringen. Er wusste nicht mehr, wie es weitergehen sollte. Ohne eigentliches Ziel wanderte er über den Einsatzhafen. Der Abstellplatz seiner Ju 88 sah verlassen aus. Sein Flugzeug und seine Besatzung waren zu einem Einsatz unterwegs. Ein anderer Pilot hatte den Flug für ihn übernommen. Hans rauchte eine Zigarette und ließ sich von einem der wartenden Mechaniker einen starken Cognac einschenken. Am nächsten Morgen flog er mit dem Fieseler Storch der Staffel nach Berlin. Er hatte keinerlei Einweisung auf diesem Flugzeug und noch nie einen Storch geflogen. Dennoch verlief der Flug problemlos. Er landete auf dem Flugplatz Adlershof, zeigte dem verdutzten Bodenpersonal einen schriftlichen Befehl seines Kommodore vor und bekam sofort einen Fahrer, der ihn mit einem Opel-Blitz Lastwagen zunächst zur Ruine von Wagners Haus brachte. Das zertrümmerte Haus hatte inzwischen einen weiteren Bombentreffer abbekommen, die Ruine war vollständig ausgebrannt. Hans setzte sich auf ein übergebliebenes Stück Mauer, ließ die Beine baumeln und stierte ratlos in den Schutt. Evas Grab kannte niemand. Man hatte sie in einem Massengrab beerdigt. Hier gab es nichts mehr zu tun für ihn. Es gab in den Überbleibseln des Hauses auch nichts mehr zu finden. Keine Erinnerungsstücke, keine Dokumente, nichts.
Nach der feierlichen Beerdingung von Wagner stieg Ratlosigkeit und Wut in Hans Brettschneider auf. Die gleiche Wut, die er damals fühlte, als Maria starb. Er versuchte sich zu motivie-

ren: „Du musst weiter kämpfen, Hans Brettschneider. Schau dich um. Schau dir an, was die Engländer aus dem schönen Berlin gemacht haben. Damit muss Schluss gemacht werden. Dieser Krieg muss endlich aufhören. Aber vorher musst du Leah suchen. Du hast einen Storch und noch ein paar Tage Zeit."
Zunächst flog er nach Thalfeld, um den Langen Sepp zu suchen. Er würde wissen, wo sich Heidemarie und Leah aufhielten. Nach der Landung wurde der Storch mit angeklappten Flügeln auf der Ringstraße zu den Bunkern abgestellt. Das Bodenpersonal weigerte sich, das Flugzeug zu betanken. Es herrschte Spritmangel, wie überall in der Heimat. Hans zeigte seinen Befehl. Er bekam Sprit. Aber der Lange Sepp war nicht auffindbar. Nachbarn sagten ihm, er sei auf seine alten Tage noch eingezogen worden und müsste auf irgendeinem Einsatzhafen in Süddeutschland als Fluglehrer für Jagdflieger arbeiten. Genaueres wisse man nicht.
„Das ist eine Hausaufgabe, die ich meinem Kommodore geben werde", dachte Hans. Dann ließ er seinen Storch klarmachen und flog nach Borkum. Ein Dreieinhalbstundenflug mit dieser lahmen Kiste bei schlechtestem Wetter. Auf direktem Weg war kein Durchkommen. Er musste teilweise in Baumwipfelhöhe fliegen und kroch das Lahntal hinunter Richtung Lahnstein, dann flog er über dem Rheintal bis Koblenz. Noch war diese schöne Stadt unzerstört, aber Hans ahnte, dass auch sie bald ein Ziel des Bomber Comand sein würde. Wieder packte ihn eine ohnmächtige Wut. Von Koblenz aus schlich er das Rheintal hinab bis Düsseldorf. Dort stieg die Wolkenuntergrenze an, das Wetter besserte sich. Er hatte den Warmsektor des Tiefs erreicht. Eineinhalb Stunden später landete er auf Borkum. Auch hier wieder das gleiche Spiel: Spritmangel. Nur noch für Bomber, Jäger und Marine. Aufklärer wie der Fieseler Storch sind zweitrangig. Der Befehl seines Kommodore gab ihm auch hier Rückendeckung.

Das kleine Reetdachhaus lag verlassen da. Alle Türen waren verriegelt. Ratlos wanderte Hans um das Haus herum und schaute durch die Fenster. Küchengeräte lagen auf dem Tisch, ein Arbeitskittel hing über dem Stuhl. Man hätte meinen kön-

nen, die Bewohner seien nur zu einem kurzen Ausflug unterwegs und würden bald zurückkehren. Über den Gartenzaun hinweg sprach ihn eine alte Frau an: „Die sind alle weg. Schon seit ein paar Monaten."
„Können Sie mir Näheres sagen?", fragte Hans. „Bitte, es ist dringend. Ich muss meine Stiefschwester finden."
„Wenn Sie mir versprechen, niemandem etwas davon zu erzählen, kann ich Ihnen sagen, was passiert ist."
„Bitte", sagte Hans. „Ich muss unbedingt wissen, wo sich meine Stiefschwester aufhält. Unsere Eltern sind vor wenigen Tagen bei einem Bombenangriff auf Berlin ums Leben gekommen."
„Das tut mir leid", sagte die Frau.
Dann erzählte sie Hans unter vorgehaltener Hand, dass der Kommandant vor kurzem einen SA-Offizier erschossen habe und dass er deshalb strafversetzt worden sei, an einen U-Boot Stützpunkt in Frankreich.
„Heidemarie Reuter war seine Freundin. Man munkelt, dass er sie mitsamt ihrer drei Kinder auf eine Hallig im Wattenmeer bei Husum evakuiert hat. Was genau vorgefallen ist, liegt im Dunklen", erzählte sie geheimnisvoll.
„Wissen sie zufällig, auf welche Hallig?"
„Nein", sagte die Frau. „Aber da gibt es nicht viele. Es könnte aber auch nur ein Gerücht sein."
„Danke", antwortete Hans. Er marschierte zurück zum Flugplatz und warf einen Blick auf seine Fliegerkarte. Husum lag auf dem Weg nach Dänemark. Auch dort gab es einen Feldflugplatz.
Der Flug von Borkum nach Husum dauerte nicht sehr lange. Hans flog nicht den direkten Kurs über die Nordsee, weil er Angriffe befürchtete. Außerdem hatte er keine Schwimmweste für den Notfall dabei. Eine Landung in Husum war allerdings nicht möglich. Auf dem Platz standen eine Menge Fahrzeuge, offensichtlich war man gerade dabei, einen Blindgänger zu entschärfen.
„Du kannst dort auch nichts ausrichten, solange du nicht weißt, auf welcher Hallig sie ist", sagte Hans zu sich selbst. „Besser, du schreibst alle Standesämter rund um Husum an und nimmst später Kontakt mit ihr auf, sobald du weißt, wo sie ist. Wenn sie nicht standesamtlich gemeldet ist, musst du den Kommodore

um weiteren Urlaub bitten und jede Hallig einzeln abklappern, bis du sie gefunden hast."

Als ihm das Husumer Bodenpersonal rote Leuchtkugeln vor die Nase schoss, startete Hans durch und flog weiter nach Norden, nach Lemvik. Dort meldete er sich vorzeitig zum Dienst zurück. In den darauf folgenden Wochen schrieb er Brief um Brief an alle Standesämter in der Umgebung von Husum. Auch verschiedene Blindbriefe an Leah schickte er ab und schrieb als Adresse auf jeden dieser Briefe einen anderen Hallig-Namen. Er wusste, dass das für Leah gefährlich war, aber er konnte nicht anders. Doch keiner dieser Briefe erreichte Leah. In den folgenden Wochen erhielt Hans nur negative Antworten von den Standesämtern. Es war wie verhext, keine Spur von Leah. Auch sie schrieb ihm einen Brief, nach Thalfeld. Auch dieser Brief sollte niemals sein Ziel erreichen.

In den Monaten nach dem Tod seiner Mutter und seines Stiefvaters litt Hans Brettschneider wie ein Hund. Er konnte sein Schicksal nicht begreifen. Fast bedauerte er es, noch am Leben zu sein. Es machte ihn wahnsinnig, von Leah kein Lebenszeichen zu empfangen. Die Suche nach ihr war noch immer erfolglos. Im Sommer 1944 war er unter einem Vorwand in Husum gelandet und hatte die Hamburger Hallig besucht. Niemand dort wusste etwas von Leah. Die Menschen dort schienen nicht sehr auskunftsfreudig zu sein.

Das Geschwader verblieb in Grove, die Staffel, der Hans Brettschneider angehörte, in Lemvik. Hier vor Ort, nur ein paar hundert Kilometer nördlich der Halligen, konnte er nichts unternehmen, um Kontakt mit Leah zu aufzubauen. Auch ein verboten geführtes Telefonat mit mehreren Vermittlungsversuchen nach Husum brachte ihn nicht weiter. Die täglichen Einsätze häuften sich, während die Lage sich immer weiter zuspitzte. Er konnte sich vorerst nicht weiter um die Suche nach Leah kümmern. Sein Geschwader brauchte ihn. Auch von Sepp Schäfer bekam er keine Post. Das Jahr 1944 verging. Hans Brettschneiders Flugbuch zeigte inzwischen rund eintausendzweihundert Flugstunden, er war ein erfahrener Nachtjägerpilot geworden.

Die Zahl seiner Abschüsse betrug vierundvierzig. Nach seinem vierzigsten Abschuss hatte er das Eiserne Kreuz bekommen. Er war nicht stolz darauf. Verbittert dachte er an das bevorstehende Weihnachtsfest. Viele Kameraden hofften, ein paar Tage Urlaub zu bekommen. Tief deprimiert bat Hans darum, vermehrt Versorgungsflüge durchführen zu dürfen. Ihm war nicht nach Weihnachten. Er zweifelte an Gott.

Kapitel 20

Unteroffizier Helmut Kleemann, der für Hans Brettschneiders Ju 88 zuständige Wart, stammte ebenfalls aus einem kleinen Dörfchen im Westerwald, unweit von Thalfeld. Seine Zuständigkeit als Motorenwart für das Nachtjagdflugzeug eines Schulkameraden war eher ein Zufall. Aus seiner Sicht bestand sein ganzes Leben bisher aus einer Aneinanderreihung von Zufällen. Kleemann war in der Orgelbauwerkstatt seines Vaters aufgewachsen. Diese berühmte Werkstatt befand sich über Generationen im Familienbesitz der Kleemanns. Ein Urahn von Helmut Kleemann hatte sein Handwerk einst bei dem berühmten Hunsrücker Orgelbauer Stumm erlernt. Sein Mitwirken am Bau der Stumm-Orgel im Moselort Treis-Karden im Jahr 1728 wurde sein Meisterstück. Seitdem gaben die Kleemanns ihr Wissen über den Orgelbau von einer Generation zur anderen weiter. Ihre Orgeln erfreuten sich im Westerwald und weit darüber hinaus großer Berühmtheit. Helmut Kleemann stellte sich bestimmt nicht dumm an, als er 1935 seine Lehre im elterlichen Betrieb in Westerburg begann. Er gab sich Mühe und wollte wie seine Vorfahren, ein guter Handwerker werden. Sein Vater jedoch musste allerdings sehr bald erkennen, dass Helmut Kleemann viel besser Orgel spielte, als er sie jemals würde bauen können. In erster Linie mussten Orgelbauer Handwerker sein, keine Musiker. Bei Helmut aber war das anders. In jeder freien Minute übte er Kirchenliteratur und schon bald spielte er eigene Improvisationen. Etwa Mitte 1936 sah sein Vater ein, dass es keinen Sinn machte, ihn weiter Orgelbau lernen zu lassen. Seiner Werkstatt ging es gut. Paradoxerweise bekam er seit der Machtübernahme durch die Nazis nunmehr sehr viele Aufträge von den Kirchen. Viele Orgeln hatten in der Zeit des ersten Weltkrieges stark gelitten und mussten gründlich überholt werden. Offensichtlich konnten die Kirchen gerade jetzt das notwendige Budget aufbringen. Kleemann senior beschloss also, seinen Sohn nach Köln zu schicken, um ihn dort Musik studieren zu lassen. Kurz vor Ausbruch des Krieges beendete Helmut Kleemann sein Musikstudium. Er war mittlerweile ein Meister der Orgel und liebte die Musik Johann Sebastian Bachs. Das Examen stand noch aus, er würde es im nächsten Jahr an-

gehen. Als dann der Krieg ausbrach, wurde er bei der Musterung freundlich belehrt darüber, dass die Wehrmacht nicht plante, einen Krieg mit Orgelmusik zu gewinnen. Deshalb besann Helmut sich auf seine handwerklichen Fähigkeiten und bewarb sich als Flugzeugwart bei der Luftwaffe in Oberschleißheim, wo er eine gründliche militärische und praktische Ausbildung bekam. Im Sommer 1944 verliebte er sich in ein dänisches Mädchen, das im jütländischen Lemvik in der Nähe des Feldflugplatzes „Rom“ wohnte. Die überwiegend evangelische Bevölkerung Dänemarks hatte sich seit der Besetzung am 9.4.1940 mit den Deutschen halbwegs arrangiert. So schien es jedenfalls. Doch im Untergrund brodelte es. Jytte war zu naiv, um Widerstand leisten zu können. Sie schwärmte für die stolzen Deutschen Soldaten in ihren schmucken Uniformen.
Jytte ging regelmäßig zur Kirche und an einem freien Sonntagmorgen nahm sie Kleemann mit. Die Kirche lag sehr nahe am Flugplatz. Kleemann fiel sofort auf, dass die Dänen hier mitten in der Provinz eine wunderbare große Orgel hatten. Sie befand sich offensichtlich in einem erstaunlich guten Zustand. Kleemann schätzte, dass sie über mindestens zwei Manuale und Pedal verfügte. Die Anzahl der Register schätzte er auf zwanzig bis fünfundzwanzig. Im Bass hörte man deutlich eine starke Sechzehn-Fuß Trompete im Gleichklang mit einem Gedackt-Acht-Register und einem Subbass Sechzehn-Fuß. Im Hauptwerk erklang neben den Prinzipal- und Flötenregistern eine sauber abgestimmte Vierfach- Mixtur. Weitere barocke Register rundeten den Klang farblich ab. Eine herrliche Orgel, wenn auch die Organistin mehr schlecht als Recht spielte. Nach dem Gottesdienst ging Helmut Kleemann sofort zum Pastor und erbat sich einige Übungsstunden an dieser Orgel. Seine Begleiterin vergaß er darüber fast, was sie ihm sichtlich übel nahm. Wie lange hatte er nicht mehr gespielt? Der Pastor stimmte freudig zu. Seit diesem Sonntag ging Helmut Kleemann in jeder freien Minute in die Kirche, um zu üben.
Kurz vor Weihnachten 1944 bat Kleemann den Geschwaderkommodore auf dem Dienstweg darum, ein kleines weihnachtliches Orgelkonzert geben zu dürfen. Der Kommodore war sofort begeistert. Seine Leute hatten durchaus auch zivile Qualitäten. Warum hatte er eigentlich nie darüber nachgedacht? Er

nahm sich vor, bei der nächsten Inspektion der Staffel einmal einige Soldaten über ihr Leben vor der Wehrmacht zu befragen. Solche Unterhaltungen würden seinen Sympathiewert sicher steigern. Endlich eine anständige Abwechslung für seine Soldaten. Er bestellte Kleemann zu sich, um mit ihm die Details abzustimmen.

„Gute Idee, Herr Unteroffizier“, sagte er generös. „Ich bin stolz darauf, dass meine Soldaten außerhalb des Kriegsdienstes noch Initiativen für das bisschen freie Zeit entwickeln, das uns hier zur Verfügung steht. Sind Sie wirklich in der Lage, ein richtiges Konzert zu geben? Ich meine, benötigen Sie nicht irgendwelche Hilfsmittel, die wir Ihnen noch besorgen könnten? Brauchen Sie Noten?“

„Jawohl!“, antwortete Kleemann militärisch. „Das Konzert kriege ich hin. Allerdings müsste ich dafür noch ein bis zwei Wochen üben. Noten wären natürlich gut, aber sie alleine genügen nicht. Wenn, dann bräuchte ich meine eigenen mit meinen persönlichen Aufzeichnungen. Und die liegen zu Hause im Westerwald. Nein, es muss ohne Noten gehen. Ich habe bereits während meines Studiums diverse Konzerte gegeben und ich glaube, ich werde auch hier vor Ort etwas Ordentliches spielen können. Ich beschränke mich ausschließlich auf Stücke, die ich auswendig beherrsche. Wir haben das im Studium geübt.“

„Hm“, meinte der Kommodore. „Gut, ich werde den Spieß bitten, alles Notwendige zu organisieren. Ich möchte, dass wir das ganz groß aufziehen. Mit einem kleinen Programmheft und allem was sonst noch dazu gehört. Ich möchte, dass die Soldaten der FLAK und die Etappenhengste, soweit sie entbehrlich sind, ebenfalls die Gelegenheit bekommen, sich das Konzert anzuhören. Vielleicht bekommen wir eine so starke Resonanz, dass Sie zwei Konzerte spielen müssen.“

„An mir soll’s nicht liegen, Herr Oberstleutnant“, sagte Kleemann erfreut. „Ich schlage vor, dass ich nicht nur ein Orgelkonzert gebe, sondern dass wir auch eine kleine kirchliche Andacht mit einbauen. Die meisten Kameraden haben lange keine Kirche mehr von innen gesehen.“

„Das ist gut, sogar sehr gut“, lobte ihn der Kommodore. „Ich werde diese Idee mit dem Militärpfarrer besprechen. Das Geschwader gibt ein weihnachtliches Orgelkonzert, Orgel: Uffz.

Kleemann, Organisation: Der Kommodore des Nachjagdgeschwaders 31." Der Kommodore stellte sich bereits die Angaben im Programmheft vor.
„An welches Programm hatten Sie gedacht?"
„Ich möchte überwiegend Werke von Johann Sebastian Bach und vielleicht ein paar eigene Improvisationen spielen. Dazu ein paar weihnachtliche Choräle und eine Bach Pastorale aus dem Weihnachtsoratorium."
„Gut, dann teilen Sie mir Ihr Programm bitte in den nächsten Tagen schriftlich mit! Ich werde den Spieß bitten, Ihre Dienste so zu planen, dass Sie in den nächsten zwei Wochen genügend Gelegenheit zum Üben haben. Wenn wir eine solche Veranstaltung durchführen, dürfen wir uns nicht blamieren, da muss alles stimmen."
Der Kommodore tat so, als hätte er verstanden. Außer dem Weihnachtsoratorium hatte er noch nie ein Musikstück von Bach gehört. Er war nicht unbedingt ein Kirchgänger. Dass er damals in der Vorkriegszeit in Berlin ein Bach-Konzert besucht hatte, war ein Zugeständnis an seine Frau gewesen. Ihr zuliebe hatte er sich diese Musik angehört. Von Orgelmusik und von Bach verstand er nichts. Musik gehörte nicht zu seinen Interessensgebieten.
„Sie können sich auf mich verlassen, Herr Oberstleutnant", sagte Kleemann zustimmend. „Ich bin etwas außer Übung, deshalb nehme ich die Aufforderung zum Üben gerne an."
„Gut so, Herr Unteroffizier, dann wäre ja alles besprochen."
Der Offizier griff zum Feldtelefon und ließ sich mit dem Militärpfarrer verbinden, der etwa fünfzig Kilometer südlich bei einer Nachschubeinheit hauste. Natürlich gab er die Angelegenheit als seine Idee aus. Helmut Kleemann nahm es ihm nicht übel. Der Kommodore gab einen guten Vorgesetzten ab und Kleemann war froh, mitten im Krieg eine Möglichkeit zu haben, Orgel spielen zu können. Er wusste, dass man ihm ohne sein Angebot, ein Konzert zu geben, niemals so großzügige Übungszeiten zugestanden hätte. Und Übung hatte er dringend nötig. Ein Konzert war da genau das richtige.

Die meisten Soldaten des Geschwaders nahmen die Ankündigung eines Konzertes mit Andacht eher skeptisch auf. Man befand sich im Krieg, steuerte und bediente Maschinen, mit denen feindliche Soldaten getötet wurden. Das NJG 31 galt dabei als sehr erfolgreich. Konnte man da noch reinen Gewissens in eine Kirche gehen? Dennoch gingen viele Soldaten zum Konzert, die meisten aus reiner Neugier. Man wollte hören, was Helmut Kleemann drauf hatte. Wenn er so konzentriert spielte, wie er an den Flugzeugen der Staffel arbeitete, dann musste das Konzert ein Erfolg werden.

Auf dem Feldflugplatz herrschte Ruhe in diesen Wochen vor Weihnachten, eine scheinbare, beängstigende Ruhe. Aufgrund des schlechten Wetters konnten die Piloten seit Tagen keinen Einsatz mehr fliegen. In dieser ruhigen Phase plante man das Konzert.

Helmut Kleemann hatte Lampenfieber, wie immer, wenn er vorspielen musste. Schon im Studium stellte das sein größtes Problem dar. Als die ersten Soldaten und Zivilisten die Kirche betraten, übte Kleemann bereits seit zwei Stunden. Sein Gefühl sagte ihm, dass er es schaffen würde. Der Pastor nickte ihm aufmunternd zu. Es bestand so großes Interesse an seinem Konzert, dass sich die kleine Kirche innerhalb weniger Minuten bis auf den letzten Platz füllte. Zum Ausgang hin drängten sich die Soldaten und Zivilisten auf die letzten noch vorhandenen Stehplätze unter der Orgelempore. Als weitere Menschen in die Kirche drängten, wurden sie von den Wachen vor der Kirche abgedrängt und auf eine Folgeveranstaltung hin vertröstet. Kerzenlicht tauchte die Kirche in eine romantische Stimmung. Die zwei Holzöfen der Kirche hatte der Pastor bereits Stunden vor Beginn mit Buchenholz anheizen lassen, so dass es mollig warm war. Fast zu warm für das, was kommen sollte. Zum Auftakt sprach der für die Kirche zuständige Pastor einige Begrüßungsworte in gebrochenem Deutsch. Danach übernahm der Militärpfarrer die Moderation. Nach einem Eingangsgebet kündigte der Kommodore als Leiter der Veranstaltung nun das Konzert an und gab einen Überblick über die Musikstücke, die Kleemann nun spielen würde.
Als Eingangsstück spielte Kleemann virtuos das ruhige Grave aus der Fantasie G-Dur von J.S. Bach. Es folgte eine Eigen-

komposition, ein Vorspiel zu dem Choral „Macht hoch die Tür". Beim anschließenden Choral-Gesang mit Orgelbegleitung regten sich die ersten Emotionen. Nicht nur unter den Zivilisten sondern auch unter den Soldaten. Viele versuchten, ihre Gefühle zu unterdrückten. Einigen gelang es, andere schaffte es nicht, wie man deutlich an ihren feuchten Augen sehen konnte. Dieser gottverdammte Krieg. Die meisten Emotionen kamen aber auf, als Kleemann eine eigene sehr gefühlvolle Interpretation der Irischen Volksweise „Londonderry Air" spielte. Kleemann hatte lange überlegt, ob er dieses Stück spielen sollte oder nicht. Unter dem Namen „Danny Boy" diente das Lied vielen Amerikanern irischer Abstammung sozusagen als Hymne. Und Amerikaner waren schlichtweg Feinde. Der zu dem Lied gehörige Text handelt von einem Sohn, den sein Vater in den Krieg ziehen lassen musste und nie wieder sehen würde. In seinem Programm, das im heutigen Tagesbefehl des Jagdgeschwaders abgedruckt war, hatte Kleemann lediglich angegeben „Improvisation über das alte Irische Volkslied Londonderry Air" Der Kommodore war von Anfang an nicht begeistert von diesem Programmpunkt, aber er hatte zugestimmt. Woher sollte er, der sich in der Musik nicht auskannte, auch wissen können, dass Londonderry Air unter dem Namen „Danny Boy" auch vielen Amerikanern als Volkslied diente? Soweit hatte er nicht gedacht. Die Iren standen zwar den Engländern nahe, aber sie waren nicht unbedingt Feinde des Reichs und in den Krieg nur indirekt involviert. Dass viele Amerikaner von Iren abstammten hatte er dummerweise einfach übersehen. Der Kommodore, bislang stark begeistert von Kleemanns Spiel, kochte innerlich vor Wut. Erst jetzt, als er die Melodie hörte, erkannte er das Lied und seine Bedeutung. Wütend über sich selbst und über Kleemann nahm er sich vor, Kleemann für sein Vergehen zu bestrafen. Wie konnte er es wagen, ihn, den wohlwollenden Kommodore vor versammelter Mannschaft und vor anderen Offizieren so zu blamieren? Das war ja geradezu Wehrkraft zersetzend. Das konnte, das würde er nicht durchgehen lassen. Dabei war ihm Kleemann bisher nur positiv aufgefallen. Aber diese Aktion hier musste unbedingt disziplinarische Folgen haben. Die Stimmung des Kommodore war umgeschlagen. Das Stimmungsbarometer der Soldaten jedoch stand auf Heimweh.

Einer der Soldaten kannte den Text. Kleemann spielte eine Variation in gedämpfter Registrierung und den Cantus Firmus im Bass, bevor er eine weitere Strophe in vollem Crescendo erklingen ließ. Zum Abschluss der Variation spielte er eine ruhige Strophe nur mit den Prinzipalregistern und einem schwachen Bass. Und dann geschah etwas Ungeplantes, etwas, das den Kommodore nahezu auf die Palme brachte. Ein Obergefreiter aus der Einsatzhafen-Kompanie mit einer guten Tenorstimme sang leise und gefühlvoll mit:

„Oh Danny Boy, the pipes the Pipes are calling
from glen to glen, and down the mountain side,
the summer's gone and all the roses falling,
it's you, it's you must go and I must bide."

Kleemann erschrak, ihm wurde schlagartig klar, was er anrichtete. Das hatte er nicht gewollt. Londonderry Air war einfach eine seiner Lieblingsinterpretationen. Eine Interpretation, die er selbst geschrieben hatte und spieltechnisch perfekt beherrschte. Die Herkunft des Liedes interessierte ihn nicht. Er verlor beinahe seine Konzentration, zwang sich aber weiterzuspielen und sich nicht von seinen Gedanken oder von dem ihm unbekannten Sänger aus dem Takt bringen zu lassen. Der Kommodore kämpfte um seine Fassung. Die Zuhörer lauschten begeistert dieser nicht unbedingt weihnachtlichen Einlage. Viele von Ihnen waren junge Kerle, viele fast noch Kinder, die in den Krieg geschickt worden waren. Diese Interpretation von Londonderry Air verstärkte ihre Sehnsucht nach Frieden und ließ sie über den Sinn des Krieges nachdenken. Rein statistisch standen die Überlebenschancen für jeden einzelnen äußerst schlecht, daran konnte auch diese Andacht nichts ändern, aber sie konnte beruhigen. Der Militärpfarrer sprach davon, dass es nicht Gottes Schuld sei, dass die Menschen Kriege führten. Gottes Gesetze seien in Ordnung aber seine Bodenmannschaften würden seine Regeln nicht befolgen. Deswegen befände man sich im Krieg. Aber auch hier sei Gott mit den Menschen. Er baute seine Andacht auf dem Psalm 139 auf. Ein Psalm, der Piloten geradezu auf den Bauch geschrieben war, wie er fand.

„Und nähme ich die Flügel der Morgenröte und flöge ans äußerste Meer, so würde auch dort deine Hand mich führen und deine Rechte mich halten.“
Hans Brettschneider war tief ergriffen, der Lieblingspsalm seines Vaters. Eva hatte ihm damals Briefe gezeigt, die August Brettschneider aus dem Feldlazarett nach Hause geschrieben hatte. In seinen Briefen bezog sich August Brettschneider immer wieder auf diesen Psalm. Er gab ihm Kraft und Mut zum Weiterleben.
„Schade, dass der liebe Gott gerade keine Zeit hat, um sich hier um uns zu kümmern“, witzelte ein Feldwebel in der Bank vor ihm leise. Hans überhörte dieses Geschwätz. Er konzentrierte sich wieder auf die Musik. Auch ihm stand das Wasser in den Augen. Mit gefühlvoll registrierter Orgel spielte sein Freund Helmut Kleemann eine weihnachtliche Pastorale aus Bachs Weihnachtsoratorium. Dann, zum Abschluss des Konzertes, musste er auf Wunsch vieler den Choral „Oh, du Fröhliche“ spielen. Helmut Kleemann spielte den Choral sehr gefühlvoll und mit allen Registern. Die Kirche bebte. Die Gemeinde sang mit. „Welt ging verloren…“
Der Beifall am Schluss wollte einfach nicht enden. Alle bewunderten das Orgelspiel ihres Kameraden. Der Kommodore trat begeistert aber immer noch verärgert vor den Altar und rief mechanisch zur Orgelempore: „Bravo, Unteroffizier Kleemann, gibt es noch eine Zugabe?“
„Jawohl, Zugabe, Zugabe!“, rief die Gemeinde. Damit hatte Helmut Kleemann gerechnet. Erst jetzt würde er den eigentlichen Höhepunkt des Konzertes spielen. Die Passacaglia c-moll, eines der faszinierenden und schwierigsten Werke der Orgelliteratur. Johann Sebastian Bach schrieb sie in seiner Weimarer Zeit. Das Werk beginnt mit einer ruhigen, einstimmigen Vorstellung eines achttaktigen Themas, das in den nachfolgenden Variationen motivisch mit zunehmender Registratur entfaltet wird. Das besondere an der Passacaglia ist, dass das an sich ruhige, etwas traurige Thema immer wieder aneinandergereiht wiederholt wird. Die Variationenfolge wird mit einer unglaublich schönen aber sehr schwierigen Fuge zum gleichen Thema abgeschlossen. Einige Orgelhistoriker und Bachforscher behaupten, das die c-moll Passacaglia, die einzige, die Bach für

die Orgel schrieb, eine Hommage an seinen Lehrmeister Buxtehude sei. Hans Brettschneider liebte dieses Orgelstück. Er konnte nicht begreifen, dass es Menschen gab, die eine solche Musik komponieren konnten. Er beneidete Kleemann um sein Talent. Er wusste, dass Kleemann vollständig auswendig spielen musste. Was für eine Verschwendung, dass ein so talentierter Mensch sein Dasein als *sein* Wart fristen musste. Orgelspielen, das war hundertmal komplizierter und erforderte eine weitaus höhere Konzentration als das Fliegen eines Flugzeuges. Was stellte er als Pilot schon dar gegen ein solches Genie?
Der Gottesdienst endete mit einem Gebet. Ein Gebet, in dass der Pastor die vielen Gefallenen und Verwundeten auf beiden Seiten einschloss. Nachdenklich verließen die Soldaten die Kirche und machten sich auf den Weg zum Feldflugplatz. Kleemann packte seine Notizen ein und schloss die Orgel ab. Dann nahm er Jytte in den Arm und brachte sie nach Hause. Anschließend begab auch er sich auf den Weg zum Flugplatz. Den Blicken des Kommodore nach zu schließen würde es Ärger geben.

Ein paar Stunden später gab es Alarm. Die Briten hatten einen Angriff auf Koblenz geflogen und die Stadt in Schutt und Asche gelegt. Die Zwiebeltürme der Liebfrauenkirche waren eingebrochen und lagen vor den Trümmern der Kirche in der Altstadt. Es war, als hätte man der Kirche den Kopf abgeschlagen. Ein Ablenkungsangriff einiger Lancaster führte die Bomber über die Nordsee. Das Nachtjagdgeschwader musste aktiv werden und schoss drei der Angreifer ab. Die Weihnachtszeit war schlagartig zu Ende. Die brutale Realität hatte das Geschwader wieder eingeholt.

Kapitel 21

8. und 9. Mai 1945

„Es ist zu Ende, meine Herren. Deutschland hat kapituliert. Der Krieg ist aus. Hier gibt es für uns nichts mehr zu tun. Ich danke Ihnen für Ihren Einsatz. Ab sofort gilt: Jeder für sich!"
Der Kommodore war kein Mann großer Worte. Auch er schien froh zu sein, dass der Krieg und damit das sinnlose Blutvergießen an allen Fronten beendet waren.
„Wir können froh sein, dass die Alliierten hier in Dänemark noch nicht präsent sind", fuhr er fort. „Wir sollten jetzt keine Zeit verlieren und die Auflösung des Geschwaders einleiten. Aus der Klarmeldung von gestern geht hervor, dass wir noch zwei Ju 88 und einen Storch einsatzbereit haben. Ich schlage vor, wir losen zunächst aus, wer die Flugzeuge übernimmt. Das Ziel überlasse ich der jeweiligen Besatzung. Ich schlage weiter vor, dass die alten Besatzungen zusammenbleiben und die Flugzeuge durch Gewichtsreduktion so austrimmen, dass wir noch zwei bis drei Leute Bodenpersonal pro Ju 88 zusätzlich transportieren können. Unsere heimlichen Spritreserven reichen bei den Ju's ungefähr bis Mitteldeutschland. Aber Achtung, der Flug nach Hause kann sehr gefährlich werden. Der Himmel über dem Reich wird von englischen und amerikanischen Jagdflugzeugen überwacht. Wenn es zu einem Luftkampf kommt, kann das tödlich sein. Wer sich also auf andere Art nach Hause durchschlagen möchte oder muss, sollte sich heute Nacht noch auf den Weg machen. Es gibt auch noch ein paar Fahrzeuge, mit denen Sie nach Süden fahren können. Einer Gefangennahme durch die Alliierten können wir uns vermutlich leider nicht alle entziehen. Wichtig ist deshalb, dass keiner nach Osten fährt oder fliegt, es sei denn, er möchte sich freiwillig in russische Gefangenschaft begeben. Bevor Sie sich auf den Weg machen, sind alle wichtigen Akten zu verbrennen. Das hier verbleibende Bodenpersonal wird heute Nacht die Waffen unbrauchbar machen und sich dann ebenfalls durchschlagen."

Teilweise nachdenklich und teilweise freudig erregt blickten die Soldaten ihren ehemaligen Kommodore an. Das Losverfahren

begann umgehend. Der Einfachheit halber wurden komplette Besatzungen ausgelost. Hans Brettschneider hatte wieder einmal Glück. Er war dabei, er hatte den Krieg überlebt und jetzt hatte er das richtige Los gezogen. Welch ein Glück. Auch wenn ihm der Krieg alles genommen hatte, ging es für ihn doch letztendlich gut aus. Nicht einen einzigen Kratzer hatte er in diesem Krieg abbekommen, nur psychisch war er angeknackst. Glück und Unglück lagen in diesen Tagen sehr nahe beieinander. Er versuchte, die Gedanken an seine Kameraden, die nicht mitfliegen konnten, zu verdrängen. Er versuchte, sich seine Zukunft nach dem Krieg vorzustellen. Opitz klopfte ihm zustimmend auf die Schulter.
„Wo fliegen wir hin, Hans? Ich habe Lust auf ein letztes Abenteuer."
„Ich schlage vor, nach Thalfeld oder nach Koblenz. In Thalfeld regieren vermutlich die Amerikaner. Besser wir ergeben uns den Amis, wenn es denn sein muss. Für einen Flug weiter nach Süden wird uns der Sprit nicht reichen."
„Wir beide könnten uns dann nach Frankfurt durchschlagen", sagte Fuchs und blickte dabei seinen Freund Opitz an.
„Das sind etwa siebzig Kilometer Luftlinie. Ihr könnt das zu Fuß in drei bis vier Tagen schaffen. Aber es ist gefährlich. Schätze, es wird überall nur so von Amis wimmeln. Ihr könnt gerne auch eine Zeit lang in meinem Haus in Thalfeld wohnen, bis die Luft rein ist", sagte Hans.
„Nein", antwortete Fuchs. „Ich will nach Hause, nur noch nach Hause."
„Ich auch", sagte Opitz. „Aber ich ergebe mich nur den Amis, nicht den Russen."
„Abgemacht, und jetzt an die Arbeit", sagte Hans draufgängerisch. „Bevor wir abhauen, müssen wir die Ju ausschlachten und leichter machen."
„Meinst du, ich kann Jytte mitnehmen?", fragte Kleemann, der in diesem Augenblick hinzutrat.
„Soll mir recht sein", sagte Hans. „Aber verpass ihr einen Fallschirm. Ich frage mich bloß, was du mit ihr machen willst, wenn man uns in Thalfeld schnappt und wir in Gefangenschaft geraten?"

„Meine Eltern werden sich um sie kümmern. Wenn sie nicht mitkommt, bleibe ich hier. Wir lieben uns."
„Wenn du hier bleibst, dann ist dir die Gefangenschaft sicher. Also besser, ihr fliegt mit."

Die Nachricht, dass morgen drei Flugzeuge abheben und in die Heimat zurückfliegen würden, verbreitete sich in Windeseile unter den noch in Lemvik und Grove ausharrenden Soldaten des Geschwaders, das nur noch fünfundvierzig Mann zählte. Die Besatzung der zweiten Ju 88 beabsichtigte nach Zellhausen am Main zu fliegen. Dieser Ort lag nahe der Heimatstadt von Herrmann Fuchs, doch er fühlte, dass es besser wäre, mit Hans Brettschneider zu fliegen und den Rest der Strecke zu Fuß zurückzulegen. Fast den ganzen Krieg über waren sie eine aufeinander eingespielte Besatzung gewesen. Diesen letzten Flug mussten sie gemeinsam machen.
Am späten Abend tauchte der Kommodore am Abstellplatz der Ju 88 auf. Kleemann und Hans Brettschneider waren noch immer dabei, unnötige Teile auszubauen, um das Gewicht zu reduzieren.
„Ich habe gehört, Sie fliegen nach Thalfeld, Herr Brettschneider."
„Ja", sagte Hans. „Der Einsatzhafen dort war aus meiner Sicht strategisch nicht besonders wichtig, ich glaube, dass er noch anfliegbar sein wird. Kleemann und ich sind aus der Gegend und die anderen können sich von dort gut nach Frankfurt durchschlagen, dort ist Fuchs zu Hause."
„Ich würde gerne mitfliegen und dann in der Nähe von Dortmund abspringen."
„Viel zu gefährlich Herr Oberstleutnant. Besser, wir suchen uns in der Nähe einen Landeplatz."
„Zu umständlich und für mein Dafürhalten noch gefährlicher", antwortete der Oberstleutnant. „Wenn man uns bei der Landung erwischt, kommen Sie nicht mehr nach Hause. Nein, ich springe ab."

Kleemann und Fuchs schraubten die ganze Nacht und entfernten die großen Antennen am Bug sowie das Lichtenstein-Gerät im Inneren der Kanzel. Auch alle Panzerplatten bauten sie aus.

Die beiden MGs ließen sie sicherheitshalber an Bord und legten ausreichend Munition ein.
Im Morgengrauen des 9. Mai 1945 starteten sie in Lemvik. Hans Brettschneider als Pilot, der Kommodore auf dem Sitz des Bordschützen, Hermann Fuchs auf dem Funkersitz, Horst Opitz auf einem Notsitz. Kleemann und die 22-jährige Jytte, die ihr dänisches Elternhaus in der Nacht heimlich zurückgelassen und einen Abschiedsbrief geschrieben hatte, machten es sich weiter hinten in der Kanzel bequem. Es war Jyttes erster Flug. Als Hans die Gashebel sachte nach vorne schob, entfalteten beide Motoren ihre volle Leistung und verursachten einen höllischen Lärm in der engen Kanzel.
Der Start verlief problemlos. Nach einer Ehrenrunde über den Limfjorden ging Hans auf Kurs. Alle waren gut gelaunt und freuten sich auf die Freiheit und auf den Frieden. Eigentlich hätte Hans aufgrund des schlechten Wetters äußerst niedrig fliegen müssen, aber er gab sich keine Mühe die auf dem Flugweg immer wieder auftretenden Schauer zu umgehen. Blindflug war für ihn kein Problem, die Ju war ausreichend instrumentiert. Das schwere Flugzeug tauchte immer wieder in die dunklen Schauerwolken ein und wurde kräftig von Böen gerüttelt. Ein ungemütlicher Flug.
„Gut so“, dachte Hans. „Hier sind wir sicher vor Mustangs, Lightnings und Spitfires.“
Über Schleswig-Holstein besserte sich das Wetter. Hans ließ die Ju auf zweitausend Meter steigen. Er erblickte die Halligen, die sich als kleine unscheinbare Inseln im glitzernden Wattenmeer der Nordsee abzeichneten. Ein Regenbogen vor dem Flugzeug spannte sich von der Küste zur Hallig Nordstrandischmoor. Dahinter lag endloser Horizont.
„Vielleicht ein Zeichen Gottes. Vielleicht gibt es ihn doch. Starte deine Suche nach Leah auf Nordstrandischmoor, Hans Brettschneider, sobald sich die Gelegenheit dazu ergibt“, dachte Hans still bei sich.
Niemand sprach. Alle hingen ihren Gedanken nach und malten sich ihre Zukunft nach dem Krieg, ihre Zukunft im Frieden aus. Niemand wusste, wie die Welt nach dem Krieg aussehen würde. Am Boden herrschte endlich Frieden. Aus zweitausend Metern

Höhe war die körperliche und seelische Not vieler Menschen nicht erkennbar.
Auf der Höhe von Bremen stieß plötzlich eine Mustang zu ihnen. Zunächst sah es so aus, als ob der Amerikaner angreifen würde.
„MGs entsichern!“, brüllte der Kommodore. Wenn der schießt, Feuer frei!“
Hans öffnete ein Schiebefenster und ließ einen weißen Schal im Luftstrom flattern. Der Pilot der Mustang kam bis auf fünfzig Meter heran. Jetzt flog er parallel zur Ju 88. Deutlich konnte man sein Gesicht erblicken. Hans salutierte instinktiv um anzudeuten, dass man in friedlicher Absicht unterwegs sei. Dann salutierte der Amerikaner ebenfalls, wackelte zum Abschied mit den Flächen und flog einen sauberen Abschwung.
„Er hat kapiert, dass wir uns nur auf dem Heimflug befinden“, rief Hans froh in die Bordsprechanlage.
„Wenn der uns angegriffen hätte, dann ware das mein erster Abschuss nach dem Krieg gewesen“, witzelte Opitz.
Der Flug verlief weiterhin ruhig und planmäßig. Alle wunderten sich, dass man sie unbeirrt fliegen ließ. Kein feindlicher Jäger am Himmel. Kein Beschuss vom Boden. Am frühen Morgen tauchte Dortmund am Horizont auf. Über dem Sauerland waren tief hängende Kaltluftwolken zu erkennen.
„Am Südrand der Stadt springe ich ab“, sagte der Kommodore. Er kletterte nach unten und öffnete die Bodenluke. Kalte Luft drang in die Kanzel. Hans nahm das Gas raus und brachte die Ju 88 mit ausgefahrenen Klappen in den Langsamflug.
„Machen Sie es gut“, rief der Kommodore. „Viel Glück allen und danke für Ihren Einsatz in meinem Geschwader, auch Ihnen, Kleemann. Übrigens, Ihr Konzert war Klasse. Danny Boy habe ich Ihnen längst verziehen.“
Dann sprang er ab. Hans flog einen flachen Kreis und blickte angestrengt nach unten. Erst als er sah, dass der weiße Fallschirm sich öffnete, brachte er die Ju 88 wieder in Reiseflugkonfiguration und flog weiter.
Eine halbe Stunde später war Thalfeld erreicht. Übermütig und voller Freude überlegte Hans kurz, ob er vor der Landung einen tiefen Überflug machen sollte, um die Beschaffenheit der Bahn zu prüfen, doch dann entschied er sich sicherheitshalber für eine

direkte Landung. Der Wald rund um den Platz konnte voller amerikanischer Soldaten sein. Er flog den Feldflugplatz von Osten her an und hoffte darauf, dass sich in den kleinen Dörfern im Anflugsektor niemand aufhielt, der ihnen nach der Landung gefährlich werden konnte. Der Platz war übersät mit Bombentrichtern. Offensichtlich war er noch kurz vor Ende des Krieges angegriffen worden. Aber es herrschte Ruhe. Niemand war zu sehen. Nur zwei völlig zerschossene Bf 109 standen in den Tarnbuchten am Waldrand. Ein gespenstiges Szenario. Hans setzte die Maschine in Platzmitte neben dem Landefeld auf und versuchte für die Landung eine halbwegs gerade Spur zwischen den Bombentrichtern zu finden. Es gelang ihm. Nach dem Aufsetzen rollte er die Maschine zum Waldrand und stellte die Motoren ab.
„Das war's", sagte er trocken. „Der Krieg ist endgültig aus. Unser letzter Einsatz ist beendet. Ab in die Büsche, bevor uns irgendjemand verhaftet."

Opitz und Fuchs, die siamesischen Zwillinge des Geschwaders, hatten sich einen Marschkompass besorgt und ihre Rucksäcke mit einem für drei Tage ausreichenden Proviant voll gestopft. Der Abschied viel kurz aber sehr herzlich aus. Dann machten sie sich auf zu ihrer letzten Durchschlageübung nach Frankfurt. Kleemann, in Zivilkleidung, kannte sich aus. Über ehemalige Wander- und Feldwege wollte er sich mit Jytte auf den Weg in seinen Heimatort im Westerwald machen, der etwa fünfundzwanzig Kilometer entfernt bei Westerburg lag. Dort lebten seine Eltern. Hans blieb alleine. Er fühlte sich plötzlich einsam, sehr einsam. Er klopfte seiner Ju 88 mit der flachen Hand anerkennend gegen den Rumpf und machte sich auf den Weg nach Thalfeld. „Machs gut, du treue Kiste", sagte er trocken.

„Du kannst glücklich sein, Hans Brettschneider, du hast den Krieg ohne körperliche Blessuren überlebt. Nicht einen einzigen Kratzer hast du abbekommen. Du hast großes Glück gehabt, dass du nicht an der Ostfront fliegen musstest. Auch wenn der Krieg Narben auf deiner Seele hinterlassen hat. Sei glücklich und kümmere dich jetzt um deine Zukunft und suche Leah."

Auf dem Weg am Waldrand entlang zum Hang entfernte er seine Dienstgradabzeichen und warf seine Erkennungsmarke und sein Eisernes Kreuz in ein Gebüsch. Geschockt betrachtete er die beiden Bf 109 Wracks, die verlassen in ihren Tarnbuchten standen. Bei einem der stolzen Jagdflugzeuge war die linke Tragfläche von Geschossen durchsiebt. An der verlassenen und leerstehenden Segelfliegerhalle traf er einen Bauern aus dem Nachbarort mit einem Ochsengespann.
„Mensch Hans, bist du da gerade mit der Ju 88 gelandet?“
„Ja, wir sind heute Morgen aus Dänemark abgehauen. Schön, mal wieder einen heimatlichen Dialekt zu hören.“
„Alle Achtung! Aber nach Thalfeld solltest du besser nicht gehen. Dort spricht man jetzt amerikanisch. Die Amis sind noch immer im Ort. Du würdest Gefahr laufen, sofort in die Kriegsgefangenschaft zu gehen. Ich gehe davon aus, dass man euch schon sucht. Deine Landung wird den Amis sicher aufgefallen sein. Das Motorengeräusch war nicht zu überhören. Die Amis behandeln die Menschen im Dorf sehr gut. Sie sind zwar die Sieger, aber das lassen sie eigentlich nur die ehemaligen Nazis spüren und das ist auch gut so. Für die Zivilbevölkerung sind sie die Befreier schlechthin. Den Kindern geben sie Schokolade und Kaugummi. Für die meisten Kinder ist es das erste Stück Schokolade ihres Lebens. Und manche Weiber sind ganz verrückt nach den Amerikanern. Während ihre Männer noch im Feld oder schon in Gefangenschaft sind, flirten sie bereits mit den Besatzern. Das gefällt den Amis natürlich und sie spendieren den Mädchen dafür gerne ein paar Zigaretten. Den Leuten im Dorf ist das ein Dorn im Auge, aber ansonsten sind wir froh, dass wir amerikanisch und nicht etwa russisch besetzt sind.“
Hans lächelte gequält und fragte: „Und wie gehen unsere Besatzer mit Deutschen Soldaten um, die nach Hause kommen?“
„Nicht sehr glimpflich, logischerweise. Wem sie habhaft werden können, den verhaften sie sofort und schicken ihn in ein Lager. Was dann mit den Leuten passiert weiß ich nicht.“
„Scheiße“, sagte Hans. „Das hat mir gerade noch gefehlt.“
„Ich kann dich vielleicht bei meinem Nachbarn unterbringen“, sagte der Bauer, „ausgebombte Leute aus dem Ruhrgebiet. Ich habe der Familie das leerstehende Haus meiner verstorbenen Tante überlassen“, sagte der alte Mann. „Die Familie heißt

Kremer. Der Mann arbeitet bei mir auf dem Hof, die Frau ist sehr krank. Ihre Tochter wird dir gefallen. Gib mir den Schlüssel von deinem Elterhaus, ich hole dir heute Abend ein paar Zivilklamotten. Du kannst dich bei mir verstecken, bis die Luft wieder rein ist. Die Amis werden sich sicher nur noch ein paar Wochen in Thalfeld aufhalten. Es gibt wichtigere Orte, an denen sie jetzt präsent sein müssen."

„Es tut gut, wieder zu Hause zu sein", sagte Hans lachend. Dann begleitete er den Bauern auf dem Ochsengespann in den Nachbarort. Der kürzeste und unauffälligste Weg dorthin führte über die Bunkerringstraße. Hier bot sich ihnen ein Bild der Zerstörung.

„Unsere eigenen Wehrmachtsleute haben das alles noch kurz vor dem Einmarsch der Amerikaner gesprengt", erklärte der Bauer.

Die Bunker waren eingestürzt. Ihre Stahltüren lagen verbogen auf der Ringstraße. Im Inneren eines der Bunker, bei dem die Sprengung offensichtlich nicht richtig funktioniert hatte, befand sich noch eine Menge an Material: Flugzeugersatzteile, Werkzeuge und sogar Munition.

„Es wird nicht mehr lange dauern, bis das hier alles abgeräumt ist", sagte der Bauer während er seine Ochsen zu einem schnelleren Gang anspornte. „Die Leute aus der Umgebung können alles brauchen. Ich selbst habe mir auch schon ein paar Werkzeuge und zwei neue Reifen für meinen Traktor besorgt", lachte er.

„Hast du etwas vom Langen Sepp gehört?", fragte Hans den Bauern.

„Seine Werkstatt in der Kreisstadt ist dicht", sagte der Mann. „Ich habe gehört, dass man ihn mit vielen anderen seiner Schulstaffel nach Westen in die Ardennenschlacht geschickt hat. Die Staffel hatte kaum noch Sprit, da hat man die Flieger zu Fußsoldaten degradiert."

„Hoffentlich hat er es überlebt", sagte Hans erschrocken.

Kapitel 22

Marianne Kremer hatte ihr Haar zu einem Dutt aufgesteckt, wie es viele Frauen damals taten. Einige Locken wirbelten ihr keck in die Stirn. Nach dem sie gebadet hatte, ging sie in ihr Zimmer, um sich umzuziehen. Sie betrachtete sich im Spiegel. Sie hatte eine zierliche aber doch schon ausgeprägte, frauliche Figur. Am besten gefielen ihr ihre Brüste, die sich voll und fest entwickelt hatten. Wenn sich ihre Brustwarzen bei Kälte aufstellten, konnten manche Männer ihre Blicke nicht verbergen. Ihr Hintern war wohlgeformt, doch damals, im Hygieneunterricht beim BDM hatte man sie dezent darauf aufmerksam gemacht, dass sie später beim Gebären vielleicht Schwierigkeiten bekommen könnte, weil sie nach Meinung der Ausbilderin ein zu schmales Becken hatte. Nun war der Krieg zu Ende und sie hatte nicht einmal einen Mann. Aber seit ein paar Tagen beherbergte sie in diesem verlassenen Westerwaldnest einen Wehrmachts-Piloten, der nicht wusste, wie es weitergehen sollte und über seine Zukunft nachdachte. Sie hatte sich schon am ersten Abend in den stämmigen Flieger verliebt.

Entschlossen zog sie ein weißes Seidenkleid an, ein Nachthemd, das ihre Mutter ihr im Krieg aus dem Fallschirm eines amerikanischen Soldaten geschneidert hatte. Sie wusste, dass dieses Nachthemd ihre Figur stark betonte. Schon deshalb, weil es nahezu durchsichtig war. Gut gelaunt verließ sie ihr Zimmer und ging nach oben, zu Hans. Ihre Absichten hatte sie klar definiert. Sie wollte endlich einen richtigen Mann, endlich Zärtlichkeit und Sex. Ihre Freundinnen hatten es alle schon hinter sich. Marianne war neidisch. Sie wollte genauso sexy sein wie ihre älteren Freundinnen, die als Wehrmachtshelferinnen im Ruhrgebiet geblieben waren. Aber auch wenn sie die passende Kleidung für ihre Absichten fand, was in diesen Kriegszeiten gewiss nicht einfach war, fiel es ihr sehr schwer, sich mit Männern zu verabreden. Die meisten waren im Krieg gefallen oder in Gefangenschaft geraten und unter den in der Heimat übrig gebliebenen, fand sich nicht der Richtige. Schon gar nicht in diesem verlassenen Nest auf dem Westerwald. Mit einer Kerze in der Hand betrat sie mutig und erregt Hans Brettschneiders Zimmer auf dem Dachboden des kleinen Hauses.

„Guten Abend Flieger“, sagte sie, „entschuldige den Überfall.“ Hans betrachtete sie lange ohne ein Wort zu sagen. Sie war hübsch und hatte sehr viel Ähnlichkeit mit Maria, nicht nur rein äußerlich. Auch ihre unbekümmerte, frohe und unverklemmte Natur erinnerten ihn an Maria. Er fühlte sich keineswegs überfallen oder überrumpelt. Den ganzen Krieg über hatte er mit keiner Frau geschlafen. Seine Sehnsucht nach einem warmen und zarten weiblichen Körper erwachte. Wortlos zog er ihr langsam das Nachthemd aus und entkleidete sich selbst. Dann schliefen sie miteinander. Beide spürten die Wogen des Glücks, der Zärtlichkeit und des Zusammenseins. Alles Vergangene wurde unwichtig, wenn auch nur für ein paar Stunden.

„Was wirst du jetzt anfangen, Hans?“, fragte Marianne, als sie wenig später nackt und entspannt in seinen Armen lag.
„Ich weiß es nicht“, antwortete er wahrheitsgemäß. „Wenn die Amis aus Thalfeld verschwinden, beziehe ich mein Haus und suche mir Arbeit. Ich bin ein guter Elektriker. Aber am liebsten würde ich gerne weiter als Pilot arbeiten und fliegen. Irgendwo, vielleicht im Ausland.“
„Schätze, das wird nicht möglich sein“, sagte sie. „Nicht in diesen Zeiten. Sieht so aus, als müssten wir dich noch eine ganze Weile hier verstecken.“
Beide schwiegen. Plötzlich fragte Marianne: „Und wenn doch? Was ist, wenn du doch irgendwo als Pilot leben und arbeiten kannst, würdest du mich mitnehmen?“
„Vielleicht“, sagte Hans. „So kann es nicht weitergehen. Ich muss ein neues Leben anfangen, ganz von vorne. Ein bisschen Hilfe wäre gut, aber dazu kennen wir uns zu wenig. Niemand weiß, was passiert.“
„Liebst du mich?“, fragte sie ängstlich.
„Lass mir etwas Zeit“, antwortete Hans zögernd und ausweichend. „Ich mag dich. Ich mag deine Wesensart, deine Hände, deinen Busen, deinen Hintern und deine Beine. Du bist lieb und sehr hübsch. Aber Liebe ist ein großes Wort. Ich habe viel durchgemacht in den letzten Kriegsjahren und schon vor dem Krieg. Darüber muss ich erst hinweg kommen. Erst dann kann ich wieder ins Leben zurückkehren.“

„Wir haben Zeit. Das ganze Leben liegt doch noch vor uns“, sagte Marianne und küsste ihn zärtlich. Sie schlang ihre Schenkel um seinen Körper und schmiegte sich eng an ihn. Gelöst schliefen sie ein.

Doch Hans und Marianne hatten zunächst keine Gelegenheit, ihr Glück und ihre Leidenschaft füreinander über einen längeren Zeitraum hinweg zu genießen. Schon eine Woche nach seiner Landung in Thalfeld wurde Hans Brettschneider von amerikanischen Soldaten bei einer Hausdurchsuchung verhaftet und geriet für zwei Jahre in Gefangenschaft. Die Fliegerei wurde in Deutschland verboten.
Erst 1947 kehrte Hans Brettschneider aus der Gefangenschaft nach Thalfeld zurück. In der Gefangenschaft war es ihm gut gegangen, die Amerikaner hatten ihn von Anfang an gut behandelt. Im Lager traf er auch seine Besatzung Horst Opitz und Hermann Fuchs wieder, die von den Amerikanern bereits auf dem Weg von Thalfeld nach Frankfurt gefangen genommen worden waren. Gemeinsam mit andern „Prisoners of War“ mussten sie beim Bau einer amerikanischen Militärbasis in der Pfalz mithelfen. In der Gefangenschaft erfuhr Hans dann auch, dass sein väterlicher Freund und Fluglehrer Sepp Schäfer in den letzten Tagen des Krieges in einem Lazarett an einer Verletzung gestorben war, die er sich in der Ardennenschlacht zugezogen hatte. Von Leah verlor Hans Brettschneider jede Spur. Nur in Mariannes Armen konnte er die Gedanken an Leah verdrängen.

Zweites Buch

Samstag, 1.Mai 1992

Hans Brettschneider hatte schlecht geschlafen in dieser Nacht. Eigentlich hatte er überhaupt nicht geschlafen. Stundenlang hatte er wachgelegen und sich an sein bisheriges Leben zurückerinnert, das buchstäblich im Flug an ihm vorbeigezogen war. Seine Gedanken kreisten um Maria, dann um den Langen Sepp. Er dachte an Eva und Wagner und schließlich an Marianne. Jetzt saß er einsam und appetitlos am Frühstückstisch und grübelte.
„Das war also dein Leben gewesen, Hans Brettschneider", dachte er. „Alt und grau bist du geworden. Die Jahre nach dem Krieg, nach der Gefangenschaft, sind viel zu schnell vergangen und haben dich einsam gemacht. Aber du fühlst dich doch fit, zumindest fliegerisch. Du reagierst nicht mehr so schnell wie früher, aber das machst du mit deiner Erfahrung locker wett."
In seinen Flugbüchern hatte er neulich die sechzehntausendste Flugstunde notiert, davon entfielen alleine etwa eintausenddreihundert auf Segelflugzeuge. Und jetzt hatte ihn der Fliegerarzt gegroundet, für immer. Er kannte das Gefühl, nicht mehr fliegen zu dürfen, nur zu gut.
Damals, in der Gefangenschaft nach dem Krieg war seine Flugsehnsucht ins Unermessliche gewachsen. Als er 1947 entlassen wurde, lag Deutschland am Boden. Die Fliegerei war verboten, die Menschen hungerten und hatten andere Sorgen. Hans Brettschneider hatte Flugsehnsucht. Er litt darunter, bekam Depressionen. Er hatte Sehnsucht nach dem Himmel, nach den Wolken, dem Wind und der Weite. Er hatte Sehsucht nach einem Steuerknüppel in der Hand, Sehnsucht nach einem Flugzeugcockpit und nach dem Fahrtgeräusch, das ein Segelflugzeug verursacht, sobald es vom Boden abhebt. Es fiel ihm schwer, sich mit anderen Dingen zu beschäftigen. Wenn er abends mit Marianne im Garten saß, sah er oft eine amerikanische Douglas DC 3, die offensichtlich regelmäßig von Frankfurt aus nach Norden flog. Die Strecke führte genau über Thalfeld. Er hörte das Brummen der bulligen Sternmotoren und beobachtete die

Maschine, die in großer Höhe an Thalfeld vorbeizog. Er träumte davon, wieder ganz von vorn anzufangen, irgendwo, als Pilot.
Als die Amerikaner im Juni 1948 die Luftbrücke nach Berlin aufbauten, sah er eine Chance und bewarb sich bei ihnen als Pilot. Er ging davon aus, dass sie jeden guten Piloten, gleich welcher Nationalität, brauchten und mit einer DC 3 würde er schnell vertraut sein. Die Amerikanische Sprache hatte er in der Gefangenschaft gelernt, er sprach sie fließend und fast ohne Akzent. Berlin war ihm einst eine Heimat gewesen. Er wollte nicht nur der Fliegerei wegen an der Luftbrücke teilnehmen. Er wollte auf seine Weise mithelfen, die Not leidenden Menschen in dieser leidgeplagten Stadt zu versorgen. Doch die Zentrale der amerikanischen Luftwaffe – der USAAF – in Frankfurt, lehnte seine Bewerbung ab. Es war niederschmetternd. Nur Mariannes Liebe und Fürsorge halfen ihm, diese schwere Zeit zu überstehen.
Anfang der fünfziger Jahre heirateten die beiden. Er fand einen Job als Elektriker in einem kleinen Betrieb, doch die Arbeit füllte ihn nicht aus. Er verspürte keinerlei Ehrgeiz zur Weiterbildung in diesem Beruf. Hans Brettschneider war ein Flieger. Er wollte fliegen, irgendwo, irgendwie. Seine Flugsehnsucht quälte ihn von Tag zu Tag stärker. Als Elektriker fühlte er sich nutzlos. Ein Kamerad hatte ihm damals aus der Schweiz geschrieben: „Warum packst du nicht deinen Koffer und kommst zu uns? Die Schweizer zahlen gut. Wir fliegen mit der DC 3 Transporte nach Frankreich und Italien. Scheiß doch auf das Flugverbot in Deutschland. In der Schweiz lebt sich's auch gut."
Doch Hans konnte damals nicht weg. Er musste Leah suchen, er hatte noch immer kein Lebenszeichen von ihr bekommen. Mit der Einführung der Westwährung löste er sein Schweizer Konto auf und übertrug das Vermögen auf eine Bank in Deutschland. Zum Glück hatte Wagner sein Vermögen seinerzeit in Dollar angelegt, so dass es jetzt nicht der Währungsreform zum Opfer fiel. Dass auf einem Nachbarkonto ein beachtlicher Geldbetrag für Leah deponiert war, davon ahnte Hans nichts. Von einem Teil seines Erbes modernisierte er sein altes Elternhaus.

Marianne war schwanger und erlitt im dritten Monat eine Fehlgeburt. Es ging ihr nicht gut, er konnte sie unmöglich alleine lassen.
Dann, am 26. April1951 erhielt Deutschland die Wiedererlaubnis für den Segelflug. Die Zeitschrift Flugwelt teilte dies allen Fliegern in einer Ergänzungsbeilage am 1. Mai 1951 mit. Der Motorflug blieb weiterhin verboten, aber Hans war glücklich. Langsam verschwanden seine Depressionen und wichen einem unbändigen Tatendrang. Gemeinsam mit ein paar alten Kameraden aus der Hitlerjugend gründete er den Thalfelder Aero-Club. Die Gemeinde überschrieb dem Verein die alte Halle am Hang und verpachtete ihm einen Teil des Geländes des ehemaligen Einsatzhafens. Gegen Ende des Krieges, im März 1945, war der Flugplatz ein einziges Mal von Amerikanern angegriffen worden. Aufgrund des schlechten Wetters hatten die Bomben jedoch nicht nur den Flugplatz sondern auch Thalfeld und einen Nachbarort getroffen. Dabei mussten 27 Menschen ihr Leben lassen. Dennoch standen die Thalfelder zu ihrem Flugplatz, hatte er der Gemeinde doch in den Vorkriegs- und Kriegsjahren zu wirtschaftlichem Aufschwung und Ansehen verholfen. Der Gemeinderat war nun davon überzeugt, dass mit der Wiederinbetriebnahme des Flugplatzes durch den Aero-Club der Grundstein für die Ansiedlung von mittelständischen Unternehmen in Thalfeld gelegt wurde. Der Flugplatz würde die Gemeinde bald über die Landesgrenze hinaus bekannt machen und sie vielleicht an ein neues Luft-Verkehrsnetz anschließen, sobald der Motorflug wieder erlaubt wurde. Die weitsichtigen Gemeinderatsmitglieder sollten Recht behalten. Doch zunächst ging es darum, den Segelflugbetrieb wieder aufleben zu lassen. Die Gründerväter des Aeroclubs sahen sich der Tradition Thalfelder-Segelfluges am Hang, wo die Pioniere schon in den zwanziger Jahren ihre ersten Starts absolviert hatten, verpflichtet. Nur ein Jahr nach der Gründung des Clubs standen eine selbstgebaute Winde und ein grundüberholtes Grunau Baby II in der Halle am Hang. Es ging wieder aufwärts.

„Und jetzt, rund vierzig Jahre später, hat dir der Fliegerarzt die Fliegerei verboten, Hans Brettschneider, für immer. Dein ganzes Leben hast du der Fliegerei geopfert, die du liebst, wie kaum ein anderer“, dachte er.

Damals, nur kurz nach der Wiedererlaubnis des Motorfluges in den fünfziger Jahren konnte Hans Brettschneider seine Wehrmachtslizenzen umschreiben lassen. Er hatte keine Zeit verloren. Von dem Geld, das Wagner ihm vererbt hatte, kaufte er sich ein kleines Motorflugzeug, eine amerikanische Piper Pa 18 Super Cub und gründete eine Flugschule. Seine finanzielle Situation war gut. Mit den ihm zur Verfügung stehenden Mitteln hätte er sich auch eine Ausbildung zum Verkehrspiloten finanzieren können, doch das war nicht sein Ding. Er wollte der kleinen Fliegerei, der allgemeinen Luftfahrt treu bleiben. Das war seine Welt. Er wollte möglichst vielen Menschen zeigen wie schön die Fliegerei sein kann, und dass sie vielmehr als ein Sport ist. Er wollte sich selbst beweisen, dass man damit Geld verdienen konnte. Anfangs schulte er nur an den Wochenenden, dann gab er seinen Job als Elektriker auf und kümmerte sich nur noch um seine Flugschule.
Bis zur Geburt ihrer Tochter Barbara half ihm Marianne, den notwendigen Papierkram zu erledigen, so dass er sich vollständig auf das Fliegen konzentrieren konnte. Und mehr noch, sie hielt das Haus in Schuss, wusch ihm die Wäsche, bügelte seine Hemden und las ihm jeden Wunsch von den Lippen ab. Tagsüber flog er. Abends und an Schlechtwettertagen, wenn die Raben zu Fuß gingen, büffelte er für seine Berufspilotenlizenz, die er 1959 erwarb. Es war eine intensive Paukerei parallel zur Arbeit. Neue Luftraumstruktur nach den Bestimmungen der International Civil Aviation Organisation, ICAO, neue Navigationsmethoden, Luftrecht, Wetterkunde und so weiter. An den Wochenenden kümmerte er sich um den Verein und machte Segelflug. Für seine Familie nahm er sich nur wenig Zeit. Dennoch hatte Marianne viel Verständnis für seine Leidenschaft. Wenn er beim Streckensegelflug aufgrund frühzeitig nachlassender Thermik auf einem Acker oder einer Wiese außenlanden musste, fuhr sie mit dem Anhänger los, um ihn abzuholen. Als kleines Mädchen hatte sie davon geträumt, Eisläuferin oder Eistänzerin zu werden, aber dieser Sport ließ sich auf dem Wes-

terwald nicht ausüben, außer in harten Wintern, wenn die Talsperren und Seen zufroren.
Sie liebte die Musik und wurde Mitglied in einem gemischten Chor der Kirchengemeinde. Neben ihrem Bauerngarten – Evas Garten – den sie mit geschickten Händen wieder neu bepflanzt hatte und in dem sie fast täglich arbeitete, neben diesem Garten war das Singen im Chor für Jahre ihre einzige Freizeitbeschäftigung. Für die Fliegerei brachte Marianne keine Leidenschaft auf. Sie empfand das Fliegen als gefährlich und stieg nur ängstlich in ein Flugzeug. Hin und wieder flog sie mit Hans zur Wasserkuppe, um dort, auf dem Berg der Flieger, mit ihm einen Spaziergang zum Fliegerdenkmal oder zur Fuldaquelle zu machen und um anschließend im Haus der Flieger eine Tasse leckeren Kaffee zu trinken. Ab und zu flog sie mit ihm auch nach Koblenz zum alten Flugplatz auf der Karthause. Nur ein einziges Mal flog sie mit ihm in den Urlaub an die Nordsee, mehr Fliegerei konnte er ihr nicht zumuten. Sie empfand keine Flugsehnsucht wie er.

Noch immer saß er an diesem 1. Mai 1992 am Frühstückstisch und dachte nach: „Und jetzt verbietet dir der Fliegerarzt die Fliegerei. Du hast doch nur diese eine Leidenschaft, Hans Brettschneider. Zum Zuschauer bist du nicht geboren. Du musst heute fliegen. Egal, ob das erlaubt ist oder nicht. Wer soll es kontrollieren. Gut, dass du ein eigenes Flugzeug hast und nicht auf den Verein angewiesen bist, dessen Vorstand sich sicherheitshalber regelmäßig die Lizenzen und Medical-Bescheinigungen der Vereinspiloten zeigen lässt. Wer, außer dem Fliegerarzt, soll dich heute am Fliegen hindern? Aber du machst dich strafbar, wenn du ohne Lizenzen startest. Wäre es nicht besser, dich auf die Bekämpfung deiner Krankheit zu konzentrieren und die Fliegerei für immer aufzugeben? Warum hängst du nach all den Jahren immer noch so an der Fliegerei? Warum jagst du immer noch deinen alten Träumen hinterher?“

Dabei hatte er doch nach dem Krieg fast alle seine Träume verwirklichen können. Stolz auf das Erreichte erinnerte er sich zurück an die sechziger Jahre. Damals, Mitte der sechziger Jahre, ging es mit seiner kleinen Firma erfolgreich aufwärts. Er

kaufte zwei Cessna 180 und stellte junge Nachwuchspiloten ein, die ihm halfen, die Flugschule zu betreiben. In der Nähe der alten Zufahrt zur Bunkerringstraße am Platzrand des Thalfelder Flugplatzes baute er eine moderne kleine Halle mit Büro- und Unterrichtsräumen für seine Flugschule. Von einem schnell expandierenden Unternehmen in der Kreisstadt bekam er einen Großauftrag, Luftwerbung per Bannerschlepp. Banner, deren einzelne Buchstaben aus Leinen auf dünne Seile aufgenäht waren und deren Schlaufen mittels durchgesteckter Bambusstöcke in der richtigen Reihenfolge miteinander verbunden wurden. Die Cessnas eigneten sich sehr für diese Aufgabe. Das Auffangen der Banner am Boden war eine Kunst, die nur wenige beherrschten. Dann ging es drei Stunden Flugzeit lang im Verbandflug über ganz Deutschland.
Das Abwerfen des Banners war jedes Mal ein Spaß: Ausklinken des Banners im Tiefflug über dem Platz, Vollgas, scharfe Rechtskurve und hinter dem Hang, unter Missachtung der vorgeschriebenen Sicherheitsmindesthöhe, hinunter ins Tal, um Marianne anzuzeigen, dass er bald zum Mittagessen kommen würde. Marianne liebte ihn wirklich und wahrhaftig. Sie waren ein gutes Team. Barbara wuchs auf dem Flugplatz auf. Mit acht Jahren konnte sie jeden Flugzeugtyp am Klang des Motors erkennen. Als sie vierzehn wurde, begann sie eine Segelflugausbildung. Doch kurz nach ihrem ersten Alleinflug verlor sie die Lust am Fliegen und wandte sich anderen Interessensgebieten zu. Sie empfand keine wirkliche Flugsehnsucht.

In den Siebzigern musste Hans immer wieder Schicksalsschläge hinnehmen. Einer seiner Piloten war beim Auffangen des Banners abgestürzt. Im ungünstigsten Moment fiel, ohne Vorwarnung, der Motor der Cessna aus. Durch die Last des anhängenden Banners und einem zu hohen Anstellwinkel der Tragflächen, war der Strömungsabriss nicht mehr zu vermeiden. Die Cessna sackte durch und schlug flach auf. Feuer brach aus. Rettung war nicht mehr möglich. Der zweiunddreißigjährige Pilot hinterließ eine Frau und zwei kleine Kinder. Hans hatte das alles nicht verstanden. Er war zutiefst bestürzt über den Tod seines Mitarbeiters. Die meisten Flugzeuge flogen weltweit mit Lycoming-Motoren, sie galten als die zuverlässigsten Flug-

zeugmotoren überhaupt. Die Cessna war immer regelmäßig gewartet worden und jetzt das. Eine hochnotpeinliche Untersuchung des Unfalls durch das Luftfahrtbundesamt schloss sich an. Man konnte die Unfallursache nie richtig ermitteln. Da das Unglück an einem sehr heißen Sommertag passierte, ging man davon aus, dass sich in der Benzinzufuhr eine Dampfblase gebildet haben musste. Vielleicht war auch minderwertiger Sprit die Ursache. Um die Not der Witwe etwas zu mindern, organisierten Hans und Marianne eine bundesweite Spendenaktion innerhalb des Fliegerkreises. Die Zeitschrift „aerokurier" druckte ihren Aufruf ab. Unter der Federführung des Thalfelder-Aero-Clubs kamen so immerhin rund einhunderttausend Mark zusammen. So konnte wenigstens die Ausbildung der hinterbliebenen Kinder gesichert werden.
Ein paar Monate später hatte Hans die zweite Cessna 180 an den Verein verkauft, der sie als Schleppflugzeug für die Segelflugzeuge benutzte. Die Aufträge für Bannerschlepps ließen nach, andere Werbemöglichkeiten waren für die Firmen effizienter. Noch einmal investierte Hans in seinen Betrieb. Die Schulung führte er nun auf einer kleineren, aber moderneren Cessna 152 und einem neuen Bölkow 208 Junior durch. Die Piper Pa 18 behielt er. Zusätzlich kaufte er eine moderne viersitzige Cessna 172, die er an Wochenenden für Gastflüge nutzte oder an andere Piloten vercharterte. Es ging weiter aufwärts. Auch mit dem Flugplatz, der jetzt zu einem so genannten Verkehrslandeplatz ausgebaut wurde, der immer stärker auch von fremden Piloten angeflogen wurde, die in der Kreisstadt oder in der näheren Umgebung ihre Geschäfte erledigten oder an den Wochenenden einfach ein paar schöne Stunden in der herrlichen Landschaft des Westerwaldes verbrachten.

Und immer noch hing Hans Brettschneiders Herz am Segelflug. An freien Wochenenden schulte er unzählige junge Menschen auf der Rhönlerche, später auf der Schleicher Ka 7. Wenn er nicht schulen musste, machte er Streckensegelflug. Die modernen Kunststoffflugzeuge, die in den siebziger Jahren auf den Markt kamen, hatten unglaublich gute Flugeigenschaften im Vergleich zu dem Grunau-Baby, auf dem er einst das Segelfliegen erlernte hatte. In der Entwicklung der Segelflugzeuge war kein Ende abzusehen. Das Segelfliegen gab ihm etwas ganz Besonderes. Das lautlose Gleiten, das Fliegen in einem Einsitzer, ohne Motor und völlig auf sich gestellt, vereint mit der Natur, die Kräfte der Luftmassen ausnutzend. Durch den Arbeitseinsatz seiner Fluglehrer, die er neu einstellte und einiger freier Mitarbeiter musste er bald nicht mehr an jedem Wochenende selbst beruflich fliegen. Dann nutzte er die freien Zeiten neben dem Segelflug für den Kunstflug. Hin und wieder charterte er eine nagelneue „Acrostar" und übte Kunstflugfiguren: Loopings, Turns, Gezeitenrollen, gerissene Rollen, Fassrollen. Negativ-Loopings, Rückenflug. Bald war er ein gefragter Darsteller auf den Flugtagen, die viele Vereine an den Sommerwochenenden durchführten.

Im Jahre 1975 bekam Hans Brettschneider eine starke Bronchitis und musste sich eine kurze Auszeit gönnen. Einer seiner Piloten, ein Freelancer, übernahm die Schulung so gut es ging und Marianne disponierte die Aufträge. Hans verbrachte im Sommer eine vierwöchige Kur auf Borkum, den Kurort hatte er selbst ausgewählt. Seine alte Piper war ihm auch in der Kur ein treuer Kamerad. Obwohl ihm der Arzt empfohlen hatte, für die Dauer der Kur auf das Fliegen zu verzichten, flog er in freien Zeiten die Küste entlang, klapperte fast alle Inseln ab und landete eines Tages weit im Norden, in Sankt Peter-Ording. Dort nahm er einen Mietwagen und fuhr nach Lüttmoorsiel, eine Badestelle am Deich bei Husum, die gegenüber der Hallig Nordstrandischmoor liegt. Er genoss die weitläufigen Marschwiesen, das letzte Stück unberührter Natur, eine Erholung für Augen und Seele. Ein heftiger Wind blies den Deich hinauf und ließ die bunten Drachen einiger Urlauber im Luv steigen. Andere Urlauber versuchten es weniger erfolgreich hinter dem Deich. „Keine Ahnung von Luv- und Leewirkung des Deiches", Hans lächelte. Er atmete tief ein und genoss den Geschmack der jodhaltigen Luft, die ihm so gut tat. An einem Kiosk fragte er einen Einheimischen wie man auf die Hallig gelangen könnte.
„Nur zu Fuß durch das Watt, und natürlich nur bei Ebbe", sagte der Mann knapp mit starkem norddeutschem Dialekt. Doch er war neugierig: „Suchen Sie jemanden da draußen oder sind Sie nur ein Urlauber? Einen Kaffee oder einen Pharisäer können Sie

auch hier bei uns trinken, dafür müssen Sie keine Wattwanderung machen."
„Ich suche eine Frau in meinem Alter, die während der letzten Kriegsjahre dort vielleicht gelebt hat", sagte Hans wahrheitsgemäß. „Eine Bekannte von mir wurde gegen Ende des Krieges von Borkum aus evakuiert. Sie müsste gemeinsam mit ihrer Heimleiterin aus einem Borkumer Kinderheim hier angekommen sein. Es ist aber auch möglich, dass sie sich auf einer anderen Hallig aufgehalten hat."
„Hm", sagte der Mann. „ich kenne hier jeden. Nach Ihrer Beschreibung kann das nur Heidemarie Reuter gewesen sein." Er lachte. „Sie hatte drei junge Mädchen im Schlepptau, alle drei bildhübsch. Sie taten immer sehr geheimnisvoll und wollten unter sich sein. Wir hatten es anfangs sehr schwer mit ihnen", fuhr er fort. „Letztlich waren wir doch alle so etwas wie Freunde. Eine Hallig ist kein besonders schöner Ort, erst recht nicht in Kriegszeiten, da muss man zusammenhalten."

Hans erinnerte sich an jede Einzelheit des Gespräches. Damals hatte er vor Aufregung gezittert und den Mann unterbrochen: „Volltreffer!", hatte er so laut gerufen, dass sich einige Wattwanderer erschrocken umschauten.
„Ich bin auf der Suche nach Magdalena Wagner", hatte er dem Mann gesagt. „Sie ist meine Stiefschwester. Ich habe in den Wirren der Nachkriegszeit jede Spur von ihr verloren. Meine Briefe, die ich im Krieg und auch ein paar Jahre danach sozusagen blind, mit ihrem Namen versehen, an alle Halligen schrieb, blieben unbeantwortet."
„Das kann ich vielleicht aufklären", hatte der Kioskbesitzer geantwortet. „Magdalena und Heidemarie haben mir erst nach Kriegsende gesagt, wer sie wirklich sind. Sie kamen unter einer falschen Identität hier an."
„Was ist mit ihnen passiert", hatte Hans den Mann gefragt. Seine Stimme hatte gezittert vor Aufregung.
„Heidemarie hat 1951 einen Offizier geheiratet, den gleichen Offizier, der sie hier bei seinen Verwandten versteckt hat."
„Und dann?"

„Sie sind im gleichen Jahr, kurz nach der Hochzeit, mit zweien der Mädchen nach Amerika ausgewandert, nach Milwaukee, Wisconsin. Heidemarie ist mittlerweile gestorben."
„Haben Sie noch Kontakt zu Magdalena?", fragte Hans aufgeregt.
„Nein", sagte der Mann. „Wir haben uns nicht sonderlich gut verstanden. Ich glaube, sie mochte mich nicht besonders. Als Einheimischer war ich ihr vielleicht zu raubeinig. Ich machte ihr einen Heiratsantrag, aber sie lehnte ab. Na ja, sie war auch noch viel zu jung zum Heiraten. Und sie wollte unbedingt nach Amerika. Die Berichte über das tatsächliche Ausmaß der Judenverfolgung und deren Vernichtung haben das Mädchen unglaublich geschockt. Ich habe keinen Kontakt mehr zu ihr. Ihren genauen Wohnort kenne ich leider nicht."
Hans drückte dem Mann fest die Hand. „Danke", stammelte er, „Danke. Sie haben mir sehr geholfen."

Damals an der Badestelle Lüttmoorsiel hatte sich Hans gut an den Regenbogen auf dem Flug von Lemvik nach Thalfeld am letzten Tag des Krieges erinnert. Er hätte früher seinen Weg nach Nordstrandischmoor finden müssen. Nun war es zu spät. War es das wirklich? Unglücklich war er nach St. Peter-Ording zurückgefahren, hatte seine Piper getankt und war nach Borkum zurück geflogen. Die harten Bemerkungen seines Kurarztes überhörte er. Er wanderte die Uferpromenade entlang und setzte sich schließlich grübelnd auf eine Bank. Seine Gedanken kreisten einmal mehr um die Vergangenheit. Warum hatte er nicht intensiver nach Leah gesucht? Und warum hatte Leah nicht nach ihm gesucht, fragte er sich damals. Seine Thalfelder Adresse war ihr doch bekannt.

Manchmal geschehen Dinge im Leben, die kein Zufall sein können. Erst recht nicht dann, wenn sich Zufälle unvermittelt und in kurzer zeitlicher Reihenfolge ereignen. Hans glaubte in solchen Fällen eher an die Vorsehung Gottes. Auf Borkum hatte er während seiner Kur den Beweis dafür bekommen, dass sein Glauben richtig war. Am Vorabend seiner Abreise war er noch einmal am Strand hinunter zur „Heimlichen Liebe" gewandert. Dort, wo früher eine Flakstellung untergebracht war, befand

sich heute ein Hotel-Restaurant. Hans kehrte nicht ein. Er beobachtete die Wellen des auflaufenden Wassers und die glutrote Sonne, die am Ende des Horizonts langsam in das Meer eintauchte. Neben ihm stand eine Frau in seinem Alter. Auch sie genoss die Verzauberung des endenden Tages am Meer. Unvermittelt hatte sie ihn angesprochen: „Entschuldigung, ich glaube wir kennen uns."
Hans blickte die attraktive Frau kurz an. Er erinnerte sich nicht an sie.
„Ich glaube, das muss ein Irrtum sein", sagte er freundlich und versuchte weiter seinen Gedanken nachzuhängen.
„Erinnern sie sich wirklich nicht mehr an mich?", fragte die Frau und fuhr fort: „Aber ich kenne Sie. Sind Sie nicht der Nachtjägerpilot, der uns im Krieg einmal auf Heidemarie Reuters Hof besucht hat?"
Schlagartig kamen damals seine Erinnerungen zurück. Jetzt hatte er sie als junges Mädchen vor den Augen.
„Klar doch, jetzt weiß ich, wer Sie sind", sagte er freudig erregt. „Sie waren eins der Mädchen, um die sich Heidemarie Reuter hier auf Borkum gekümmert hat."
„Genau, ich bin Brigitte Sanders. Damals habe ich sicher viel jünger und hübscher ausgesehen, aber Sie hatten ja immer nur Augen für Leah", lachte sie.
„Sie sind auch heute noch hübsch", sagte Hans trocken. „Wir werden alle älter. Was für ein Zufall, Sie hier zu treffen. Ich habe nach dem Krieg jede Spur von Leah verloren. Ein paar Jahre habe ich intensiv nach ihr gesucht. Erst gestern bei einem Ausflug zur Hallig Nordstrandischmoor habe ich erfahren, dass sie nach Amerika gegangen ist", sagte Hans.
„Nordstrandischmoor", sagte die Frau nachdenklich. „Wie lange habe ich das Wort schon nicht mehr gehört. Die Hallig ist ein Überbleibsel des alten Rungholt. Die große Manndränke im Jahr 1362, eine fürchterliche Sturmflut, hat damals alles Land weggespült und nur die Halligen sowie die Inseln Nordstrand und Pellworm als letzten Zufluchtsort übrig gelassen. Auch für uns war die Hallig so etwas wie ein letzter Zufluchtsort. Uns hat es im Krieg dorthin gespült. Ich weiß, dass auch Leah nach Ihnen gesucht hat. Sie hat Ihnen im Krieg und danach eine

Menge Briefe geschrieben. Wir mussten damals von Borkum fliehen, Hals über Kopf."
Verständnislos zuckte Hans mit den Schultern. „Ich verstehe das nicht. Ich habe keinen einzigen Brief von ihr bekommen."
Wieder machte er sich Vorwürfe. Hatte er wirklich intensiv genug nach ihr gesucht? Gemeinsam wanderten die beiden am Strand entlang. Sie hatten sich viel zu erzählen und waren froh, einander getroffen zu haben.
„Meine Mutter ist im Krieg bei einem Bombenangriff ums Leben gekommen", sagte Hans traurig. „Mein Stiefvater hat sich am gleichen Tag das Leben genommen. Ich wusste nicht recht, wo ich nach Leah suchen sollte. Ich habe sie, seit ich im Krieg auf Borkum war, nicht mehr gesehen. Damals war sie sechzehn."
„Irgendetwas muss da aber gewaltig schiefgelaufen sein. Leah lebt noch in Wisconsin", hatte Brigitte plötzlich geantwortet. „In Milwaukee. Sie hat sich zu einer hübschen und sehr energischen Frau entwickelt. Sie war ein paar Jahre mit einem erfolgreichen Bierbrauer verheiratet und hat zwei erwachsene Kinder."
„Sie war verheiratet?", fragte Hans mit starker Betonung der Vergangenheitsform.
„Ja, ihr Mann, ein Jude, starb vor ein paar Jahren bei einem Anschlag in Israel. Seitdem ist sie Witwe."
„Das tut mir Leid. Haben Sie Ihre Adresse?"
Er bekam die Adresse. Endlich war er auf der Spur. Dankbar fiel ihm ein Bibelvers ein, Psalm 36, den er als Flieger so sehr mochte: „Herr, deine Güte reicht, so weit der Himmel ist, und deine Wahrheit, so weit die Wolken gehen."
Noch am gleichen Abend hatte er einen langen Brief nach Milwaukee geschrieben. Er überlegte, ob er sie einfach anrufen sollte. Doch irgendetwas hinderte ihn daran. Sein Gewissen plagte ihn. Bisher war er Marianne immer treu geblieben. Nach seiner Rückkehr nach Thalfeld entstand kein Kontakt zu Leah. Keine Reaktion auf seinen Brief. Er konnte sich ihr Verhalten nicht erklären. Einmal hatte er versucht, sie anzurufen, aber es nahm niemand ab. Dann wieder meldete sich sein Gewissen und er sah von weiteren Anrufen und Briefen ab. Er redete sich ein, dass Leah ihm seine Zugehörigkeit zur Wehrmacht vielleicht

nicht verzeihen konnte. Erst nach dem zweiten Weltkrieg war das ganze Ausmaß des Holocaust deutlich geworden. Auch er war geschockt von den Bildern und Berichten. Vielleicht hatte sie ihm auch nie verziehen, dass er nach dem Krieg nicht früher nach ihr gesucht hatte. Aber warum hatte sie ihn dann gesucht? Und wenn doch alles ein Missverständnis, eine Verkettung unglücklicher Umstände war? Doch damals kam Hans nicht dazu, weitere Versuche zu unternehmen, Leah zu kontaktieren. 1978 starb Marianne ganz plötzlich an einem bislang unentdeckten Herzklappenfehler. Wieder musste er einen schweren Schicksalsschlag hinnehmen. Und wieder machte er sich bittere Vorwürfe. Warum hatte er sich nicht mehr um sie gekümmert? Anfangs war es für ihn eine rein sexuelle Beziehung gewesen, während sie ihn von Beginn an liebte. Seine Liebe zu ihr war in den langen Jahren ihrer Beziehung von Jahr zu Jahr gewachsen. Aber später, gegen Anfang der siebziger Jahre, kühlte sie merklich ab. Marianne entwickelte einen Eigensinn und ging ihren Weg alleine, so wie er es auch all die Jahre getan hatte. Oft stritten sie miteinander, doch schließlich herrschte eine Art Waffenstillstand. Sie brauchten einander und respektierten sich gegenseitig. Sie waren noch immer ein gutes Team, aber eine wirkliche Ehe führten sie nicht mehr. Vielleicht hätten sie ihre Liebe erneuern können, doch weder Marianne noch Hans brachten die Kraft dafür auf. Erst nach Mariannes Tod stellte Hans fest, was sie ihm wirklich bedeutete. Er wünschte sich, die Zeit noch mal zurückdrehen zu können, doch nun war es zu spät.

Und noch immer saß er einsam am Frühstückstisch und dachte angestrengt über seine Vergangenheit nach. Er hatte keinen Appetit auf ein Frühstück. Er würde nie wieder mit Marianne frühstücken können. In seiner Tasche hatte er nur noch ungültige Pilotenlizenzen. Der Fliegerarzt hatte ihn gegroundet. Was konnte ihm das Leben jetzt noch bieten?

„Bei all der Fliegerei hättest du dich mehr um Marianne kümmern sollen, Hans Brettschneider“, dachte er. „Hast du dich einmal gefragt, wie einsam sie sich gefühlt haben musste, wenn du am Himmel Purzelbäume drehtest und deinen Aggressionen freien Lauf gabst? Hast du einmal danach gefragt, welche Ängste sie ausstand, wenn du auf dem Rücken liegend im Tiefflug über den Platz flogst und dabei fast den Windsack rasiertest? Hast du nicht. Hättest du es getan, wäre eure Ehe vielleicht harmonischer gelaufen. Und wenn nicht, hättest du dich vielleicht von ihr trennen sollen, als es noch Zeit war. Dann hättest du auch intensiver nach Leah suchen können und Marianne hätte ein würdigeres Leben führen können. Jetzt sitzt du hier und bist ein gestrandeter Vogel mit gebrochenen Flügeln. War es das wert?“

Noch etwas hatte sich in den siebziger Jahren, nur ein paar Monate nach Mariannes Tod, ereignet: Sein alter Freud Horst Opitz hatte sich gemeldet. Nach der Gefangenschaft war er zurück nach Leipzig gegangen, kam aber mit dem DDR-Regime nicht klar. Seinen segelfliegerischen Ambitionen durfte er hier nicht nachgehen. Als Opitz merkte, dass ihn seine eigene Frau für den Staatssicherheitsdienst bespitzelte, trennte er sich von ihr. Nun lebte er in Eisenach, nahe dem eisernen Vorhang und arbeitete in einem volkseigenen Betrieb. Doch auch dort konnte er nicht glücklich werden. Die Trennung von seiner Frau und die Tatsache, dass er intensiv Westkontakte pflegte und immer wieder Anträge zur Verwendung als Segelfluglehrer stellte, hatte die Stasi erneut auf den Plan gerufen. Er wusste, dass jeder seiner Arbeitskollegen und Nachbarn Spitzel sein konnten, die ihn unter ständiger Beobachtung hielten. Wie viele seiner Mitbürger in der DDR empfand er dieses Leben als unerträglich. Der Entschluss zur Republikflucht erschien ihm die einzige Möglichkeit, diesem unwürdigen Zustand ein Ende zu bereiten. Über einen Mittelsmann, einen professionellen Fluchthelfer, dem er vertraute und dem er für seine Tätigkeit einen Betrag von fünfzehntausend Westmark zahlen musste, ließ er seine alten Kameraden Hans Brettschneider und Hermann Fuchs wissen, dass er beabsichtige zu fliehen, um im Westen ein besseres Leben führen zu können.
Die Einsamkeit nach dem Tod von Marianne hatte Hans Brettschneider zu einem Draufgänger gemacht, dem fast alle Vorschriften egal waren. Piloten war doch nichts verboten. Er hatte nicht mehr viel zu verlieren.

Und ob er seinem alten Kameraden helfen würde! Als Fluchthelfer taugte er zwar nichts, aber als Pilot. Also musste er Horst Opitz mit dem Flugzeug in die Freiheit holen. Er würde seine eigene Luftbrücke fliegen. Doch so einfach war das nicht. Gemeinsam mit Hermann Fuchs feilte er an einem Plan. Dann besuchte er den Mittelsmann in Eisenach und übergab ihm die geforderten fünfzehntausend D-Mark. Den größten Teil des Geldes hatte Fuchs aufgebracht, den Rest hatte Hans Brettschneider beigesteuert. Zusammen mit dem Fluchthelfer hielt er nach einer geeigneten Landewiese Ausschau. Sie fanden eine schmale Wiese nordöstlich von Eisenach, in deren Nähe eine kleine verfallene Holzhütte stand. Dort würde sich Horst Opitz gut verstecken können. Hans übergab dem Fluchthelfer einen kleinen Funkempfänger, den ein Freund, ein Fernsehtechniker, eigens für diesen Zweck gebaut hatte. Sobald Anfang Juni eine Kaltfront durchzog, sollte sich Opitz zur Morgendämmerung an dem festgelegten Ort einfinden.
Der Tag rückte an. Hans hatte die Piper Pa 18 bis an den Rand voll getankt und startete noch während der Nacht. Einige Stunden vorher war Hermann Fuchs an einen höher gelegenen Standort in der Nähe der Grenze gefahren und hatte als Startzeichen ein Funksignal, einen kurzen Pfeifton, an den Fluchthelfer gesendet.
Hans Brettschneider musste möglichst noch bei Dunkelheit über die Grenze fliegen. Am Tag vorher hatte er die Kennzeichen seines Flugzeuges mit weißer, abwaschbarer Tarnfarbe überstrichen, die ihm ein Flugschüler von der Bundeswehr organisiert hatte. Kurz vor Bad Hersfeld flog er verbotenerweise in die ADIZ ein. Die ADIZ war ein besonders streng überwachter Luftraum auf westdeutscher Seite entlang der Zonengrenze, in die niemand ohne besondere Erlaubnis der Flugsicherung einfliegen durfte. Hans hatte keine Erlaubnis. Um nicht auf dem Radar der Flugsicherung zu erscheinen, flog er so tief, dass das Fahrwerk des Flugzeuges fast die Baumwipfel streifte. Das bergige Gelände unter ihm bot ausreichend Tarnung. Die tiefhängenden Regenwolken taten das übrige dazu.
„Entweder es gelingt oder ihr könnt eine Fliegerbeerdigung feiern“, hatte er damals bei sich gedacht, ohne eine Spur von Angst zu empfinden. Noch heute erinnerte sich Hans an alle

Einzelheiten des Fluges. Er schmunzelte, als er sich den weiteren Verlauf der Rettungsaktion ins Gedächtnis rief:
Über die Standorte von Luftfahrthindernissen, wie Schornsteine und sonstige hohe Bauten hatte er sich zur Genüge informiert, so dass er wusste, wo er höher fliegen musste. Im Bereich der Grenze stieg er aus Sicherheitsgründen auf eintausend Fuß und tauchte in die Wolken ein. Im Blindflug gelang es ihm, die Grenze zu überqueren. Er musste an den Spruch seiner Mutter denken: „Wolken kennen keine Grenzen." Als er sicher sein konnte, dass er sich auf DDR-Seite befand, ging er wieder in den Tiefflug und durchflog die Täler am Nordrand des Thüringer Waldes. Die Piper war vorteilhaft für diesen riskanten Einsatz. Ihr Motor brummte leise und man konnte mit ihr auf kurzen Pisten landen und starten. Aber sie hatte auch einen Nachteil. Ihre Höchstgeschwindigkeit lag weit unter hundert Knoten. Bei Anbruch der Dämmerung fand er die Wiese. Das Timing war perfekt. Er hatte den Flug wie immer präzise geplant und durchgeführt. Das zahlte sich nun aus. Die Wiese war ausreichend lang, so dass Hans direkt nach der Landung in gleicher Richtung wieder starten konnte. Horst Opitz stieg bei laufendem Motor ein. Der Start verlief unproblematisch. Auf dem Nachhauseflug flog Hans wiederum tief am Boden. Es regnete in Strömen, aber nach Westen hin besserte sicht die Sicht. Hans beobachtete die Wolken der Kaltfront, in die er jederzeit wieder hätte eintauchen können, um vor eventuell aufsteigenden Abfangjägern unsichtbar zu sein. Den DDR-Behörden war die Luftraumverletzung bereits aufgefallen, aber auf so eine Dreistigkeit waren sie nicht vorbereitet. Polizei und Grenzsoldaten wurden alarmiert, doch sie entdeckten das kleine Flugzeug erst als es sich anschickte, zurück über den Eisernen Vorhang zu springen. Sie schossen zwar hinter der Piper her, aber sie schossen schlecht. Vielleicht hatten sie damals auch absichtlich vorbeigeschossen. Hans war vorsichtshalber einen Zickzack-Kurs geflogen, auf diese Weise stellte die Piper ein sehr viel schwieriger zu treffendes Ziel dar. Die Kugeln gingen ins Leere. Hans und Opitz grinsten. Sie fühlten sich in die Kriegszeit zurückversetzt. Hinter der Grenze gingen sie wieder in den Tiefflug und landeten auf einem Segelfluggelände bei Alsfeld in Oberhessen. Geschafft! Die Anspannung wich aus ihren Körpern. Sie stiegen

aus, fielen sich in die Arme und klopften sich gegenseitig anerkennend auf die Schultern. Dann versteckten sie das Flugzeug in der am Flugplatz angrenzenden kleinen unbenutzten Scheune eines Unternehmers, der dem ortsansässigen Segelflugverein angehörte. Hans hatte die Landung in Alsfeld geplant und alles mit ihm abgesprochen. Flieger müssen sich gegenseitig helfen. Sie lachten so sehr über die gelungene Flucht, dass der Unternehmer fürchtete, die an den Platz angrenzenden Anwohner würden geweckt. Am Platzrand wartete Hermann Fuchs mit seinem Auto. Die drei waren sehr glücklich damals an diesem denkwürdigen Tag. Am Abend hatte Fuchs eine Riesenfete in seinem Haus in Kronberg im Taunus gegeben. Nur wenige Tage später konnte Hans sein Flugzeug zurück nach Thalfeld fliegen. Eine intensive Suche des Bundesgrenzschutzes und der Polizei, die aufgrund der Luftraumverletzung auf westdeutscher Seite nach ihm fahnden mussten, blieb erfolglos. Die Polizisten lachten heimlich über diese gelungene Flucht. Ihr Interesse, den Übeltäter zu finden, war eher gering.

„Das Leben ist schön mit dem richtigen Flugzeug unter dem Hintern, Hans Brettschneider.“ Hans schmunzelte ein wenig, als ihm dieser alte Spruch des Offiziers aus Berlin einfiel. „Und nun soll deine Fliegerei aufgrund dieser Krankheit wirklich zu Ende sein? Sicher, du musst dich um deine Gesundheit kümmern, aber ohne Fliegerei kannst du nicht gesund werden. Und nun sitzt du hier und denkst über deine Vergangenheit nach, planst deinen heutigen Flug. Musst du jetzt ein Gefangener deiner eigenen Krankheit werden? Dem kannst du dich nicht beugen. Flieger müssen als freie Menschen leben. Ihr Geist muss frei sein. Frei von allen Zwängen des Lebens. Frei wie die Wolken am Himmel. Du wirst, du musst heute fliegen und diese Freiheit genießen, von der du nicht genug bekommen kannst, obschon dein Flugbuch tausende Flugstunden dokumentiert.“

Die Zwänge des Lebens hatten ihn dennoch immer wieder eingeholt. Anfang der achtziger Jahre musste er seine Flugschule auflösen, weil der Bestand an Flugschülern immer weiter zurückgegangen war. Die Menschen auf dem Westerwald boten eine viel zu kleine Zielgruppe für sein Angebot und das Flug-

zeugbenzin wurde aufgrund der Besteuerung immer teurer, so dass sich sein Betrieb kaum noch rechnete. Hinzu kam, dass die Wetterbedingungen auf dem Westerwald vor allem im Winter einen regelmäßigen Flugbetrieb nicht zuließen. Aber Hans gab nicht auf damals. Außer der Fliegerei hatte er keinerlei berufliche Ambitionen. Er verkaufte seine Flugschule und seinen Flugzeugpark und erwarb eine gebrauchte zweimotorige Beech-King-Air. Er bot Firmen und Behörden seine Dienste an und flog weite Touren durch ganz Europa. Er holte Kranke aus ihren Urlaubsgebieten ab, flog Geschäftsreisende und Politiker zu ihren Terminen nach England, nach Frankreich und Italien, manchmal sogar nach Island. Und manchmal brachte er auch deutsche Tageszeitungen nach Norwegen. Die Piper Super Cub behielt er für private Flüge. Der Oldtimer war ihm zu sehr ans Herz gewachsen. Irgendwie gehörte das Flugzeug zu seinem Leben. Er konnte sich nicht von ihm trennen.
Gegen Ende der achtziger Jahre hatte er sich zur Ruhe gesetzt und seine Betriebsgebäude und die Beech an einen Geschäftsmann und Piloten verkauft. Jedoch, die Einsamkeit hatte er nur ein paar Monate ausgehalten. Schon kurz nach seinem siebzigsten Geburtstag arbeitete er wieder regelmäßig als Fluglehrer im Thalfelder Aero-Club und ein paar Tage in der Woche als Flugleiter im Tower des Flugplatzes. Die Fliegerei war sein einziger Halt. Der Flugplatz brauchte ihn und er brauchte den Flugplatz.

Hans Brettschneider zwang sich zum Essen an diesem 1. Mai 1992. Er hatte keinen Hunger, aber er musste essen. Mit leerem Magen konnte und durfte er nicht fliegen. Noch immer grübelte er.

Er träumte sich an den Himmel, von der Freiheit da oben, die er immer verspürte beim Fliegen. Auch wenn es Regeln, Vorschriften und handwerkliche Dinge zu beachten gab – der Himmel war endlos.

Manchmal war es auch ein einsamer Himmel. Aber Flieger lieben es, alleine zu fliegen. Gerade beim Segelflug war man, wenn man Einsitzer flog, völlig alleine und einsam am Himmel. Hans Brettschneider erinnerte sich an einen Segelflug auf einer

Ka 6, die er noch vor wenigen Wochen geflogen hatte. Das einsitzige Hochleistungsflugzeug der sechziger Jahre war nunmehr ein Oldtimer. In den letzten Jahren hatte er fast nur noch Hochleistungssegler aus Kohlefaserkunststoff, Tanks für Wasserballast, Klapptriebwerk, Gleitzahl über fünfundvierzig, üppige Instrumentierung mit E-Vario und anderen technischen Raffinessen geflogen. Nun saß er in einer alten aber liebevoll grundüberholten Vereins-Ka 6. Im oberen Drittel des Schlepps hatte der Windenfahrer viel zu schnell geschleppt. Die Ka 6 war nur für eine Schleppgeschwindigkeit von hundert Stundenkilometern zugelassen. Hundertzwanzig waren auch noch in Ordnung, aber nicht hundertvierzig. Der Wind wehte mit über fünfzehn Knoten ruppig aus Nord-Nord-West, stand also nicht ganz auf dem Hang. Dennoch, der Aufwind am Hang würde die leichte Ka 6 tragen, vor allem in der linken Ecke, die genau in Windrichtung stand. Mit Speed, das waren bei der Ka 6 knappe einhundertfünfzig km/h, war er kurz vor die Hangkante geflogen. Dann reduzierte er die Fahrt auf siebzig und flog am Hang in der Aufwindzone achtförmige Kreise. Diese Methode hatte er es schon als Hitlerjunge bei Sepp Schäfer gelernt. Beim Wenden musste man immer vom Hang wegkurven, um im Aufwind zu bleiben. Die Nase des Flugzeuges musste möglichst im Wind bleiben. Bei stärkerem Steigen, wenn zusätzlich thermische Ablösungen auftraten, wurden Vollkreise mit geringer Schräglage geflogen. Die Ka 6 zog sauber ihre Kreise, wenn man sie mit Gegenquerruder leicht abstützte. Aus dem schmalen Cockpit, das nur von einer recht kleinen Haube abgeschlossen wurde, beobachtete Hans, wie sich die Bäume unten am Hang im Wind bewegten. „Wenn du aus irgendwelchen Gründen da rein fällst, Hans Brettschneider, werden sie Schwierigkeiten haben, dich zu finden“, hatte er damals gedacht. Als er dann ein wenig die Konzentration verlor, vibrierte das Flugzeug leicht und zeigte ihm an, dass er zu langsam flog. Die schöne alte Maschine flog auch noch bei fünfundsechzig Stundenkilometern, aber weniger durften es nicht sein, wenn es nicht unweigerlich zu einem Strömungsabriss kommen sollte. Hans drückte den Steuerknüppel leicht nach vorne und verringerte gleichzeitig mit dem Querruder die Querlage. So flog er wieder zur Hangkante vor und richtete das Flugzeug zum Geradeausflug auf. Im Hangwind

hatte er nun konstant ein Steigen von einem halben Meter pro Sekunde. In fünfhundert Metern Höhe ließ das Steigen nach und ging auf null zurück. Hans flog über eine Stunde lang seine Kreise am Hang. Zum Schluss schaffte er in der Thermik noch eine Höhe von achthundert Metern, mehr war bei dieser Wetterlage nicht drin. Er erinnerte sich genau an den Funkverkehr mit dem Startleiter am Boden, der ihn aufforderte, das Flugzeug zu landen:
„D-9374 von Thalfeld Segelflug“, quäkte die Stimme des Startleiters aus dem Lautsprecher im Cockpit der Ka 6.
„74 hört“, hatte Hans korrekt geantwortet.
„74, du bist jetzt genau 1 Stunde 30 in der Luft – komm bitte runter, hier stehen zwei Schüler, die auch noch an den Hang wollen“, hatte der Startleiter ihn aufgefordert.
Hans hatte damals sofort reagiert. Mit einer steilen, engen Kurve und viel Fahrt drehte er vom Hang ab und nahm Kurs auf die Segelflugplatzrunde von Thalfeld. Bei einhundertsechzig Stundenkilometern Fahrt nahm er übermütig den Knüppel zurück bis die Nase des Flugzeuges scheinbar an den Horizont stieß, dann zog er kräftig nach hinten durch und flog einen sauberen Looping. Anschließend ging er in den Queranflug der Segelflugplatzrunde. Im Endteil zog er die Bremsklappen und leitete einen Seitengleitflug ein, um die überschüssige Höhe abzubauen. Nicht ganz zielgenau landete er zehn Meter hinter dem gelben, am Boden ausgelegten Landezeichen. Er hatte lange keine Ka 6 mehr geflogen.

Noch immer saß Hans Brettschneider an dem kleinen Tisch in seiner Küche. Er zwang sich, eine Scheibe Brot zu essen und eine Tasse Kaffee zu trinken. Dann warf er einen Blick auf die Fliegerkarte. Er würde heute fliegen, das stand fest. „Soll der Flug mit der Ka 6 wirklich dein letzter Segelflug gewesen sein, weil dich der Fliegerarzt gegroundet hat, Hans Brettschneider?“, dachte er. Das Gespräch mit dem Fliegerarzt kam ihm ins Gedächtnis. Noch einmal verarbeitete er dieses traumatische Erlebnis:
„Wenn du erst mal auf die richtigen Medikamente eingestellt bist und die Regeln beachtest, kannst du mit deiner Erkrankung noch recht lange leben“, hatte ihm der Fliegerarzt vor wenigen

Tagen gesagt. „Sofern du ansonsten keine Gebrechen hast. Je früher du zu einem Spezialisten gehst, umso besser. Nur mit der Fliegerei musst du aufhören. Wenn die Untersuchungsergebnisse des Spezialisten vorliegen und so ausfallen wie ich es anhand meiner Untersuchungen glaube, muss ich den Vorgang dem Luftfahrtbundesamt melden. Du wirst deine Lizenzen abgeben müssen. Mit Parkinson ist nicht zu spaßen."
„Gibt es keine andere Möglichkeit?", hatte Hans ihn entsetzt gefragt."
„Nein", hatte der Fliegerarzt, der gleichzeitig sein Hausarzt und sein Freund war, geantwortet. „Du kannst die Krankheit mit Medikamenten in Schach halten, aber die Medikamente haben Nebenwirkungen. Starke Nebenwirkungen sogar. Damit kannst du auf keinen Fall weiterfliegen. Es würde dir auch nichts bringen, zu einem anderen Fliegerarzt zu gehen. Die Symptome sind eindeutig."
„Das ist doch Scheiße", hatte Hans geantwortet. „Was soll ich bloß ohne die Fliegerei anfangen."
„Das Leben geht auch ohne Fliegerei weiter", hatte der Fliegerarzt geantwortet. „Wir sind doch alle als normale Fußgänger geboren. Ich kann's dir nachfühlen, aber es hilft nichts. Deine Gesundheit ist jetzt wichtiger. Sei froh, dass wir frühzeitig entdeckt haben, was mit dir los ist. Also kümmere dich darum und verfall jetzt bitte nicht in Depressionen. Genieße deinen Ruhestand und such dir ein anderes Hobby. Und wenn es dir nach Flugplatz ist, gehe dort hin – aber als Pensionär und bitte nur als Copilot."
„Ich weiß nicht, ob ich das kann", hatte Hans niedergeschlagen geantwortet. Als er sich dann vom Fliegerarzt verabschiedete war er zurück nach Thalfeld gefahren, zum Flugplatz. Am Hang setzte er sich auf eine Bank, stierte in den Himmel und beobachtete das Spiel der Wolken, so wie er es immer tat, wenn er grübeln musste. Dann hatte er wie ein Schuljunge geheult.

„Nein, Hans Brettschneider. Du darfst nicht aufgeben", dachte er heute. „Denk an die Geschichte, die dir dein Fliegerkamerad neulich erzählt hat. So kann deine Geschichte nicht weitergehen."

Der Vereinskamerad, der damals in den sechziger Jahren mitgeholfen hatte, den neugegründeten Thalfelder Aero-Club aufzubauen, war ebenfalls fluguntauglich geworden, aufgrund eines Herzinfarktes. Vor wenigen Jahren hatte er sich Hans Brettschneider anvertraut: „Am Anfang war es sehr schlimm", hatte er ihm erzählt, „ich fühlte mich vom Leben betrogen. Doch dann meinte ich, es würde mir nichts ausmachen, nicht mehr fliegen zu dürfen. Ich tat Dinge, die ich in den letzten Jahren vollkommen vernachlässigt hatte. Irgendwie glaubte, hoffte ich, darüber hinwegzukommen. Doch jedes Mal, wenn es Frühjahr wurde und die ersten Segelflugzeuge wieder unter den Wolken ihre Kreise zogen, wurde es mir schwer ums Herz. Das Schlimmste für mich war die Vorstellung, dass meine eigenen Flugschüler bald mehr Flugstunden und Flugerfahrung haben würden, als ich selbst. Ich stürzte mich in Arbeit, machte am Wochenende Ausflüge, nur um nicht zum Nachdenken zu kommen. Doch meine Wochenendausflüge endeten unweigerlich auf irgendeinem Flugplatz oder in einem Flugzeugmuseum. An manchen Sonntagen stand ich oft schon frühmorgens am Rande des Flugplatzes und beobachtete neidisch und traurig zugleich das Treiben dort. Die Segelflugzeuge waren in einer Linie fertig zum Start aufgereiht. Auch die Windenseile waren bereits ausgezogen. Die Piloten warteten wie immer an solchen Tagen auf das Einsetzen der Thermik. Früher habe ich oft auf der anderen Seite des Zaunes gestanden. Am Startleitertisch, mit Kameraden in Fachsimpeleien und Flugvorbereitungen vertieft oder beim Gespräch über das Wetter. Immer wenn ich meinen Fallschirm anlegte, in die Maschine einstieg und die Haube schloss, war ich stolz darauf, ein Flieger zu sein, wenn auch nur ein Segelflieger. Jetzt bin ich nur noch ein Fußgänger und stehe auf der falschen Seite des Zauns. Aber in meinem Herzen bin ich immer ein Flieger geblieben. Ein Flieger, dem man die Flügel gebrochen hat."

Nein, ein Leben ohne Fliegerei war ihm, Hans Brettschneider, nicht möglich, es würde ihm niemals möglich sein. Er hatte genug nachgedacht. Hier am Frühstückstisch plante er den heutigen Tag. Sein Entschluss stand fest. Er würde heute den kleinen Flugplatz Lemvik in Dänemark anfliegen, um Kleemann und Jytte zu besuchen. In den 60er Jahren waren die beiden zurück nach Dänemark in Jyttes Heimatstadt an den Limfjorden gegangen. Kleemann, inzwischen ein weltweit berühmter und gefeierter Organist, hatte im letzten Jahr einen Schlaganfall erlitten und war seitdem an den Rollstuhl gefesselt. Organist zu sein, das war sein Leben. Mit seiner Lähmung war jedwedes Orgelspiel Vergangenheit. Aber Kleemann wurde besser mit seinem Schicksal fertig als Hans mit dem Verlust der Flugtauglichkeit. Seine wichtigsten Konzerte waren auf Tonträger gebannt und wurden noch immer verkauft. Hans fühlte, dass er Jytte und Kleemann noch einmal besuchen musste, bevor sein treuer Freund aus alten Tagen seinen letzten Gang antreten würde. Der Flug von Lemvik zurück nach Thalfeld, nach Hause, würde sein letzter Flug sein. Sobald er zurück war würde er zu einem Spezialisten gehen und gegen seine Krankheit ankämpfen. Dann wollte er nochmals nach Amerika reisen, nochmals nach Milwaukee, sich dort ein Auto mieten und Leah suchen. Er musste sie endlich finden und ihr sagen, wie Leid ihm das alles tat. Er musste ihr sagen, wie sehr er es bedauerte, dass sie eine Jugend in ständiger Angst erleben musste und dass er sich nach dem Krieg nicht intensiver auf die Suche nach ihr begeben hatte. Er musste ihr sagen, dass er sie liebte. Warum war es ihm nie gelungen, ein Lebenszeichen von ihr zu bekommen? Warum alle waren seine Briefe unbeantwortet geblieben? Vielleicht lebte sie längst nicht mehr in Milwaukee. Er würde sich nochmals an alle Einwanderungsbehörden und Civil Registry Offices wenden. Die Möglichkeiten des Internets würden ihm die Vorbereitung der Suche sicher erleichtern. Er musste sie finden und hoffen, dass es noch nicht zu spät sein würde.

„Auf geht's, Hans Brettschneider. Mache eine saubere Flugplanung. Ein Flug per Sichtflugregeln nach Dänemark ist keine Kaffeefahrt. Hör den Wetterbericht ab und notiere dir die Windverhältnisse und Wolkenuntergrenzen auf der Strecke. Zieh eine Kurslinie auf die Karte und plane deine Flughöhen. Einige Lufträume, in die du nicht einfliegen darfst, liegen auf dem Weg. Militärische Beschränkungsgebiete. Andere Lufträume in der Nähe von Flughäfen darfst du nur mit einer Freigabe per Funk durchqueren oder überqueren. Schreib dir die

Funk-Frequenzen der Flugsicherung auf. Lege dir die Sichtanflugkarten der Ausweichflugplätze an der Strecke zurecht. Du wirst sie brauchen, falls das Wetter sich nicht so entwickelt, wie vorhergesagt. Berechne die Flugzeit und den Spritverbrauch. Dann programmiere deinen GPS-Navigationscomputer. Auf geht's nach Dänemark."

Gegen 07:10 Uhr schob Hans Brettschneider das Hallentor auf. Er liebte die morgendliche Idylle des Flugplatzes, wenn noch kein Flugbetrieb herrschte und das Gras noch nass war vom Tau. Er beobachtete einen Mäusebussard, der in aller Ruhe auf einem Zaun nahe der Halle saß und von dort sein Revier im Auge hatte. Mit der einsetzenden Thermik würde er aufsteigen und kreisend nach oben steigen. So war es immer. Auch Vögel mussten so etwas wie Flugsehnsucht verspüren.

Die Piper stand mit dem Motor nach vorne auf ihrem angestammten vorderen Platz in der großen neuen Halle des Clubs. Dahinter standen Segelflugzeuge. Ein Ventus, eine ASW 24, ein Twin-Astir, eine alte ASK 13 und eine Ka 6. Stoffbahnen schützten ihre Tragflächen vor Staub. Noch weiter hinten in der Halle standen Segelfluganhänger und die Winde. Hans hatte heute keinen Blick dafür. Mühelos zog er die Piper aus dem Hangar auf das Vorfeld. Er verstaute seinen Koffer auf dem Rücksitz und steckte seine Flugplanung, Papiere, Kartenmaterial, eine Flasche Wasser und einen Apfel in die Seitentasche neben dem Pilotensitz. Dann machte er einen kurzen Check. Außer ihm flog niemand dieses Flugzeug, deshalb brauchte er die Checkliste nicht komplett abzuarbeiten. Er prüfte nur den Ölstand des Motors und den Luftdruck der Reifen im Hauptfahrwerk. Bei einem kurzen Rundgang um das Flugzeug untersuchte er Flächen und Leitwerk auf etwaige Rangierschäden. Dann kletterte er mühsam in den Pilotensitz, schnallte sich an, setzte das Headset auf und verriegelte die schmale Cockpittür. Er war alt geworden. Seine Bewegungsabläufe waren langsamer als früher. Das Einsteigen und Anschnallen bereitete ihm immer mehr Mühe. Doch sobald er angeschnallt auf dem Pilotensitz saß, fühlte er sich fit. Er schaltete die Zündung ein und drehte den Magnetschalter auf „both". Dann betätigte er den Anlasser-

knopf und rollte nach kurzer Warmlaufphase zum Rollhaltepunkt der Startbahn.
Der Tower war noch nicht besetzt. An den Wochenenden teilten sich die Vereismitglieder den Flugleiterdienst. Der Platz öffnete regulär erst um 09:00 Uhr. Ohne Flugleiter durfte Hans eigentlich nicht starten. Es war ihm egal. Darauf kam es jetzt auch nicht mehr an. Er verletzte gleich mehrere Vorschriften. Start ohne Flugleiter und Flug ohne gültige Lizenz, was soll's. Er wollte seine letzte große Strecke fliegen, hin und zurück. Er schob den Gashebel leicht nach vorn und führte den vorgeschriebenen Magnettest durch. Dann nahm er das Gas wieder etwas zurück und rollte auf die Startbahn. Er richtete die Piper genau auf die Center-Line der neuen Asphaltpiste aus und drehte gleichzeitig den Kurskreisel auf den Wert des Kompasses ein, zweihundertfünfzig Grad. Er löste die Bremsen und schob den Gashebel sanft nach vorne. Mit aufheulendem Motor begann die Piper zu beschleunigen. Nach wenigen Metern Rollstrecke drückte Hans Brettschneider den Knüppel leicht nach vorne. Das Heck der Piper löste sich vom Boden. Nur wenig später zog Hans den Knüppel nach hinten. Die Piper hob ab. Die Startbahn unter ihr wurde immer kleiner, bald war sie für den Piloten nicht mehr zu sehen. Der Schatten des Flugzeuges am Boden eilte ihr nach und huschte über die parallel verlaufende Graspiste der Segelflieger. Unter der Piper befand sich jetzt das alte Segelfluggelände mit der alten Halle.
Es war Hans, als würde alles noch einmal von vorn anfangen. Er hörte wieder die Rufe des Langen Sepp. „Komm runter Junge, deine Zeit ist um. Wir brauchen die Kiste für den Nächsten." In Gedanken sah Hans am Boden bereits die Rückholmannschaft loslaufen. Aber heute waren da unten nicht einmal Spaziergänger zu sehen.
Nahe der Hangkante gab es einen plötzlichen Ruck. Hans wurde leicht in den Sitz gepresst. Der Vario der zeigte eintausend Fuß pro Minute Steigen an. Es war wie immer bei Nordwest. Der Wind blies den Hang hinauf und erzeugte Aufwind. Hans nahm das Gas zurück, zog den Knüppel leicht nach hinten, ließ die Piper im Hangaufwind steigen. Der Hangaufwind beschleunigte seinen Steigflug und sparte ihm Sprit. Während er die Hankante entlang flog und damit der vorgeschriebenen Platzrunde folgte,

blickte er hinunter zu seinem Haus im Tal. Früher hatte er das bei jedem Start getan. Oft hatten Marianne und Barbara im Garten gestanden und ihm zugewinkt. Heute stand niemand im Garten. Als die Zeiger des Höhenmessers die viertausend Fuß-Marke überschritten hatten, zog er den Gashebel in Reiseflugstellung zurück und trimmte die Piper für den Reiseflug aus. Dann ging er auf Kurs, nach Norden.
Der Start der Piper hatte einen jungen Segelflieger geweckt, der in einem Zelt auf dem Flugplatz schlief, um am frühen Samstagmorgen rechtzeitig als erster zum Segelflugbetrieb erscheinen zu können. Gähnend kletterte er aus seinem Schlafsack und beobachtete mit müden Augen das startende Flugzeug.

Gegen 09:30 Uhr merkte Barbara, dass etwas nicht stimmen konnte. Hans Brettschneider hatte ihr versprochen, Mike um 08:30 Uhr abzuholen. Sie wählte seine Rufnummer, niemand antwortete. Hatte sie nicht beim Aufstehen im Unterbewusstsein ein startendes Flugzeug gehört? Ängstlich griff sie zum Telefon und rief Michael an. Wenig später trafen sich die beiden am Haus von Hans Brettschneider.
„Er ist nicht da“, sagte Barbara aufgeregt. „Die Garage steht offen und sein Auto ist weg. Ich habe heute Morgen noch im Halbschlaf ein Flugzeug starten hören, es könnte eine Pa 18 gewesen sein.“
„Hm. Was ich dir sagte, da stimmt etwas nicht. Hoffentlich macht er keine Dummheiten. Hast du einen Hausschlüssel? Vielleicht finden wir einen Hinweis.“
„Wir sollten Dr. Bender anrufen, seinen Fliegerarzt.“
„Der wird uns nichts sagen dürfen.“
„Egal“, sagte Barbara. „Geh du schon mal ins Haus, ich rufe den Arzt an.“ Umständlich kramte sie ihr teures C-Netz-Handy aus der Tasche, das ihr Chef ihr vor Kurzem zur dienstlichen Nutzung übergeben hatte.
„Um Gottes Willen“, sagte der Fliegerarzt. „Ich darf es dir eigentlich nicht sagen, die Schweigepflicht gilt auch für Fliegerärzte.“
„Dann sage es mir als Freund. Wir vermuten, dass Hans heute irgendwo hinfliegt und werden gleich auf den Flugplatz fahren, um Näheres zu erfahren.“

„Hans ist krank“, sagte der Fliegerarzt. „Ich erzähle es dir unter dem Mantel der Verschwiegenheit. Im Ernstfall hat dieses Gespräch nie stattgefunden – okay?“
„Okay“, sagte Barbara. Sie fühlte wie ihre Hände zitterten.
„Gut, aber du musst jetzt stark sein“, sagte der Fliegerarzt. „Hans hat Parkinson. Ich musste ihm vor wenigen Tagen das Medical verweigern.“
„Parkinson? Das hätte mir doch auffallen müssen.“
„Nicht unbedingt! Nur wenn du genau hinschaust, merkst du es. Er macht manchmal schon etwas kürzere Schritte und ist nicht mehr so flexibel wie früher. Die Krankheit ist noch in einem sehr frühen Stadium. Ich habe ihm gesagt, er muss so schnell wie möglich zu einem Spezialisten gehen.“
„Ich hatte es auf sein Alter zurückgeführt“, sagte Barbara.
„Es ist eindeutig. Ihr müsst ihn unbedingt suchen. Er muss die Fliegerei sein lassen. Sie ist viel zu gefährlich für ihn.“
„Danke“, sagte Barbara trocken, dann lief sie ins Haus.
„Ich habe die Wahlwiederholungstaste seines Telefons gedrückt“, sagte Michael. „Er hat gestern Abend eine Rufnummer in Dänemark angerufen.“
„Kann nur Kleemanns Telefonnummer sein.“
„Auf seinem Schreibtisch liegen ein paar Wetternotizen. Er hat den GAFOR, die automatische Wetteransage abgehört. Für den Bereich Nord.“
„Dann ist die Sache klar“, sagte Barbara. „Wenn er nicht noch auf dem Flugplatz ist, ist er bereits auf dem Weg nach Dänemark. Der Fliegerarzt sagt, Hans hat Parkinson. Im Anfangsstadium. Er darf nicht mehr fliegen, nie wieder.“
„Was machen wir jetzt?“, fragte Michael.
„Ganz einfach, wozu bist du Pilot. Zieh einen Strich auf deiner Karte. Wir fliegen ihm hinterher und fangen ihn ab.“
„Gut, O.K., das machen wir. Ich fahre zum Platz und mache die Alpha-Tango klar. Du holst Mike ab, dann sind wir in einer guten halben Stunde in der Luft.“
„Ich liebe dich“, sagte Barbara, „ich könnte dich glatt noch einmal heiraten. Hoffentlich haben wir das alles bald hinter uns.“
„Und Dirk?“

„Ich kann ihn nicht so lieben wie dich“, sagte sie. „Und Mike ist *dein* Sohn.“
„Wir reden später darüber. Lass uns jetzt keine Zeit verlieren. Wir müssen Hans finden.“
„Meinst du, er macht irgendwo eine Zwischenlandung?“
„Er muss, vermutlich in Kiel oder in Flensburg. St. Peter-Ording ist eher unwahrscheinlich. Er muss Zoll machen und einen Flugplan aufgeben“, sagte Michael. „Flensburg ist dafür geeigneter.“
„Wer ohne Lizenz fliegt, braucht keinen Zoll und gibt auch keinen Flugplan auf.“
„Er war immer ein äußerst akkurater Pilot“, sagte Michael. Außerdem muss er unterwegs tanken. Wir fliegen nach Flensburg und rufen von dort aus bei der Flugsicherung an. Wenn er einen Flugplan aufgegeben hat, wissen die, wohin die Reise geht.“
Gegen 09:45 Uhr trafen Barbara, Mike und Michael auf dem Flugplatz ein. Der Abstellplatz der Piper war leer.
„Er ist gegen halb acht gestartet“, sagte ein Segelflieger, der gerade seinen Flugzeuganhänger aus der Halle schob, um seine Maschine aufzurüsten. „Er ist nach Norden abgedreht.“

Um 10:20 Uhr starteten Barbara und Michael mit Kurs auf Flensburg. Sie würden Hans dort nicht mehr antreffen. Die Cessna war zwar um einige Knoten schneller als die kleine Piper, doch deren Vorsprung war zu groß.

Hans Brettschneiders Flug verlief ruhig. Die Rückseitenwetterlage hatte, wie immer in dieser Jahreszeit, dennoch ihre Tücken. Einige kleinere Schauer mit ausreichend hoher Wolkenuntergrenze standen auf der Strecke, die Hans umfliegen musste. Bei einigen dieser Schauer sparte er sich die zeitraubenden Kurswechsel. Er durchflog sie unterhalb der Wolkenbasis und nahm den Regen, der gegen das Flugzeug prasselte und vom Propellerstrom und Fahrtwind weggeblasen wurde, in Kauf. Seinen Flugschülern gegenüber hatte er solche Rückseitenschauer immer scherzhaft als „Flugzeugwaschanlage“ bezeichnet. Gegen 11:00 Uhr erreichte die kleine einmotorige Piper bereits den Flugplatz Flensburg-Schäferhaus im Norden Schleswig-

Holsteins. Hans hatte diese Zwischenlandung eingeplant als Tankstop und zur Aufgabe eines Flugplans, mit dem grenzüberschreitende Flüge bei der Flugsicherung gemeldet werden mussten. Er hielt sich nicht lange auf dem Flugplatz auf, der im Krieg ebenfalls ein Einsatzhafen der Wehrmacht gewesen war. Für die Schönheit der Umgebung hatte er heute keinen Sinn. Er war müde. Sein Kopf schmerzte. Obwohl er kaum etwas im Magen hatte, verspürte er kein Hungergefühl. In Lemvik war er mit Kleemann und Jytte zum Kaffee verabredet. Er würde über das Wochenende dort bleiben und dann zurück nach Thalfeld fliegen. Er ging zur Flugleitung, erledigte die Formalitäten, zahlte seine Landegebühr und das Benzin und trank eine Cola, die ihm der freundliche Flugleiter anbot. Dann rief er zuerst Barbaras, später Michaels Nummer an. Niemand nahm ab. Sie suchten ihn also schon. Er durfte keine Zeit verlieren. Um 12:30 Uhr startete er in Richtung Lemvik. Nur vierzig Minuten später landeten Barbara und Michael mit Mike in Flensburg. Eiligen Schrittes liefen sie zum Tower.
„Ja, er war hier", sagte der Flugleiter. Er hat einen Flugplan aufgegeben per Fax. Die Kopie liegt noch neben dem Gerät in der Ablage. Stimmt etwas nicht?"
„Nein", antwortete Michael und versuchte dabei, gelassen zu wirken. „Wir wollen ihn nur überraschen."
Auch Michael musste tanken und einen Flugplan aufgeben. In der Zwischenzeit holten Barbara und Mike ein paar belegte Brötchen in der Flugplatzkantine. In ihrer morgendlichen Eile hatten sie keine Zeit mehr zum Frühstück gehabt. Zum Essen war auch jetzt keine Zeit. Sie würden ihr Frühstück während des Fluges zu sich nehmen müssen.

„War das ein kurzer Motoraussetzer, Hans Brettschneider, etwa durch einen Zündkerzenfaden verursacht?" Jetzt lief der Motor wieder ruhig und rund. „Mach bloß nicht schlapp auf unserer letzten Flugreise. Du bist immer gut gewartet worden."
Warum war ihm plötzlich so schwindlig? Lag das daran, dass er nicht geschlafen und nichts Ordentliches gefrühstückt hatte? „Deinen Flugschülern hast du immer gepredigt, sie sollten nur dann in einen Flieger steigen, wenn sie fit sind und nur mit

ausreichend Nahrung im Bauch. Wer krank ist, sollte am Boden bleiben. Das gilt auch für dich, Hans Brettschneider."
Warum zitterten seine Hände plötzlich so stark. Warum gehorchten ihm seine Beine kaum noch. Waren das bereits die Anzeichen seiner Krankheit? Bislang hatte er doch kaum etwas davon gespürt, außer der Müdigkeit. Bislang hatte er sich auch vollkommen flugtauglich gefühlt. Sobald er im Flieger saß, war er gesund. So war es jedenfalls in der Vergangenheit nach Krankheiten immer gewesen.
„Nur noch fünfundvierzig Minuten bis Lemvik. Du musst es schaffen, Hans Brettschneider. Versuch dich zu entspannen. Die Piper fliegt fast von alleine. Du musst nur den Kurs halten. Das GPS führt dich sicher nach Lemvik. Nur noch vierundvierzig lange Minuten. Kleemann und Jytte holen dich am Flugplatz ab. Du schaffst es schon. Bis jetzt hast du es noch immer geschafft."

Hans Brettschneider schaffte es nicht. Knapp dreißig Flugminuten vor Lemvik wurde ihm so schwindlig, dass er das Flugzeug nicht mehr geradeaus fliegen konnte. Er musste runter. Er hielt Ausschau nach einer Landewiese, keine Chance. Überall Wiesen mit Weidezäunen. Er drückte den „Nearest" Knopf auf dem GPS-Gerät. Das satellitengesteuerte GPS-Navigationssystem zeigte ihm ein kleines Segelfluggelände in der Nähe seines derzeitigen Standortes an. Acht Minuten Flugzeit bis dorthin.
„Gut so, Hans Brettschneider. Nur noch die Go-To-Taste drücken und den neuen Kurs fliegen. Bald hast du es geschafft."

Hans Brettschneider schaffte es nicht. Eine Minute nachdem er den Kurs geändert hatte, verlor er das Bewusstsein. Die gut ausgetrimmte Piper flog noch eine Weile geradeaus. Dann änderte sich ihre Fluglage aufgrund einer Böe. Es ging zunächst in eine flache Rechtsdrehung, dann wurden die Spiralen steiler. Mit immer noch voller Reiseflugleistung schlug das Flugzeug auf einer Wiese auf. Während sich der Motor tief in den weichen Boden bohrte, riss die rechte Tragfläche ab und schleuderte nach vorne. Hans Brettschneider starb, ohne das Bewusstsein wieder erlangt zu haben. Da er die Schultergurte aus Bequemlichkeit während des Reisefluges abgelegt hatte, prallte sein

Kopf beim Aufprall des Flugzeuges gegen das Armaturenbrett. Der kleine Hebel der Vergaservorwärmung durchschlug dabei seine Stirn. Sein Fliegerherz hatte aufgehört zu schlagen. Auch die im Instrumentenbrett der Piper eingebaute Sinn-Fliegeruhr war stehen geblieben. Sie zeigte 13:52 Uhr an.

Michael erfuhr es als erster. Er hatte kurz nach dem Start in Flensburg Funkkontakt mit der dänischen Flugsicherung aufgenommen. Er hörte den geschockten Mayday-Ruf eines Segelfliegers, der den Absturz beim Kreisen in der Thermik beobachtet hatte. Mit Tränen in den Augen landete er auf dem Segelfluggelände. Die Segelflieger des ortsansässigen Clubs liehen ihnen ohne große Umstände sofort ein Auto. Flieger helfen sich gegenseitig, nicht nur in Notfällen.

Bei der Obduktion der Leiche stellte man einen Tumor im Kopf von Hans Brettschneider fest. Ein paar Tage nach der Untersuchung wurde die Leiche in einer zweimotorigen Beech King Air nach Thalfeld überführt. Die Piper ließen Michael und Barbara in Dänemark schweren Herzens verschrotten.
Auf Hans Brettschneiders Beerdigung sang der Chor, dem Marianne einst angehörte, die Choräle „So nimm denn meine Hände“ und „Brich herein, süßer Schein“. Traditionelle Choräle, die auf dem Westerwald immer wieder bei Beerdigungen gesungen wurden. Barbaras Augen füllten sich mit Tränen. Sie hatte schon viele Fliegerbeerdigungen erlebt und begleitet. Die meisten der Flieger waren einen natürlichen Tod gestorben. Während der Sarg in das offene Grab hinabgelassen wurde, kreiste ein kleines Flugzeug leise um den Friedhof. Es war einsam und alleine am Himmel. Auf dem Thalfelder Flugplatz gab es heute kaum Flugbetrieb. Die Cessna 180 schleppte ein Banner, das aus alten, notdürftig geflickten schwarzen Einzelbuchstaben bestand. „Mach’s gut, Hans“, stand darauf. In den Sarg hatte Michael Kirst den Steuerknüppel der Piper hineingeschmuggelt und die Hände des Piloten darum gefaltet. Der Bestattungsunternehmer und Inhaber der Thalfelder Schreinerei hatte großes Verständnis dafür. Auch er war ein Segelflieger.

Epilog

Die Ju 88, mit der Hans Brettschneider und seine Besatzung gegen Ende des Krieges nach Thalfeld zurückgeflogen war, hatten die Amerikaner schon wenige Wochen nach ihrer letzten Landung in Thalfeld in Einzelteile zerlegt und nach Amerika verschifft. Auf einem Luftwaffenstützpunkt der USAAF in Texas harrte das Flugzeug über dreißig Jahre in einem alten Hangar aus, bevor es ein Oldtimerfreak erwarb und restaurierte. Die Ju 88 steht heute in bestem Zustand in einem Museum der EAA, der amerikanischen Amateurflugzeugbau-Vereinigung, auf dem Flughafen Oshkosh im Bundesstaat Wisconsin, unweit von Milwaukee. Sogar ein einst erbeutetes Lichtensteingerät hat man eingebaut. Von den rund 15.000 in Dessau und anderswo gebauten Ju 88 war diese mit der Werknummer 612715 eine der wenigen noch erhaltenen Nachtjäger. Bei einem Besuch anlässlich der jährlich stattfindenden EAA-Airshow in Oshkosh im Juli 1988, hatte Hans voller Erstaunen seine „Graue Maus“ wieder entdeckt. Er traute seinen Augen nicht und war den Tränen nahe. Er gab sich zu erkennen, wurde prompt der Star des Museums und füllte wochenlang die Seiten amerikanischer Luftfahrtzeitschriften. Aber auch diese unverhoffte, amerikanische Publicity half ihm nicht Leah zu finden.

Ein paar Jahre nach Hans Brettschneiders Tod wurde die Aufnahmegebühr im Thalfelder Aero-Club angehoben, um das zweifache, auch für Jugendliche. Damit war der Club fast so teuer wie der neue Golfverein. Auch die Flugstundengebühren wurden erhöht, weil die Kosten für Betrieb und Versicherungen immer weiter stiegen. Es war nun so gut wie ausgeschlossen, dass Kinder von Mittelständlern noch die Möglichkeit hatten, das Segelfliegen zu erlernen. Welcher Vater konnte sich diese hohen Kosten noch leisten? Die Folge war, dass fast nur noch Kinder von besser gestellten Eltern, Jugendliche mit oft geringer idealistischer Bindung, zum Segelflug kamen. Sie wollten einfach nur eine weitere, für sie neue Sportart ausprobieren. Die wenigsten kapierten, dass das Segelfliegen noch immer Teamsport bedeutete, und dass Vereine vom Engagement ihrer Mitglieder lebten. Der Motorflug indes wurde unbezahlbar, nicht

nur in Thalfeld. Andere Vereine hatten die Situation längst verstanden und erneuerten ihren Flugzeugpark durch kleine, zweisitzige Ultraleichtflugzeuge. Flugzeuge, die mit neuen Materialien nach neuen Bauvorschriften gebaut wurden. Mit diesen innovativen Luftsportgeräten war eine preiswerte Fliegerei noch möglich. Aber Ultraleichtflugzeuge galten im Vorstand des Thalfelder Clubs als instabil und gefährlich. Eine These, die schon längst nicht mehr stimmte, kamen doch die ULs von ihren Flugeigenschaften und Leistungen sehr nahe an kleine zweisitzige Motorflugzeuge heran. Man musste sie einfach nur innerhalb der vorgeschriebenen Toleranzen betreiben. Aber der Thalfelder Vorstand stellte sich dieser Entwicklung entgegen, wollte die Wahrheit nicht erkennen. Schon damals, als die ersten Vereine ihren Flugzeugpark allmählich auf Kunststoffflugzeuge umstellten, entwickelte sich im Verein eine Lobby gegen dieses Neue. Einer der Vorständler hatte einen Landeunfall mit einem neuen Twin-Astir gehabt und seitdem galten Kunststoff-Segelflugzeuge in diesem Verein als schwierig zu fliegen. Als Hans Brettschneider noch lebte, steuerte er mit aller Kraft gegen die Argumentation dieser Dickschädel an. Er organisierte die Reparatur des Twin und er sorgte dafür, dass ein Hochleistungs-Einsitzer, eine gebrauchte ASW 17 angeschafft wurde, die im Verein fast genauso preiswert angeboten werden konnte, wie etwa eine wartungsanfällige Ka 6.
Doch die Leute im Vorstand, die die hohen Aufnahmegebühren befürworteten, waren noch fliegerische Grünschnäbel, die sich mit ihrer Politik in jeder Beziehung ihre eigene fliegerische Vereinsbasis zerstörten. Ihnen waren die Wurzeln der Fliegerei nicht mehr bekannt. Manager im Zivilberuf, aber Typen, die mit Angst in ein Flugzeug stiegen und schon beim kleinsten Seitenwind Probleme bei der Landung hatten. Doch spätestens am Biertisch waren sie dann die Größten. Neid und Missgunst unter den heutigen Fliegern bestimmten einen Großteil des Vereinslebens. Der Rhöngeist der Wasserkuppe war gestorben, zumindest im Thalfelder Aero-Club.

Mit der Privatfliegerei ging es indes immer weiter bergab. Die Regierung führte neue Gesetze ein, die weit über europäische harmonisierte Regelungen hinausgingen. So wurden z.B. die gesundheitlichen Voraussetzungen, die ein Segelflieger alle zwei Jahre beim Fliegerarzt nachweisen musste, drastisch verschärft. Ein Segelflieger musste nun nahezu die gleichen Kriterien erfüllen, wie ein Kapitän, der beruflich Liner flog. Diese von berufsblinden Politikern eingeführte Regelung bewirkte, dass viele alte Piloten ihre Fliegerei aufgeben mussten. Aber gerade diese Piloten waren meist das Rückgrat der Vereine, die nach wie vor Segelflugnachwuchs ausbildeten. Viele Vereine starben deshalb einen langsamen Tod. Vielen kleineren Firmen in Deutschland, die Segelflugzeuge und Ultraleichtflugzeuge herstellten und weltweit verkauften, drohte der Konkurs.

Die Krönung des Unsinns wurde im Jahr 2005 vorgestellt. Vor dem Hintergrund terroristischer Bedrohungen aus der Luft wurde ein neues Luftsicherheitsgesetz entworfen, das unter anderem vorschrieb, dass alle Privat- und Berufspiloten sich einer Sicherheitsuntersuchung unterziehen mussten. Den Behörden wurde somit die juristische Grundlage erteilt, in der Vergangenheit unschuldiger Menschen herumzuwühlen – und die Flieger mussten für diese Behördenwillkür und künstliche Arbeitsbeschaffung für Beamte auch noch Gebühren entrichten. Glaubte wirklich jemand daran, dass Terroristen sich an Gesetze halten würden? Ein Mensch mit bösen Absichten, der ein Flugzeug fliegen kann, ist unabhängig davon, eine Lizenz zu besitzen. Böse Absichten würden sich aber auch mit einem Auto durchführen lassen – müsste man dann nicht auch eine Sicherheitsüberprüfung für Kraftfahrer einführen?

Im Jahr 2006, lange nach dem letzten Flug von Hans Brettschneider, wurde am Thalfelder Hang eine Gleitschirmschule eröffnet. Gleitschirmfliegen war seit einigen Jahren eine neue Fun-Sportart. Viele der Typen, die diese Sportart betrieben, waren äußerst „cool“. Sonnenbankgebräunt trugen sie mindestens Sonnenbrillen im Porsche-Design, wenn sie zum Hang kamen. Vom eigentlichen Fliegen verstanden sie nicht viel, auch nicht, nachdem sie ihre Prüfung zum Luftsportgeräteführer abgelegt hatten. Aber darauf kam es ja auch nicht an. Sobald eine neue Fun-Sportart „in“ war, gab man das Gleitschirmfliegen einfach wieder auf.

Viele Piloten, die in Thalfeld landeten oder dort ihren immer teurer werdenden Luftsport ausübten, wussten nichts von den Ereignissen, die hier einst ihren Anfang genommen hatten. Nur Mike Kirst saß oft auf einer Bank am Hang und träumte sich in die Vergangenheit zurück, von der ihm sein Großvater so viel erzählt hatte. Mikes Asthma war mit den Jahren niemals ganz ausgeblieben, ohne Spray und Medikamente schaffte er es nicht. Immer wieder hatte er geglaubt, dass ihm der Fliegerarzt grünes Licht geben würde, vergeblich. Er würde niemals fliegen dürfen. Er schaute dem Spiel der Wolken zu, ohne zu wissen, dass sein Großvater dieses auch immer getan hatte, wenn er über Probleme nachdenken musste. Er wünschte sich, alleine in einem Segelflieger zu sitzen und mit den Kumuluswolken über das Land ziehen zu können. Dann dachte er an all die Erlebnisse seines Großvaters, die sich vor dem Krieg und danach hier am Hang, in Thalfeld, in Berlin, in Dänemark und anderswo abgespielt hatten. Er dachte an die geheimnisvolle Frau in Amerika, deren leidenschaftlich geschriebene Briefe er erst kürzlich beim Entrümpeln seines großelterlichen Hauses in Thalfeld, gut verborgen in einer alten Kleiderkiste seiner Großmutter, entdeckt hatte. Schon nach dem Lesen der ersten beiden Briefe war Mike Kirst klar geworden, was passiert sein musste und in welcher Gewissenssituation sich seine Großeltern befunden haben mussten. Jeder für sich hatte ein belastendes Geheimnis mit sich herum getragen. Es schien, als habe seine Großmutter heimlich alle Briefe von Leah abgefangen und vor Hans, seinem Großvater, versteckt und damit jeglichen Kontakt zwischen Leah und seinem Großvater verhindert. Diese Erkenntnis war ein Schock für Mike. Er war immer davon ausgegangen, seine Großeltern hätten eine gute Ehe geführt. Er hatte sie beide geliebt, obwohl er seine Großmutter nie persönlich kennenlernen durfte, weil sie vor seiner Geburt starb. Wenn sie doch nur miteinander geredet hätten, wäre ihr Leben vielleicht anders verlaufen. Aber das Schicksal hatte wieder einmal anders entschieden, auch für Leah. Ihr letzter Brief war mit dem Poststempel vom 30. Januar 1978 datiert. Vielleicht hatte sie danach entnervt aufgegeben, weitere Briefe an einen Mann zu schreiben, der ihr nicht antwortete. Mike Kirst dachte einen Augenblick darüber nach.

Dann fasste er einen Entschluss. Es war an ihm, eine Brücke über die Zeit zu bauen. Er musste diese Frau in Amerika kontaktieren. Wenn Leah noch lebte, würde sie ein Recht darauf haben, die Wahrheit zu erfahren.

Anmerkungen zu den im Roman verwendeten Höhen- und Geschwindigkeitsmaßen

Vor- und während des zweiten Weltkrieges waren Karten und Höhenmesser in der Deutschen Luftfahrt auf das metrische System eingestellt, alle Höhen wurden also in Meter angegeben bzw. gemessen, während die westlichen Alliierten ihre Höhen in Fuß maßen. Seit Gründung der International Civil Aviation Organisation (ICAO) nach dem zweiten Weltkrieg werden in der internationalen Luftfahrt (und damit auch in Deutschland) alle Höhen in Fuß gemessen und angegeben. Ein Fuß entspricht dabei genau 30,479 Zentimetern. 1.000 Fuß sind somit etwa 300 Meter. Eine Ausnahme bilden die in Deutschland zugelassenen Segelflugzeuge und Motorsegler. Hier zeigt der Höhenmesser heute wie damals die Höhe in Meter an.

Steig- und Sinkgeschwindigkeiten, also die vertikale Bewegung eines Flugzeuges im Steig- oder Sinkflug, die vom so genannten Variometer angezeigt wird, werden heute international in Fuß/Minute gemessen. In deutschen Segelflugzeugen verwendet man dagegen noch immer die Einheit Meter/Sekunde.

Ähnlich verhält es sich mit den Geschwindigkeitsmaßen. International ist heute nur noch die Geschwindigkeitseinheit Knoten in Gebrauch. 1 Knoten entspricht 1 nautische Meile pro Stunde, wobei 1 nautische Meile 1,852 Kilometern entspricht. Der Fahrtmesser in deutschen Segelflugzeugen misst dagegen heute wie damals in km/h.

Zur Messung der Windgeschwindigkeiten verwendete man früher in Deutschland oft auch das feiner skalierte metrische Geschwindigkeitsmaß Meter/Sekunde. Heute wird die Windgeschwindigkeit generell in Knoten angegeben.

In den einzelnen Kapiteln des vorliegenden Romans wird diesen oben geschilderten Zusammenhängen entsprechend Rechnung getragen. Als Kriegspilot oder Segelflieger gab Hans Brettschneider seine Höhe deshalb in Meter und seine Geschwindigkeiten in km/h an, während er als Nachkriegsmotorflieger in Fuß und Knoten und als Segelflieger in Meter und km/h rechnete.

Persönliche Bemerkungen des Autors

Der 1. Mai 1992 war kein Samstag. Dieses absichtlich gewählte, fiktive Datum soll verdeutlichen, dass es sich bei dem vorliegenden Roman um reine Fiktion handelt. Die Geschichte um Hans Brettschneider ist völlig frei erfunden. Ähnlichkeiten oder eventuelle Namensgleichheiten mit lebenden oder schon verstorbenen Personen sind unbeabsichtigt. Ich habe mich dennoch bemüht, diesen Roman so wirklichkeitsnah wie möglich zu schreiben. Die historischen Hintergründe, vor allem in der Zeit des zweiten Weltkrieges, entsprechen weitestgehend der Wahrheit. Es gab gemäß meinen Recherchen natürlich nie ein Jagdgeschwader 95 und auch nie ein Nachtjagdgeschwader 31. Es gab auch nie einen Einsatzhafen der Wehrmacht mit vorgelagertem Segelflughang namens Thalfeld im Westerwald. Aber es existierten insgesamt rund 250 so genannter Einsatzhäfen alleine in Deutschland, darunter die Einsatzhäfen Breitscheid (Hessen), Lippe (Nordrheinwestfalen) und Ailertchen (Rheinland-Pfalz) sowie das nicht weit von diesen Flugplätzen entfernte Hang-Segelfluggelände Hirzenhain (Hessen), auf dem bereits in 1928 erste Segelflugstarts am Gummiseil durchgeführt wurden. Während des zweiten Weltkrieges bildete die Wehrmacht hier Lastenseglerpiloten aus. Auf dem Flugplatz Breitscheid im Westerwald bin ich aufgewachsen und habe dort in 1973 im Alter von 14 Jahren meinen fliegerischen Werdegang mit einer Ausbildung zum Segelflieger begonnen. Schon in meiner Kindheit entwickelte sich eine Flugsehnsucht, die ich mit vielen Piloten teile und die bis heute anhält. Angesichts der in Breitscheid noch immer sichtbaren Spuren des ehemaligen Einsatzhafens reifte hier in den neunziger Jahren mein Entschluss, einen im Privatpilotenmilieu spielenden Roman zu schreiben.

Ich danke meiner Familie und Freunden für die mentale Unterstützung beim Projektieren und Schreiben dieses Romans. Insbesondere danke ich meinem Vater Horst Thielmann für meine fliegerische Förderung schon im Kindesalter und für die Vermittlung wertvoller Tipps und Tricks zu allen praktischen und theoretischen Zusammenhängen in der Fliegerei, nicht nur dieses Buch betreffend. Danke Liesel Platten für die Gespräche über die Bombardierung der Stadt Essen.

Ferner danke ich: Allen meinen Fluglehrern, insbesondere Reinhard Göst (†), August Mötzing (†), Gerhard Diehl (†), „Jupp“ Langer, Kurt Bernhard und Klaus Weiß, die mir in den 70er Jahren innerhalb der Luftsportgruppe Breitscheid-Haiger ehrenamtlich das Segelfliegen beigebracht haben, „Heini“ Daub fürs Mitnehmen beim Bannerschlepp in der Klemm 107 als ich noch ein „Schuljung“ war, Richard Strieder für das lange Telefonat zum Thema Jagdfliegerausbildung, Walter Klinkhammer (Aero-Club Koblenz) für das lange Gespräch über die Nachkriegszeit, Hans Rückes für das Lesen meines Manuskripts und die fliegerischen Tipps, die Focke Wulf 44 „Stieglitz“ betreffend, Sissi Schneider vom Segelfliegerclub Hirzenhain für die freundliche Überlassung der Bilder im Innenteil. „Last but not least“ bedanke ich mich bei Karsten Lückemeyer vom Machtwortverlag, Dessau für die ausführlichen Beratungen und die Ermutigung, dieses Buch zu veröffentlichen.

Ulrich Thielmann, im Oktober 2006

Weitere Informationen über Bücher aus dem Machtwortverlag erhalten Sie im Internet unter:
http://www.machtwortverlag.de

Bei Interesse fragen Sie Ihren Buchhändler!

Autoren gesucht!

Lieber Leser!

Hat Ihnen das vorliegende Buch gefallen? Haben Sie vielleicht selbst schon einmal daran gedacht, ein Buch zu veröffentlichen? Dann können wir Ihnen vielleicht helfen.
Der Machtwortverlag aus Dessau sucht ständig gute Manuskripte aus allen Gebieten der Literatur zur Veröffentlichung. Schicken Sie uns einfach Ihr Manuskript zu, wir setzen uns danach direkt mit Ihnen in Verbindung.

Machtwortverlag
Orangeriestr. 31
06847 Dessau
Tel./Fax: 0340-511558
E-Mail: machtwort@web.de